Julia Pauss
Kodiak Echoes – Hide Me

JULIA PAUSS

KODIAK
hide me
ECHOES

Roman

everlove
by **PIPER**

Mehr über unsere Autoren und Bücher:
www.everlove-verlag.de

Wenn Ihnen dieser Roman gefallen hat, schreiben Sie uns unter
Nennung des Titels »Kodiak Echoes – Hide Me«
an *empfehlungen@piper.de*, und wir empfehlen Ihnen
gerne vergleichbare Bücher.

Wir behalten uns eine Nutzung des Werks für Text und Data Mining
im Sinne von § 44b UrhG vor.

ISBN 978-3-492-06631-0
© 2025 everlove, ein Imprint der Piper Verlag GmbH,
Georgenstraße 4, 80799 München, *www.piper.de*
Für einen direkten Kontakt und Fragen zum Produkt
wenden Sie sich bitte an : *info@piper.de*
Dieses Werk wurde vermittelt durch die Literarische Agentur
Thomas Schlück GmbH, 30161 Hannover
Redaktion: Michaela Retetzki
Korrektorat: Manfred Sommer
Satz auf Grundlage eines CSS-Layouts
von digital publishing competence (München)
mit abavo vlow (Buchloe)
Druck und Bindung: CPI Books GmbH, Leck
Printed in the EU

Für alle, die den Bären wählen.

Liebe Lesende,

Dieses Buch beinhaltet Themen, die potenziell triggernd wirken können. Auf der letzten Seite findet ihr daher eine Auflistung, die jedoch erhebliche Spoiler für das gesamte Buch enthält. Ob ihr diese Warnung lesen möchtet, ist euch überlassen.

Wir wünschen euch ein bestmögliches Leseerlebnis und viel Spaß mit Kodiak Echoes: Hide Me

Julia und das Everlove-Team

Playlist

Northern Attitude – Noah Kahan, Hozier
Too Sweet – Hozier
Homesick – Noah Kahan
Daylight – David Kushner
Witch Hunt – Rain City Drive
Night Channels – Foxing
I Wanna Be Yours – Arctic Monkeys
Love Is Blindness – Jack White
Walk This World With Me – The Home Team
New Perspective – Noah Kahan
Calcutta – Sleep Token
Everywhere, Everything – Noah Kahan
Hear You Me – Jimmy Eat World

1 Brynn

HARD RESET

Ich gehöre nicht hierher.

Hinter dem zerklüfteten Bergpanorama verschmilzt die rosafarbene Dämmerung mit den sanften Orangetönen der aufsteigenden Sonne. Dünne Wolken ziehen am Himmel über dem Dach des schwarzen SUV vorbei, so tief, dass es aussieht, als könnten die Spitzen der dunklen Fichten und Tannen sie berühren.

In meinem Kopf dreht sich nur ein Gedanke wie in einem Karussell um sich selbst, immer und immer wieder.

Ich gehöre nicht hierher.

Marshall Leslie Andrews, die hinter dem Steuer sitzt, wendet sich mir zu. Sie ist eine dünne Frau in ihren späten Dreißigern, und obwohl die Sonne auf Kodiak im Sommer nie ganz untergeht, ist sie blass, mit ein paar hellen Sommersprossen auf den Wangen. »Wusstest du, dass Kodiak Island die zweitgrößte Insel der Vereinigten Staaten ist?«, versucht sie zum wiederholten Mal ein Gespräch zu beginnen. Ihr Lächeln ist freundlich, warmherzig und vertrauenswürdig. Als sie mich vom Flughafen in Kodiak, der gleichnamigen Hauptstadt der Insel, abgeholt hat, hat sie mir sofort das Du angeboten und behandelt mich seither, als wären wir alte Freundinnen.

Ihr muss klar sein, dass ich weiß, dass all das nur gespielt ist.

Mit kalten Klauen greift das Monster in meiner Brust

nach meinem Herz, aber ich lächle und gebe mein Bestes, den Albtraum zu ignorieren, zu dem mein Leben geworden ist. »Ja.«

Immerhin ist es keine Lüge. Natürlich habe ich die Insel gegoogelt. Habe alles gegoogelt, gegoogelt, gegoogelt, bis mein Gehirn vor lauter Tourismus-Artikel, Forendiskussionen und Reddit-Einträgen beinahe aus den Nähten geplatzt wäre.

Antworten habe ich nicht gefunden.

Hey, Siri. Wie soll ich damit klarkommen, dass mir mein Job, meine Freunde, meine Identität, mein ganzes verdammtes Leben genommen wurde und ich von einem Tag auf den anderen ins Zeugenschutzprogramm muss?

Ich wünschte, es wäre ein Scherz.

Zeugenschutzprogramm.

Bis vor Kurzem kannte ich so etwas nur aus TV-Krimis. Jetzt ist es meine Realität.

Unter anderen Umständen könnte ich Leslie den Gefallen tun und die Schönheit ihrer malerischen Heimat auf der Insel im Süden Alaskas ausreichend würdigen, aber wenn ich aus dem Fenster starre, ist da nur Leere; Leere und eine nagende Prise Hoffnung, dass ich jeden Moment die Augen aufschlage, in meinem gemütlichen Bett in Washington D. C. erwache und nichts von alldem hier jemals echt gewesen ist.

Es ist, als würde ich einen Film ansehen; eine ästhetische Collage aus herzergreifend schönen Naturaufnahmen, und ich dazwischen wie ein schwarzer Fleck; ein Bildfehler.

Ich gehöre nicht hierher.

Nicht einmal freiwillig hätte ich jemals daran gedacht, in Alaska Urlaub zu machen. In meinen Venen fließt überteuerter Iced Coffee, und ich brauche die lebendige Geräuschkulisse der Großstadt, um abends einzuschlafen.

Bis vor einer Woche bestand mein Leben aus Brunch-Dates mit Mimosas, Pistaziencreme-Croissants und dem konstanten Summen der drei Hightechbildschirme, hinter

denen ich den Großteil meines Tages als Softwareentwicklerin für das IT-Unternehmen *Conway Tech* verbracht habe.

Aber das ist Vergangenheit.

Brynn Callahan ist Vergangenheit.

Mein Name ist nun Blair.

Blair Gallagher.

Resigniert lasse ich den Kopf hängen. Eine dunkle Haar-
strähne fällt mir ins Gesicht und kitzelt mich an der Nase.
Ich presse die Finger fester um den warmen Pappbecher in
meiner Hand.

Übersäuerter, bitterer Filterkaffee von der Tankstelle in
Kodiak.

»Du hast das Richtige getan.«

Leslies Stimme reißt mich aus den Gedanken.

Blinzelnd hebe ich den Kopf, und meine Fahrerin wirft
mir erneut einen schnellen Blick zu, ehe sie sich wieder auf
die leere Landstraße vor uns konzentriert. »Es gibt schlimme Dinge auf dieser Welt. Schlimme Menschen. Und du
hast dafür gesorgt, dass einer davon bald niemandem mehr
wehtun kann.«

Schweigend beiße ich mir auf die Unterlippe und drehe
mich wieder zum Seitenfenster, damit sie nicht sieht, wie
sich meine Wangen rot verfärben.

Ich fühle mich nicht wie eine Heldin.

Im Gegenteil: Ich will einfach nur nach Hause.

Weder die Sitcoms noch die Podcasts, die ich auf dem Flug
nach Alaska gebinged habe, konnten mir Trost spenden. Wie
ein Damoklesschwert schwebt das Ausmaß meiner Situation
über mir, kurz davor, auf mich herabzustürzen.

Ich wohne nicht mehr in meiner Wohnung, meiner
Stadt, nicht einmal mehr in meinem Bundesstaat. Ich bin
jetzt hier, am absoluten Arsch der Welt: in Alaska.

»Sieh mal.« Eines muss man Leslie lassen: Sie gibt sich
wirklich Mühe, aufmunternd zu klingen.

Ich folge ihrer ausgestreckten Hand zu einem Schild am

Straßenrand vor der Windschutzscheibe, gerade noch rechtzeitig, ehe wir daran vorbeisausen:

Willkommen in Echo Cove
Einwohner: 620

In Dupont Circle, dem Stadtteil von D. C., in dem ich bis letzte Woche gewohnt habe, leben allein etwa fünfzehntausend Menschen. *Arsch der Welt* ist eine Untertreibung.

»Echo Cove«, murmle ich, klemme mir den Kaffeebecher zwischen die Knie und ziehe meinen dunkelbraunen Pferdeschwanz fest. Während der Fahrt hat sich das Haargummi gelockert, und mein Zopf ist zu einer unvorteilhaften Pilgervater-Frisur in den Nacken gerutscht, doch vermutlich macht es keinen Unterschied mehr, wie ich aussehe.

»Es ist klein, aber wirklich süß, wenn man es näher kennenlernt«, verspricht Leslie, während an der Straße die ersten Häuschen an der rauen Küste erscheinen.

Echo Cove sieht aus, als wäre es einer Fernsehserie entsprungen. Kaum eines der Gebäude ist höher als zwei Stockwerke, und bei den meisten handelt es sich um Holzhäuser, die in unterschiedlichen Farben gestrichen und teils mit ebenso bunten Markisen ausgestattet sind. Kleine Farbkleckse, die aus der rauen Landschaft hervorstechen und dem winzigen Dorf einen beinahe tröstlichen Touch verleihen.

Leslie lächelt. »Ich weiß, es ist eine große Umstellung für dich. Das Kleinstadtleben hat allerdings auch Vorteile. Es gibt eigentlich nur zwei Straßen, die du dir einprägen musst. Die Main Road fahren wir gerade entlang. Hier findest du die wichtigsten Läden, wie den Supermarkt, die Bank, die Apotheke, das Postamt, die Polizeistation und die Schule, auch wenn die dich vermutlich weniger interessiert.« Sie deutet über die Dächer hinweg. »Dahinter liegt die Shore Road, die führt am Meer entlang. Dort gibt es Restaurants, Cafés, ein paar Bekleidungsgeschäfte und einen Friseursalon. Oh, und natürlich auch dein Haus.«

Zögerlich richte ich mich auf. »Mein Haus liegt am Meer?«

Fragend dreht sich Leslie zu mir. »Hat man dir das nicht erzählt?«

Ich schüttle den Kopf. Ein Haus am Meer? So was habe ich mir immer gewünscht. Nur definitiv nicht unter diesen Umständen.

Wir fahren die Main Road entlang, und ich versuche mir die Häuser und Läden einzuprägen, bis Leslie den Wagen in die deutlich ansehnlichere Shore Road lenkt.

Hinter den Häusern mit den bunten Fensterläden entlang der Hafenpromenade führt eine Kurve ins Landesinnere. Leslie biegt ab, und am Ende der Straße kommt ein Häuschen in Sicht.

Es ist hübsch. Zwei Stockwerke hoch, mit Solarpanelen auf dem Dach und einem kleinen Balkon am oberen Stockwerk. Die Fassade ist in einem dunklen Rot gestrichen, die Fensterläden aus naturbelassenem Holz. Eine flache Treppe führt zur Veranda, auf der eine Holzbank steht, die regelrecht dazu einlädt, es sich dort mit einer Tasse Kaffee und einem Roman gemütlich zu machen. Hinter dem Haus liegt eine kleine Hütte, und in der Einfahrt steht ein rotes Motorrad.

Ich halte inne.

Von einem Motorrad hat mir niemand etwas erzählt. Soll das etwa mein Fortbewegungsmittel auf der Insel werden? Ich kann nicht Motorrad fahren, und ich habe keine Lust, es zu lernen.

Scheiße.

Mein Atem wird schwerer, aber ich versuche, einen kühlen Kopf zu bewahren. Ich darf mir die Überforderung nicht ansehen lassen, nicht vor Leslie, die, nachdem sie mich abgesetzt hat, vermutlich einen Bericht über meinen *Geisteszustand* verfassen muss. Bestimmt würde sie ...

»Verdammter Köter!«, entkommt es Leslie so scharf, dass ich zusammenzucke. Gleichzeitig rammt sie den Fuß auf die Bremse und reißt das Lenkrad herum. Panik flammt in mir auf, und ich klammere mich mit einem heiseren Japsen an der Tür des SUV fest. Mit rasendem Herz zwinge ich mich, tief einzuatmen, und als ich mich aufrichte, hämmert mein Puls in einem aufgeregten Tremolo gegen meine Schläfen.

Alles ist gut. Es war nur eine Vollbremsung.

Objektiv ist mir das bewusst, aber ich befinde mich seit Wochen im Fluchtmodus, und jede kleine Unregelmäßigkeit reicht aus, um meinen Körper unter Strom zu setzen.

Neben mir flucht Leslie leise und sieht aus dem Fenster. Nun erkenne auch ich den Übeltäter: *Wolf,* schreit mein Unterbewusstsein, auch wenn ich weiß, dass das Unfug ist. Es ist kein Wolf, sondern ein grauer Husky, soweit ich das beurteilen kann. Mit gespitzten Ohren und wedelndem Schwanz steht er auf der Straße und starrt uns entgegen.

Energisch lässt Leslie das Seitenfenster nach unten fahren. »Hey!«

Der Schwanz des Hundes wedelt schneller.

»Verdammter Flint«, murmelt Leslie halb zu sich selbst und presst die Finger um das Lenkrad.

Flint? Ist das der Name des Hundes?

»Hey!«, wiederholt sie, dieses Mal ein wenig ungehaltener. Im selben Moment öffnet sich die Tür des Häuschens.

Ich schlucke.

Der Mann, der aus dem Haus tritt, ist mindestens einen Kopf größer als ich – wahrscheinlich sogar mehr. Er hat gebräunte Haut, dunkle Haare und sieht mit seinen dunklen Bartstoppeln ein bisschen aus wie Henry Cavills verschollener jüngerer Holzfäller-Bruder. Als müsste er wirklich jedem Klischee entsprechen, trägt er sogar ein rotschwarz kariertes Hemd und schwere Arbeitsstiefel.

Als er Leslies Wagen sieht, legt er die Stirn in Falten, schiebt sich Daumen und Zeigefinger zwischen die Lippen und stößt einen kurzen, schrillen Pfiff aus. Sofort spitzt der Hund die Ohren und kehrt mit resigniertem Blick zu seinem Herrchen zurück.

»Passen Sie auf, wo Ihr Hund hinläuft!« Leslie verzieht das Gesicht.

Ich kann nicht anders, als den Kerl anzustarren.

Langsam beginnen die Synapsen hinter meiner Stirn zu arbeiten. Er ist aus dem Haus gekommen. Bedeutet das etwa, dass ich einen Mitbewohner habe?

Vielleicht ein Bodyguard.

Ein erleichtertes Prickeln breitet sich in meiner Brust aus.

Jemand, der mich beschützen kann.

»Passen Sie lieber auf, wohin Sie fahren.« Am Straßenrand senkt der Hüne den Arm und krault den Hund, der an seine Seite zurückgekehrt ist, hinter den Ohren. »Das hier ist privat. Was haben Sie hier zu suchen?«

»Das geht Sie nichts an.« Leslie fährt das Fenster nach oben, doch es ist bereits zu spät – der stechende Blick des Mannes wandert von ihr zu mir.

Ein Schauer erfüllt mich.

Die alte Brynn hätte gelacht, gescherzt, sich vielleicht sogar mit einem kurzen Winken vorgestellt.

Blair weiß nicht, wie sie reagieren soll.

Regungslos starre ich ihn an und versuche die Situation zu verstehen, während Leslie losfährt und auf das Haus auf der anderen Straßenseite zuhält.

Natürlich. Der mürrische Hundebesitzer ist nicht mein Mitbewohner und schon gar nicht mein Bodyguard; ich wohne gegenüber.

Mein Herz sinkt mir in die Kniekehlen.

Die Fassade des Hauses muss vor vielen Jahren einmal weiß gewesen sein, aber die raue Meeresbrise hat dem Holz deutlich zugesetzt. Auch dieses Gebäude verfügt über eine Veranda, doch sie sieht aus, als wäre sie seit zehn Jahren nicht mehr geputzt worden, und die kleine Holzbank ist bestenfalls Futter für die Borkenkäfer. Der Garten ist völlig überwuchert, und die verdunkelten, staubigen Fenster erinnern mich an eine Geisterbahn.

»Ignorier ihn einfach.« Leslie parkt in der Einfahrt, stellt den Motor ab und öffnet die Tür. Ein kühler Windhauch schlägt mir den unverkennbaren Geruch von Fichte entgegen. Es war mein erster Eindruck von Alaska, als ich vor ein paar Stunden in Kodiak aus dem kleinen Flugzeug gestiegen bin: Alles riecht wie eine Mischung aus Wunder-Baum-Lufterfrischer und Insektenspray.

Ich klettere aus dem Wagen, und einen Augenblick lang befürchte ich, meine halb eingeschlafenen Beine würden nachgeben, doch ich kann mich im letzten Moment an der Autotür festhalten.

Leslie ist bereits damit beschäftigt, meine Koffer auszuladen, und ich drehe mich in Richtung Meer. Natürlich versperrt mir das rote Haus die Aussicht auf das Wasser. Was allerdings noch viel schlimmer ist: Sein griesgrämiger Bewohner steht noch immer am Zaun, und als ich ihn ansehe, hält er meinen Blick für die Dauer eines Herzschlags. Dann wendet er sich ab und verschwindet mitsamt Hund in sein Haus.

Ich lege mir die Arme um den Körper.

»Mach dir wegen ihm keinen Kopf.« Leslie hievt einen weiteren Koffer auf den erdigen Boden der Einfahrt.

Ich gehe ihr zur Hand. »Kennst du ihn?«

Einen Augenblick lang hält sie inne, als müsste sie ihre Worte mit Bedacht wählen. »Die meisten Leute hier gehen ihm aus dem Weg, und es wäre das Beste, wenn du das auch tun würdest.«

Wieder drehe ich mich zu dem roten Haus. »Wieso?«

»Archer Flint ist kein guter Mann«, erklärt Leslie knapp.

Archer Flint.

Das ist also sein Name.

»Ist er gefährlich?«

Sie zuckt mit den Schultern. »Der Name Flint hat in Echo Cove Geschichte und Archer einen gewissen Ruf. Er hasst Menschen, vor allem Touristen. Wenn es nach ihm ginge, würde er ganz allein auf Kodiak Island leben. Er und seine Bären.«

Ich bin eigentlich zu müde, um ihr alles aus der Nase zu ziehen, doch als Leslie keine weitere Information anbietet, frage ich schließlich doch nach. »Bären ...?«

»Flint ist Ranger im Kodiak National Wildlife Refuge, dem Schutzgebiet, an dem wir auf dem Weg hierher vorbeigefahren sind.«

»Ah ...« Bei meiner Google-Recherche bin ich auf das Schutzgebiet gestoßen, denn es macht einen Großteil der Insel aus. Allerdings kann ich nicht behaupten, dass ich den Unterschied zwischen dem Wildlife Refuge und dem Rest der Insel mit bloßem Auge erkannt habe. »Also ist er so eine Art Tierschützer?«

»Kann man so sagen. Er mag Tiere lieber als Menschen.« Sie lacht. »Ich weiß, es gibt viele Leute, die so was sagen. Und ich verstehe es ja auch. Manchmal *sind* Tiere besser als Menschen, versteh mich nicht falsch, es gibt wirklich üble Typen auf der Welt. Aber bei Flint ... Nun, bei ihm ist es wirklich ernst gemeint. Wenn du kein Bär bist, hast du bei ihm keine Chance.«

Sie zieht einen schlichten Schlüsselbund aus der Tasche, geht die kleine Holztreppe der Veranda empor und entriegelt die Eingangstür. »Die meisten Menschen in Echo Cove gehen ihm aus dem Weg, und dir empfehle ich, das ebenfalls zu tun.«

Ich halte an der Haustür inne und drehe mich ein letztes Mal zu dem roten Haus. Die alte Brynn hätte bestimmt nichts gegen einen Flirt mit einem gut aussehenden, wenn auch mürrischen Ranger gehabt.

Blair möchte sich am liebsten unter einer Decke verkriechen und hofft, diesen seltsamen Mann nie wiederzusehen.

»So, dann wollen wir mal.« Leslie tritt einen Schritt nach hinten und bedeutet mir mit einer Geste, mein neues Zuhause zu betreten. »Willkommen im Cottage, Blair Gallagher. Hier bist du in Sicherheit.«

2 Brynn

HOME SWEET HOME

Das Positive zuerst: Es gibt im Cottage alle wichtigen Dinge, die man zum Leben braucht. Ein Dach über dem Kopf. Fließendes Wasser. Glühbirnen. Ein Bett. Eine funktionierende Küche. Eine Haustür, die man verschließen kann. Verdunklungsvorhänge an allen Fenstern, denn die sind nötig, wenn man an einem Ort, an dem die Sonne nicht untergeht, schlafen will.

Es gibt auch hier zwei Stockwerke: Unten befinden sich Küche und Wohnzimmer, oben Schlafzimmer und Bad. Vor einem Jahrhundert wäre das kleine Häuschen an der Shore Road bestimmt sogar luxuriös gewesen.

»Der Strom kommt aus dem Generator im Garten«, erklärt Leslie und deutet aus dem verstaubten Fenster zu einem kleinen grünen Kasten hinter dem Haus. »Wenn du damit Probleme hast, rufst du Ralph an. Er ist der Elektrotechniker der Stadt, seine Nummer steht auf der Liste neben dem Telefon. Auf keinen Fall selbst darangehen, das Ding hat schon einige Jahre auf dem Buckel, und ich hab keine Lust, deine verkohlten Überreste aus dem Garten zu bergen.«

Früher hätte ich vielleicht über ihre Aussage gelacht, aber gerade kann ich nichts daran witzig finden. Das entgeht auch Leslie nicht. »Tut mir leid. Schlechter Scherz.«

Ich schüttle den Kopf. »Schon okay, ich habe verstanden. Keine Alleingänge. Hoffen wir einfach mal, dass es keine Probleme gibt.«

Leslies Gesichtsausdruck verrät, dass sie dieses Szenario für äußerst unwahrscheinlich hält.

»Und wenn doch, rufe ich Ralph an.« Ich löse mich vom Küchenfenster und drehe den Wasserhahn auf. Einen Moment lang tropft bloß eine braune Plörre aus der Leitung, dann, nach einer Weile, wird das Wasser sauber. Ein starker Schwimmbad-Geruch steigt mir in die Nase, und ich verziehe das Gesicht.

»Trinkwasser ist in Kanistern unter der Spüle«, erklärt Leslie, ehe ich die Situation kommentieren kann. »Oder du kochst das Leitungswasser einfach ab. Im Regal müsste außerdem eine Brita-Filterkanne sein.«

Ich zeige mit dem Daumen nach oben, weil ich nicht weiß, was ich sonst machen soll. Mit einem Schlag vermisse ich meine helle, saubere Wohnung in D. C. so sehr, dass es wehtut. Meine cremefarbene Couch, meine pastellfarbenen Le Creuset-Kochtöpfe, die ich mir zur Feier des Tages geleistet habe, als die Zusage von *Conway Tech* ins Haus geflattert kam, meine Zierkissen und meine Duftkerzen. Aber allem voran vermisse ich die Sicherheit, die ich so lange für selbstverständlich gehalten habe. Das Gefühl, nach einem anstrengenden Arbeitstag nach Hause zu kommen und in seiner eigenen kleinen, gemütlichen Bubble zu sein.

Nun, diese Blase ist geplatzt. Als ich direkt nach meinem Bachelorabschluss eine Stelle in einem der größten Techunternehmen Nordamerikas bekommen habe, dachte ich, ich hätte ausgesorgt. Ich hatte keine Ahnung, dass es der Anfang vom Ende war.

»Und hier …« Leslie öffnet einen Schrank und deutet auf etwas, das auf den ersten Blick nach einem altmodischen Staubsauger aussieht. »Hier haben wir den Boiler. Er fasst dreizehn Gallonen, also musst du ein wenig sparsam damit umgehen.« Leslie betätigt einen Schalter, und das Monstrum setzt sich mit einem bedrohlichen Brummen in Betrieb. »Er braucht in etwa eine Stunde, bis er sich aufgewärmt hat, dann kannst du das Wasser zum Duschen verwenden. Aber warte nicht zu lang, sonst wird es wieder kalt.«

Im Fernsehen sah das Kleinstadtleben viel idyllischer aus. »Und wie lang kann man damit duschen?«

»Och«, meint Leslie und winkt ab. »Locker fünf Minuten, vielleicht sogar sieben.«

»Ah.« Meine Stimme bricht, und ich räuspere mich, um meinen Schock zu verbergen.

»Ich dusche morgens immer kalt.« Leslie schließt den Boiler-Schrank wieder und dreht sich zu mir. »Das ist gut für das Immunsystem und weckt einen zuverlässiger als jeder Kaffee!«

Kalte Duschen statt Iced Macadamia Milk Caramel Latte? Die Gilmore Girls haben mir wirklich eine falsche Vorstellung vom Kleinstadtleben vermittelt.

Ich will nach Hause.

»Ach, und nicht vergessen. Der Müll muss immer in die verschlossenen Tonnen vor dem Haus.« Leslie schlägt den Weg zurück in den engen Flur ein, und ich folge ihr verloren, denn ich habe keine Ahnung, was ich sonst tun soll. Sie ist gerade mein einziger Anker zwischen der Realität und dem Albtraum, der immer mehr von meinem Leben verschlingt.

»Auf keinen Fall die Müllsäcke vor dem Haus abstellen«, fährt sie fort. »Das lockt die Bären an.«

Ein heiseres Lachen bricht aus meiner Kehle. »Bären. Ja klar. Die Bären.« Schluckend sehe ich zum Fenster. »Die kommen bis in die Stadt?«

Leslie zuckt unbeeindruckt mit den Schultern. »Nicht häufig. Es kommt nur ab und zu vor, vor allem wenn sie Hunger haben. Keine Angst, das ist in der Regel erst in ein paar Monaten der Fall, wenn sich der Herbst dem Ende zuneigt und sich die Tiere auf den Winterschlaf vorbereiten.«

Falls Leslies Worte beruhigend gemeint waren, verfehlen sie ihre Wirkung. Ich schlucke. »Gut, dann werde ich wohl ohnehin nicht mehr hier sein.«

Leslie hält inne – es ist nur ein winzig kleiner Moment, doch als sie ihren Blick senkt, zieht sich mein Magen zusammen. »Jedenfalls«, wechselt sie wenig elegant das Thema und deutet auf das Festnetztelefon, das auf einem kleinen Beistelltisch aus Holz steht. »Ich weiß, dass du ein neues Handy bekommen hast, aber der Empfang hier ist miserabel, und im Zweifelsfall ist die Festnetzleitung oft die beste Möglichkeit, jemanden zu erreichen.« Sie zeigt auf ein kleines gelbes Notizheft neben dem Gerät. »Da stehen alle wichtigen Nummern drin. Auch meine. Wenn etwas ist, kannst du dich jederzeit melden. Und wenn es Probleme gibt und du mich nicht erreichen kannst, wende dich am besten an Matthew Wells, das ist der Chief of Police von Echo Cove. Er ist zwar nicht eingeweiht, aber im Notfall sollte dich selbst ein Provinzpolizist mit den U. S. Marshalls verbinden können, und wir sind für deine Betreuung zuständig. Ich habe dir seine Nummer unterstrichen. Du weißt, wie das Telefon funktioniert?«

Ich nicke. Das Festnetztelefon weckt eine seltsame Nostalgie in mir. Ich habe so ein Ding zuletzt gesehen, als mein Bruder Finnegan und ich das Haus, in dem uns unsere Grandma großgezogen hat, nach ihrem Tod verkauft haben. Es ist ein Relikt aus einer anderen Zeit und fühlt sich mit seinem altmodischen Flair beinahe vertraut an. Nach *Familie*. Oder zumindest nach meiner Definition davon.

»Danke.« Mit einem Räuspern vertreibe ich den Gedanken. »Und das Internet läuft über denselben Anschluss?«

Leslie sieht mich verständnislos an. »Oh. Nein, so was gibt es hier nicht.«

»Was?«

»Internet ist hier nicht installiert.« Sie lacht, als würde sie die Vorstellung absurd finden. »Wenn du so was möchtest, dann musst du dich mal in der Stadt umsehen. Neben dem Post Office ist ein kleiner Laden, in dem es SIM-Karten und so einen Kram gibt, ich glaube, da können sie dir weiterhelfen.«

Mein Hals zieht sich zusammen. Es ist nur eine verdammte Kleinigkeit, aber die Vorstellung, hier ohne Internet festzusitzen, ist der letzte Tropfen, der das Fass in mir zum Überlaufen bringt. Vielleicht ist es lächerlich, vielleicht bin ich ein verwöhntes Großstadtmädchen, doch meine Netflixserien und Podcasts, die Youtube-Kanäle, die ich abonniert habe, und die Zeitschriften, die ich gern lese, sind der einzige Funke Normalität, der mir geblieben ist.

»Okay.« Ich zwinge mich zu einem höflichen Lächeln. »Werde ich machen. Danke.«

Sorge schleicht sich in Leslies Miene. »Alles in Ordnung?«

Nein. Absolut nichts ist in Ordnung. Ein Teil von mir will sich an ihr Bein klammern und sie anflehen, mich hier nicht alleinzulassen. »Wunderbärchen«, presse ich hervor und würde mir am liebsten auf die Zunge beißen. *Wunderbärchen? Wer sagt so was? Ich muss sofort wieder an die hungrigen Bären im Wald denken.*

Ich will hier weg.

Bitte lass mich nicht allein.

»Wunderbärchen«, wiederholt Leslie fasziniert. »Süß. Das muss ich mir merken.« Sie schmunzelt. »Na komm, ich zeige dir noch dein Auto, und dann sind wir hier erst mal fertig.«

Eine Welle der Erleichterung bricht durch mein Gedankenchaos. »Ich habe ein Auto?«

Sie lacht. »Klar. Hier ist man ohne Fahrzeug wirklich aufgeschmissen. Komm mit.«

Mit weichen Knien folge ich ihr zurück nach draußen, wo mich Leslie geradewegs hinters Haus führt. Dort steht er, unter einer halbherzigen Überdachung: Ein Subaru Pick-up mit ausgebleichtem senffarbenem Lack, der aussieht, als wäre er geradewegs aus den Achtzigern hierhergebeamt worden.

Obwohl ich noch nie ein derartig hässliches Auto gesehen habe, würde ich Leslie am liebsten um den Hals fallen.

Ein kleines bisschen Freiheit. Ein kleines bisschen Kontrolle in einer Welt, in der ich sogar meinen eigenen Namen verloren habe.

»Hier, bitte schön.« Leslie drückt mir den Schlüssel in die Hand. »An der Tankstelle sind wir vorhin vorbeigefahren, sie ist weiter die Main Road rauf.«

Ich nicke. »Ich erinnere mich.«

»Ach.« Sie macht wieder kehrt und steuert auf ihren eigenen Wagen zu. »Und du kommst damit natürlich zum *Honeycomb*.«

Sie spricht den Namen aus, als müsste er mir etwas sagen. Vielleicht hat sie ihn auch schon erwähnt – mein scharfer Verstand war immer mein bestes Feature, aber seit ein paar Tagen ist mein Gedächtnis wie ein Sieb: Neue Informationen rutschen geradewegs hindurch. »Was war das noch mal?«

Leslie legt den Kopf schief. »Hat dir Marshall Stevens nichts gesagt? Das *Honeycomb* ist ein Café am Hafen und deine neue Arbeitsstelle. Nun, zumindest an den Wochenenden.«

»Oh.« Mit eiskalten Fingern richte ich meinen Pferdeschwanz. »Doch, ja, ich erinnere mich.« Von der Softwareentwicklerin in einem der renommiertesten Techunternehmen Nordamerikas zur Aushilfe im Kleinstadtcafé.

Leslie kramt ihren Autoschlüssel aus ihrer Jacke. »Mach dir keine Sorgen, es ist ein einfacher Job, hier ist kaum was los.«

Zögernd nicke ich. Das ist nicht das Problem. »Ich habe in meiner Studienzeit nebenbei in einem Coffeeshop gejobbt. Ich werde das schon hinkriegen.«

Mit einem warmen Schmunzeln wendet sich Leslie dem Auto zu. »Ich weiß, du bist gut mit Computern, aber so was gibt es hier einfach nicht. Es ist wichtig, dass deine Tarnung glaubwürdig ist. Deshalb bist du ab jetzt Blair, die Geologie-Studentin, die hier für ihre Masterarbeit Gesteinsvorkommen untersucht und am Wochenende im *Honey-*

comb jobbt. Dadurch verdienst du nicht nur Geld, das dir zur freien Verfügung steht, du hast auch eine Gelegenheit, dich den Einwohnern vorzustellen und dich in die Gesellschaft einzugliedern. Vielleicht findest du ja auch ein paar neue Freunde.«

Ich schlucke meine Antwort, ehe ich sie aussprechen kann. Was helfen mir Freunde, wenn ich sowieso nicht ehrlich mit ihnen sein darf? Wenn ich sie in ein paar Wochen wohl oder übel wieder verlassen muss und sie meinen echten Namen nie erfahren werden? »Klar.« Das Lächeln kostet mich Überwindung. »Klingt gut.«

»Wunderbar.« Leslie zwinkert. »Ich meine: wunderbärchen.«

O nein, hoffentlich denkt sie nicht, das wäre wirklich etwas, das man sagt. Das *ich* sage.

»Na gut.« Sie wirft einen Blick auf die Uhr. »Ich muss mich wieder auf den Weg nach Kodiak machen. Halt die Ohren steif. Ich melde mich in einer Woche bei dir und werde dich zu den Entwicklungen im Prozess updaten.«

Sie steigt in den Wagen und sieht durch die offene Tür noch einmal zu mir. »Ach, und du kennst die Regeln, oder? Es ist von äußerster Wichtigkeit, dass du dich von allem fernhältst, was mit dem Fall zu tun hat. Keine Gespräche darüber, keine Internetsuchen, am besten nicht mal Zeitungsartikel lesen. Vergiss einfach, dass Dane Conway jemals existiert hat.«

Sein Name schießt wie ein Blitz durch meinen Körper und hinterlässt eine Welle der Verwüstung.

Ich öffne den Mund, möchte ihr zustimmen, aber die Lüge will nicht über meine Lippen kommen. Nie im Leben werde ich Dane Conway vergessen. Nie im Leben werde ich auch nur eine Sekunde aufhören, darüber nachzudenken, was er getan hat.

Was er mir genommen hat.

Leslie schließt die Autotür, lässt das Fenster allerdings noch einmal hinunter und beugt sich zu mir. »Nimm es positiv: Hier kann man wunderbar die Natur genießen, lesen, spazieren gehen, fotografieren und so weiter. Du findest bestimmt einen guten Zeitvertreib. Wenn es irgendwelche Probleme gibt, hast du meine Nummer. Ruf mich an, wenn du Hilfe brauchst. Ansonsten hören wir uns nächsten Sonntag.«

Ich lächle, doch die Panik kocht in mir hoch. Auf einmal bin ich wieder das kleine Mädchen, das nicht im Kindergarten zurückgelassen werden will und nach seiner Grandma schreit.

Nein, will ich rufen. *Das ist falsch. Lass mich nicht zurück, ich gehöre nicht hierher!*

Der Motor ertönt.

Wie zu Eis erstarrt, verharre ich in meiner Position, bis Leslies Wagen hinter der Kurve am Ende der Straße verschwunden ist.

Ich bin allein.

Dreitausendfünfhundert Meilen zwischen mir und meiner Heimat.

Dreitausendfünfhundert Meilen zwischen mir und dem Mann, der mich töten will.

$\mathcal{3}$ Brynn

ALASKA GIRL SUMMER

Stille in Alaska ist anders als Stille in D. C.

Selbst wenn ich spätnachts zu Hause die Augen schließe, gibt es immer etwas zu hören: Autos, das Summen von elektronischen Geräten, das Brummen von Flugzeugen oder die Gesprächsfetzen meiner ständig streitenden Nachbarn.

Hier ist es einfach still.

Kein Summen.

Kein Brummen.

Nur alles verschlingende, ohrenbetäubende Stille.

Seit ich zurück im Haus bin, bin ich ständig in Bewegung, nur um meine Schritte auf den morschen Holzdielen zu hören.

Ziellos irre ich von einem Raum in den anderen, unfähig zu verstehen, dass ich wirklich *hier* bin.

Seit Wochen war alles temporär; ich wurde von A nach B gebracht, von B nach C und so weiter, durch das ganze Alphabet. Ich war in Polizeistationen, Gerichtssälen, Anwaltskanzleien und Hotels. Durfte meine Freunde nicht mehr sehen, meinen Bruder Finn nicht mehr anrufen und mich nicht einmal verabschieden. Ich habe mich in Flughafenwaschräumen geschminkt, einen neuen Pass bekommen, wurde gebrieft und vorbereitet, alles für diesen Moment.

Und er fühlt sich so verdammt unbedeutend an.

Alles an diesem Haus ist fremd. Die Einrichtung ist altmodisch, und es riecht – wie erwartet – stark nach Insektenspray und alten Holzmöbeln. Es ist nicht einmal dieser frische, würzige Waldgeruch, sondern abgestandene Luft und alte Erinnerungen, die nicht mir gehören.

Weder Leslie noch Alexander Stevens, der Marshall in D. C., haben mir erzählt, was für ein Haus das Cottage überhaupt ist. Gehört es den U. S. Marshalls, oder wurde es einfach angemietet? Wessen Möbel sind das, und seit wann stehen sie hier?

In den Regalen hat sich teilweise eine dicke Staubschicht angesammelt, und der braungrüne Stoff des Sofas ist verblasst. Die Dielen sind von unzähligen Schritten in schweren Schuhen gezeichnet, an den Wänden befindet sich allerlei Tand, der gleichzeitig altmodisch und aussagelos wirkt: der Print eines Bergpanoramas, auf dem *ALASKA* steht, hölzerne Elchfiguren, alte Lampen und ein paar Pflanzen, die sich bei näherer Inspektion als verstaubte Plastikteile herausstellen. Es gibt leere Boxen und Kisten, ein Puzzle mit Wasserfall-Motiv und leere Vasen – nichts, was auf eine Persönlichkeit des Vorbesitzers hindeuten würde. In der Küche sind Geschirr und Tassen, eine Mikrowelle, ein Wasserkocher und ein kleiner Gasherd.

Es ist in Ordnung.

Das Haus ist mir so fremd, als wäre ich ein Glitch in der Matrix dieses Gebäudes, aber es ist in Ordnung. Es muss in Ordnung sein. Eine andere Option gibt es nicht.

Vor dem Spülbecken fahre ich mir übers Gesicht, doch Bilder schießen mir in den Kopf, und ich zwinge mich, tief einzuatmen und die Erinnerungen abzuschütteln.

Ich kann diese verdammte Stille nicht ertragen.

Intuitiv greife ich nach meiner Hosentasche, um mein Handy hervorzuziehen, doch statt meines schmalen iPhones bekomme ich nur das klobige Ersatzhandy zu fassen, das ich von Marshall Stevens bekommen habe.

Es ist nur eine Kleinigkeit, ein lächerliches, winziges Detail, doch mir steigen die Tränen in die Augen. Ich will mein Handy zurück, will die mit Zitronen verzierte Schutzhülle und mein Hintergrundbild mit einem pastellfarbenen Abendhimmel, auf dem mit weißer Schrift *Hot Girl Summer* steht. Ich will meine Whatsapp-Chats und meine Spotify-Playlisten, aber ich kann hier nicht einmal Musik anmachen, da auf dem Handy keine Lieder gespeichert sind und ich mich auch nicht in meine alten Accounts einloggen darf, damit niemand meine IP-Adresse zurückverfolgen kann.

Ich bin mit dem Leben davongekommen, doch er hat mir alles andere genommen, was mich ausgemacht hat. Brynn Callahan existiert nicht mehr – von heute auf morgen ausgelöscht.

Ich bin nie so gewesen.

Hoffnungslos.

Ausgeliefert.

Schwach.

Ich war eine Kämpferin, eine Person, die immer einen Plan B hat, die immer eine Lösung findet.

Bis ich es nicht mehr tat.

Kein Ausweg, keine Alternativen. Kein Trouble Shooting und Problem Solving.

Alles, wofür ich so hart gearbeitet habe, ist ein einziger großer Scherbenhaufen.

Kein Weg nach vorn, kein Weg zurück. Ich erkenne die Frau nicht mehr, die mir aus dem Spiegel entgegenblickt. Nicht, weil ich Blair Gallagher sein muss, sondern weil ich verloren habe, was mich ausmacht, wer ich bin.

Ich reibe mir die Augen, bis ich Sternchen sehe. Zu viel Ruhe hat mir noch nie gutgetan. Und obwohl sich ein Teil von mir am liebsten einfach im Bett verkriechen würde, weiß ich, dass ich etwas anderes brauche – ich brauche ein Ziel. Etwas, das mich beschäftigt, bis mein Gedankensturm vorüber ist.

***

Das sanfte Rauschen der Wellen ist Balsam für meine Seele.

Meine Nerven sind zu aufgewühlt, und ich bin ohnehin

keine besonders gute Autofahrerin, also habe ich mich entschieden, Echo Cove zu Fuß zu erkunden.

Hinter der Kurve der Shore Road zurück am Meer führt ein hölzerner Boardwalk das Ufer entlang zu einem kleinen Hafen, an dem eine ausgebleichte USA-Flagge in der Meeresbrise flattert. Ein paar Boote sind am Pier vertäut, andere treiben auf dem offenen Wasser, allerdings so weit weg, dass sie wie Spielzeuge aussehen.

Am Himmel weicht die Morgendämmerung einem sanften cremefarbenen Weiß, doch ein dünnes Nebelfeld liegt über dem rauen Meer, und eine frische Brise lässt mich meine Jeansjacke ein wenig enger ziehen.

Als ich vom Washington Dulles International Airport losgeflogen bin, stand das Thermometer bei knapp neunzig Grad Fahrenheit – hier können es maximal fünfundsechzig sein.

So viel zu meinem *Hot Girl Summer*.

Der Wind lässt meine Haare flattern. Als ich nach meinem Zopf greife, um ihn festzuziehen, entdecke ich das erste Gesicht – ein etwa fünfzigjähriger Mann, der in einem blau gestrichenen Haus, das meinem in der Bauart ziemlich ähnlich sieht, am Fenster steht und mich beobachtet.

Ein kühler Schauer schießt durch meine Eingeweide, und ich zwinge mich, den Blick abzuwenden.

Es ist einfach nur ein Stadtbewohner, erinnere ich mich in Gedanken. Niemand hier weiß, wer ich bin; die Leute sehen wohl nur selten neue Gesichter in ihrer Stadt. Dabei bin ich nicht einmal besonders auffällig gekleidet: dunkle Leggins, weiße Sneakers und ein weites, graues T-Shirt unter der Jacke, das meine Kurven so gut wie vollständig verschlingt. In Echo Cove sorge ich damit dennoch für Aufmerksamkeit: Ein älteres Pärchen tuschelt, als es an mir vorbeigeht, ein Fischer glotzt mir ein wenig zu lange und zu intensiv hinterher, und ein Radfahrer gerät bei meinem Anblick beinahe auf Kollisionskurs mit einem Laternenpfahl, ehe er in einer großen Kurve zurück auf die Straße schlingert.

Das Gefühl des Beobachtetwerdens verfolgt mich auf jedem Schritt. Es ist das Gegenteil von Washington D. C., wo ich nicht einmal die Nachbarn in meinem Apartmentkomplex kannte. Dort hätte ich in einem bunten Pfauenkostüm auf die Straße gehen können, und mich hätten weniger Leute angestarrt als hier. Wieso, zur Hölle, musste sich Marshall Stevens ausgerechnet eine Kleinstadt für mich aussuchen?

Immerhin hat Leslie recht: Auf der Shore Road ist es einfach, sich zurechtzufinden.

Ich spaziere vorbei an einem Restaurant namens *The Jolly Herring*, das ausschließlich Fischgerichte anbietet, einer Kleiderboutique, deren Schaufenster aus Regenstiefeln und Latzhosen besteht, einem Friseursalon und einer kleinen weiß-blauen Kirche mit einem Türmchen, in dem eine goldene Glocke befestigt ist. Nur von dem Post Office fehlt bislang jede Spur.

Ich ziehe mein Handy aus der Jacke. Obwohl ich nur einen Strich Empfang habe, öffne ich Google Maps und versuche, die Karte von Echo Cove aufzurufen. Das Display wird weiß – und bleibt auch so.

»Ist ja wieder typisch«, murmelt es neben mir.

Sofort schaltet sich mein Körper in Alarmmodus: Mein Herz macht einen abrupten Sprung, mein Magen zieht sich krampfartig zusammen und das Blut rauscht in meinen Ohren. Doch es ist nur eine kleine ältere Frau mit einer vollen Einkaufstüte, zwei langen, dünnen Zöpfen und strähnigen Stirnfransen, die leicht gebeugt hinter mir steht und mich mit einem bitterbösen Blick mustert. Der vage Geruch von Deet-Insektenspray steigt mir in die Nase.

»Entschuldigung?« Unsicher trete ich einen Schritt zur Seite, jedoch macht sie keine Anstalten, an mir vorbeizugehen.

»Typisch Touristen. Kommen hierher, an den schönsten Ort der Welt, und kleben sofort wieder an ihren kleinen Bildschirmen.«

Ich habe keine Ahnung, was ich sagen soll. »Ähm, ich suche nur ...« Ich atme tief ein. Ich komme aus der Großstadt. Leute wie sie trifft man dort täglich an jeder U-Bahn-Station, also werde ich mich bestimmt nicht einschüchtern lassen. »Ich suche das Post Office. Können Sie mir sagen, in welche Richtung ich muss?«

»Und was wollen Sie da?« Sie kneift die Augen noch enger zusammen.

Wenn ich ihr den wahren Grund sage, wird das bestimmt nicht gut für mich ausgehen.

»Hah!« Sie zeigt mit einem verkrümmten Finger auf mich. »Wusste ich's doch! Sie sind wegen den Bären hier, nicht wahr? Aber ich sage Ihnen etwas, wenn Sie nicht ...«

»Marnie.« Eine angenehm weiche Männerstimme unterbricht ihre Tirade. Ich hebe den Kopf, und ohne dass ich es bewusst möchte, landet mein erster Gedanke bei meinem Nachbarn. Allerdings ist es nicht das grimmige Gesicht des Rangers, das mir entgegensieht.

Der Mann, der hinter der Frau – Marnie – auf dem Boardwalk gehalten hat, ist das komplette Gegenteil von Archer Flint. Attraktiv ist er dennoch, wenn auch auf eine völlig andere Art: Er trägt eine schwarze Polizeiuniform, seine hellbraunen Haare sind ordentlich zurückgekämmt und sein Kinn glatt rasiert. An seiner linken Augenbraue zeugt eine blasse Narbe von einer alten Verletzung, und sein Körper ist breit, die Art von Muskeln, die man durch harte Arbeit bekommt.

Als sich unsere Blicke treffen, erhellen sich seine grauen Augen.

»Matty, Gott sei Dank bist du da!«, japst Marnie, ehe ich etwas sagen kann. »Diese, diese *Touristin* ist hier, um die Bären ...«

»Schon gut, schon gut«, unterbricht er sie in einem milden Tonfall. »Wie wäre es, wenn du erst mal deine Einkäufe nach Hause bringst? Ich kümmere mich um die Angelegenheit.«

Marnie seufzt erleichtert, wirft mir einen letzten, strafenden Blick zu und drückt sich mit ihrer Einkaufstüte an mir vorbei.

»Mach dir keinen Kopf.« Grinsend sieht mein Retter ihr nach und dreht sich dann wieder zu mir. »Unsere Marnie ist einfach um die Nachbarschaft besorgt.«

»Danke.« Vorsichtig streiche ich mir eine Strähne hinters Ohr. »Ich versichere Ihnen, dass ich nicht hier bin, um Bären zu stehlen.«

»Würde ich dir auch nicht raten. Die sind äußerst schwer und unhandlich, und die meisten Airlines erlauben sie nicht im Handgepäck.« Neugierig sieht er mir in die Augen und hält mir die Hand hin. »Matthew Wells, die meisten hier nennen mich allerdings einfach Matt.«

Das ist nicht wahr. Die Frau hat ihn *Matty* genannt. Dennoch klingelt etwas bei mir. »Sie sind der Chief of Police?«

»Stets zu Diensten.«

»Sie sehen sehr jung für einen Chief aus, Mr Wells.«

Er winkt ab. »O bitte, spar dir die Förmlichkeiten, wir sind hier in Alaska. Aber ja, ich habe das Amt erst letztes Jahr von meinem Dad übernommen.«

»Ah.« Ich nicke. »Verstehe.« Eigentlich nicht ganz. Der Job eines Chiefs ist da, wo ich herkomme, keine Frage der Erbfolge, doch hier in Echo Cove laufen die Dinge vermutlich anders. Außerdem kann ich mir nicht vorstellen, dass es in diesem Ort eine besonders hohe Kriminalitätsrate gibt.

Matthew mustert mich neugierig. »Und wenn du nicht hier bist, um Bären zu klauen, was treibt dich dann auf unsere schöne Insel?«

Ich zögere. Anfängerfehler; während seine Frage zunächst einfach nur Small Talk war, leuchtet jetzt wahres Interesse in seinen grauen Augen auf.

Wie erleichternd wäre es, ihm einfach die Wahrheit zu sagen?

Mein Name ist Brynn Callahan, und ich bin im Zeugenschutzprogramm.

Ich schlucke das Geständnis hinunter. Niemand darf die

Wahrheit wissen, nicht einmal der Chief. Brynn existiert nicht mehr.

»Ich bin Blair.« Ich ergreife seine Hand. Der falsche Name brennt auf meiner Zunge, und am liebsten hätte ich mir den Mund mit Listerine ausgespült. Doch Matthew erwidert die Geste mit einem festen Händedruck, und ich fahre fort. »Blair Gallagher. Ich bin hier, weil ich für meine Masterarbeit Feldforschung betreibe, und ich jobbe im Café.« Die Worte klingen falsch und steif. Ich bin mir sicher, dass jeder sie sofort als Lüge enttarnen muss, allerdings scheint Matthew nichts zu bemerken. »Eine Naturwissenschaftlerin?«

Ich nicke. »Geologie. Ich bin hier, um die Felsstruktur der Klippen zu erforschen.«

»Oh.« Er hebt die Brauen. »Das klingt ... spannend.«

Ich habe nichts dagegen vorzubringen. Hätte man mir nicht wenigstens eine Tarnung geben können, mit der ich mich auskenne? »So was ist wirklich wichtig«, presse ich schließlich hervor.

Matthew runzelt die Stirn. »Hm. Ja gut, kann sein. Es gibt hier ja einige Minenschächte, also gab's hier wohl früher richtig was zu holen. Vor einigen Jahren ist mal einer eingestürzt, das war ein ziemliches Aufsehen. Aber das weißt du bestimmt bereits.«

Ich nicke, obwohl ich zum ersten Mal davon höre. Ich will nicht über Felsen reden. Will keine Konversationen führen müssen, die von vorn bis hinten auf Lügen basieren.

Als ich nicht antworte, fährt Matthew fort. »Na dann, Blair. Freut mich, deine Bekanntschaft zu machen. Wenn du Hilfe brauchst, bin ich jederzeit für dich da. Die Klippen liegen im Schutzgebiet, da muss man vorsichtig sein.« Etwas huscht über sein Gesicht; ein kurzer Schatten, den ich nicht recht einordnen kann. Dann seufzt er, atmet einmal tief durch und zuckt mit den Schultern. »Also, du suchst das Post Office?«

»Genau genommen eigentlich den Elektronikladen. Ich

brauche unbedingt Internetzugang in meinem Haus. Für meine Forschung.«

»Ah. Wo wohnst du?«

»Am Ende der Shore Road.« Ich deute in die Richtung, aus der ich gekommen bin.

Matthews linke Braue, die mit der Narbe, wandert nach oben. »Doch nicht etwa im Cottage gegenüber dem Flint-Haus?«

»Doch, genau da.« Warum fühlt es sich an wie ein Geständnis? »Wieso?«

Matthew winkt ab. »Ach, nichts, bloß, deinem Nachbarn würde ich lieber aus dem Weg gehen. Der ist gefährlicher als die Bären.«

Ein Kribbeln wandert über meine Kopfhaut, und meine Brust wird eng.

»Gefährlich?«

Matthew zögert kurz, schüttelt dann jedoch den Kopf. »Ach, zerbrich dir deshalb nicht den Kopf. Wenn du ihm aus dem Weg gehst, ist alles gut.« Er zieht einen kleinen Notizblock mit einem Kugelschreiber aus der Jacke seiner schwarzen Uniform und kritzelt etwas darauf. »Ich gebe dir meine Nummer; wenn etwas ist, kannst du mich jederzeit anrufen.«

Zögernd starre ich auf den Block. »Danke, ich habe deine Nummer schon von meinem ...« Fuck. »Hab sie schon rausgefunden.«

Fragend sieht er mich an. »Meine Privatnummer?«

Flirtet er mit mir? »Nein, die berufliche.«

Er reißt den Zettel ab und streckt ihn mir entgegen. »Unter dieser Nummer bin ich besser erreichbar.«

Ich habe nicht vor, ihn anzurufen, aber da er nicht lockerlässt, nehme ich das Blatt zögerlich entgegen. Erst als es in meine Jackentasche wandert, wirkt Matthew zufrieden.

»Na gut. Dann bringe ich dich mal besser zu Lazlo. Der kann sich um dein Internet kümmern.«

4 Brynn

NORTHERN ATTITUDE

Matthew Wells ist kein Mann, der ein Nein akzeptiert. Schließlich gebe ich einfach auf und lasse mich von ihm zum Elektronikladen begleiten, vor dem er glücklicherweise einen Anruf von seiner Kollegin erhält und sich verabschiedet.

Der Ladenbesitzer Lazlo, ein freundlicher, hagerer Mann Ende fünfzig mit grau durchwachsenem Schnurrbart, verkauft mir alle nötigen Geräte, die ich brauche, um in meinem neuen Zuhause Internet zu empfangen.

Allerdings gibt es dabei ein kleines Problem – gutes Internet gibt es in Echo Cove nämlich nur über Satellit. Und um da ranzukommen, braucht man eine Satellitenschüssel.

Lazlo bietet mir an, die Installation vorzunehmen, aber ich lehne ab: Ich bin zusammen mit meinem Bruder bei meiner Grandma mit künstlicher Hüfte aufgewachsen und habe Informatik studiert. Ich weiß, wie man Dinge montiert, Kabel anschließt und Lösungen findet. Außerdem möchte ich keinen fremden Mann in meinem Haus haben. Vielleicht hätte ich lügen sollen, behaupten, ich hätte einen Freund, der zu Hause auf mich wartet. Ich hasse es, dass ich diese Gefühle habe, komme mir vor wie eine Verräterin, denn ich will eine starke, emanzipierte Frau sein; und die Brynn, die ich in Washington D. C. zurückgelassen habe, hätte sich nie so gefühlt. Sie hat nie den Schwanz eingezogen, hat sich nie kleiner gemacht, um unter dem Radar zu fliegen und keine Aufmerksamkeit auf sich zu ziehen. Aber egal, wie sehr ich nach dieser alten Stärke suche, ich finde sie nicht. In mir ist bloß diese grauenhafte, alles verzehrende Leere und die Angst. Plötzlich lauert in jedem Schatten eine Gefahr, hinter jeder Ecke ein Verfolger, und ich bin nicht länger eine Kämpferin, sondern die Beute; ein Reh, das bei jedem unbekannten Geräusch die Flucht ergreift.

So möchte ich nicht leben. Und als ich wieder zu Hause bin, gehe ich sofort ans Werk.

Zumindest ist das der Plan.

Unter mir wackelt die alte Aluleiter, die ich in dem überdachten Bereich hinter dem Auto gefunden habe.

Mit einer Hand halte ich mich an den Sprossen fest, mit der anderen versuche ich, die Halterung für die Montagevorrichtung der Satellitenschüssel an der Hauswand mit einem kleinen Akkuschrauber anzubringen. Leichter gesagt als getan – wenn ich zu viel Druck anwende, gerate ich ins Schwanken, und wenn ich weniger fest drücke, droht die Metallhalterung nach unten zu rutschen.

Frust brodelt in mir hoch, doch ich zwinge mich, tief einzuatmen und es nach jedem fehlgeschlagenen Versuch neu zu versuchen. Ich darf nicht aufgeben.

Ich schaffe das.

»Was, zur Hölle, wird das?«

Die raue Männerstimme durchfährt mich wie ein Blitzeinschlag. Sofort schießt mein Puls in die Höhe.

Er hat mich gefunden.

Nein. Nein, das ist nicht möglich.

Bebend sauge ich einen tiefen Atemzug in die Lunge, klammere mich an der Leiter fest und drehe mich vorsichtig nach hinten.

Nicht Dane Conway.

Natürlich nicht.

Es ist bloß Archer Flint, der an meinem ausgebleichten weißen Holzzaun steht und mich mit skeptischem Blick beobachtet. Er trägt noch immer sein rot-schwarz kariertes

Holzfällerhemd, hat die Ärmel jedoch inzwischen hochge-krempelt, sodass seine muskulösen Unterarme zum Vor-schein kommen.

Er soll einfach gehen und mich in Ruhe lassen.

»Geht Sie nichts an«, rufe ich zurück. Hoffentlich be-merkt er nicht, wie sehr meine Stimme bebt. »Das ist mein Haus.«

»Das ist mir bewusst«, erwidert er und verschränkt die breiten Arme. »Aber ich habe keinen Bock, dass du dich umbringst und Wells und seine Handlanger die nächsten Tage vor meiner Einfahrt herumlungern.«

Überfordert starre ich zu ihm hinab. Was soll ich ihm sa-gen? Ich will genauso wenig hier sein, wie er mich hierhaben will, doch das Leben ist kein verdammtes Wunschkonzert.

»Tja«, presse ich hervor. »Das ist leider Ihr Problem.« Mit zitternden Händen wende ich mich wieder von ihm ab und werfe demonstrativ den Akkuschrauber an. Leider ist das leise Summen nicht so eindrucksvoll, wie ich es erhofft habe. Dennoch gehe ich erneut ans Werk, und es gelingt mir tatsächlich, eine Schraube der Halterung in dem mor-schen Holz zu befestigen.

»Veränderungen an der Hausfassade müssen mit dem Stadtkomitee abgeklärt werden«, ertönt Archers Stimme von unten.

Wieso ist er noch immer da?

»Ich habe die Erlaubnis von Chief Wells.« Das stimmt zwar nicht wirklich, aber Matthew und Archer scheinen nicht die besten Freunde zu sein. Vielleicht kann ich ihn so abschrecken.

Von unten ertönt tatsächlich ein abschätziges Schnau-ben. »War ja klar.«

In seinem Tonfall schwingt so viel Verachtung mit, dass ich mich doch wieder zu ihm umdrehe. Mein Nachbar lehnt in-zwischen am Zaun und sieht herausfordernd zu mir hoch.

»Was?« Mein Tonfall klingt ein bisschen schärfer als be-absichtigt, und mit einem Mal wird mir deutlich bewusst, wie eng sich meine Lululemon Leggins an meinen Po schmiegt. Aus seiner Position hat Flint vermutlich einen ausgezeichneten Ausblick auf meinen Hintern. Mit einem Schlag fühle ich mich wie auf dem Serviertablett.

»Dass *Chief* Wells«, er betont den Titel, als wäre es eine Beleidigung, »alles tut, um dich in der Community willkommen zu heißen.«

Eine braune Strähne fällt mir in die Stirn, und ich puste sie weg. »Und wieso interessiert Sie das?«

Archer schnaubt. »Ich möchte nur meine Ruhe.«

»Irgendwie ironisch, oder?«

Er legt den Kopf schief. »Wieso?«

»Weil Sie gerade derjenige sind, der *meine* Ruhe stört.« Ich wende mich demonstrativ ab und will die nächste Schraube in der Halterung befestigen, doch Archers Blick brennt auf meinem Rücken.

»Du störst meine Ruhe«, erwidert er nach einer Weile.

»Ich wohne hier«, entgegne ich kühl. »Und dagegen kann ich leider nichts tun.« Die Mischung aus Wut, Aufregung und Angst lässt meine Finger erbeben. »Es ist mein Recht«, dringt es kratzig aus meinem Hals. Ich habe so viel verloren. Dane Conway hat mir so viel genommen. Ich will mein Leben nicht von eingebildeten Männern kontrollieren lassen. »Ich kann machen, was ich will.« Kaum habe ich den Satz beendet, bemerke ich meinen Fehler – die kleine Unaufmerksamkeit, der winzige Augenblick, in dem ich mich mehr auf Archer und weniger auf meine Aufgabe konzentriere. Die lange Schraube rutscht aus dem vorgesehenen Loch in der Halterung, und ich versuche sie zu erwischen, doch es ist bereits zu spät. Sie rutscht durch meine schweißnassen Finger, und aus purer Intuition greife ich danach.

Großer Fehler.

Das Zentrum meines Schwerpunkts verschiebt sich, und die Leiter gerät unter mir ins Wanken. Es ist nur der Bruchteil einer Sekunde, doch er fühlt sich unendlich lang an, wie in Zeitlupe. Ein Teil meines Bewusstseins klammert sich an die Hoffnung, dass es mir gelingt, die Balance zurückzugewinnen, dass ich die Kante des Dachs zu greifen bekomme, dass ein Wunder geschieht. Der andere bereitet sich bereits auf den unausweichlichen Fall vor. Mein Blick schwankt nach unten.

Nicht die Treppe, schießt es mir durch den Kopf. Dane Conway wird sich ins Fäustchen lachen, wenn er jemals erfährt, dass ich mich bereits am ersten Tag im Zeugenschutzprogramm beim Versuch, eine Satellitenschüssel an einem morschen Holzdach zu installieren, den Schädel wie ein rohes Ei an der Verandatreppe aufgeschlagen habe.

Ein heftiger Ruck schießt durch meinen Körper, und erst als ich den heiseren Schrei höre, wird mir bewusst, dass er aus meiner Kehle stammt.

Ein Herzschlag verstreicht, dann realisiere ich, dass ich nicht mehr falle.

Ich sehe nach unten, und dort steht er: Archer Flint hat die Leiter mit festem Griff gepackt und drückt mich in Richtung Fassade zurück.

Ich schnappe nach Luft.

Wie ist er so schnell über den Zaun gekommen? Ist er gesprungen? Er muss gesprungen sein.

Je länger ich ihn ansehe, desto deutlicher wird sein schwerer Atem, der Schock in seinen Augen, als könnte er selbst nicht glauben, was gerade passiert ist. Was fast passiert wäre.

»Fuck«, keucht er schließlich.

»Ich ...« Meine Brust hebt und senkt sich in einem hektischen Rhythmus.

Fuck, fuck, fuck.

»Komm runter.« Es ist keine Frage, sondern ein Befehl. Mit einer Hand hält Archer die Leiter fest, die andere streckt er mir auffordernd entgegen, und ich glaube, auch bei ihm ein leichtes Zittern in den Fingern zu erkennen.

Ich zögere einen kurzen Augenblick, sauge dann erneut

einen tiefen Zug der kühlen Alaska-Luft in meine Lunge und schüttle den Kopf.

Du kannst das, Brynn.

Wenn ich jetzt nachgebe und von der Leiter steige, habe ich kein Internet. Nichts, was die Stille im Haus und den Lärm in meinem Kopf übertönen kann.

Ich brauche das. Auch wenn ich mich am liebsten am Boden in der Fötushaltung einrollen würde.

Cool bleiben.

Ich sehe nach unten. »Können Sie mir bitte die Schraube geben?«

Archer zieht die dunklen Brauen zusammen. Für den Bruchteil einer Sekunde bin ich mir sicher, dass er die Leiter loslassen und mich meinem Schicksal überlassen wird, doch dann zucken seine Mundwinkel nach unten. »Hättest dir fast den Hals gebrochen.« Seine Stimme ist kaum mehr als ein drohendes Grollen.

»Aber ich lebe noch.«

Ja.

Ich lebe noch.

Auch wenn das gerade mein einziger Trost ist.

Mit einem Räuspern strecke ich die Hand nach unten aus. »Bitte geben Sie mir die Schraube.« Meine Stimme klingt fester, selbstbewusster, als ich mich fühle.

Ich habe ein einziges Tattoo: Ein Schriftzug auf der Innenseite meines Oberarms.

Prove them wrong.

Ich bin ohne Eltern bei meiner Grandma aufgewachsen. Als alle meine Klassenkameradinnen die neuesten Schuhe, Taschen und Parfums auf dem Schulhof hergezeigt haben, hatte ich die von meiner Granny selbst genähten Kleider an.

Ich habe Informatik studiert. Die Frauenquote in unserem gesamten Lehrgang lag bei zwanzig Prozent, und in meiner Einführungswoche hat mich einer der Professoren gefragt, ob ich mich im Raum geirrt hätte. Trotzdem bin ich jede Woche dort aufgetaucht, mit geschminkten Lippen, lackierten Fingernägeln und meinem Iced Coffee, immer in der ersten Reihe.

Ich habe mich für einen Job beworben, für den ich als frische Studienabgängerin unterqualifiziert war, weil es genau das war, was meine männlichen Kommilitonen getan hätten.

Und ich habe ihn bekommen.

Habe mein Studium unter den Top Five der Jahrgangsbesten abgeschlossen.

Habe mich mit den wenigen Mädchen in meinem Studiengang angefreundet, um Lerngruppen zu gründen, in denen wir uns gegenseitig unterstützt haben.

Ich bin es nicht nur gewohnt, unterschätzt zu werden – es hat mich immer angespornt. Hat mir Kraft gegeben. Ich habe mein ganzes Leben lang Dinge geschafft, die andere für unmöglich gehalten haben.

Ich werde das hier durchziehen.

Ich werde diese verdammte Satellitenschüssel installieren.

Ich werde die Wochen in Echo Cove überstehen.

Ich werde überleben.

Archer mustert mich zögernd, dann beugt er sich jedoch langsam nach unten, hebt die Schraube auf und reicht sie mir entgegen.

Mit zusammengebissenen Zähnen zwinge ich mich, das Zittern in meiner Hand zu unterdrücken, und greife nach dem kleinen Stück Metall. Mit mehr Glück als Geschick schiebe ich die Schraube zurück in die Halterung und fixiere sie dieses Mal unfallfrei an Ort und Stelle.

Ohne mich zu Archer umzudrehen, beeile ich mich, die restlichen Schrauben zu fixieren, schließe das Kabel an und klettere schließlich mit weichen Knien die Sprossen nach unten.

Erst als ich neben Archer stehe, fällt mir wieder in vollem Ausmaß auf, wie viel größer er ist.

Eine Weile sehen wir uns bloß an. Seine Augen haben ein sanftes Braun, doch nichts von der Wärme spiegelt sich in seinem Blick wider. Im Gegenteil: Als könnte er meine

Gedanken lesen, kräuselt Archer die Oberlippe und mustert mich, als wäre ich eine invasive Spezies, die er gerade aus einem Baum geholt hat.

Ich schlucke. »Danke«, presse ich hervor und halte ihm die Hand entgegen.

Er starrt nur darauf. »Wie heißt du?«

Einen Augenblick lang zögere ich. »Blair«, murmle ich schließlich.

Er gibt sich damit nicht zufrieden. »Und weiter?«

Warum will er das so genau wissen? Unsicher lege ich die Arme um meinen Oberkörper. »Blair Gallagher«, sage ich den falschen Namen artig auf wie einen Kinderreim, den man mir eingetrichtert hat.

Ein Herzschlag verstreicht. Dann wird sein Blick hart. »Was hast du hier zu suchen, Blair Gallagher?«

»Ich ...« Mit jedem Laut aus meiner Kehle schnürt sich mein Hals fester zusammen.

»Hast du die Zunge verschluckt?«

Sein rauer Tonfall lässt mich zusammenzucken. »Ich mache hier meine Arbeit«, presse ich hervor.

»Welche Arbeit soll das sein?« Vorwurfsvoll sieht er zum Dach, dann wieder zu mir.

Panisch kratze ich die Worte in meinem Bewusstsein zusammen. Eigentlich war ich immer eloquent und furchtlos, aber gerade reicht der geringste Druck aus, um mein Selbstbewusstsein wie eine Seifenblase zum Platzen zu bringen. »An den Klippen ...«

»Im Schutzgebiet?«

Verdammt, ich hatte keine Sekunde Zeit, mich über meine Tarnung zu informieren. »Ja, an der Küste, ich bin ... Ich studiere Geologie.« Es klingt mehr wie eine Frage, und auch Archer scheint dies nicht zu entgehen, denn er kneift die Augen zusammen.

»Ah? Und wo?«

Fuck, ich habe nicht einmal darüber nachgedacht. »Columbia«, nenne ich die erste Universität, die mir einfällt.

»New York?«

Ich nicke.

Langsam mustert mich Archer vom Scheitel bis zu den Schuhen. »Ich gebe dir jetzt einen guten Tipp, Blair: Pack deine Sachen und verschwinde. Echo Cove ist kein Ort für kleine Stadtmädchen wie dich. Und wenn ich dich ohne gute Erklärung im Schutzgebiet erwische, wirst du bald ganz andere Probleme haben, kapiert?« Ohne meine Antwort abzuwarten, wendet er sich einfach von mir ab und stapft aus meinem Garten – dieses Mal durch die Einfahrt – und zurück zu seinem Haus.

Seine Worte hallen in mir wider, und ich starre ihm nach, bis die weiß gestrichene Tür hinter ihm zufällt.

Was für ein verdammtes Arschloch.

5 Brynn

MISSION: RESTART

Der Korridor zieht sich ins Unendliche. Kahle Wände, die immer näher kommen, mein unsteter Atem, kalte Luft, die in meiner Lunge brennt.

Seine Schritte hinter mir.

Ich laufe schneller, doch je mehr Kraft ich aufwende, desto langsamer werde ich, als würde ich gegen eine unsichtbare Wand ankämpfen.

Die Luft wird dicker.

Wärmer.

Sein heißer Atem in meinem Nacken.

Tränen nehmen mir die Sicht, doch ich zwinge mich, weiterzulaufen.

»Ich habe dich.«

Seine Stimme ist wie das Kratzen von Fingernägeln in meinen Ohren.

»Du kannst mir nicht entkommen.«

Ich zwinge meine Beine, schneller zu laufen.

Vor mir macht der Korridor eine harte Biegung, und ich ramme gegen die raue Steinwand, rapple mich jedoch auf, ehe die große, blasse Hand nach mir greifen kann. Finger streifen meine Haare wie Spinnenbeine, und ich versuche sie abzuschütteln, versuche zu laufen, und ...

Eine Wand.

Am Ende des Korridors ist eine Wand.

Gelächter hinter mir.

»*Ich habe es dir doch gesagt, Brynn. Du kannst mir nicht entkommen.*«

Ich pralle mit verschwitztem Körper gegen den kalten Stein, balle die Hände zu Fäusten, hämmere gegen die Wand, rufe, flehe, aber es ist zwecklos.

Es gibt keinen Ausweg.

»*Dreh dich um.*« *Seine Stimme ist nun dicht hinter mir.*

»*Dreh dich um und sieh mir in die Augen.*«

Schweißgebadet fahre ich im Bett hoch. Wie ein lauter Bass dröhnt mein Puls durch meinen Körper und erfüllt mich bis in die Fingerspitzen. Mein hellrosarotes *Hello Kitty*-Schlafshirt ist von meinem Schweiß durchnässt, und die Haare kleben mir an der Stirn.

Nur ein Traum, will ich mir sagen. *Nur ein verdammter Traum.*

Doch die Matratze ist hart und steif, und die Bettdecke riecht nach billigem Weichspüler.

Das ist der Teil des Albtraums, aus dem ich nicht erwachen kann.

Stöhnend reibe ich mir übers Gesicht. Auf dem Nachttisch steht mein Laptop, auf dem noch immer der Youtube-Stream mit dem Titel *11 Stunden Kamingeräusche und Katzenschnurren* läuft. Auf dem Bildschirm flackert das überarbeitete Bild eines Kamins mit einer eindeutig nachträglich hineinretuschierten Katze.

Mit einem Stöhnen strecke ich mich, greife in Richtung Nachttisch und klappe den Laptop zu.

Als ich mit nackten Füßen den Fußboden berühre, verkrampfe ich die Zehen und schüttle mich, ehe ich in meine Hausschuhe schlüpfe und mich ins Bad begebe.

Aus dem Spiegel sieht mir eine blasse, erschöpfte Gestalt entgegen. Meine Haut ist fahl und leblos, unter den Augen prangen tiefe Schatten, meine Wangen sind aufgedunsen und von einer dünnen Schweißschicht überdeckt.

Von der aufgeweckten, fröhlichen jungen Frau, die ich

einst gewesen bin, ist nichts mehr übrig. Mein Herz mag noch immer in meiner Brust schlagen, aber es ist beinahe, als hätte Dane Conway doch einen Teil von mir getötet.

Die Brynn, die ich jetzt bin, kann nicht mehr zurück.

Meine Unschuld ist verloren, und keine Seife der Welt kann den Dreck von meiner Seele waschen. Ich kann den Albträumen nicht entkommen, nicht im Schlaf, und auch nicht, wenn ich wach bin.

Obwohl ich mich am liebsten wieder in mein Bett verkrochen hätte, weiß ich, dass ich dort keine Erholung finden kann. Ich drehe den Wasserhahn auf, warte, bis die braune Plörre sich in klares Wasser verwandelt, und wasche mir damit das Gesicht. Früher hätte ich mir Sorgen über Pickel und Ausschläge gemacht, aber im Moment schließe ich bloß die Augen und genieße das kalte Wasser, das von meiner Nasenspitze tropft.

Ich schrubbe meine Haut, bis die Wangen rot sind, dann erhebe ich mich und sehe wieder in den Spiegel.

Ich muss stark sein.

Muss weiterkämpfen, darf den Kopf nicht in den Sand stecken.

Dane Conway wird bekommen, was er verdient hat.

Vielleicht kann ich nie vergessen, was in dieser Nacht in dem hochmodernen Bürogebäude von *Conway Tech* passiert ist, aber Menschen wie Leslie und Marshall Stevens sorgen dafür, dass er bekommt, was er verdient hat.

Dass er für seine Taten bluten muss.

Und irgendwann werde ich zurückgehen und neu beginnen. Und dann wird Blair, Echo Cove, Kodiak Island und Alaska in Vergessenheit geraten.

Aus meinem Make-up-Täschchen hole ich eine Gesichtssonnencreme mit LSF 50, eine getönte Tagescreme, Concealer und ein transparentes Puder. In Kombination gelingt es den Produkten, mir wieder einen halbwegs lebendigen Teint zu verleihen, ohne meine Sommersprossen dabei vollständig zu überdecken. Ein bisschen rosafarbener Lipgloss, ein Hauch Mascara und Augenbrauengel vervollständigen den Look.

Ich versuche, Blair Gallagher wie einen Mantel anzuziehen, als wäre ich eine Schauspielerin, die sich in eine Rolle hineinversetzt. Vielleicht sollte ich es so angehen – wie ein Spiel. Eine Herausforderung.

Herausforderungen mochte ich schon immer.

Ich kann das schaffen.

Zurück im Schlafzimmer, ziehe ich eine hellblaue Boyfriend-Jeans und ein schwarzes, eng anliegendes Tanktop mit hohem Ausschnitt aus dem Koffer, schlüpfe hinein und ziehe ein weiches Flanellhemd mit dunkelgrünem Karomuster darüber. Dann steige ich in meine Vans, ziehe den Pferdeschwanz zurecht und sehe ein letztes Mal in den Spiegel.

Wenn ich mich zu einem Lächeln zwinge, kann ich fast über die Leere in meinen Augen hinwegtäuschen.

***

Die Kälte der Nacht liegt noch immer wie ein unsichtbarer Schleier über Echo Cove. Auch Mitte Juni sind die Nächte hier kalt, aber dort, wo die Sonne meinen Körper trifft, macht sich eine angenehme Wärme breit. Ein salziger Geruch liegt in der Luft, und das Wetter ist insgesamt milder als gestern. Heute haben sich die Wolken verzogen, und unter dem strahlenden Blau des Himmels wirkt alles optimistischer, sogar mein kleines Häuschen.

Der Garten ist ungepflegt, allerdings hat er Potenzial – ich erwische mich bei dem Gedanken, dass man etwas daraus machen könnte. Gras aussäen, die Büsche schneiden, das alte Laub und das Geäst entfernen, neue Pflanzen kaufen, ein paar Liegestühle, auf denen man sich sonnen kann.

Vielleicht muss ich mich nur hart genug hineinsteigern, um wieder zu mir selbst zurückzufinden. *Fake it, till you make it*, wie man so schön sagt. Was hätte die alte Brynn gemacht? Gibt es in mir noch immer einen kleinen Funken der Frau, die über die Wendungen des Schicksals gelacht und den Aufenthalt in Echo Cove als lustiges Abenteuer gesehen hätte?

Vielleicht kann ich sie wiederfinden. Vielleicht kann sie mir helfen, diese Zeit zu überstehen.

Als ich das Ende meiner Einfahrt erreiche, werde ich von einem enthusiastischen Bellen aus den Gedanken gerissen.

So wie am Tag zuvor schießt ein grauer Blitz über die Straße und hält direkt auf mich zu.

Ich habe eigentlich keine Angst vor Hunden – meine Grandma hatte selbst einen, mit dem ich aufgewachsen bin. Allerdings war unser Hercule ein übergewichtiger Beagle, und ich habe keine Ahnung, ob Archer Flints Hund genauso territorial ist wie sein Herrchen.

Sicherheitshalber trete ich einen Schritt zurück hinter meinen Zaun, aber der Husky hat mich bereits erreicht. Aus klugen, honigbraunen Augen sieht er mich an und wedelt aufgeregt mit seinem flauschigen Schwanz hin und her.

Erleichtert senke ich die Schultern, und der Knoten in meinem Magen löst sich langsam.

Keine Gefahr.

»Na?« Vorsichtig beuge ich mich nach unten. »Du bist ein Feiner, nicht wahr? Du willst mich nicht beißen.« Ich halte ihm die Hand entgegen, die er sofort begeistert beschnüffelt. Der Schwanz des Hundes wedelt noch schneller. Die Ohren sind nach vorn gerichtet und die Körperhaltung entspannt – soweit ich das deuten kann, ist es ein gutes Zeichen. »Ich komme jetzt raus, okay?«

Langsam schiebe ich mich durch das Gartentor, woraufhin sich der Hund sofort näher an mich drückt. Er sieht bereits beeindruckend aus, doch nun, da ich seine Kraft am eigenen Körper spüre, wird mir bewusst, dass ich verdammt froh sein kann, dass er mir freundlich gesonnen ist. Wenn er wollte, könnte mich dieser Hund mit Leichtigkeit plattmachen.

»Na?«, frage ich ihn leise und kraule ihn zwischen den

Ohren. Sein Fell ist unglaublich weich, beinahe als wäre er ein riesiges Stofftier. »Lässt dich dein Herrchen einfach so rumrennen, oder bist du abgehauen, weil er so ein alter Brummbär ist?«

»Koda! Hier!«

Wenn man vom Teufel spricht.

Ich sehe auf und entdecke Archer, der an seiner Tür steht und streng in unsere Richtung starrt.

»Koda, huh«, wiederhole ich den Namen, sehe wieder nach unten und kraule den Hund weiter, der einmal kurz in die Richtung seines Herrchens geguckt hat.

Ich bin mir vielleicht nicht sicher, wie die alte Brynn auf die Zwangsversetzung nach Alaska reagiert hätte, aber eines weiß ich: Von einem griesgrämigen Kerl mit Egoproblem hätte sie sich niemals einschüchtern lassen. »Glaube, dein Boss wird sauer«, wispere ich dem Hund zu. »Vielleicht solltest du lieber nach Hause gehen.«

Koda gibt sich unbeeindruckt.

»Fuß!«, ruft Archer noch einmal. Dieses Mal zuckt Koda mit den Ohren, sieht zu seinem Herrchen zurück und scheint mit sich zu kämpfen – einerseits will er dem Befehl Folge leisten, andererseits will er auch unbedingt noch ein bisschen länger gekrault werden.

»Na komm«, murmle ich dem Hund aufmunternd zu, sammle meinen Mut und spaziere los in Richtung von Archer Flints Einfahrt.

Archer sieht nicht besonders begeistert aus. »Sturer Bock«, brummt er und stapft die Treppen vor seiner Veranda hinab.

Heute trägt er ein schlichtes olivgrünes T-Shirt und Jeans. Seine dunklen Haare sind leicht zerzaust, als wäre er gerade aufgestanden und hätte beim Frühstückskaffee gesessen. Ich hasse, wie gut er aussieht. Aber er hat gestern klargemacht, was er von mir hält. Also bin ich heute diejenige, die hier eine Grenze ziehen wird.

»Weißt du«, rufe ich ihm auf dem Weg über die Straße

zu. »Wenn hier ein Auto entlangfährt, könnte das wirklich gefährlich werden.« Ich schiebe die Finger in das weiche Rückenfell des Tieres. »Du solltest ein bisschen besser auf ihn aufpassen.«

Archer sieht mich an, als hätte ich gerade seine Mutter, Großmutter und die Mutter seiner Großmutter beleidigt.

»Kümmer dich um deinen eigenen Dreck, Stadtmädchen«, knurrt er, erreicht uns und fasst grob nach Kodas Lederhalsband, das tief unter dem weichen Fell verborgen ist. »Oder muss ich dir schon wieder den Arsch retten?« Für den Bruchteil einer Sekunde streift er mit rauen Fingerspitzen über meine weichen, und ich ziehe rasch die Hand zurück.

»Wenn ich dir einen Tipp geben darf?«

Irritiert hält Archer inne.

»Wenn du ein bisschen netter zu deinen Mitmenschen wärst, dann würden dich vielleicht auch mehr Leute mögen. Außerdem bin ich kein kleines Mädchen, und mein Arsch geht dich überhaupt nichts an.« Ohne abzuwarten, mache ich kehrt, schlendere zurück zum Gartentor und genieße das Kribbeln, das Archers ungläubiger Blick auf meinem Rücken hinterlasst.

6 Brynn

THE BEAR NECESSITIES

Im morgendlichen Sonnenschein entfaltet Echo Cove sein volles Potenzial. Die Farben an den Fassaden leuchten hell, und das Rauschen des Meeres verschmilzt mit dem Krächzen der Eismöwen zu einem angenehmen Hintergrundgeräusch.

War es ein Fehler, mich mit Archer anzulegen?

Vielleicht.

Aber von allen Problemen, die mich verfolgen, ist er dasjenige, das ich gerade lösen kann.

Nun, vielleicht nicht lösen, doch ich kann es angehen. Ich kann ihm Kontra geben und ihm seine Grenzen aufzeigen, und obwohl mich der Kontakt mit weichen Knien und einem rasenden Herz zurückgelassen hat, habe ich ein Stück meiner Selbstbestimmung zurückerlangt.

Ich bin kein Spielball für launische Männer, egal, ob sie Archer Flint oder Dane Conway heißen.

Auf meinem Weg den idyllischen Boardwalk hinab macht sich der Hunger zum ersten Mal bemerkbar.

Kein Wunder – ich habe mich gestern den ganzen Tag nur von den Dingen ernährt, die ich in meinem Koffer eingepackt hatte: Schokoriegel, M&Ms, blaue Takis und zum Abend eine Packung Carbonara-Ramen, die ich mir in weiser Voraussicht mitgenommen habe. Eigentlich sind die Nudeln viel zu scharf, aber die Mischung aus dem cremigen Geschmack und dem feurigen Brennen auf der Zunge macht absolut süchtig – und es ist eine kleine Erinnerung an zu Hause.

Die Rechnung liefert mir mein Magen allerdings heute – mit einem flauen Gefühl und einem ungeduldigen Rumoren, mit dem er deutlich macht, dass es an der Zeit für eine richtige Mahlzeit ist.

Ich finde mein Ziel am anderen Ende der Shore Road, wo mein Blick auf ein hölzernes Schild fällt, das vor einer gelb-weißen Markise langsam in der Meeresbrise schwingt. Darauf abgebildet ist ein kleiner runder Bär, der etwas in den Pfoten hält, das entweder eine Waffel oder eine Honigwabe darstellen könnte. *The Honeycomb Café* steht darunter.

Ah. Also das Café, in dem ich am Wochenende arbeiten soll.

Auf der hölzernen Veranda mit Meerblick stehen ein paar Stühle und Tische, die noch mit schweren Ketten zusammengebunden sind. Die ebenfalls gelb-weißen Sonnenschirme sind geschlossen, doch durch die Glasscheibe in der weißen Tür kann ich zwei junge Frauen erkennen. Eine davon, eine kleine Gestalt mit schulterlangen blonden Haaren, steht hinter der Theke, die andere, eine größere, kurvige Person mit huftlangen, pechschwarzen Zopfen hat mir den Rücken zugewandt. Die beiden sind in eine Diskussion vertieft, doch die Tür ist nicht verriegelt, und als ich die Klinke hinabdrücke, klingelt ein kleines Glöckchen über meinem Kopf.

Beide Frauen sehen gleichzeitig in meine Richtung.

»Wir haben geschlossen«, sagt die Blonde.

»Willkommen im *Honeycomb*«, entgegnet die Dunkelhaarige.

Beide sehen sich an, und die Dunkelhaarige wispert etwas, was ich nicht verstehen kann.

»Hey.« Ich sehe zwischen den beiden hin und her. »Ich bin B...lair.« Es gelingt mir im allerletzten Moment, mich zu stoppen, ehe ich mich mit meinem echten Namen vorstellen kann. »Blair Gallagher.«

»Oh!« Die Dunkelhaarige lächelt. Ihre gleichmäßig braune Haut hat einen olivfarbenen Unterton, und ihre Wangen sind mit einem rosafarbenen Rouge geschminkt. »Du bist die neue Aushilfe, oder?«

Die Blonde mustert mich kalt. »Du hast heute keinen Dienst.«

Rasch hebe ich die Hände. »Ich bin eigentlich nur hier, weil ich dringend einen Kaffee und Frühstück brauche.« Ich schenke ihnen ein warmes Lächeln. »Gern auch zum Mitnehmen.«

»Nein, bitte, setz dich.« Die Dunkelhaarige kommt auf mich zu, und ehe ich michs versehe, schiebt sie mich bereits zu einer der leeren Sitzbänke am Fenster. »Wir haben wirklich leckeres Frühstück.« Sie drückt mir eine laminierte, leicht ausgebleichte Karte in die Hand.

Ein wenig überfordert überfliege ich die Zeilen. Jedes einzelne Gericht hat eine Anspielung auf Bären im Namen.

Die Bärenhunger-Platte. Parfait mit Joghurt und Bären. Bärenstarkes Lachsbrötchen. Honigbär-Pancakes nach Art des Hauses.

»Ähem.« Ich räuspere mich, als mein Blick an ein paar vertrauten Worten hängen bleibt. Erleichtert deute ich darauf.

»Ich nehme den Bärenklaue-Avocadotoast mit dem Very Beary Smoothie und einen Iced Latte mit zuckerfreiem Vanillesirup bitte.«

»Einmal die Bärenklaue, Very Beary und ...« Sie hält inne. »Iced Latte haben wir leider nicht. Und ist normaler Zucker okay?«

Natürlich. Was in den Coffeeshops in D. C. normal ist, ist in Alaska noch nicht angekommen. »Ja klar. Dann bitte einen normalen Cappuccino mit einem Päckchen Zucker.«

»Klaro, kommt sofort!« Sie lächelt warm. »Ich bin übrigens Willow, und das ist Keira.«

»Hey, Willow. Freut mich.« Mechanisch verziehe ich die Mundwinkel zu einem Lächeln, so wie ich es im Spiegel geübt habe. »Hi, Keira.«

Keira rümpft die Nase, wendet sich ab und verschwindet durch einen Durchgang, der vermutlich zur Küche führt.

Okay? Dann eben nicht.

Immerhin ist Willow nett.

Ich warte, bis auch sie in die Küche gegangen ist, und sehe mich dann im Raum um.

Es gibt etwa zwanzig Sitzplätze, einige Bänke an den Fenstern und ein paar kleine Bistrotische mit Stühlen im Raum, aber ich bin im Moment die einzige Besucherin. Die meisten Möbel sind mit weißer Farbe gebeizt, die Stühle und Bänke mit hellblauen Polstern überzogen. Auf den Fensterbänken stehen längliche Pflanzentöpfe mit leicht verstaubten Efeututen. Vor dem anderen Ende des Raums befindet sich eine kleine gläserne Theke, hinter der Kaffeemaschinen und weitere Pflanzen stehen – und natürlich eine geschnitzte Bärenfigur, die der kleinen Kreatur auf dem Logo ähnelt und ziemlich selbst gemacht aussieht.

Hinter dem Glas kann ich einige Kuchen, Pies und Cupcakes entdecken, allerdings bin ich mir nicht sicher, ob sie echt oder aus Plastik sind. In einer Ecke liegt ein flauschiger Teppich, auf dem eine Kiste mit buntem Kinderspielzeug steht, und daneben ist ein Bücherregal mit verschiedenen Romanen und einem Haufen abgegriffener Magazine.

Ich rutsche aus meiner Ecke und nähere mich dem Regal. Es ist eine wild durchmischte Minibibliothek: Klassiker wie Stephen King, Angela Davis, John Steinbeck und Tolkien, dazwischen ein paar Titel, die nach fröhlichen Romcoms aussehen, und einige Bücher mit spärlich bekleideten Frauen und langhaarigen, muskulösen Schönlingen, die definitiv eher der Kategorie Schmuddelroman zuzuordnen sind.

Vorsichtig ziehe ich die Ausgabe von *Der Herr der Ringe: Die Gefährten* heraus. Der Einband ist leicht speckig und die Kanten angeschlagen, die Seiten sind vergilbt und zerlesen, doch gerade das verleiht dem Buch einen gewissen Charme.

Vielleicht ist das ein Zeichen. Ich habe die Filme geliebt

und wollte schon als Jugendliche immer einmal auch die Bücher dazu lesen, habe jedoch nie Zeit dazu gefunden. In D. C. hatte ich ständig etwas zu tun.

Aber jetzt?

Jetzt habe ich mehr Freizeit, als ich will.

Ich nehme das Buch mit zum Tisch und schlage es auf, gerade als Willow mit dem Essen aus der Küche kommt.

Augenblicklich läuft mir das Wasser im Mund zusammen: Der Kaffee duftet wunderbar, und auf dem Milchschaum ist mit etwas Kakaopulver eine kleine Bärentatze gezeichnet. Mein Avocadotoast stellt sich jedoch als gewöhnliches Stück Brot mit Avocado, Ei und Sprossen heraus, über das ich mich dennoch am liebsten sofort hermachen will. Allerdings verweilt Willow am Tisch. »Ich will ja nicht neugierig sein, aber wir haben hier nicht viele Gäste. Darf ich dich fragen, was dich nach Echo Cove führt?«

»Ich bin hier, um Messungen für meine Masterarbeit durchzuführen.« Das Lügen wird immer leichter, je öfter man es tut. Vielleicht werde ich mich irgendwann daran gewöhnen.

Willows dunkelbraune Augen leuchten auf. »Oh, das klingt spannend. Dann wohnst du hier?«

»Jap, am anderen Ende der Shore Road.«

Die junge Frau hält inne. »In dem leer stehenden Cottage gegenüber von Flint?«

Ich zögere, dann nicke ich.

Willow zieht die dunklen Brauen zusammen. »Aber du bist nicht wegen ihm hier, oder?«

Ich glaube, ich verstehe die Frage nicht. »Wegen Archer?«

»Wegen dem, was ...« Sie wirft einen raschen Blick über die Schulter nach hinten, als müsste sie sichergehen, dass wir nicht belauscht werden. Dann schüttelt sie den Kopf. »Ach, nichts, vergiss es. Archer ist ein bisschen schwierig, also lass dich bloß nicht einschüchtern.« Sie deutet auf das Buch. »Wenn du in der Nähe wohnst, kannst du dir das gern borgen. Die Bücher hier sind für alle. Wenn man sie fertig gelesen hat, stellt man sie wieder zurück. Oder man nimmt sich eines mit und tauscht es gegen ein anderes aus.«

So was funktioniert definitiv nur in der Kleinstadt.

Ich sehe auf das Buch, dann wieder zu Willow. »Das wäre nett. Danke.«

Sie lächelt. »Eines meiner Lieblingsbücher. Weißt du, was? Wir können eine Art Buchclub machen. Wenn du am Samstag deine erste Schicht hast, tauschen wir uns über das erste Kapitel aus!«

Mit einem enthusiastischen Grinsen strahlt mir Willow entgegen. An ihren Ohren baumeln Ohrringe mit bunten Glasperlen, und ihr Septum-Piercing sitzt ein wenig schief.

Sie erinnert mich an meine Vergangenheit, an die Freunde, die ich in D. C. zurückgelassen habe, und mit einem Mal sticht die Einsamkeit in meinem Herzen wie eine blutende Wunde.

»Das ...« Es gelingt mir nicht ganz, die Trauer in meiner Stimme zu überspielen. »Das klingt perfekt.«

Einen Moment lang wirkt Willow besorgt, dann klatscht sie in die Hände. »Wundervoll! Dann sehen wir uns Samstag?«

Mit kalten Fingern umschließe ich das Buch. »Danke, Willow. Ich freue mich darauf.«

Dieses Mal ist es nicht ganz gelogen.

7 Brynn

A CLOSET FULL OF SKELETONS

Mein Plan, nach dem Frühstück mit dem Auto zum Einkaufen zu fahren, scheitert, als ich zum Cottage zurückkehre. Wie sich herausstellt, hat der Subaru eine verdammte Gangschaltung – und ich bin mein ganzes Leben lang nur Automatik gefahren, und das, ehrlich gesagt, nicht besonders gut. In meiner Jugend war Finn der bessere Fahrer, und als ich später von zu Hause ausgezogen bin, habe ich immer nur in Gegenden gewohnt, in denen die öffentlichen Verkehrsmittel die weitaus günstigere und praktischere Alternative waren.

Eine Internetsuche bestätigt, was ich ohnehin bereits befürchtet habe: Es gibt in Echo Cove keine Uber. Allerdings kann ich mich nicht länger von Snacks ernähren, und ich weiß, dass ein leerer Magen meinem Verstand nicht guttut. Außerdem ist es mir lieber, meine Einkäufe zu Fuß zu schleppen, als allein in meinem altmodischen Haus zu sitzen, in dem ich mich wie ein Eindringling fühle.

Bewaffnet mit meinem großen Rucksack und zwei wiederverwendbaren Tüten mache ich mich auf zum Gemischtwarenladen namens *Trading Post*, den ich über Google Maps finde.

Es ist kein langer Marsch – etwa fünfzehn Minuten –, und glücklicherweise befindet sich außer einem älteren Herrn hinter der Kasse niemand im Laden.

Der erste Schock sind die Preise: In Echo Cove kosten die

Lebensmittel mehr als doppelt so viel wie bei dem *Trader Joes*, bei dem ich in D. C. für gewöhnlich einkaufe.

Eingekauft habe, korrigiere ich mich.

Um mich von meiner Schwermut abzulenken, stopfe ich alles, was mich auch nur im Geringsten anspricht, in meinen Einkaufskorb: Special K's, eine Packung tiefgefrorene Lasagne, Gummibärchen, Instantnudeln, Chips, Pepperjack-Käse und Eiscreme, die es hier nur in den Sorten Vanille und Schokolade gibt, wobei ich mich für die letztere entscheide.

Außerdem sammle ich noch ein paar Grundnahrungsmittel ein – Pasta, Milch, Eier, Aufbackbrötchen und so weiter – und greife an der Kasse schließlich noch zu einer Packung Schweineohren für Hunde, für den Fall, dass Koda erneut meinen Weg kreuzt.

Vollbeladen erscheint mir der Rückweg mehr als doppelt so lang, und als ich das Cottage erreiche, schneiden die Henkel der Tüten so fest in meine Finger ein, dass das Blut aus den Spitzen gewichen ist.

Ich hieve meine Einkäufe in das Haus, und sofort stellen sich mir die Haare im Nacken auf. Echo Cove ist, wenn man meine Umstände einen Moment lang beiseiteschiebt, ein hübsches Örtchen. Die Natur in Alaska ist atemberaubend, und die Idee, in einem Cottage in Meeresnähe zu wohnen, würde meinen Freunden in D. C. ein verträumtes Seufzen entlocken.

Früher habe ich mit meiner Lieblingskollegin Charlotte immer wieder gescherzt, dass wir die Arbeit eines Tages stehen und liegen lassen und an einen verlassenen, friedlichen kleinen Ort auswandern, an dem wir den lieben langen Tag die Seele baumeln lassen können.

Die Erinnerung versetzt mir einen Stich.

Ich vermisse Charlotte, mit ihrem lauten Lachen, ihren fein säuberlich manikürten Acrylnägeln und ihrer Angewohnheit, in der Mittagspause einen großen gemischten Salat in einer

XXL-Tupperbox durchzuschütteln, nur um sich dann die besten Teile einzeln mit der Gabel herauszupicken.

Ich habe keine Ahnung, was mit ihr geschehen ist.

Ob ich sie jemals wiedersehen werde.

Die Trauer überkommt mich so gnadenlos, dass ich beim Einräumen meiner Einkäufe einen Moment lang innehalte und auf dem kleinen Stuhl am Küchentisch zusammensinke.

»Fuck«, entkommt es mir heiser, und ich greife nach den Gummibärchen, reiße die Packung auf und schiebe mir eine Handvoll in den Mund, als könnte ich damit das klaffende Loch in mir stopfen.

Es funktioniert nicht.

Einen Schritt vorwärts, drei zurück. Als ich im *Honeycomb* gesessen und meinen Avocadotoast gegessen habe, habe ich mich fast wieder normal gefühlt. Mit dem Buch unter dem Arm und dem Krächzen der Eismöwen in den Ohren war der Heimweg beinahe wie ein angenehmer Spaziergang gewesen. Mit meinen vollen Einkaufstüten konnte ich mein Gehirn lange genug ablenken, um das klaffende Loch in mir zu ignorieren.

Aber es braucht nur einen falschen Schritt, einen winzigen Gedanken, und ich rutsche zurück in die Dunkelheit. Und dabei weiß ich nicht, welche Gedanken, welche Gegenstände, welche Geräusche es sind, die mich triggern.

Gerade war ich noch halbwegs guter Dinge, und nun würde ich mich am liebsten im Bett verkriechen, würde ich nicht wissen, dass dort nur noch mehr Albträume auf mich warten.

Stöhnend reibe ich mir übers Gesicht, rolle die Gummibärchenverpackung zusammen und zwinge mich, aufzustehen. Es warten noch mehr Einkäufe darauf, eingeräumt zu werden, und auch wenn ich mich nicht danach fühle, muss ich mir Essen machen und etwas trinken, denn bis auf meinen Kaffee hatte ich heute noch überhaupt keine Flüssigkeit, und das ist nicht gut. Ich fühle mich, als wäre ich gleichzeitig eine erschöpfte Mutter und ein widerspenstiges Kind in einem Körper, als ich eine Wasserflasche aus dem Einkaufsbeutel hole und die Tiefkühllasagne in die Mikrowelle stelle.

Ich war immer die Person, auf die sich andere Menschen verlassen konnten. Umso mehr erstaunt es mich, wie einfach es ist, den eigenen Körper zu vernachlässigen. Es ist fast so, als würde ein Teil von mir denken, dass es keinen Sinn mehr hat; dass ich mich nicht ernähren und waschen muss, dass ich kein Wasser und keinen Schlaf brauche, weil mein Leben ohnehin bereits derart aus der Bahn geraten ist, dass ein bisschen Selfcare keinen Unterschied mehr macht.

Früher habe ich Dinge einfach getan, Essen genossen, bin am Wochenende sogar im Park joggen gegangen und habe meine Nägel in bunten Farben lackiert, bloß weil es mir Spaß gemacht hat. Jetzt fühlt sich jeder Schritt wie eine Pflicht an. Es kostet mich so viel Kraft, mir Wasser einzuschenken, die Mikrowelle einzustellen und die Lebensmittel einzuräumen, dass ich mich am Ende fühle, als hätte ich einen Marathon hinter mir.

Während sich der kleine Karton mit Lasagne-ähnlicher Matsche in der Mikrowelle im Kreis dreht, schlurfe ich erschöpft zum Fenster. Es dauert einen Moment, ehe ich den Mechanismus des Kippfensters durchschaut habe – man muss den Griff in eine vertikale Position bringen und dann leicht drücken, damit das Fenster nach außen kippt –, und seufze, als die angenehm kühle Luft in meine kleine Unterkunft strömt.

Es ist beinahe, als wäre ich nicht nur durch Amerika, sondern auch durch die Zeit gereist; als wäre es Herbst statt Sommer, in einem seltsamen, von Menschen unberührten Land.

In D. C. fällt es so leicht zu vergessen, wie klein und unbedeutend wir Menschen sind. Von meinem Küchenfenster sehe ich auf der linken Seite bis zum Meer, auf der rechten zu einem riesigen Waldgebiet und zerklüfteten Gebirgshängen. Sattes, tiefes Grün, blauer Himmel und wilde Felsen, wohin das Auge blickt. Flints rotes Haus steht wie ein kleines Spielzeug dazwischen, und mir wird klar, dass die Shore Road kaum mehr als ein schmaler, von Menschenhand gebauter Pfad ist, der sich wie eine Schlange durch das unwegsame Terrain windet.

Alaska ist kein Ort für Menschen; wir sind hier zu Gast, wenn überhaupt. Ein Großteil dieser Bäume ist älter als ich, und keiner von den Vögeln, Murmeltieren, Füchsen und Bären weiß, was der Begriff *Zeugenschutzprogramm* bedeutet. Sie ahnen nicht einmal, zu welchen Grausamkeiten wir Menschen fähig sind, als wären wir nicht auch bloß zweibeinige, nackte Säugetiere.

Ein neongelber Farbfleck im Nachbarsgarten erregt meine Aufmerksamkeit. Es ist Koda, der mit einem grellen Frisbee zwischen den Lefzen durch das Gras tollt und sich selbst unterhält, während ...

Ich beiße mir auf die Unterlippe. Sein Herrchen ist auch da, aber ich habe ihn bislang nicht gesehen, weil er tief in seiner Garage steht und dort etwas umzuräumen scheint. Ein nagendes Pochen breitet sich in meiner Brust aus. Ich wünschte, er könnte mir egal sein. Ich wünschte, ich könnte ihn einfach ignorieren, doch seine Anwesenheit setzt meine Nerven unter Strom.

Still beobachte ich ihn dabei, wie er ein paar Kisten auf die Ladefläche des großen Wagens hievt. Er hat die Ärmel noch immer hochgekrempelt, und seine muskulösen Arme kommen bei der Arbeit deutlich zum Vorschein.

Ich darf ihn nicht attraktiv finden.

Archer Flint ist kein netter Kerl, und wenn ich etwas nicht in meinem Leben brauche, dann sind es mehr gefährliche Männer. Trotzdem kann ich den Blick nicht von ihm losreißen. Nachdem er die Kisten verstaut hat, geht er um den Wagen herum, öffnet die Tür zum Fahrerhaus und beugt sich tief hinein. Eine Weile kramt er herum, dann richtet er sich auf, hebt einen undefinierbaren schwarzen Sack heraus und schultert ein ...

Das Blut gefriert mir in den Adern.

Ein dumpfes Summen breitet sich in meinem Gehörgang aus und wandelt sich mit rasanter Geschwindigkeit in ein schrilles Kreischen. Mein Herz schlägt mir bis zum Hals, und die Luft in meiner Lunge wird knapp.

Als die gerichtlich angeordnete Psychologin der Polizei in D. C. nach dem Vorfall mit mir gesprochen hat, hat sie mir erklärt, dass es verschiedene Arten gibt, mit denen unser Gehirn auf Stressreaktionen reagiert: *Fight* oder *flight;* Konfrontation oder Flucht. Aber das sind nicht die einzigen Optionen. Beispielsweise erstarren Rehe im Scheinwerferlicht, anstatt einfach davonzurennen.

Ich bin dieses Reh.

Jeder Muskel in mir ist steif, und obwohl ich es will, kann ich mich nicht mehr bewegen. Mit angehaltener Luft bleibt mir nichts anderes übrig, als auf die Waffe in Archers Hand zu starren.

Er hat eine Waffe.

Übelkeit brennt in meiner Kehle, und da ich in den letzten Stunden nur die Gummibärchen gegessen habe, schmeckt meine Magensäure leicht süß, als sie mir in den Mund schießt. Mit einem gurgelnden Geräusch presse ich mir die Hand auf die Lippen und weiche zurück.

Mein erster Impuls sagt mir, dass ich mich irren muss, doch je länger ich starre, umso deutlicher wird es, dass Archer ein Gewehr geschultert hat. Lässig schiebt er sich zwei Finger zwischen die Lippen, stößt einen kurzen Pfiff aus und ruft damit Koda an seine Seite. Das schwarze Gewehr wippt bei jedem Schritt um seine breite Schulter hin und her, bis er die Veranda erreicht und schließlich ins Haus verschwindet.

Eine Weile stehe ich bloß da, und mein eigener Puls überdröhnt meine Gedanken.

Objektiv ist mir bewusst, dass Alaska einer der Bundesstaaten mit der höchsten Waffenbesitzquote ist. Das liegt nicht nur an den Waffengesetzen, sondern auch an der schieren Notwendigkeit, sich an Orten ohne nennenswerte Infrastruktur vor Wildtieren zu schützen.

Ich würge die Magensäure in meinem Mund hinunter, und mit einem Schlag fühlt sich meine Stirn kalt an, als hätte ich das Gegenteil von Fieber.

Mit zitternden Händen schließe ich das Fenster, torkle zurück an den Tisch und falle wie ein nasser Sack auf den Stuhl.

Irgendwo in meinen Sachen im Schlafzimmer ist eine kleine orangefarbene Box mit Benzos, die mir der Notarzt gegeben hat.

Für den Notfall.

Ich zwinge mich, tief durchzuatmen. Das hier ist kein Notfall.

Es ist nichts passiert.

Es ist nichts passiert.

Es ist nichts passiert.

Mit einer hektischen Bewegung wische ich mir über die Stirn, um die Erinnerung an das kalte Metall loszuwerden.

Ein Phantom.

Ein Hirngespinst.

Eine Panikattacke.

Stöhnend vergrabe ich das Gesicht in den Händen, aber ich wage es nicht, dabei die Augen zu schließen. Wer weiß, was ich dann sehen würde.

Das Piepsen der Mikrowelle reißt mich in die Realität zurück. Meine Finger beben noch immer, als ich die Wasserflasche aufschraube und vorsichtig einen großen Schluck daraus trinke.

Es ist alles gut. Nichts ist passiert.

Obwohl meine Knie weich wie Butter sind, zwinge ich mich zur Anrichte, lade die Lasagne auf einen Teller – der weiß-beige Nudelmatsch sieht nicht nur aus wie Lava, sondern hat auch in etwa dieselbe Temperatur –, hole Besteck und schleppe mich dann zurück an den Tisch.

Ich habe keinen Appetit, doch ich weiß, dass mein Ge-

hirn noch größere Schwierigkeiten hat, je weniger Kohlen-
hydrate ich ihm zur Verfügung stelle, also zwinge ich mich
trotz meiner Übelkeit, ein bisschen Lasagne-Matsch auf
meine Gabel zu laden, puste darauf und nehme einen vorsichtigen Bissen.

Es schmeckt nach absolut gar nichts und brennt beinahe
ein Loch in meine Zunge.

Japsend ziehe ich Luft zwischen den Zähnen ein. Immerhin hilft mir der Schmerz, meine Gedankenspirale zu
durchbrechen. Dass Archer Flint ein Gewehr besitzt, hat
nichts zu bedeuten.

Vermutlich hat jeder Einwohner in Echo Cove eines.

Nun, jeder außer ich. Ich würde mir eher die Hände ab-
hacken, als jemals wieder eine Schusswaffe zu berühren.

Stöhnend reibe ich mir über die Nase. Hätte mich Stevens nicht irgendwo anders absetzen können? Ich könnte
auch irgendwo an einem Strand in Hawaii sitzen und es
mir gut gehen lassen, und stattdessen muss ich hier in
Alaska gegen Panikattacken kämpfen. Ja, die Chancen, dass
mich jemand in Echo Cove findet, sind verschwindend gering. Wahrscheinlich würde ich hier nicht einmal gefunden
werden, würde ich es versuchen.

*Wahrscheinlich würde mich hier niemand hören, wenn ich
um Hilfe schreie.*

Ich verjage den Gedanken schnell wieder. Echo Cove ist
sicher für mich, sonst hätte Leslie mich nicht hierhergebracht.

Aber wer ist Archer Flint?

Ich puste auf einen weiteren Bissen Lasagne, und Willows Worte hallen durch meine Erinnerung.

Du bist nicht wegen ihm hier, oder?

Ich zögere, dann hole ich das Handy aus meiner Jacke.
Leslie hat mir zwar verboten, den Conway-Prozess zu recherchieren, das bedeutet jedoch nicht, dass ich Google
nicht für andere Zwecke nutzen kann. Obwohl ich nicht
viel Hoffnung habe, tippe ich *Archer Flint* in das Suchfeld.

Wahrscheinlich als Suchbegriff zu breit, aber wenn er ein berühmt-berüchtigter Serienkiller ist, der sich aus mysteriösen Gründen auf freiem Fuß befindet, möchte ich das wissen.

Ist er nicht.

Ein schwacher Trost. Ich trinke noch einmal aus der Wasserflasche und gehe dann dazu über, sämtliche öffentliche Strafregister nach Archer Flint zu durchsuchen. Auch hier gibt es keine Einträge auf seinen Namen.

Mit der Erleichterung wächst auch meine Verwirrung. Wer ist mein Nachbar, und was hat er getan, dass alle Menschen, die ich bis jetzt in Echo Cove getroffen habe, seltsam auf seinen Namen reagieren? Ich habe es in Matthews Blick gesehen. In Leslies Blick. In Willows Blick.

Der Name Flint hat in Echo Cave Geschichte.

Ich tippe erneut eine Anfrage in das Suchfeld: *Flint + Echo Cove.*

Sofort erscheinen mehrere Resultate. Die meisten haben ein Stichwort gemein: *Flint Bed and Breakfast, Echo Cove.* Es gibt auch Bilder – sofort erkenne ich das rot gestrichene Haus wieder. Archers Haus ist ein Bed and Breakfast?

Nein. Nicht ist. War.

Permanent geschlossen, steht in der Google-Anzeige. Darunter stehen einige gute Bewertungen von früher, allerdings auch eine Todesanzeige für eine Ella Flint.

Ist Archer Witwer?

Ich scrolle weiter, bis ich ein Foto von Ella Flint entdecke: Sie stellt sich als eine alte Dame mit weißen Löckchen, Schürze und einem warmen Lächeln heraus. Sofort muss ich an meine eigene Grandma denken. Mit ihren kurz geschorenen Haaren und ihrem Anker-Tattoo war meine Oma eine völlig andere Art von Granny, aber trotzdem ist da etwas, das mich an sie erinnert. Eine Granny-Essenz.

Ella hat auf dem Foto die Arme um zwei junge Männer gelegt – und obwohl Archer bedeutend jünger und fröhlicher wirkt, erkenne ich ihn sofort. Die Anzeige ist aus dem

Jahr 2012, das Foto ist vermutlich noch älter. Archer ist vielleicht dreizehn, vierzehn Jahre alt, während ich den anderen Jungen auf sechzehn schätzen würde. Sie sehen sich unheimlich ähnlich – dieselben dunklen Haare, dieselbe Statur, dasselbe offene Lächeln. Beide sind groß und ein bisschen schlaksig. Im Gegensatz zu Archer hat der Ältere Sommersprossen und trägt ein T-Shirt mit einem ausgewaschenen Logo, während Archer ein Hockeyjersey anhat. Unter dem Foto steht eine kurze Textzeile: *In liebevoller Erinnerung an unsere Granny, Archer und Liam.*

Wieder scrolle ich zu dem Bild hinauf. Es ist eine glückliche Momentaufnahme: Alle drei Flints lachen und strahlen eine einladende Wärme aus.

Das Gegenteil von dem Archer, den ich kennengelernt habe.

Wieder kehre ich zur Eingabemaske zurück. Dieses Mal suche ich nur nach Archer und seinem Bruder.

Sofort erscheint eine neue Liste mit Ergebnissen.

Zuerst halte ich sie für einen Fehler, lese sie erneut, und erneut, und erneut.

Es ändert nichts an den Worten, die da stehen.

Eisige Kälte legt sich um mein Herz, und ich halte die Luft an.

Echo Cove: Mörder noch immer auf freiem Fuß.

8 Brynn

THERE'S NOTHING LIKE A SMALL TOWN TRAGEDY

Ungläubig sitze ich vor meiner inzwischen nur noch lauwarmen Lasagne, mein Herz rasend, mein Körper kalt.

Immer wieder zuckt mein Blick über die Worte.

Echo Cove: Mörder.

Echo

Cove

Mörder.

Mörder.

Mörder.

Mit einem Schlag bin ich mir meiner Umgebung schmerzhaft bewusst. Als würden die Wände näher kommen, fühlt sich der Raum wieder enger an, die Luft kälter.

Meine Finger sind steif, und es kostet mich alle Überwindung, auf den Link zu klicken.

Vor meinen Augen baut sich die Seite auf, und es fühlt sich an wie ein Autounfall, bei dem man nicht wegsehen kann.

Bluttat hält Echo Cove in Atem: Bed and Breakfast-Inhaber ermordet Freundin in blutigem Beziehungsdrama.

Das letzte Wort brennt sich in meine Retina.

Beziehungsdrama.

Es klingt nach einer Nachmittags-Talkshow.

Nach einer Bagatelle.

Wieso wählen Journalisten so oft ausgerechnet dieses Wort, wenn ein Mann eine Frau ermordet?

Ich setze die Gabel ab und lasse den Bissen unberührt zurück auf den weißen Teller rutschen.

Ein schwarz-weißes Foto erscheint auf dem Display.

Ich erkenne ihn sofort. Auch auf dieser Aufnahme lächelt Liam Flint, doch dieses Mal hat er eine junge Frau im Arm. Ihre hellbraunen Haare sind zu einem seitlichen Zopf geflochten, und sie trägt ein schlichtes Kleid mit Blumenmuster. Den Kopf hat sie an seine Schulter gelehnt, und beide sehen glücklich aus.

Unter dem Bild beginnt der Artikel.

Eine Kleinstadt in Alaska hält den Atem an.
Die Fahnen in Echo Cove im Süden von Kodiak Island wehen auf halbmast. Sie galten als Traumpaar – sogar für die Hochzeit wurde bereits gespart. Umso größer war der Schock, als die Krankenschwester in Ausbildung Ada Hale (18) am Mittwochmorgen tot an der Grenze zum Kodiak Wildlife Refuge aufgefunden wurde. Als Todesursache gilt eine Stichwunde im Brustbereich, als mutmaßliche Tatwaffe wurde ein Jagdmesser identifiziert, das jedoch noch nicht gefunden wurde. Der Freund des Opfers, William Flint (19), ist seit der Nacht verschwunden und wird polizeilich gesucht. Für Hinweise ist die örtliche Polizei dankbar.

Ein eisiger Schauer schleicht sich durch meine Eingeweide und breitet sich langsam in meinem Inneren aus wie Eisblumen auf einem Fenster im Winter.

Meine Finger beben, als ich die Seite mit dem Artikel über William und Ada schließe. Dann starte ich eine erneute Suche, dieses Mal nur zu William Flint. Die Resultate bestätigen alles, was ich bereits im ersten Artikel erfahren habe. Mein Herz wird mit jedem Wort schwerer und mein Atem schneller, so wie damals in der Nacht im Büro. Der schreckliche Moment, in dem sich die Welt verändert, in dem man weiß, dass es kein Zurück mehr gibt.

Ein Teil von mir wünscht sich, ich hätte diese Zeilen nie gelesen. Ein anderer will am liebsten all mein spärliches Hab und Gut in meinen Koffer schmeißen und in den Subaru springen, auch wenn ich damit riskiere, dass ich auf dem Weg nach Kodiak gegen einen Baum rase, weil ich mit der Gangschaltung nicht klarkomme.

Adrenalin prickelt durch meine Adern, als ich auf ein Video von einem lokalen Nachrichtensender klicke.

Eine herausgeputzte Reporterin steht vor dem hübschen roten Haus auf der anderen Straßenseite. Der Himmel ist grau, und der Wind lässt ihre Haare tanzen, als sie in das mit einem Pelzchen überzogene Mikrofon spricht. »Wir befinden uns an einem Ort, der in den vergangenen Wochen zum Schauplatz einer furchtbaren Tragödie wurde. Echo Cove wirkt auf den ersten Blick wie eine verschlafene Kleinstadt in Alaska, doch hinter der Idylle lauert das Grauen. Denn hier wurde in der Nacht des …«

Hinter ihr öffnet sich die Eingangstür des ehemaligen Bed and Breakfast. Ich erkenne Archers Gesicht sofort, und eine erdrückende Schwere legt sich über meine Schultern.

Er ist ein bisschen älter als auf dem Foto mit seiner Grandma, vielleicht sechzehn, siebzehn Jahre alt, aber sein Gesicht …

Das ist der Archer, den ich kenne.

Bitter.

Ernst.

Wütend.

Die Wärme und die unbeschwerte Fröhlichkeit von dem ersten Foto sind vollends aus seinen Zügen verschwunden.

»Verpissen Sie sich von meinem Grundstück«, blafft er die Reporterin an und stapft aufgebracht auf die Kamera zu.

Die Reporterin scheint darin allerdings bloß eine Gelegenheit für ein besonders saftiges Soundbite zu sehen. »Und hier haben wir den Bruder des mutmaßlichen Mörders, wobei Letzterer seit der Tat noch immer nicht gefasst wurde«, plappert sie schnell weiter, ehe Archer zur ihr aufholen kann. »Archer Flint, haben Sie eine Idee, wo sich Ihr Bruder aufhalten könnte? Haben Sie ihn nach der Tat gesehen? Wussten Sie, was er vorhatte?«

Mit angewidertem Gesichtsausdruck schiebt Archer das Mikro von sich. »Lassen Sie mich in Ruhe«, zischt er. »Ich habe gesagt, Sie sollen sich verpissen!«

»Mr Flint, bitte, ein Kommentar zu der aktuellen Lage. Wird das Bed and Breakfast wiedereröffnet?«

»Fahren Sie zur Hölle.«

»Bitte, Mr Flint, nur ein Kommentar, ich ...«

Ein Gerangel um das Mikrofon beginnt. Es fühlt sich falsch an, einfach hier zu sitzen und zuzusehen. Es ist ein roher Moment, voller Schmerz und Trauer, und ein Teil von mir weiß, dass er nicht für meine Augen bestimmt ist. Trotzdem kann ich den Blick nicht abwenden.

»Mr Flint, lassen Sie los!«, kreischt die Reporterin.

»Verschwinden Sie von meinem Grundstück!« Archers Stimme bebt vor Wut.

»Nur ein paar Fra...«

Das Mikro fällt zu Boden. Sofort schiebt sich ein Crewmitglied zwischen Archer und die Reporterin.

»Mr Flint!«, ruft jemand aufgebracht, und die Kamera zoomt ein letztes Mal in Archers wutentbranntes Gesicht.

Er hebt die Faust – und die Aufnahme stoppt.

Eine Weile sitze ich nur da, starre auf das Display und lausche dem dumpfen Rauschen in meinen Ohren. Als der größte Schock verflogen ist, schließe ich den Tab, erhebe mich langsam und trete ans Fenster.

Das rote Haus steht noch immer auf der anderen Straßenseite, völlig unberührt von der Tragödie, die sich um seine Bewohner abgespielt hat.

Vielleicht wäre es besser gewesen, die Büchse der Pandora nie geöffnet zu haben – denn das, was ich gerade erfahren habe, werde ich niemals vergessen können.

Weiß Archer Flint, was mit seinem Bruder geschehen ist, oder hat er ihm vielleicht sogar geholfen?

Und wenn Ja: Zu was macht ihn das?

Meine Brust zieht sich zusammen.

Dann löse ich mich und schnappe meinen Hausschlüssel. Vielleicht ist es besser, die Tür heute Nacht doppelt zu verriegeln.

9 Brynn

STRANGER IN A STRANGE TOWN

Auch in der zweiten Nacht in Echo Cove verschonen mich die Albträume nicht. Da ist wieder der Korridor, die Hand, die nach mir greift, und der kalte Lauf einer Waffe, doch dieses Mal ist es ein Gewehr, und hinter dem Abzug befindet sich Archer. William. Dane Conway. Eine Verschmelzung aus allen dreien.

Als ich am nächsten Morgen erneut schweißgebadet erwache, beiße ich in den sauren Apfel – oder eher, den *kalten* Apfel – und steige in die Dusche. Trotz der dreißig Minuten Aufwärmzeit läuft der Boiler genau fünf Minuten, und obwohl es nicht für ein umfassendes Wellness-Erlebnis ausreicht, ist es erstaunlicherweise lang genug, um Körper und Haare gründlich zu waschen und mir sogar die Beine zu rasieren. In dem Wasser ist allerdings so viel Chlor, dass mich der Geruch direkt in die Hallenbadduschen aus meiner Kindheit zurückversetzt.

Nachdem ich meine Haare getrocknet und ein dezentes Make-up aufgetragen habe, schleppe ich mich zurück ins Schlafzimmer und öffne meinen Koffer. Ich habe meine Klamotten noch nicht im Schrank verstaut, und obwohl ich weiß, dass es vermutlich eine gute Idee wäre und deutlich mehr Ordnung schaffen würde, kann ich mich einfach nicht dazu überwinden.

Die Koffer auszuräumen würde bedeuten, dass ich mich mit meiner Situation abfinde. Es würde heißen, dass ich

Echo Cove akzeptiere, dass ich mich hier niederlasse und mein Schicksal annehme.

Dass ich mich sicher fühle.

Aber das tue ich nicht.

Im Gegenteil. Wenn mich die Albträume nicht aus dem Schlaf reißen, dann ist es das Quietschen und Ächzen des Hauses, die nächtlichen Schreie der Tiere und der Wind, der um mein Dach über dem Schlafzimmer bläst, als müsste er den Soundeffekten in einer Geisterbahn Konkurrenz machen. Vielleicht sollte ich lieber auf dem Sofa im Erdgeschoss schlafen, aber dann müsste ich die ganze Nacht befürchten, dass jemand durch das Fenster steigt und mich ermordet. Natürlich wäre ich davor auch im zweiten Stock nicht geschützt, doch der Verstand macht manchmal seltsame Verrenkungen, und die obere Etage fühlt sich zumindest ein winziges Stück sicherer an.

Ich ziehe ein knielanges schwarzes Kleid aus dem Koffer, zögere kurz und entscheide mich dann um – Jeans und ein schlichtes grünes Top sind eine praktischere Wahl, denn heute steht mein erster Arbeitstag im *Honeycomb* an – und ich habe keine Ahnung, was auf mich zukommt.

***

Das *Honeycomb* ist die Definition eines Kleinstadtcafés. Es dauert nicht lang, bis ich das Kassensystem verstehe, bei dem die Preise noch per Hand eingetippt und das Rückgeld im Kopf berechnet werden muss. Die Kaffeemaschinen sind leicht zu bedienen, und während wir die Brötchen selbst belegen, werden die Süßspeisen einmal in der Woche von einem Anlieferer aus der Hauptstadt Kodiak gefroren geliefert und dann über den Rest der Woche aufgewärmt.

»Nicht ideal, ich weiß«, bedauert Willow. »Für tägliche Lieferungen ist der Weg leider zu weit, und so viele Leute kommen hier nicht vorbei. Es sind hauptsächlich die Anwohner, die zum Brunch oder Frühstück zu uns kommen. Manchmal ein paar Fischer, Arbeiter oder Touris.«

»Kommen hier oft Touristen vorbei?«, frage ich, während ich das Bären-lastige Menü studiere, damit ich mir die verschiedenen Angebote merken kann.

Über Willows Gesicht zuckt ein Schatten, den ich nicht einschätzen kann. »Es ist kompliziert«, erklärt sie schließlich und klingt dabei, als würde sie jedes einzelne Wort mit Bedacht wählen. »Echo Cove zieht eine gewisse Art von Menschen an, aber in den letzten Jahren hat es ein wenig nachgelassen. Und wenn du mich fragst, ist das auch gut so.«

»Wirklich? Warum das?« Ich überfliege die Zutatenlisten und stelle fest, dass der Very Beary Smoothie, den ich gestern hatte, in Sachen Nährwerte kaum von einem Dairy Queen Blizzard zu unterscheiden ist.

Willow seufzt leise. »Das ist kompliziert. Kurz gesagt, mögen wir hier keine Touristen.«

Ich sehe zu ihr, und sie hebt sofort die Hände, wobei sie ein wenig Zucker verschüttet. »Sorry, ich meine nicht dich.«

Beinahe muss ich lachen. Ich bin vieles, aber bestimmt keine Touristin, und wenn dieser Albtraum ein Ende nimmt, werde ich freiwillig keinen kleinen Zeh mehr auf Kodiak Island setzen. »Hab's nicht auf mich bezogen, keine Sorge.«

»Weißt du, grundsätzlich würden mehr Besucher ja unsere Wirtschaft ankurbeln und so weiter. Für alles andere hätte es allerdings nur negative Auswirkungen. Schon jetzt gibt es genug Wanderer, die ihren Dreck einfach im Schutzgebiet hinterlassen, in die Nist- und Jagdreviere der Tiere eindringen und sie im schlimmsten Fall vertreiben. Und je mehr Touristen auf die Insel kommen, desto höher werden die Preise, die Mieten, all das. Dann ist es bald nur noch eine Frage der Zeit, bis irgendwelche gierigen Geschäftsleute Blut wittern und versuchen, große Hotels zu bauen, und irgendwann gibt es nur noch Häuser und Beton und Bären in Käfigen, und dann ist von Kodiak Island und Echo Cove nichts mehr übrig.«

»Na, Ladys?« Gerade als Willow zu Ende gesprochen hat, kommt ein Mann im roten Overall an die Theke. Sein Alter ist schwer einzuschätzen; er hat seltsam junge Augen, doch seine Haut ist von der Sonne verbrannt und knittrig. Ich muss zweimal hinsehen, ehe ich realisiere, woher er mir bekannt vorkommt: Er war der Kerl, der mich an meinem ersten Tag aus dem Fenster seines Hauses am Boardwalk beobachtet hat. Vorsichtig verziehe ich das Gesicht zu einem Lächeln. »Hallo.«

Er mustert mich mit einem aufmerksamen Blick. »Du bist neu hier.«

Willow kommt mir mit ihrer Antwort zuvor. »Hal, das ist Blair, sie arbeitet auf der Insel und jobbt eine Weile hier.«

Hal – ich habe keine Ahnung, wofür die Abkürzung steht – hebt die ausgedünnten Brauen. »Arbeiten? Was arbeitest du?«

Es ist definitiv ein Unterschied zwischen Echo Cove und der Großstadt: Die Leute hier sind neugierig. Wenn sie sich etwas denken, sagen sie es einfach. Wenn sie etwas wissen wollen, durchbohren sie dich mit ihren Blicken. Und aufs Neue wird meine Kehle etwas enger.

»Ich studiere die Felsen an der Küste und ...«

»Eine Studentin!« Hal stößt einen Laut aus, der irgendwo zwischen Prusten und Verachtung liegt. »Eh, hast du das gehört, Dylan? Wir haben ein ganz schlaues Mädchen hier!«

Ich würde am liebsten im Erdboden versinken, als Hal einem weiteren Kerl – offenbar Dylan – zuwinkt, der bereits mit seinem Kaffee an einem Tisch sitzt und Zeitung liest. Dylan hat schwarze, leicht fettige schulterlange Haare und sieht aus, als wäre er gerade aus irgendeiner Werkstatt gekommen – ob Schiff oder Auto, kann ich nicht sagen. Er dreht sich leicht um, sieht kurz zu mir, dann etwas länger zu Hal und winkt ab. »Hol dir deinen Kaffee, und lass das arme Mädchen in Ruhe, Hal.«

Schon wieder »Mädchen«. In den Augen der Bevölkerung von Echo Cove sind entweder alle Mädchen, oder mir fehlt etwas, um als erwachsene Frau angesehen zu werden. An meinem Körper kann es auf jeden Fall nicht liegen, denn Hals Blick verweilt eine Sekunde zu lang an der Stelle, an der sich die Schürze ein wenig zu eng über meine Oberweite spannt. Am liebsten würde ich meine Haut wie einen Anzug verlassen und durch die Hintertür verschwinden.

»Dann nehme ich mal einen ...«

»Einen großen Americano mit zwei Zucker und einem Klecks Sahne.« Ein spitzer Ellenbogen trifft mich in der Seite, und ehe ich michs versehe, hat Keira mich auch schon aus dem Weg bugsiert. »Bitte schön, Hal.«

Sein Gesicht erhellt sich. »Keira, mein gutes Mädchen. Dich schickt der Himmel.«

Na, immerhin gilt auch Keira als »Mädchen«. Offenbar stört sie sich jedoch nicht daran, denn sie lächelt nur süßlich. »Ich kenne doch meine Stammgäste. Irgendjemand muss ja arbeiten, während die anderen herumstehen.«

»Keira.« Willow wirft ihr einen vorsichtig mahnenden Blick zu.

Nun – die Botschaft ist angekommen. »Sorry. Muss mich erst einlernen.« Ich weiß nicht einmal, warum ich mich rechtfertige. Es gibt keinen Grund dazu. Es ist mein erster Arbeitstag, und ich weiß weder, wie man die Geräte bedient, noch welche Bestellungen die Stammgäste hier aufgeben. Vermutlich macht das auch keinen Unterschied – Keira hat mir schon giftige Blicke zugeworfen, als ich das *Honeycomb* zum ersten Mal betreten habe. Ich glaube, ich hätte überhaupt nichts tun können, um ihre Sympathie zu gewinnen. Es soll mir recht sein. Immerhin weiß ich bei ihr, woran ich bin. Manchmal ist direkte Antipathie einfacher zu handhaben als das dünne Eis der angestrengten Höflichkeit.

»Klar.« Keira presst die Lippen zusammen, bis das Blut daraus weicht. Ihr Lächeln ist alles andere als freundlich.

»Dann lass dich von mir mal nicht aufhalten.« Sie würdigt mich keines Blickes, während sie Hal abkassiert und dieser sich schließlich auf den Weg zu Dylans Tisch macht. Dann wendet sie sich ab. »Ich kümmere mich um die neue Lieferung, Willow«, erklärt sie knapp und dreht sich dann schwungvoll um.

Erst als die Blondine wieder zurück in die Küche stolziert ist, beugt sich Willow mit entschuldigender Miene zu mir. »Tut mir leid. Sie mag keine Fremden.«

»Schon okay.« Ich greife nach dem gelb-weiß karierten Lappen, der auf der Theke liegt, und wische damit über den kleinen Kaffeefleck, den Hals Bestellung auf der weißen Platte hinterlassen hat.

»Warte einfach ab. Mit ein bisschen Zeit gewöhnt ihr euch aneinander.« Sie lächelt vorsichtig und geht dazu über, die Törtchen in der Vitrine zu arrangieren.

Ich glaube ihr kein Wort.

***

Die Zeit verfließt wie Honig; zäh und klebrig, als würde jedes Ticken die Uhr im *Honeycomb* eine Extraportion Überwindung kosten. Nach dem morgendlichen Ansturm ist der Rest des Tages ruhig – Zu Mittag kommen eine Handvoll Gäste, meistens ist es im Café jedoch leer.

Keira geht mir systematisch aus dem Weg – die meiste Zeit verbringt sie in der Küche oder in dem kleinen Büro, wo sie weiß der Teufel was macht. Willow verbringt die Zeit mit mir im Gästeraum, aber da ich *Der Herr der Ringe* noch nicht einmal aufgeschlagen habe und alles, was ich über mich und mein Leben erzähle, eine Lüge ist, bleiben uns nicht viele Gesprächsthemen.

Als sich der Arbeitstag schließlich dem Ende neigt, spüre ich zum ersten Mal Erleichterung bei dem Gedanken, in das düstere Cottage zurückzukehren. Alles, Hauptsache, ich komm hier raus.

»Okay.« Willow seufzt, während sie heißen Dampf durch den Milchschäumer an der Kaffeemaschine schießt, um die Öffnung zu reinigen. »Kannst du noch den Tisch ganz hinten abräumen und sauber wischen? Dann sind wir hier durch und du kannst gehen. Den Kassensturz macht Keira, und ich schließe ab.«

Unter anderen Umständen hätte ich vielleicht darauf bestanden, bis zum Ende zu bleiben, aber meine Fußsohlen brennen, und ich will meine Maske endlich fallen lassen.

Während Willow in die Küche verschwindet, schleppe ich mich ein letztes Mal zum Tisch, auf dem eine halb leere Kaffeetasse steht und die Ausgabe des *Kodiak Daily Mirror* herumliegt, die Dylan heute Morgen schon in der Hand und die seither die Runde gemacht hatte. Ich schnappe mir zuerst die Tasse, dann die Zeitung, drehe sie um – und erstarre.

Im nächsten Moment zerspringt weißes Porzellan auf dem Boden, und kalter Kaffee spritzt an mein Hosenbein.

10 Brynn

CURIOSITY KILLED THE CAT

Die kalte Flüssigkeit frisst sich durch das Papier und verzerrt das Gesicht des Mannes auf der Titelseite.

Braun-grau meliertes Haar, ein schwarzer Anzug, Brille.

Heiße Luft weicht aus meiner Lunge.

Nicht Dane Conway.

Schwerer Atem.

Mein Herz rast.

Nicht Dane Conway.

Nur irgendein Lokalpolitiker, der in Kodiak zu Besuch war.

Nicht Dane Conway.

Atmen ist plötzlich kein Automatismus mehr; jedes Füllen und Leeren meiner Lunge kostet Kraft.

Was, wenn ich einfach damit aufhören würde?

Panik summt in meinem Hinterkopf.

Was, wenn ich einfach aufhöre zu atmen und niemand kann mir helfen?

Gibt es in Echo Cove überhaupt einen Arzt?

»Was ist hier los?« Keiras Stimme hallt durch den Raum.

Mit weit aufgerissenen Augen fahre ich herum und starre ihr entgegen.

Jeder Atemzug ist ein Kampf – und ich verliere.

Keiras dünne Augenbrauen wandern nach oben. Sie sieht zu dem Chaos auf dem Boden, dann zu mir, dann zurück zum Chaos. »Was soll das?«

Ihre Worte treffen mich wie ein Peitschenhieb, und ich zucke zurück. »Ich ... Ich habe nicht ... Es war nur ...«

»Was?«, faucht sie.

»Ich habe nur ... Mir ist ...«

Augenrollend stapft sie auf mich zu und schiebt mich zur Seite. »Ich habe keine Zeit für so was.«

»Keira, ich ...«

»Spar dir den Atem.« Mit gekonnten Bewegungen sammelt sie die Scherben auf. »Weißt du, es ist eine Sache, wenn du keine Hilfe bist, aber musst du jetzt auch noch mehr Arbeit machen?«

»Ich wollte nicht ...«

Sie lässt mich nicht zu Wort kommen. Als ich Anstalten mache, neben ihr in die Knie zu gehen, hält sie mich mit einer energischen Geste auf. »Nein. Es reicht. Ich mache das. Nimm einfach die Schürze ab und geh nach Hause.«

»Ich kann ...«

»Hörst du schlecht? Du sollst gehen.«

Mein Atem prasselt heiß aus der Lunge. Brynn hätte niemals zugelassen, dass man so mit ihr redet. Blair kann nur dastehen und ihr Gegenüber anstarren, während sie noch immer gegen die Nachwehen einer Panikattacke kämpft. Ich weiß nicht mehr, was ich tun soll. Wie man sich in solch einer Situation verhält. Bleiben oder gehen? Krallen ausfahren oder Kehle zeigen?

Mein Fluchtinstinkt gewinnt.

Mit zitternden Händen nehme ich die Schürze ab, hänge sie an den Haken an der Wand und schnappe meine Umhängetasche von der Ablage. Ich habe keine Ahnung, was Willow macht, doch Keira würdigt mich keines weiteren Blickes, als ich hinter ihr vorbei nach draußen wanke.

Erst als ich die kühle Luft auf meiner Haut spüre, realisiere ich, wie warm es im Café war. Gierig nehme ich einen Atemzug, und es ist, als würde ich ein kaltes Glas Wasser trinken. Auf der anderen Seite des Boardwalk rauscht das Meer, und die Möwen kreischen.

Alles ist gut.

Ich bin in Sicherheit.

Ich bin in Sicherheit.

Ich bin in Sicherheit.

Oder?

Mit weichen Knien steige dich die hölzerne Veranda hinab. Es ist egal, ob man mich mag oder nicht. Ich bin nicht einmal ich. Soll Keira mich hassen. Irgendwann werde ich verschwunden sein und nie wieder auf Echo Cove zurückblicken. Auch wenn ich mich gerade im Fegefeuer befinden mag: Irgendwann ist jeder Albtraum vorüber. Ich muss nur noch ein bisschen ausharren.

Ich habe es bereits zwei Häuser weiter geschafft, als jemand hinter mir meinen Namen ruft.

Meinen falschen Namen.

Ich fühle mich im ersten Moment gar nicht angesprochen, doch als ich realisiere, dass ich gemeint bin, fahre ich herum. Willow kommt eilig auf mich zugelaufen, und ihre Haare flattern im Wind.

Verdammt, vielleicht hätte ich doch nicht einfach gehen sollen.

Ich halte inne und presse ein vorsichtiges »Sorry« hervor, als sie mich erreicht. »Ich … Keira hat gesagt, ich soll …«

Sie unterbricht mich mit einer Geste. »Es tut mir leid. Ich hätte dich nicht alleinlassen dürfen.«

»Du hast keinen Fehler gemacht.« Unsicher winke ich ab. »Ich war ungeschickt, und Keira hatte recht …«

»Nein.« Sie schüttelt energisch den Kopf. »Jeder macht mal Fehler. Weißt du, wie oft mir oder Keira schon etwas runtergefallen ist? Das hat nichts zu bedeuten.« Ihr Ausdruck wird weicher. »Es tut mir echt leid, wie der Tag heute gelaufen ist. Ich schwöre dir, wir sind nicht alle ein gemeiner Haufen Hinterwäldler.«

Langsam weicht die Anspannung aus meinen Muskeln. »Das denke ich auch nicht. Ich bin bloß müde und ein bisschen überfordert, und ich bin heute vermutlich nicht die beste Kollegin gewesen.«

»Du musst dich doch erst an all das gewöhnen. Mach dir keine Sorgen, okay?« Mit einem warmen Lächeln streicht sie sich über den Arm. »Hey, wie wär's, wenn wir noch mal neu anfangen?«

Es klingt anstrengend. Ich nicke trotzdem vorsichtig.

Willows Gesicht erhellt sich. »Gut! Ich fahre am Dienstag nach Kodiak zum Einkaufen, also könnte ich am Mittwochabend etwas Leckeres für uns kochen. Einfach ein Mädelsabend für uns. Dann können wir endlich in Ruhe quatschen und uns kennenlernen.« Noch ehe ich etwas sagen kann, hebt sie die Hände. »Kannst natürlich auch Nein sagen! Ich will mich dir nicht ständig aufdrängen; wenn du lieber etwas allein machen willst oder etwas Zeit mit deinen Steinen brauchst, ist das natürlich auch okay.«

Ein Anflug von Wärme kriecht in meine Brust – und wird sofort von dem kühlen Küstenwind davongetragen. Obwohl ich nichts lieber hätte, als einen entspannten Abend mit gutem Essen bei einer Freundin zu verbringen, können Willow und ich nie eine echte Verbindung knüpfen, weil ich nicht ehrlich zu ihr sein darf. Andererseits wäre es ein Abend weniger allein im Cottage. Vorsichtig nicke ich. »Das wäre schön.«

Willow strahlt. »Wunderbar! Dann sagen wir Mittwoch um acht? Warst du schon mal beim Gartencenter?«

»Bin daran vorbeigekommen, glaube ich.«

»Direkt die Seitenstraße danach hinein, das blaue Haus. Du kannst es nicht verpassen. Einmal in der Stunde geht ein Bus, die Nummer A47.«

Ein Bus? Wow, irgendwie hätte ich nicht damit gerechnet, dass es in Echo Cove öffentliche Verkehrsmittel gibt. »Ich glaube, das kann ich mir merken.« Ich lächle überfordert. »Danke, Willow.«

Sie seufzt, schlingt einfach die Arme um mich und drückt mich kurz an sich. Die kleine Berührung reicht aus, um meine Nerven in Alarmmodus zu versetzen, aber es ist nur ein Augenblick, ehe mein Gehirn versteht, dass keine Gefahr von ihr ausgeht. Meine Muskeln entspannen sich, und als sie sich von mir löst, bin ich fast wehmütig.

»Ich freue mich.« Sie schmunzelt. »Und jetzt geh heim, entspann dich und leg die Beine hoch. Du hast es dir wirklich verdient.«

***

Willow hat recht.

Als ich zu Hause ankomme, sind meine Beine so schwer, dass ich mich kaum über den Kiespfad schleppen kann. Ich kann den ganzen Tag herumlaufen, kein Problem – aber etwas daran, sich stundenlang in Sneakers die Beine in den Bauch zu stehen, tut anders weh.

Allerdings ist es fast tröstlich, wie sehr sich meine Muskeln nach dem Bett sehnen. Vielleicht werde ich heute Nacht endlich ein bisschen Ruhe finden. Vielleicht kann ich endlich ohne kalten Schweiß auf der Stirn einschlafen und werde nicht sofort von Albträumen heimgesucht.

Innerlich plane ich bereits alle notwendigen Schritte – ab in die Küche, Ramen kochen, Klamotten ausziehen, abschminken und direkt ins Bett, denn realistisch gesehen werde ich keine dreißig Minuten mehr auf den Boiler warten können –, als ich mich die Stufen meiner Veranda hinaufschleppe.

Ich bemerke es erst, als ich die Tür fast erreicht habe.

Zunächst bin ich mir nicht sicher, was ich sehe. Es ist nur ein seltsames Gefühl, ein Kratzen im Hinterkopf, eine leise Stimme, die mir ins Ohr flüstert.

Hat es hier schon immer so ausgesehen?

Das Cottage ist alt. Abgenutzt. Es gibt Tausende kleine Erinnerungen an die Menschen, die früher einmal hier gelebt haben. Wenn man das Haus untersuchen würde, wäre es vermutlich voll mit Fingerabdrücken, auch wenn ich nicht wirklich darüber nachdenken will, wer vor mir in meinem Bett geschlafen hat. Alles hier wurde hundertmal benutzt, hundertmal geputzt und wieder dreckig gemacht. Überall sind Spuren.

Aber *diese* Spuren?

Ich halte im Schritt inne und starre auf die verwischten Fußabdrücke im Staub.

Sie waren schon immer da. Oder?

Ein kaltes Kribbeln steigt in meiner Brust auf und erfüllt mich bis in die Fingerspitzen. Die Panik ist zurück – oder sie war nie ganz weg, wie ein großer dunkler Raubfisch mit ölig schimmernden Schuppen, der unter der Wasseroberfläche lauert und nun wieder seinen hässlichen Kopf emporreckt.

Ich bin gefangen zwischen Panik und Erschöpfung, zwischen *Das kann nicht sein* und *Gefahr*. Angetrieben von dem Trommeln in meinen Schläfen, trete ich vorsichtig näher. Es ist, als hätte ich einen neuen Filter auf die Welt angewandt; einen, bei dem mir jede Macke, jede Unebenheit sofort ins Auge springt.

Kleine Rillen an der Tür.

Abdrücke an den Wänden. Waren es raue Finger oder Abnutzungen der Zeit? Sind es Schatten oder winzige Kerben in dem Metall?

Mit kalten Fingern streiche ich darüber.

Definitiv Kratzer.

Ich zucke zurück, als hätte ich mich verbrannt.

Es ist nur ein Traum.

Bitte wach auf.

Bitte.

Aber ich schlafe nicht, und die Spuren sind keine Ausgeburten meiner Fantasie.

Sie waren schon immer da. Vielleicht hat sich vor fünf, zehn, fünfzehn Jahren jemand ausgesperrt. Vielleicht hat die Tür geklemmt. Vielleicht war ein Handwerker unvorsichtig, als das Haus errichtet wurde.

Und was, wenn nicht?

Was, wenn ...

Ich fahre herum, ehe ich den Gedanken beendet habe.

In Archers Haus brennt Licht im Erdgeschoss, und durch das Fenster kann ich seine Silhouette erkennen.

Ein zweiter Ton mischt sich unter meine Angst: Wut.

Wut auf all die Männer, die meine Welt kleiner machen.

Archers Gestalt verharrt vor dem Fenster.

Sieht er mich?

Es gibt hier keinen Ort, an dem ich mich verstecken kann.

Sein Schatten verschwindet.

Jeder Gedanke kostet Kraft. Ich will fliehen, aber wohin?

Hilfe rufen?

Leslie?

Mein Verstand nimmt eine Abzweigung und landet bei dem Subaru. Ein Fluchtweg? Vielleicht. Allerdings ist der Schlüssel *in* meinem Haus – und ich weiß nicht, was dort noch auf mich wartet.

Auf der gegenüberliegenden Straßenseite wird die Tür geöffnet, und wie eine Naturgewalt füllt Archer den Türrahmen. Sein Blick brennt auf mir, aber ich kann mich nicht rühren – was für ihn vermutlich wie ein stoischer Akt der Rebellion wirkt, ist in Wirklichkeit nicht mehr als ein Mangel an anderen Optionen.

Ich kann nicht vor, nicht zurück, weiß nicht, wohin ich fliehen soll – also bleibe ich einfach stehen, wieder ganz das metaphorische Reh im Scheinwerferlicht.

»Hey!« Archers Stimme ist tief wie ein Donnerschlag. Langsam löst er sich und geht die Treppe hinab. Mit langen Schritten durchquert er seinen Garten. »Wieso starrst du in mein Haus?«

Blut schießt mir in die Wangen. »Ich ... Ich habe nicht ...«

»Ich weiß, dass du mich beobachtest.« Er hält an seinem Gartenzaun und verschränkt die Arme. »Gestern Abend.

Jetzt.« Unter seinem dunklen Shirt zeichnen sich seine breiten Oberarmmuskeln ab, und er mustert mich mit einem vernichtenden Blick.

Fuck. Er muss also doch bemerkt haben, dass ich ihn durch mein Küchenfenster beobachtet habe.

»Es ist nicht so, wie es aussieht!«

»Es ist mir scheißegal, wie es ist, Großstadtprinzessin.« Abschätzig verzieht er den Mund. In seiner Welt muss diese Bezeichnung ein Schimpfwort sein. »Das ist deine letzte Warnung.«

Hätte mir jemand in D. C. diese Worte an den Kopf geschmissen, hätte ich gelacht. Doch hier, in Echo Cove? Ich habe keinen Zweifel daran, dass Archer es ernst meint, auch wenn ich nicht weiß, womit er mir droht.

Vielleicht will ich es auch gar nicht wissen.

Wehre dich, fleht die kleine Stimme in meinem Unterbewusstsein. *Mein Gott, lass dir das doch nicht gefallen!*

Aber ich kann nicht mehr. Habe keine Kraft, zu kämpfen. Das Einzige, was ich tun kann, ist, den Schaden zu begrenzen; ich werde Archer Flint nicht den Gefallen tun und vor ihm weinen.

»Ich … ich habe nicht …« Mit einer Hand krame ich in meiner Umhängetasche nach dem Haustürschlüssel und versuche, das Zittern meiner Finger zu verbergen. Mein Blick zuckt zur Tür, zu den Spuren auf der Veranda, dann wieder zu ihm. »Warst du hier?«

»Ich weiß nicht, wovon du laberst.«

»Hier vor meinem Haus«, presse ich hervor. Als würde sich eine unsichtbare Schnur um meinen Hals legen, zieht sich mir die Kehle zusammen. »Hast du versucht, hier einzubrechen?«

Er hebt die dunklen Brauen. »Ich glaube, du verwechselst da was, Kleines. Keine Ahnung, warum du 'nen Narren an mir gefressen hast, aber offenbar bist du von mir besessen, nicht andersherum.«

»Ich bin nicht von dir besessen!« Wenn mein Herz noch

ein bisschen schneller schlägt, springt es mir aus der Brust. »Und ich habe dich nicht beobachtet!« Na ja, technisch gesehen habe ich das, allerdings nicht aus den Gründen, an die er offenbar denkt.

»Dann ist ja gut«, zischt er und löst sich vom Zaun.

»Wenn ...« Ich sammle meinen ganzen Mut. »Wenn ich dich auf meinem Grundstück erwische und du dich an meinem Haus zu schaffen machst, rufe ich die Polizei.«

Er mustert mich mit all der Verachtung, die ein Mann wie er zustande bringt. Es ist eine ganze Menge. »Gut. Denn wenn ich noch einmal sehe, wie du mich durch dein Fenster stalkst, rufe *ich* die Polizei.«

»Ich habe nicht ...« Empört hebe ich die Stimme, doch die Worte wollen nicht über meine Lippen kommen. Wie kann er glauben, dass *ich* hier diejenige bin, die *ihm* nachsteigt?

Tränen steigen in meine Augenwinkel, und ich blinzle dagegen an.

»Kommt da noch was?« Archers Stimme schneidet durch mein Bewusstsein und nimmt mir die Luft. Ich möchte nicht in das Cottage zurück, aber noch weniger will ich hier draußen bei ihm stehen bleiben.

Mit zittrigen Fingern schiebe ich den Schlüssel in das Schlüsselloch, drehe nach rechts und das alte Schloss klickt.

»Na dann«, schnaubt Archer, und seine Schritte entfernen sich, während ich ins Haus schlüpfe.

11 Brynn

SMALL TOWN NIGHTMARES

Es wartet keine düstere Gestalt in dem Schatten unter der Treppe.

Kein Monster hinter der Tür, kein Mörder in meinem Schrank. Das Cottage ist genauso einsam und verstaubt, wie ich es heute Morgen zurückgelassen habe, doch auch nach meiner dritten Inspektionsrunde schwebt das Unheil noch immer wie eine Wolke über mir. Als ich die Tür hinter mir geschlossen habe, war ich davon überzeugt, dass das Panikmonster sofort wieder mit seinen Krallen nach mir greifen würde, doch die große Attacke blieb aus. Vielleicht ist es zu viel für meinen Körper; ich habe nicht einmal mehr genügend Kapazität, um zusammenzubrechen.

Ich tausche mein Ramen-Dinner gegen zwei Snickers und eine Packung Sour Cream Chips, schließe alle Verdunkelungsvorhänge, schlüpfe in meinen Pyjama und verziehe mich mit dem Laptop ins Bett. Erst als das sanfte *La-la-la-la* des Intros von *Gilmore Girls* ertönt, kann ich tief durchatmen.

Lustlos knabbere ich an meinem Schokoriegel und sinke tiefer ins Bett, während auf dem Bildschirm Kleinstadtromantik pur flimmert; hübsch dekorierte Straßen, gemütliche Häuser, Kürbisse, rotes Laub, Freundschaften und eine Mutter-Tochter-Beziehung, die ich nie hatte, weil ich mich nicht an meine Mutter erinnern kann.

Der Schlaf kommt und geht in dieser Nacht.

Immer wieder fahre ich hoch, entweder wegen meiner Albträume, einem Knacken des alten Hauses oder eines Geräuschs in der Serie, die ich bis in die frühen Morgenstunden laufen lasse.

Am nächsten Morgen brummt mein Schädel. Ich exe eine Flasche eiskaltes Elektrolytwasser aus dem Kühlschrank, aber der erwünschte Effekt bleibt aus. Immer wieder kehren meine Gedanken an den katastrophalen vergangenen Tag zurück, und jedes Mal, wenn ich mich an das Gespräch mit Archer erinnere, erfüllt mich eine Welle heißer, kochender Wut. Ich kann nicht glauben, was er mir vorgeworfen hat – und dass ich es einfach so *hingenommen* habe. Ich kann nicht glauben, dass ich zugelassen habe, dass Keira mit mir umspringt, als wäre ich nicht einmal den Dreck unter ihren Fingernägeln wert, dass ich mich vor einem Foto in einer Zeitung so sehr erschrecke, dass ich fast vergesse, wie man atmet.

Ich habe es so satt, zu lügen, mich zu verstecken, mich zu fürchten. Vielleicht dachte ein kleiner, hoffnungsvoller Teil in mir, dass es von allein besser werden würde. Dass die Angst einfach verfliegen würde, wenn ich nur geduldig bin. Aber ich kann nicht mehr und will nicht mehr. Ertrage keine einzige weitere Nacht voll nassem Schweiß und unruhigem Hin-und-Her-Wälzen.

Ich weiß, dass ich nicht einfach mit den Fingern schnippen und mich magisch besser fühlen kann, weil so vieles von dem, was mich belastet, außerhalb meiner Macht liegt. Was ich jedoch tun kann, ist, Grenzen zu setzen. Damit anzufangen, mich selbst zu schützen und zumindest hier, auf engstem Raum, eine angstfreie, sichere Zone für mich zu schaffen.

Niemand hier wird mir helfen, wenn ich mir nicht selbst helfe.

Und heute fange ich damit an.

***

Der Himmel ist mit Wolken behangen, und es ist so kühl, dass ich noch einmal kurz zurück ins Haus gehe und mir meine Jeansjacke hole, die ich über mein beiges Tanktop ziehe, ehe ich mich auf den Weg mache.

Ich schlage zunächst meine übliche Route in Richtung Boardwalk ein, doch komme keine drei Schritte weit, ehe ich erstarre.

Archer steht in schwarzem Shirt und Jeans an seinem Zaun am Ende der Straße und hämmert an einer Latte herum, während Koda gelassen im Schatten döst.

Ich lege sofort eine Vollbremsung ein, doch der Kies knirscht unter meinen Schuhen, und der groß gewachsene Mann hebt den Kopf. Sein Blick könnte den Ozean zu Eis gefrieren lassen, und ich weiche instinktiv zurück. O nein, was ich definitiv nicht tun werde, ist, Öl ins Feuer zu gießen und ihn in seinen Wahnvorstellungen zu bestärken.

Eilig wende ich mich ab, werfe mir den Pferdeschwanz über die Schulter und stolziere die Straße auf der anderen Seite hinab, als wäre es schon immer mein Ziel gewesen.

Sein Blick brennt in meinem Rücken, doch ich gebe mir Mühe, so selbstbewusst wie möglich wegzugehen, auch wenn ich mich nicht so fühle.

Am Ende der Straße informiert mich ein Schild, dass der Weg nach rechts in das Wildtierschutzgebiet und zu den Klippen führt, während mich der Pfad nach links in die Echo Cove Main Road bringt. Immerhin hatte Leslie recht – es ist wirklich schwierig, sich in dieser Stadt zu verlaufen.

Damit ich die Main Road wieder erreiche, muss ich an einem Waldstück entlanggehen, ehe ich wieder auf die Landstraße komme, die mich nach einer Weile hinab zur Hauptstraße führt. Es ist ein Marsch von fünfzehn, vielleicht zwanzig Minuten, aber ich würde auch den ganzen Tag spazieren, nur um Archer Flint aus dem Weg zu gehen.

Vogelgezwitscher und Blätterrauschen begleiten mich auf meinem Weg, und als ich etwa die halbe Waldstrecke zurückgelegt habe, nehme ich meinen schwarzen Rucksack ab und ziehe eine kleine weiße Kapsel heraus. Meine Air Pods waren nicht mit dem neuen Handy kompatibel, also habe ich mir am Flughafen eine Packung kabelloser Ohrstöpsel gekauft. Mit dem Daumen klicke ich den Verschluss auf und starre auf die beiden kleinen Geräte. Früher habe ich ständig Kopfhörer getragen – auf dem Weg zur Arbeit, im Gym, beim Einkaufen und meistens sogar am Computer. Zögernd ziehe ich einen Stöpsel heraus, überlege, schiebe ihn dann jedoch wieder zurück. Ich habe mir vorgestern Abend einen neuen Fake-Account auf Spotify erstellt und ein paar Playlisten im Offline-Modus auf mein Handy geladen, aber etwas an der Vorstellung, meine Ohren vor möglichen Alarmsignalen abzuschirmen, jagt mir einen Schauer über den Rücken. Ich weiß nicht, was mir mehr Angst einjagt – das, was in den Wäldern haust, oder das, was in der Stadt sein Unwesen treibt.

Mit einem dumpfen Klicken schließe ich die Verpackung und mache Anstalten, sie wieder zurück in meinen Rucksack zu schieben, doch der Reißverschluss klemmt. Frustriert halte ich an und ziehe an dem Zipper, gerade in dem Moment, als hinter mir ein schrilles Hupen ertönt.

Der Schock schießt mir durch die Glieder, mit einem heiseren Fiepsen springe ich zurück, und mit dem Fuß lande ich unsanft an der Stelle, an der die schlecht geteerte Straße endet und der Waldboden beginnt. Gerade noch rechtzeitig gelingt es mir, beide Hände auszustrecken, aber ich lande dennoch unsanft im Gras.

Rauschen in meinen Ohren.

Flimmern in meiner Sicht.

Ehe ich mich aufrappeln kann, ertönen hinter mir bereits Schritte, und sie kommen näher, kommen näher, kommen näher, wie in meinem Albtraum ...

»Blair?«

Ich fahre herum und starre geradewegs in Matthews besorgtes Gesicht. Er scheint nicht im Dienst zu sein, denn er trägt ein hellblaues Leinenhemd und eine ausgewaschene Jeans.

Als er vor mir in die Hocke geht und mir die Hand entgegenstreckt, weiche ich zurück. Mit zitternden Knien erhebe ich mich aus eigener Kraft und teste meinen Knöchel. Das Gelenk sticht leicht, aber ich scheine Glück gehabt zu haben, denn ein Bruch fühlt sich anders an.

Matthew wirkt leicht beleidigt darüber, dass ich seine Hilfe zurückgewiesen habe, denn er verzieht das Gesicht und rappelt sich dann wieder auf. »Könnte geprellt sein.« Vorwurfsvoll deutet er auf meinen Knöchel.

Ich schüttle den Kopf. »Nein, alles gut. Ist vermutlich nur ein bisschen verstaucht.«

Er mustert mich skeptisch. »Ich sollte dich nach Hause bringen.«

»Nein, nicht nach Hause!« Die Worte sind schneller ausgesprochen, als ich darüber nachdenken kann.

Matthew legt den Kopf schief. »Wieso nicht?«

»Ich muss ein paar dringende Besorgungen machen.«

»Ah? Wegen der Felsen?«

»Was?«

»Na, wegen der Felsen.« Mit einer beiläufigen Bewegung deutet er in Richtung Meer. »Deshalb bist du doch hier, oder etwa nicht? Um die Felsen zu untersuchen.«

O Scheiße, beinahe hätte ich meine Tarnung vergessen. »Nein ... Ja ...« Ich grabe die Fingernägel tief in meine Handballen. Wahrscheinlich ist es nur seine Art, nett zu sein, aber ich wünschte, Matthew würde verstehen, dass ich gerade nicht mit ihm sprechen möchte. »Ach«, winke ich schließlich ab. »Nur ... ein paar Dinge.«

Er lacht. »Dinge? Was für Dinge?«

»Dinge.«

Seine Braue wandert nach oben. »So geheim? Pass lieber auf. Am Ende muss ich einen Durchsuchungsbeschluss beantragen.«

Alles in mir zieht sich zusammen.

Es war nur ein Scherz. Nur ein verdammter Scherz.

Leider finde ich nichts daran witzig. Die Vorstellung, dass jemand in meinen Rückzugsort eindringen könnte, sticht wie tausend Nadeln unter meiner Haut.

Ich zwinge meine Nerven zur Räson.

Matthew muss den Schock an meinem Gesicht ablesen können, denn er hebt abwehrend die Hände. »Hey, du hast doch keine Angst vor mir, oder? Ich will nur das Beste für dich.« Ein ruhiges Lächeln kehrt auf seine Züge zurück. »Also, kann ich dir behilflich sein?«

Eilig schüttle ich den Kopf. »Ich will nur zu Lazlo, ich brauche ein paar Sachen aus seinem Laden ...«

»Oh.« Matthew verzieht die Lippen. »Dann wirst du heute leider Pech haben.«

»Warum?«

»Lazlo fährt sonntags immer mit den Jungs zum Fischen raus. Der Laden ist heute zu. Ist es sehr dringend? Vielleicht kann ich dir ja helfen.«

Ich zögere. Früher war ich offen, fast schon ein bisschen zu freundlich mit den Menschen, die meinen Weg gekreuzt haben. Nach dem, was in D. C. passiert ist, weiß ich jedoch nicht, ob ich mein Vertrauen jemals wieder so einfach verschenken kann. Nein, ich vertraue Matthew nicht, ich vertraue Leslie nicht, ich vertraue Marshall Stevens nicht – ich vertraue nicht einmal meinen eigenen Sinnen. Doch auch wenn mein Verstand gerade in jedem Schatten ein Monster sieht, bin ich immer noch vernünftig genug, um Risiken abzuwägen. Ich weiß, dass Matthew, der Chief von Echo Cove, vermutlich eine relativ sichere Person ist. Leslie hat mir sogar gesagt, dass ich mich im Notfall an ihn wenden soll, auch wenn er nichts von dem Zeugenschutzprogramm erfahren darf. Sie würde das nicht ohne Grund tun. Bestimmt nicht.

»Ich ...« Mit einem tiefen Atemzug hebt und senkt sich mein Brustkorb, als wären Eisenringe darum gespannt. »Ich hätte gern ein paar Sicherheitsschlösser für meine Tür.«

Matthews Gesicht verdunkelt sich. »Fühlst du dich nicht sicher dort?«

Soll ich ihm die Wahrheit sagen? Kann ich das, darf ich es überhaupt? »Nicht unbedingt.«

Mit einem Schlag weicht das lockere Lächeln aus seinen Zügen. »Ist etwas passiert? Hat dich jemand belästigt?«

Ein Herzschlag verstreicht – und ich zögere. Natürlich könnte ich ihm von Archer erzählen. Von meiner Befürchtung, von den Spuren auf der Veranda, über deren Herkunft ich noch immer nicht ganz sicher bin. Aber ich weiß auch, was Archer zu mir gesagt hat, und wenn Matthew meinen Nachbarn zur Rede stellt ... Nein. Diese Peinlichkeit kann ich mir getrost ersparen. Matthew muss nicht alles wissen, also schüttle ich den Kopf. »Na ja, das Haus ist echt nah am Tierschutzgebiet, und ich möchte nicht als Bärenfrühstück enden.«

Matthew hebt die linke Braue – die mit der blassen Narbe. »Bären, hm?«

Ich klopfe mir die Jeans sauber. »Ich meine, hier gibt es wirklich viele wilde Tiere, und ich habe ...«

Matthew nickt, noch ehe ich den Satz beendet habe. »Du musst mir nichts erklären. Ich verstehe, um welche *Bären* es geht. Es sind schlimme Dinge in diesem Ort passiert.«

»Es ist nicht so, dass ich ...«

Er winkt ab. »Du bist nicht die Einzige, die sich in Archers Gegenwart unwohl fühlt.«

Ich presse die Zähne zusammen. »Es ist nur eine Vorsichtsmaßnahme, mehr nicht.«

Matthew grinst. »Schlaues Mädchen. Die Sonne geht im Sommer in Echo Cove vielleicht nicht unter, aber es gibt genug Dunkelheit in dieser kleinen Stadt.«

Was ist an diesem Ort im Wasser, dass mich alle Männer Mädchen nennen?

»Na ja, jedenfalls muss ich dann wohl bis morgen warten, das ist auch okay.« Eine weitere Nacht werde ich schon irgendwie überstehen.

Allerdings ist Matthew offenbar anderer Meinung. »Kommt nicht infrage. Ich bin hier der Chief, und ich nehme die Sicherheit meiner Leute ernst.« Er deutet zu seinem Auto. »Steig ein. Ich weiß, wo wir dir Schlösser besorgen können.«

Ich zögere, doch dann schüttle ich den Kopf. »Nicht notwendig, danke.«

Matthew hebt die Brauen. »Das war keine Frage, Blair. Steig ein. Ich fahre dich.« Er zögert. »Und dann erzähle ich dir, was damals wirklich in Echo Cove passiert ist.«

12 Brynn

LEFT BEHIND

Matthews Wagen riecht nach künstlichem Vanille-Lufter-frischer. Ein beißender, aufdringlicher Geruch, der mir sofort zu Kopf steigt und hinter meiner Stirn ein penetrantes Stechen verursacht.

Vielleicht war es ein Fehler, bei ihm einzusteigen. Allerdings will ich die Sicherheitsschlösser lieber früher als später – und auch wenn mein Gewissen bei dem Gedanken daran in mir brennt, möchte ich wissen, was Matthew mir zu erzählen hat.

»Du wohnst schon dein ganzes Leben hier?« Mein Gesprächsbeginn ist ein wenig holprig.

Matthew schaltet mit einer Hand das Radio an – irgendein Countrysong, den ich nicht kenne – und lenkt den Wagen mit der anderen auf die Landstraße, auf der ich mit Leslie vor ein paar Tagen in die Stadt gekommen bin. »Bin hier geboren und aufgewachsen«, bestätigt er schließlich. »Nach dem Schulabschluss habe ich drei Jahre lang in Kodiak gelebt, habe dort meine Ausbildung gemacht und im Anschluss eine Weile als Officer gearbeitet. Dann hatte mein Dad einen Schlaganfall, und ich bin an den Ort zurückgekehrt, an den ich hingehöre.«

»Das tut mir leid.«

Matthew legt den Kopf leicht schief. »Dass ich nach Echo Cove zurückgegangen bin?«

Meine Wangen werden heiß. »Nein, das mit deinem Vater.«

Lächelnd winkt er ab. »Schon gut, du kannst es ruhig sagen. Du verstehst es nicht, oder? Warum jemand freiwillig an so einem Ort lebt.«

»Das habe ich nicht behauptet.« Ich beiße mir auf die Lippe. »Es ist wunderschön hier, doch es kommt mir auch sehr einsam vor.«

Er lacht. »Es ist nicht New York oder Los Angeles, das ist auf jeden Fall klar. Aber weißt du, manchmal muss es nicht laut und aufregend sein. Und Echo Cove hat viel mehr zu bieten, als man auf den ersten Blick denkt.« Locker lässt er die Hand auf dem Lenkrad ruhen. »Vermisst du dein Zuhause?«

Ich hasse, wie eiskalt mich die Frage erwischt. Natürlich vermisse ich mein Zuhause, aber am allermeisten vermisse ich die Normalität. Ich vermisse mich. Dennoch zucke ich nur leicht mit den Schultern. »Geht so.«

Er lacht. »Also kein schicker Großstadtjunge, der daheim auf dich wartet?«

Sofort bereue ich mein Kopfschütteln. Auch wenn es mir nicht gefällt, ist es manchmal besser zu lügen. Männer akzeptieren ein »Ich habe einen Freund« oft mehr als ein »Sorry, kein Interesse«.

»Wie kann das sein?«

Blinzelnd sehe ich auf. »Was?«

»Dass sich kein Kerl ein Mädchen wie dich geschnappt hat. Glaube, die Typen in der Großstadt haben was an den Augen.«

Ein unangenehmes Kribbeln schießt durch meinen Magen. »Habe gerade kein Interesse an einer Beziehung«, erwidere ich knapp – und hoffe, dass die Botschaft bei ihm ankommt.

Er grinst nur. »Ist eine Schande.«

Ich lenke meinen Blick aus dem Fenster. Die Wolkendecke hängt tief über den dunklen Baumgipfeln, aber die Atmosphäre hat trotzdem etwas Magisches an sich. Magisch und düster. Faszinierend und gefährlich zugleich.

»Also.« Mit einem Seufzen wechselt Matthew das Thema. »Ich nehme an, du hast Echo Cove gegoogelt?«

Ich nicke.

»Kann mir vorstellen, was du da gefunden hast. Muss dich ganz schön schockiert haben.«

Ich wähle meine Worte vorsichtig. »Es ist eine tragische Geschichte.«

Matthews Miene ist undurchschaubar. »Das sagen sie immer. Dass man sich gar nicht vorstellen kann, dass an einem so friedlichen Ort etwas so Furchtbares passiert ist.«

Ein Herzschlag verstreicht. Es ist seltsam. Ja, objektiv gesehen, ist Echo Cove ein friedliches kleines Örtchen. Trotzdem wäre das nicht das Wort gewesen, das ich gewählt hätte, um die Kleinstadt zu beschreiben. Im Gegenteil; ich wünschte, ich könnte ein bisschen Frieden finden. Ein bisschen Kleinstadtidylle.

Ich drehe mich zu Matthew. »Hast du sie gekannt?«

»Ada? Klar. Wir haben uns alle gekannt. Ada, Liam, die anderen ... Wenn es nicht viele junge Leute gibt, hängen alle zusammen ab. Jeder kennt in Echo Cove jeden.«

Ich kann mir nicht vorstellen, was für ein herzzerreißender Schock das Verbrechen für die Bewohner von Echo Cove gewesen sein muss. Auch ich habe Menschen verloren. An meine Eltern kann ich mich allerdings nicht erinnern, und meine Granny ist eines natürlichen Todes gestorben. Es war ein Prozess, über Jahre, traurig und schrecklich, aber nicht so abrupt, nicht so zerstörerisch.

»Es war ...« Er sucht nach den richtigen Worten. »Es hat alles geändert. Ich weiß noch, als mein Dad mir erzählt hat, was passiert ist. Dachte, er will mich auf den Arm nehmen. Doch dann habe ich realisiert, dass es wahr ist, und ich wusste, dass nichts jemals wieder so sein würde wie früher.« Er lächelt freudlos. »Weißt du, es war einer der Gründe, weshalb ich auf die Academy wollte. Liam wurde nie gefasst. Und es gibt so viele, die wie er sind. Die davon-kommen. Ich schätze, ich wollte einen Unterschied machen.«

Vorsichtig sehe ich zu ihm. »Du bist dir sicher, dass es Liam war?«

»Natürlich.« Er zuckt mit den Schultern. »Wer sonst? Ich habe es mit eigenen Augen gesehen.«

Überrascht sehe ich ihn an. »Was?«

»Nicht *das*. Aber ich habe gesehen, wie sie gestritten haben. Immer wieder. Hatten ständig andere Meinungen zu allem. Liam wollte auf der Insel bleiben und das Bed and Breakfast wieder aufbauen, und Ada wollte weg von hier, die Welt sehen und so. Sie hat diese Fantasyfilme geliebt und wollte immer mal zu ihrem Drehort nach Neuseeland und ...«

»Warte. Meinst du *Der Herr der Ringe*?«

»Genau. Sie war vernarrt in den Kerl mit den braunen Haaren, Andrew oder so, keine Ahnung, wie der hieß.«

»Aragorn.« Blut steigt mir in die Wangen. Auch ich hatte früher einen massiven Crush auf Aragorn, im Moment sind meine Gedanken jedoch bei dem Buch, das mir Willow erlaubt hat mitzunehmen. Es hat definitiv schon mehr als zehn Jahre auf dem Buckel. Was, wenn es ...

Nein. Das ist unmöglich. Ich habe nicht Adas altes Buch zu Hause – oder?

»Genau. Jedenfalls gab das immer Stress, weil Liam eben ... Na ja, er war so ein Typ, weißt du?«

Ich schüttle den Kopf. »So ein Typ?«

»Na, du weißt, was man über stille Wasser sagt. Die meiste Zeit über war er ruhig und vernünftig. Hat immer angepackt, wenn jemand Hilfe brauchte und so. Aber er hatte auch ein anderes Gesicht. Vor allem, wenn ein biss-chen Alkohol geflossen ist. Dreimal darfst du raten, was die Jugendlichen hier so machen, wenn es nichts anderes zu tun gibt.«

Es braucht nicht viel Fantasie, um die Lücke zu füllen. »Am Strand sitzen und trinken?«

»Ganz genau. Und Ada war ein bisschen zu hübsch und freundlich, als gut für sie war. Immer am Lächeln, hat mit allen Menschen gequatscht, und das haben wiederum einige als Flirten aufgefasst. Und das ging Liam gegen den Strich. Manchmal war er auf die Kerle sauer, manchmal auf Ada, und manchmal auf beide.«

Steigt mir wirklich gerade ein bitterer Geschmack in den Mund, oder bilde ich mir das nur ein?

»War so eine Sache, bei der wir alle weggesehen haben, bis es zu spät war. Kurz vor der Tragödie hatten die zwei noch einen riesigen Streit, weil Ada wohl 'nen Verehrer hatte, und Liam fand das gar nicht gut.« Langsam fallen seine Züge zusammen. »Es gibt nicht viele Dinge, die ich mir vorwerfe, aber was in dieser Nacht passiert ist, ist eines davon. Wir hatten Stadtfest, und es ist dabei natürlich viel Alkohol geflossen. Danach waren wir am Strand, und Liam war mies gelaunt, weil so ein Typ mit Ada geflirtet hatte. Zuerst war er nur mürrisch, doch mit jedem Bier wurde es ein bisschen schlimmer, und am Ende ist ein richtiger Streit ausgebrochen. Irgendwann bin ich gegangen, weil ich mit meinem Dad am nächsten Morgen ziemlich früh mit dem Boot rausfahren wollte, und ich ...« Matthew atmet tief ein. »Ich wollte keine Stellung beziehen. Ich weiß, das klingt abgefuckt, wenn man jetzt darüber nachdenkt. Ada hat nichts falsch gemacht. Liam war betrunken und eifersüchtig. Trotzdem war es schwer. Ich war mit beiden befreundet, und ich wollte mich nicht einmischen. Wollte es mir einfach mit niemandem verscherzen und dachte, ihre Beziehungsprobleme würden mich nichts angehen. Und achtundvierzig Stunden später war Ada tot.« Resigniert zuckt er mit den Schultern. »Hab's mir nie verziehen. Vielleicht wäre sie noch am Leben, wenn ich damals anders reagiert hätte.«

Ich weiß nicht, was ich sagen soll. Wie man so eine Last lindern kann. »Wie hättest du es ahnen können?«

Er presst die Lippen zusammen. »Solche Tragödien waren damals so weit weg. Dinge, die nur in den großen Städten oder im TV passieren.«

Ich drehe mich zu ihm. Ist das der Grund, warum er nach Echo Cove zurückgekehrt ist? Weil ihn seine Schuldgefühle antreiben, weil er versucht, die verlorene Unschuld dieser Stadt wiederherzustellen?

»Ich habe einen Fehler gemacht«, fährt Matthew schließlich fort. »Habe zu lange gezögert, habe gewartet, und dann war es zu spät. Das werde ich mir nie verzeihen.« Er lenkt den Wagen auf einen Schotterweg, der von der Landstraße abgeht und an einem großen, flachen Containergebäude mit rotem Dach endet. *Bob's Hardware* steht auf einem Schild vor dem Eingang, und auf dem Weg davor parken ein paar Trucks und Geländewagen. »Genug davon.« Er deutet auf den Laden. »Hier, ich glaube, da wirst du fündig.«

Ich richte mich auf. »Oh, wow. Ja, das ist genau das, was ich brauche.«

Er wirkt zufrieden. »Natürlich. Was dachtest du, dass ich dich unter einem Vorwand in mein Auto locke, nur damit ich ein bisschen Zeit mit einer hübschen Frau verbringen kann?«

In D. C. hätte ich einem Kerl für so eine Aussage den Kopf gewaschen, aber das hier ist Alaska, und Matthew ...

Er scheint das Herz am rechten Fleck zu haben, auch wenn es zwischen uns sonst nicht viele Kontaktpunkte gibt. Außerdem kann ich es ihm kaum übel nehmen; Ich kann mir nicht vorstellen, dass man in einer Stadt wie Echo Cove oft auf neue Menschen trifft – vor allem nicht auf solche, die in das eigene Beuteschema fallen.

Ich verstehe es.

Aber ich möchte nicht.

Ich möchte nicht flirten, ich möchte keine Komplimente, ich möchte keine bedeutungsschweren Blicke. Je weniger ich wahrgenommen werde, desto besser; die Aufmerksamkeit, die Matthew mir mit seinem schiefen Schmunzeln schenkt, sorgt dafür, dass sich meine Haut ein bisschen zu eng anfühlt.

»Danke jedenfalls«, presse ich hervor und lege die Hand auf den Türöffner – nur um festzustellen, dass er verriegelt ist.

Matthew greift inzwischen nach einem dunkelblauen Rucksack auf der Rückbank und versucht, etwas daraus hervorzuziehen – seine Geldbörse, vermutlich. »Ich stelle dich gleich mal Bob vor, er ist der Beste. Ich meine, nichts gegen Lazlo, aber jeder, der Qualität will, geht zu Bob.«

Ich ziehe erneut am Hebel.

Keine Reaktion.

Mein Puls stolpert, und ein panisches Flimmern kriecht in die Enden meines Sichtfelds. Mit bebenden Fingern suche ich die Autotür nach einem Entriegelungsmechanismus ab.

»Und dann fahren wir zu dir, und ich montiere dir alles an der Tür, damit du nachts wieder sicher schlafen kannst.«

Mein Atem stockt. Die Panik ist wie ein Monster, das ich nicht kontrollieren kann; eines, das an den unpraktischsten Momenten auftaucht und mich überwältigt.

»Und wenn nicht, weißt du, wen du anrufen kannst.« Er zieht ein Portemonnaie hervor. »Ach, da ist es ja.« Zufrieden sieht er zu mir und hält inne. »Alles okay?«

Ich nicke angestrengt. »Matthew ... kannst du die Tür öffnen?«

In einem unerträglich langen Moment sieht er perplex von mir zur Tür und wieder zu mir zurück. »Oh. Sorry, Angewohnheit.« Er betätigt einen Knopf an der Fahrerkonsole, und das Schloss entriegelt mit einem leisen Klick.

Ehe Matthew Zeit bleibt, etwas zu erwidern, stoße ich die Tür auf und stolpere nach draußen. Der Parkplatz ist mit feinem Kies gestreut, und jeder meiner Schritte erzeugt ein lautes Geräusch. Seltsamerweise ist es genau das, was mir hilft, mich in der Gegenwart zu erden.

Ich zwinge mich, tief ein- und wieder auszuatmen.

Alles ist gut.

Nichts ist passiert.

Dennoch will die Gefahr nicht aus meinen Gedanken weichen. Ich kann keine Kontakte knüpfen, kann keinen Menschen nahekommen, weil ich nie weiß, wann das Panikmonster das nächste Mal zuschlägt.

»Blair?« Matthews Stimme ertönt hinter mir. »Alles in Ordnung bei dir?«

Mit einem tiefen Atemzug drehe ich mich zu ihm. Ein steifes Nicken, aber es fühlt sich an, als würde nichts jemals wieder in Ordnung sein.

Er lächelt. »Gut, dann lass uns reingehen. Du wirst Bob mögen, er ist ...«

Matthew kommt nicht dazu, den Satz zu beenden, ehe er von dem Klingeln seines Handys unterbrochen wird.

13 Brynn

THE LAST FRONTIER

Auf Matthews Stirn hat sich eine tiefe Falte gebildet. Mit besorgter Miene läuft er vor seinem Wagen auf und ab, auf und ab, und murmelt dabei immer wieder abgehackte Sätze in sein Handy. Jedes Mal, wenn sein Blick zu mir zuckt, ziehen sich meine Eingeweide ein Stück fester zusammen. Schließlich beendet er das Gespräch mit einem knappen »In Ordnung«, steckt das Handy in die Tasche und wendet sich mir zu.

Die Muskeln in meinem Körper versteifen sich.

Er weiß es.

Er muss es wissen.

Dane Conway hat mich gefunden.

Er hat ...

»Sorry für die Unterbrechung.« Die Härte weicht aus Matthews Zügen. »Ein Notfall.«

O Gott. »Ist etwas passiert?«

Er nickt knapp. »Ein Unfall, ein gutes Stück westlich von hier.«

»Ein Unfall?« Ich balle die Hände zu Fäusten, damit er das Zittern darin nicht sehen kann. »Das ist schrecklich ...«

Matthew seufzt. »Keine Toten, keine Sorge. Ein Fischtransporter ist gegen einen Truck gekracht, jetzt ist die ganze Straße voller Lachs, und die zwei Zankhähne kriegen sich in die Haare, weil sie sich gegenseitig die Schuld geben.«

Er erzählt noch ein bisschen weiter, aber ich kann seine Worte längst nicht mehr wahrnehmen.

Alles ist gut.

Er findet mich nicht.

Ich bin in Sicherheit.

»So ist das Leben in Alaska eben«, beendet Matthew seine Ausführungen.

Ich atme tief ein. Die Luft schmeckt würzig nach Fichte und Holz. »Du wirst gebraucht?«

»Tut mir leid. Ich kann dich später wieder abholen, aber ich habe keine Ahnung, wie lang die Sache dauert. Oder ich nehme dich gleich mit.« Er schmunzelt. »Willst du einem Chief bei der Arbeit zusehen?«

Ich schüttle den Kopf ein wenig energischer als notwendig. »Danke, ich ... Ich komme klar.«

Matthew hebt die Braue. »Ich kann dich doch nicht allein hierlassen?«

Ich weiß, wie widersprüchlich es ist, dass ich mich einerseits so sehr vor dem Alleinsein fürchte, andererseits seine Gegenwart so schwer ertragen kann. »Doch, doch«, antworte ich und winke ab. »Ich bin später ohnehin noch mit Willow verabredet, ich frage sie einfach, ob sie mich abholen kann.« Demonstrativ hebe ich das Handy, öffne den Chatverlauf mit Willows Nummer, in dem sie mir bislang nur ein paar Infos zur Arbeit geschickt hat, und tippe.

> Hey, sorry, hast du zufällig Zeit?

Unter normalen Umständen würde ich sie niemals einfach so überfallen, aber die Panik hat noch immer eine Hand am Lenkrad meines Verstands, und ich will nicht zurück zu Matthew in den Wagen steigen. Ich glaube nicht, dass von ihm eine Gefahr ausgeht, doch es kostet mich unglaublich viel Kraft, mit ihm zu sprechen und so zu tun, als wäre alles in Ordnung.

»Oh, guck, sie hat schon geantwortet. Kein Problem, sie holt mich in einer Stunde ab, bis dahin kann ich ein bisschen stöbern. Bestimmt hilft mir Bob gern weiter, das ist also wirklich alles gar kein Problem.« Ich rede so schnell, dass ich die Worte beinahe verschlucke.

Matthew verzieht das Gesicht – halb fragend, halb gekränkt.

»Trotzdem danke, dass du mich hierhergebracht hast«, schiebe ich schnell hinterher. »Du warst mir eine große Hilfe. Aber jetzt möchte ich dich nicht weiter aufhalten.«

Er mustert mich skeptisch. »Gut. Wenn etwas ist, rufst du mich an, okay?«

»Klar.« Lächelnd hebe ich das Handy, als müsste ich meine Worte unterstreichen. »Danke. Und viel Erfolg mit den Lachsen.«

Er zögert kurz, zieht den Autoschlüssel dann dennoch wieder aus der Tasche seiner Jeans. »Na gut. Aber ich bestehe darauf, dir zu helfen, wenn du die Schlösser installierst.«

Anstatt zu antworten, lächle ich nur. Darum kümmere ich mich, wenn es so weit ist.

***

Ich habe gelogen.

Willow hat mir nicht sofort geantwortet, und als ich in Bobs Laden eine Dreiviertelstunde später einen Haufen Sicherheitsschlösser, selbsthaftende Splitterschutzfolie für die Fenster, einen Bewegungsmelder und ein simples Alarmsystem mit Tür- und Fenstersensoren in den Rucksack stopfe, hat sie die Nachricht noch nicht einmal gelesen.

Insgesamt hat mich der Einkauf fast vierhundert Dollar gekostet und mein kleines, von den Marshalls eingerichtetes Bankkonto an seine Grenzen getrieben, doch das ist mir egal. Wenn mir die Polizei kein sicheres Zuhause zur Verfügung stellt, dann muss ich mich selbst darum kümmern – wer dafür bezahlt, ist nicht mein Problem.

Was jedoch mein Problem ist, das ist der Heimweg.

»Sorry, Kleines.« Bob zuckt mit den Schultern. »Taxis gibt es hier draußen nicht, die müsste man 'nen Tag vorher bestellen, mindestens.« Er sieht genauso aus, wie ich ihn mir vorgestellt habe: ein klischeehaft stämmiger, groß gewachsener Mann mit Dreitagebart und einer verdächtig roten Truckermütze. Während Washington D. C. überwiegend demokratisch ist, hat in Alaska, solang ich lebe, bei jeder Wahl ein Republikaner gewonnen, und auch wenn auf Bobs Mütze nichts über die vermeintliche *Greatness* Amerikas steht, ist die große USA-Flagge hinter der Kasse in Kombination mit seiner Kopfbedeckung ein ziemlich guter Hinweis darauf, für wen er bei der letzten Wahl zur Urne gegangen ist.

»Hm, das ist schlecht.« Ich überlege. Hat Willow nichts von einem Bus gesagt? »Und was ist mit öffentlichen Verkehrsmitteln?«

Er mustert mich skeptisch. »Nach Echo Cove willst du, was?«

Ich nicke.

»Hmm, ich schätze, es gibt schon 'nen Bus, aber da musst du über eine Stunde zu Fuß gehen.«

Das ist nun wirklich das kleinste Opfer. »Kein Problem. Können Sie mir sagen, in welche Richtung?«

»Also, erst mal zurück zur Landstraße und dann nach Nordost, immer der Nase nach.« Er zögert. »Ich meine, es gibt auch eine Abkürzung, direkt durch den Wald. Bisschen die Straße rauf ist ein Hinweisschild für 'nen Wanderweg durch das Schutzgebiet; wenn du da abbiegst, über die kleine Brücke gehst und dann nach rechts, kommst du wieder bei der Straße raus, und von dort sind es noch circa zehn Minuten bis zur Haltestelle.«

Wenn ich ehrlich bin, laufe ich lieber eine Stunde die Straße entlang, als mich auch nur zehn Minuten allein in den Wald zu begeben. »Das klingt machbar. Danke!«

Als die Tür hinter mir zufällt, weicht das angestrengte Lächeln aus meinem Gesicht, und ich lasse die Schultern sinken. Ist es ein großartiges Gefühl, irgendwo allein durch die Wildnis Alaskas zu laufen?

Nein.

Aber ich habe mein Schicksal selbst in die Hand genommen. Ich trage einen Rucksack voll mit Gegenständen, die mir ein Stück Sicherheit zurückgeben, und damit auch ein Stück meines Selbstbewusstseins.

Ich kann das.

Ich kann mir selbst helfen.

Ich bin dem Schicksal nicht willenlos ausgeliefert – und wenn sich mir ein Problem in den Weg stellt, dann werde ich den Kopf nicht in den Sand stecken. Auch nicht, wenn das Panikmonster zurückkehrt. Auch nicht, wenn es schwierig ist.

***

Schon als ich am Ende des Trampelpfads angekommen bin, wird mir bewusst, dass ich das falsche Schuhwerk trage. Meine Vans sind eigentlich ganz bequem, jedoch definitiv nicht für lange Wanderstrecken gemacht. Allerdings bleibt mir keine andere Wahl, als die Zähne zusammenzubeißen und die Sache durchzuziehen, auch wenn meine Füße heute Abend bestimmt wehtun werden.

Die Landstraße schlängelt sich wie ein Fluss aus Asphalt durch den dichten Pinienwald. In den Wipfeln singen Vögel, und hinter der hölzernen Straßenabsperrung, die hier und da schon deutlich von der Witterung gezeichnet ist, wiegen saftig grüne Gräser im sanften Wind. Die Wolken haben sich inzwischen fast ganz verzogen, und objektiv gesehen, ist es der perfekte Tag für eine kleine Wanderung. Ich muss an dem Gedanken festhalten – *fake it till you make it*. Und tatsächlich; je mehr Weg ich hinter mir lasse, desto einfacher wird das Atmen. Obwohl ich abgeschlagen auf einer Straße mitten im Wald bin, ist es vielleicht das erste Mal, dass sich die Käfigtüren in meinem Bewusstsein ein kleines Stück öffnen. Es wird nicht immer so bleiben, das ist mir bewusst – aber es gibt mir Hoffnung, dass es wieder besser werden kann. Dass es ein Leben nach Dane Conway gibt, das nicht von Angst gezeichnet ist.

Ich marschiere schon eine ganze Weile – zwanzig Minuten, laut meinem Handy, allerdings fühlt es sich eher wie vierzig an –, als zum ersten Mal das Brummen eines Motors auf der idyllischen Landstraße ertönt. Sofort keimt die Hoffnung in mir auf – doch es ist nicht der Bus, der mich mitnehmen kann, sondern ein Motorrad, das mir aus Richtung Norden entgegenkommt.

Ich schiebe die Hände zurück in die Hosentaschen und will weiterspazieren, als sich das Gefährt nähert und ich einen besseren Blick auf das rote Gestell erhasche.

O nein.

Ich kenne dieses Geländemotorrad – denn es parkt für gewöhnlich gegenüber von meinem Haus.

Noch ehe ich realisiere, dass es besser wäre, *nicht* hinzusehen, starre ich Archer bereits direkt entgegen, während er mit dröhnendem Motor an mir vorbeirast.

Das Echo meines Herzschlags hallt in meinen Ohren wider.

Das Motorenbrummen wird wieder lauter.

Fuck.

Er kommt zurück.

Mit einem Schlag bin ich mir der Abgeschiedenheit meiner Umgebung mehr als deutlich bewusst.

In der Wildnis Alaskas kann niemand meine Schreie hören.

Okay, Dramaqueen.

Was für ein lächerlicher Gedanke.

Dennoch beschleunige ich meine Schritte. Ein hoffnungsloses Unterfangen – denn kaum einen Herzschlag später erscheint Archers Bike wieder in meinem Sichtfeld.

Er überholt mich, drosselt die Geschwindigkeit und wendet das Motorrad in einer Aktion, die aus einem *Fast and Furious*-Film stammen könnte. Das Gefährt kommt knapp vor mir zum Stehen, und mit einem Bein stützt Archer sich am Boden ab, während er den schwarzen Helm abnimmt und mir mit einem vernichtenden Ausdruck entgegenstarrt.

»Was tust du hier?«

Geht das schon wieder los? »Ich gehe hier.«

»Das sehe ich.«

»Dann weißt du ja Bescheid.«

Er kneift die Augen zusammen. »Das ist kein Ort, an dem Leute spazieren gehen.«

»Tja«, erwidere ich, »es ist ein Ort, an dem ich spazieren gehe.«

Sein Blick huscht zu meinen Schultern – nein, zu meinem Rucksack, dann zurück zu mir, vom Scheitel bis zu den Füßen und wieder retour. »Das ist keine Wanderausrüstung.«

Ich verkrampfe die Finger. »Das kann dir nun wirklich herzlich egal sein.«

Er ignoriert meine Aussage. »Was hast du vor?«

»Geht dich nichts an.« Ich sammle meinen Mut und versuche, mich an ihm vorbeizudrücken. Am Ende der Straße blitzt ein bisschen Rot durch die grünen Äste. Das muss das Schild sein, von dem Bob gesprochen hat. Vielleicht ist der Weg durch den Wald doch besser als Archer Flints bedrückende Gegenwart.

»Wo gehst du hin?«, knurrt er, als ich in einem großen Bogen um ihn herumtrete und auf das Schild zusteuere.

»Wie gesagt. Ich wüsste nicht, was dich das angeht.«

»Es geht mich eine ganze Menge an.«

Wieso kann mich dieser Typ nicht einfach in Ruhe lassen? Was habe ich getan, um auch nur einen Bruchteil seiner Abneigung zu verdienen? Mein einziges Verbrechen ist es, dass ich gegenüber von ihm eingezogen bin.

Oder steckt mehr dahinter?

Habe ich etwas gesehen, was ich nicht sehen sollte?

Aber da war nichts.

Ja, vielleicht habe ich ihn einmal ein wenig zu lang durch das Fenster angeguckt, allerdings ist das noch lange kein Grund, mich so zu hassen.

»Kannst du mich jetzt bitte in Ruhe lassen?«

Hinter mir ertönt ein grimmiges Murmeln, und kurz darauf höre ich das Klappen seines Visiers.

Ich gehe schneller.

Wie Bob erzählt hat, sind auf dem roten Schild die Wege nach Kodiak, Echo Cove, Old Harbor und Chiniak eingezeichnet sowie ein Pfad, der in das Wildlife Refuge führt und neben dem eine Strichfigur mit Wanderrucksack abgebildet ist.

Was hat Bob gesagt? Den Weg entlang, über eine Brücke und dann nach rechts? Das schaffe ich. Gerade würde ich auch durch einen Vulkankrater spazieren, wenn es bedeutet, dass ich mich nicht mehr mit Archer Flint unterhalten muss.

Der Motor seines Bikes heult auf, doch ich sehe nicht mehr zurück, biege ab und lasse die Hauptstraße mit Archer hinter mir.

14 Brynn

NOT ALL THOSE WHO WANDER ARE LOST

Als Leslie mich vor fünf Tagen hier abgesetzt hat, wollte ich nichts von der Schönheit von Kodiak Island wissen. Wollte sie nicht wahrhaben, wollte die Welt in den Grautönen sehen, die ich in mir gefühlt habe.

Nun überwältigt mich der Anblick mit seiner ganzen Gewalt.

Kodiak Island ist nicht nur *schön:* es ist atemberaubend. Vielleicht sollte ich Archer sogar danken. Ohne ihn wäre ich nicht hier abgebogen und hätte nie gesehen, was sich vor meinen Augen ausbreitet: Der Pfad führt über einen kleinen gluckernden Bach auf einen breiteren Wanderweg, der mich eine Weile durch einen dichten Pinienhain führt. Die Sonne bricht durch die Blätter und malt ein Mosaik aus Licht und Schatten auf den Boden, bis die Bäume in eine weite, saftig grüne Wiesenlandschaft münden.

Mit schwerem Atem lasse ich meinen Blick über die schier endlose Weite wandern. Ich habe noch nie einen Ort wie diesen gesehen.

Die Berge sind mit einer Schicht aus frischem grünem Gras überzogen, sodass sie aussehen wie große, mit Moos überwucherte Steine, beinahe als könnte ich die Hände ausstrecken und darüberstreichen. Der Weg führt mich einen kleinen Hügel hinauf, der sich als ein wenig steiler herausstellt, als ich auf den ersten Blick vermutet habe. Es riecht nach Meer und nach Bäumen, nach Moos und Gras und frischer Erde, und ich wünsche mir, ich könnte den Geruch in eine Flasche füllen und für immer mit mir tragen.

Endlich oben angekommen, klettere ich über eine besonders dicke Wurzel und klopfe mir die Hände an der Hose sauber. Ich atme tief ein, bis sich meine Lunge fast zum Bersten mit der frischen Luft füllt. Warme Sonne kitzelt mich an der Nase, der Wind raschelt in den Baumkronen und übertönt das Kreischen der Eismöwen, das ich selbst hier hören kann. Kein Wunder, denn bereits ein paar Schritte weiter nach vorn eröffnet sich ein Panorama, das mir den Atem raubt: Über die Felsen und Baumwipfel hinweg reicht der Ausblick hier bis zum Meer. Zu meiner Rechten erstrecken sich die Klippen wie Fangzähne weiter ins Wasser und enden in einem zerklüfteten Fjord, über dem die Vögel kreisen.

Einen Moment lang geraten Archer Flint, der Bus und mein Heimweg in den Hintergrund: Ich halte inne und lasse die Natur auf mich wirken.

Ich hätte nicht erwartet, dass die Schönheit dieses Landes so einen Eindruck auf mich macht. Dass mich der Anblick der schaumgekrönten Wellen meinen Ärger und meine Angst vergessen lässt.

Es ist ironisch, dass ich hier an einem so wunderschönen Ort mit riesigen freien Flächen und ungebändigter Natur gelandet bin und mich die ganze Zeit so gefangen fühle. Dass ich zitternd und schwitzend in meinem kleinen Schlafzimmer lag, während dieser Anblick nur einen Steinwurf entfernt auf mich gewartet hat und ich es nicht einmal wusste.

Es kostet mich Überwindung, mich loszureißen. Ich möchte hierher zurückkommen, mit etwas besserer Vorbereitung und dem richtigen Schuhwerk. Echo Cove ist vielleicht nicht der perfekte Ort, um zu shoppen, aber wenn ich dort etwas finde, dann ist es Wanderausrüstung.

Ich mache mir eine mentale Notiz, mich morgen am Boardwalk umzusehen, und setze meinen Weg fort. Bob hat gesagt, ich soll rechts abbiegen – da bin ich mir sicher. Allerdings führt der Weg nur gerade nach vorn, also bleibt mir keine andere Option, als ihm zu folgen, Anhöhen hinauf und Senken hinab. Ich klettere über Felsen, bahne mir den Weg durch Gräser und überquere schmale Bäche und sumpfige Erdlöcher. Eine Weile gerät der Ozean außer Sicht und wird von einer steil aufragenden Felswand abgelöst. Am Wegesrand finde ich ein verwittertes Informationsschild, von dem ich erfahre, dass in dieser Gegend im späten 19. Jahrhundert Gold, Silber, Chrom und Kupfer abgebaut wurde, die Minen aber inzwischen längst verlassen sind und teilweise von Tieren als Nistplätze genutzt werden.

Ein Stück weiter komme ich an den Überresten eines alten Betonbunkers vorbei, der sich als verlassene Militärbasis herausstellt. Offenbar wurde Kodiak Island im Zweiten Weltkrieg als strategische Basis für die Verteidigung der Küstengewässer genutzt. Heute nistet eine Möwe auf den Überresten des Daches.

Mein Pfad führt mich ein wenig weiter durch den Wald, und als sich der Weg schließlich gabelt, wähle ich die rechte Seite und lande prompt auf einem kleinen Feld, auf dem seltsame Gräser mit langen, schmalen Stielen und riesigen flauschigen Blüten wachsen. Sie sehen aus wie etwas, das direkt einem Dr. Seuss-Buch entsprungen ist: wie eine Mischung aus Wattebällchen und frisch geschlüpften Küken. Eine Weile halte ich inne, beobachte, wie sich die Köpfe der Blumen im Wind wiegen, sanft und gleichmäßig wie eine abgestimmte Choreografie. Aber ich habe nicht ewig Zeit, und wenn ich heute noch nach Hause will, dann sollte ich mich auf den Weg zur Bushaltestelle machen.

Ein kleiner Kieselstein hat sich in meine Schuhe verirrt und piekst mit jedem Schritt, während ich dem Pfad folge.

Rechts.

Ich bin mir sicher, dass Bob *rechts* gesagt hat. Und einen Augenblick lang glaube ich die Straße zu hören, doch als ich ein kleines Waldstück durchquert habe, realisiere ich, dass mich meine Sinne getäuscht haben.

Natürlich.

Die Straße rauscht auf Kodiak Island nicht; nur das Meer tut das.

Als wäre das Land einfach weggezaubert worden, endet die saftige Wiese vor meinen Augen abrupt in einer steilen Schlucht. Unten brechen die Wellen gegen die Felsen, und ein einsamer weißer Turm steht verlassen zwischen ein paar Beerenbüschen und wacht wie ein alter König über die Landschaft.

Ein Leuchtturm, realisiere ich nach einem Moment.

Wahrscheinlich auch ein Überbleibsel aus den Jahren, in denen die Insel als Militärbasis gedient hat.

Ich werfe einen Blick auf meine Uhr. Es ist fast vier, und von Willows Antwort fehlt noch immer jede Spur. Ich öffne den Chat – noch immer nur ein Haken. Erst jetzt sehe ich, dass das 4G-Symbol verschwunden ist.

Natürlich.

Leslie hat mich davor gewarnt.

»Scheiße«, kommt es fast tonlos über meine Lippen, und mein Blick zuckt zurück zum Leuchtturm. Ob er noch besetzt ist? Vielleicht gibt es dort einen Telefonanschluss oder jemanden, der mir weiterhelfen kann.

***

Ich erreiche den Turm etwa zehn Minuten später. Bereits auf den letzten Schritten macht sich Enttäuschung in mir breit. Der weiße Beton ist von den Launen der Meeresböen gezeichnet; an manchen Stellen bröckelt der Anstrich, an anderen hat sich eine dünne Schicht aus Moos gebildet. Das Holz der Tür ist fast vollständig verblichen und mit einem Holzbrett quer zugenagelt. Es sieht nicht so aus, als hätte hier in den letzten zehn Jahren jemand gelebt.

Ich klopfe trotzdem, warte kurz und lege dann die Hand an die Klinke.

Verschlossen.

Natürlich.

Gerade als ich wieder loslassen will, bleibt mein Blick auf einer kleinen Unregelmäßigkeit in der Holzfaserung hängen: ein eingeritztes Herz. Ich beuge mich näher und kneife die Augen zusammen, um die verblassten Buchstaben zu erkennen.

ADA + LIAM 4EVER

Ich will zurückweichen, aber ich kann mich nicht bewegen.

Es ist beinahe wie ein Sakrileg, wie Blasphemie, als würde ich etwas ansehen, was nicht für meine Augen bestimmt ist. Drei Worte, in denen so viel Geschichte, so viel Schmerz liegt, dass es mir den Atem nimmt.

Zehn Jahre ist es her, seit Liam Ada getötet hat, doch es kommt mir vor, als würden mich die beiden verfolgen, als würde ihre Tragödie wie ein Echo über der Stadt und ihren Bewohnern hängen.

Vielleicht macht Echo Cove seinem Namen doch alle Ehre.

Mit einem Schlag ist mein Bedürfnis, den Leuchtturm näher zu erkunden, verschwunden. Ich muss zurück und wieder zur Straße finden, und zwar schnell. Im Zweifelsfall reicht es aus, wenn ich zu Bobs Laden zurückkehre und von dort Matthew anrufe, auch wenn ich das wirklich nur im äußersten Notfall tun will. Ich möchte mir nicht vorstellen, wie er es interpretieren würde, wenn er mich als Ritter auf dem weißen Ross aus meiner Not retten dürfte.

Doch was ist die Alternative? Vielleicht kann ich Willow doch erreichen, vielleicht Leslie, vielleicht ...

Weiter komme ich nicht.

Denn gerade als ich mich von dem Anblick des Leuchtturms losreißen will, ertönt hinter mir eine tiefe Stimme.

»Keine Bewegung.«

15 Brynn

BEAR WITH ME

Jede Faser meines Körpers erstarrt zu Eis.

»Ich ...« Mit einem lauten Atemzug will ich herumfahren, da ertönt die Stimme erneut, dieses Mal deutlich näher als zuvor.

»Keine schnelle Bewegung.«

Die Puzzlestücke fallen ineinander, formen sich zu einem Bild, und ein Schauer schießt durch meine Glieder.

Er ist mir gefolgt.

»Archer?«

Als Antwort legt er seine Hand um meine Finger. Sie ist groß, rau, gezeichnet von Jahren harter Arbeit.

»Nicht bewegen. Und nicht schreien.«

Meine Brust hebt und senkt sich panisch. »Was willst du von mir?«

»Shh.« Er drückt meine Hand. »Leise.«

Übelkeit schießt mir durch den Magen, und ich versuche mich von ihm loszureißen, aber er hält mich mit einem tonlosen Fluchen zurück.

»Willst du uns beide umbringen?«, keucht er. »Ich habe gesagt, nicht bewegen.«

Langsam sickern seine Worte durch die lichterlohen Flammen meiner Panik.

Uns.

Uns beide?

»Rechts.« Archers Atem trifft meinen Nacken. »Hinter den Bäumen. Ruhig bleiben. Sonst war's das für uns.«

Mein Herz schlägt so laut, dass das dumpfe Pochen meine Gedanken übertönt. Mechanisch drehe ich den Kopf zur Seite und scanne den Waldrand ab. Dort sind Felsen, Büsche, Bäume, Felsen, Bäume, noch mehr Bäume.

»Dort. Neben der Birke.« Sanft legt er seine warmen Finger an meinen Hinterkopf und dreht mich in die richtige Richtung.

Mein Blick wandert zurück zu dem hellen Baumstamm, und ich kneife die Augen zusammen. Ein Fels, und darunter …

Fuck.

Der Fels bewegt sich.

Obwohl Archer mich eingehend gewarnt hat, will alles in mir zurückspringen und die Flucht ergreifen. Ich kann nichts dafür: Es muss ein tief liegender, menschlicher Instinkt sein, zu fliehen, wenn man vor einem Bären steht.

Vor einem gottverdammten Bären.

Ich kenne Bären. Aus dem Zoo. Einmal habe ich bei einem Schulausflug in eine Tierschutzstation sogar einen Schwarzbären gesehen, doch der war in etwa so groß wie ein Esel und hatte nur drei Beinchen.

Dieses Exemplar ist …

Es ist ein verdammtes Monster.

Ein riesiger Haufen aus Fleisch und Fell und Muskeln, der sich behäbig bewegt. In unsere Richtung.

»B… B… Bär«, kommt es heiser über meine Lippen. »Wir müssen sofort hier weg!«

Archer zieht mich an sich. »Was, denkst du, habe ich vor?«

»Weiß nicht?« Ich will vor ihm nicht ängstlich klingen, aber das Monster aus *The Revenant* steht nur einige Schritte von uns entfernt. »Mich ihm zum Fraß vorwerfen?«

»Sehr witzig.« Mit einem sanften Druck um meine Hand zieht er mich einen Schritt zurück. »Keine schnellen Bewegungen. Und auf keinen Fall laufen, okay? Wenn du läufst, nimmt sie die Jagd auf. Und wenn sie die Jagd aufnimmt, bist du tot.«

Der Kloß in meiner Kehle ist inzwischen ein ausgewachsener Brocken. »Hast du keine Waffe dabei?«

»Ich erschieße bestimmt keine Bären, weil du in ihr Revier läufst.«

»Ich will auch nicht, dass du ihn erschießt!« Mit einem entsetzten Wispern lasse ich mich Schritt für Schritt von ihm nach hinten ziehen. »Aber du könntest ihn verjagen.«

»Einen Bären zu provozieren ist selten eine gute Idee«, erwidert Archer grimmig.

Ich schiele zurück zu dem Bären, der nun den massiven Kopf hebt und uns neugierig beobachtet.

»Archer?«

»Ja?«

»Ich glaube, er will uns fressen.«

Er schnaubt leise. »Es ist eine Sie.«

»Was?« Meine Stimme ist kaum mehr als ein Krächzen.

»Es ist ein Weibchen. Wahrscheinlich ist sie auf der Jagd nach Futter für ihre Jungtiere. Eigentlich sind sie meistens unten am Fluss, aber manchmal kommen sie hier nach oben, um sich eine Bergziege zu schnappen. Ich hab dir doch verdammt noch mal gesagt, dass du hier nichts verloren hast.«

Verzweiflung flutet meine Sinne. »Nein, du hast nur ... du hast nichts von Bären gesagt!«

Er schnaubt. »Wieso bist du sonst hier?«

»Was?«

»Du wolltest sie schießen, und das hast du jetzt davon.«

Meine Stimme bricht. »Nein, ich ... was? Ich wollte nur ...«

Behäbig setzt die Bärin eine Tatze nach vorn, und Archer reißt mich an sich. Japsend setze ich einen Fuß nach hinten, immer und immer wieder, erst links, dann rechts, dann links, dann rechts. Mehr als einmal streife ich sein Bein,

seinen Oberschenkel, seine Stiefel. »Ich habe die Bushaltestelle gesucht ...«

»Die Bushalte... was?«

»Ich wollte nur nach Hause!«

Archer hält für den Bruchteil eines Herzschlags inne,
dann flucht er leise.

Gleichzeitig macht die Bärin einen großen Satz nach
vorn. Augenblicklich spüre ich, wie sich auch Archers Körper hinter mir aufrichtet. »Na, na, na«, brummt er nach-
drücklich und hebt die freie Hand weit nach oben. »Ganz
ruhig, Blossom. Wir sind schon wieder weg.«

»Blossom«, wimmere ich. »Sie heißt *Blossom*?«

»Ist ihr offizieller Name.« Er mag entspannt klingen,
aber mit der anderen Hand zieht er mich nach hinten. Es
ist mir ein Rätsel, wie er dem Drang zu fliehen widerstehen
kann, denn eines weiß ich klar und deutlich: Wäre er nicht
hier, wäre ich schon längst über alle Berge. Oder eben in
einem Bärenmagen, wenn Archer mit seiner grimmigen
Warnung recht hat.

Die Bärin – Blossom – ist von Archer zwar nicht beeindruckt, hält jedoch trotzdem inne und sieht nach hinten.
Vermutlich hat sie ein Geräusch im Wald gehört, denn sie
verzieht die riesige Schnauze, bläht die Nasenlöcher auf
und schnaubt laut.

»Jetzt«, zischt Archer, und ehe ich mich's versehe, hat er
seinen Arm um meine Taille geschlungen. Ich lasse mich
von ihm herumwirbeln und stoße unbeholfen gegen etwas
Großes, Schweres hinter mir. Den furchtbaren Bruchteil
einer Sekunde sehe ich mich bereits in den Klauen eines zweiten Bären gefangen, doch Bären sind selten aus glattem Metall, und ich realisiere, was vor mir steht: das Motorrad.

Ich komme nicht dazu, auch nur eine Frage zu stellen,
denn Archer schwingt sich bereits auf den Sattel und zieht
mich hinter sich. »Halte dich fest.«

Das lasse ich mir nicht zweimal sagen. Wie ein kleines
Äffchen klammere ich die Arme um ihn und presse das Ge-

sicht gegen sein Shirt. Der angenehme Geruch von frischer Seife, sauberer Baumwolle, Moschus und Meer schlägt mir entgegen.

Ich hätte nicht gedacht, dass Archer so gut riecht.

Dass sich sein Körper so warm und fest anfühlt, dass sein Shirt so weich ist.

Unter meinen Schenkeln heult der Motor auf, und im nächsten Augenblick bewegen wir uns mit einem harten Ruck nach vorn. Entgegen Archers Warnung entkommt mir nun doch ein heiserer Schrei, und ich kralle die Finger fester in seinen Oberkörper, presse mich mit aller Kraft an ihn, um nicht die Balance auf dem unebenen Untergrund zu verlieren.

Ich habe schon einige Male auf Motorrädern gesessen – meine Jugendfreundin hatte einen Motorroller, mit dem wir immer ins Einkaufszentrum gefahren sind –, doch das hier ist eine völlig andere Erfahrung.

Wie ein hungriges Tier röhrt der Motor der Maschine, während wir über den holprigen Pfad rattern. Jede Unebenheit des Bodens, jede noch so kleine Erschütterung drückt mich dichter an Archer. Die Muskeln in meinen Schenkeln brennen, und mit jedem unsanften Ruck fürchte ich mehr und mehr, dass mich die Kraft verlässt, dass meine Finger nachlassen und ich einfach falle.

Ohne Vorwarnung schneidet Archer scharf eine Kurve, und ich japse nach Luft, als ich intuitiv gegen die Fliehkraft ankämpfe.

Ich weiß, dass es falsch ist, weiß, dass ich mich eigentlich in die Kurve lehnen müsste, aber mein Körper will alles tun, um so weit weg wie möglich vom Boden zu gelangen.

Der Motor jault, das Hinterrad gerät ins Schlenkern, und für einen winzigen, furchtbaren Moment bin ich mir sicher, dass wir den Schwerpunkt überschritten haben, dass die Balance verloren ist und nichts unseren Sturz stoppen kann.

Doch Archer ist ein exzellenter Fahrer. Im letzten Augenblick reißt er das Lenkrad herum, zwingt das Gefährt in eine aufrechte Position und lenkt uns sicher auf den Pfad zurück.

»Fuck«, flucht Archer, und sein Oberkörper vibriert mit jedem Ton. »Alles okay?« Mit seiner warmen Hand umschließt er meine inzwischen eiskalten, um seine Brust geklammerten Finger, und das Motorrad wird langsamer. »Ich hab dich.«

Ich wünschte, er hätte nicht so einen Effekt auf mich. Es muss das Adrenalin sein, die verdammte Nahtodsituation, der wir gerade knapp entkommen sind, aber jede Zelle meines Körpers schwingt mit dem sanften Vibrato seiner tiefen Stimme, jede Faser meines Ichs will näher, dichter an ihn, ihn spüren, ich will mich festklammern und nie wieder loslassen. Die Einsamkeit der letzten Tage überkommt mich wie eine Springflut, und Archer, ausgerechnet Archer ist mein Anker in der Brandung.

»Ist sie weg?«, ist alles, was mir über die Lippen kommt. Es ist so leise, dass ich mir nicht sicher bin, ob er mich hören kann, doch Archer nickt.

»Ich glaube nicht, dass sie uns gefolgt ist. Sie fürchtet sich vor dem Motorgeräusch.«

Trotz seiner Aussage scheint Archer noch immer in Alarmbereitschaft zu sein. Seine Muskeln sind zum Bersten gespannt, jede Sehne seines Körpers bereit, im Notfall zu reagieren.

Mein Herz klopft so wild, dass ich mir sicher bin, dass er es spüren muss.

»Halt dich fest, okay?« Trotz des dröhnenden Motors und meines rasenden Herzens dringt seine Stimme zu mir durch. »Du machst das gut. Bald hast du es geschafft.«

Ein Schauer erblüht in meiner Brust, breitet sich langsam in meinen Gliedern aus, und ich presse meine bebenden Finger ein kleines bisschen fester an ihn.

Das ist nicht klug. Wirklich nicht klug, aber ich kann nichts dagegen machen, kann nicht verhindern, wie mein mit Adrenalin vollgepumpter Körper auf ihn reagiert.

»Mhm«, mache ich leise und frage mich, ob er sie spüren kann; die Vibrationen meines Brustkorbs, die Schwingungen meiner Stimme. Mit einem Mal bin ich mir jeder einzelnen meiner Kurven bewusst, weiß, dass auch er sie spüren muss: die Hügel und Täler meiner Brüste, meinen weichen Bauch und das kleine Piercing in meinem Nabel, mein Schlüsselbein, meine Nase, meine Lippen, jedes einzelne Körperteil, das sich gegen seinen Rücken presst.

Ich muss mir ein Wimmern verkneifen, als er die Hand von meiner löst und der kalte Fahrtwind sofort wieder nach meinen Fingern greift.

Wir ziehen an der Landschaft vorbei, die ich zuvor noch mit großen Augen bewundert habe; Klippen und Flüsse, Fichten und Birken, bunte Blumen und schwammige Sümpfe, in denen weiße Vögel ruhen. Als der Schlamm unter den Rädern des Motorrads aufspritzt, schlagen sie mit ihren großen Flügeln und flattern mit aufgeregten Schreien auseinander.

Ich presse die Wange an Archers Rücken und drücke mich fester an ihn. Der Schock sitzt mir noch immer tief in den Gliedern, aber langsam weicht das Adrenalin und lässt wieder klare Gedanken zu. Manchmal glaube ich, Landschaftsmerkmale zu erkennen, allerdings kann das genauso gut Einbildung sein, denn zwischen Fichten, Birken, Klippen, Felsen und Gräsern sieht hier alles relativ ähnlich aus.

Immerhin weiß Archer, was er tut. Nun, da die Gefahr gebannt ist, fährt er langsamer, sicherer, so souverän, als wären wir auf einem Fahrschulgelände, nicht tief in der Wildnis Alaskas unterwegs.

Ich weiß nicht, wie lange wir fahren, denn irgendwo zwischen dem Bären und der filmreifen Flucht habe ich jegliches Gefühl für die Realität verloren. Nach einer Weile kommen schließlich zwei große Holztafeln in Sicht, und ich vermute, dass diese den Eingang des Schutzgebiets markieren.

Ruhig fährt Archer zurück auf die Landstraße und weiter

hinab, bis er den Ausläufer der Main Road erreicht, in die ich heute Morgen wollte. Er drosselt das Tempo, biegt in die Shore Road ab, und ich grabe die Finger beinahe automatisch fester in sein Shirt. Obwohl sich ein Teil von mir nach Ruhe und Sicherheit sehnt, will ein anderer Archer nie wieder loslassen. Die Wahrheit ist: Ich habe mich seit der Nacht in Conways Büro nicht mehr so beschützt gefühlt wie in diesem Moment. Es muss das Adrenalin sein, das meine Wahrnehmung trübt, denn obwohl ich mich objektiv gesehen gerade in der größten Gefahr seit meiner Ankunft in Echo Cove befunden habe, ist die Furcht aus meiner Brust verschwunden.

Ich will nicht loslassen, will nicht absteigen, will nicht, dass ich zurück in meinen mentalen Käfig muss, doch Archer weiß nichts davon und hält in meiner Einfahrt.

Eine Hand auf dem Lenker, stemmt er ein Bein auf den Boden und dreht sich zu mir um. Sein Brustkorb hebt und senkt sich schwer, doch in seinen Augen liegt etwas, das ich zuvor noch nicht darin gesehen habe.

Rasch räuspere ich mich, ziehe die Arme zurück und rutsche vom Motorrad. Meine Beine sind so butterweich, dass ich fast einsinke, aber ich kann mich gerade noch fangen.

»Alles okay?«, brummt Archer und verkrampft die langen Finger seiner rechten Hand um den Lenker des Motorrads, während er sich mit der linken durch die Haare fährt.

Ich will ihm antworten, doch meine Stimme versagt im entscheidenden Moment, und alles, was aus meiner Kehle kommt, ist ein hilfloses Keuchen. Ich schlucke und zwinge mich, tief durchzuatmen. »Ja«, versuche ich es ein zweites Mal. Mit bebender Hand greife ich in meine Haare. Mein Pferdeschwanz hat sich irgendwann unterwegs gelöst. »Danke. Ohne dich ...«

»Ich habe dich gewarnt«, unterbricht er mich barsch.

Ich lasse die Schultern sinken. Der alte, ruppige Archer Flint ist zurück.

»Ich wusste nicht ...«

»Lass es dir eine Lehre sein. Ein zweites Mal werde ich dir deinen kleinen Arsch nicht mehr retten.«

Noch ehe ich etwas erwidern kann, hat er sich bereits wieder von mir abgewandt. Der Motor heult auf, und mir bleibt nichts anderes übrig, als zuzusehen, wie Archer mit seinem Motorrad verschwindet.

16 Archer

HUNTING SEASON IS OPEN

Fuck.

Die Tür fällt hinter mir ins Schloss.

Mit wedelndem Schwanz tänzelt mir Koda entgegen, aber ich schiebe ihn mit der flachen Hand zur Seite, taumle in die Küche und stemme mich mit den Unterarmen an der Theke ab.

Fuck.

Das Blut kocht mir in den Adern, mein Herzschlag ein wildes, verräterisches Trommeln, das alle anderen Gedanken aus meinem Kopf vertreibt. Alle außer die verfluchte Erinnerung an ihren Körper, den sie an meinen drückt, an ihre Arme um meinen Brustkorb.

An ihre bebenden Finger.

An ihren unregelmäßigen Atem.

Fuck.

Ungeduldig stößt Koda mit seiner breiten, nassen Schnauze gegen mein Bein.

»Nicht jetzt«, keuche ich. »Geh in deinen Korb.«

Natürlich hört er nicht auf mich. Ein Alaskan Malamute braucht keinen Menschen, der ihm Befehle gibt.

Ich zwinge mich, tief durchzuatmen, schleppe mich zur Spüle und drehe den Hahn auf. Erst als es kalt aus der Leitung kommt, fange ich es mit den Händen auf und vergrabe mein Gesicht in dem kleinen Pool. Das kalte Wasser sticht auf meiner Haut, doch ich halte ein paar Atemzüge lang durch, ehe ich mich wieder aufrichte.

Heiß und schwer rasselt der Atem aus meiner Lunge.

Es muss aufhören.

Hör auf damit, verdammt.

Ich will nicht, darf nicht an sie denken. An ihren kurvigen Körper, den sie an mich gepresst hat. Ihre Hände um meine Brust, ihre Finger, mit denen sie sich fest in mein Shirt krallt, nach Halt sucht, während ich ...

Ich zwinge mich, den Gedanken abzuwürgen.

Ich darf ihr nicht zu nahe kommen.

Blair Gallagher aus New York. Es ist mir peinlich, wie viel Zeit ich damit verbracht habe, sie zu recherchieren. Ohne Erfolg. Im ganzen Internet ist nichts über sie zu finden; keine Fotos, keine Beiträge in Journals, keine Mitgliedschaften in Geologen-Vereinigungen. Sie ist ein Geist, und Geister verheißen selten gute Neuigkeiten. Wer auch immer sie ist und was auch immer sie hier macht, eines ist klar: Sie hat hier nichts verloren; nicht in Alaska, nicht in Echo Cove, nicht in meinem verdammten Kopf.

Es ist eine körperliche Reaktion, mehr nicht.

Es hat nichts zu bedeuten.

Sie hat nichts zu bedeuten.

Es braucht einen zweiten Wasserschwall in mein Gesicht, ehe die Botschaft bei meinem Schwanz ankommt. Dennoch bebt mein Herz, als wäre es zum ersten Mal seit Jahren aus seiner kalten, einsamen Starre erwacht.

Aber das ist es nicht, darf es nicht, ich lasse es nicht zu. Lasse nicht zu, dass diese Frau einfach hier auftaucht und alles auf den Kopf stellt. Mich auf den Kopf stellt. Mit ihren verdammten seidig weichen Haaren, die im Sonnenlicht wie Kastanien glänzen. Mit ihren vollen Lippen, die sie so gern zu einem Schmollmund verzieht. Und mit diesen verdammten kleinen Sommersprossen auf ihrer blassen Haut. Wenn sie die Nase rümpft und mich auffordernd ansieht, wenn sie sich so schwungvoll umdreht, dass ihr Pferdeschwanz hin und her wippt; als würde ich nicht ganz genau wissen, dass sie es mit Absicht macht.

Inzwischen scheint Koda mit seiner Geduld am Ende zu sein. Was vorhin nur ein sanftes Stupsen war, wächst langsam zu einer versuchten Körperverletzung heran, bis ich aufgebe, mir die nassen Hände an einem grauen Geschirrtuch trockne und sanft durch sein Fell strubble. »Hab dich schon bemerkt, Big Boy«, murmle ich und kraule ihn an der Stelle hinter seinen Ohren, die er besonders gern mag. Versöhnt ist er dennoch nicht, denn er sieht mich weiterhin vorwurfsvoll aus seinen honigbraunen Augen an, als hätte ich ihm persönlich das Herz aus der Brust gerissen und anschließend einen Alaskan Malamute-Welpen als Snack verspeist.

»Schon gut«, brumme ich und steuere auf die Schublade zu, in der die Leckerlis verstaut sind. Koda drängt sich bei jedem Schritt zwischen meine Beine, sodass ich ihn schließlich zur Seite schieben muss, ehe ich das Schloss – das aus gutem Grund an der Schublade hängt – öffne und einen langen getrockneten Rinderstick aus dem Versteck hervorziehe. Wie ein gnädiger Herrscher, der sich im letzten Moment doch noch entschieden hat, Milde mit seinem unzulänglichen Hofnarren walten zu lassen, nimmt Koda das Leckerli entgegen und verzieht sich mit einem zufriedenen Schwanzwedeln in sein Körbchen.

»Undankbar.« Seufzend verriegle ich die Schublade erneut. Verräterisch und hinterhältig, wie er ist, drängt mich mein Körper dazu, den Gedankengang wiederaufzunehmen, dem ich mich vor der Unterbrechung beinahe hingegeben habe, doch dieses Mal lasse ich es nicht zu.

Stattdessen schenke ich mir ein großes Glas eiskaltes Wasser aus meinem Brita ein und trinke, trinke, beinahe als müsste ich mich selbst waterboarden, um Blair zu vergessen.

Seit sie in dieser verfluchten Stadt ist, kann ich ihr nicht mehr entkommen. Jedes Mal, wenn ich das Fenster öffne, wenn ich nach draußen gehe, wenn ich arbeite, wenn ich esse, wenn ich schlafe: Sie ist überall, verfolgt mich und meine Gedanken wie ein besonders lästiger kleiner Quälgeist, den ich so schnell nicht mehr loswerde.

»Du armes Arschloch.« Ich schüttle den Kopf, atme tief durch und fahre mir durch die Haare. Ich muss mich von ihr fernhalten.

»Das war das letzte Mal«, sage ich laut, als müsste ich mich selbst für das Versprechen verantwortlich machen. »Das letzte Mal, dass ich ihr den kleinen Arsch rette.«

Es ist schwerer als erwartet, nicht an besagten Arsch zu denken, und bevor ich mich endgültig unter eine kalte Dusche stellen muss, lasse ich die Küche hinter mir zurück.

Koda schmatzt lautstark in seinem Körbchen, und ich schnappe mir den Stapel Post von heute Morgen, der noch immer ungeöffnet neben der Tür wartet. Als würden mich die verdammten bunten Prospekte interessieren, blättere ich durch die Briefe und Postsendungen. Werbung für Autos, für Küchengeräte, für Bestellkataloge, die in der Abgeschiedenheit Alaskas äußerst beliebt sind, weil es hier nicht viele Gelegenheiten zum Einkaufen gibt. Ein unangenehm buntes Boulevardblatt voller populistischer Headlines, das direkt ins Altpapier wandert. Obwohl ich schon mehrmals versucht habe, den Scheiß abzubestellen, landet er dennoch immer wieder in meinem Briefkasten. Eventuell muss ich ihnen noch einmal eine Mail schreiben, damit sie mich endlich in Ruhe lassen.

Ich blättere weiter und halte inne, als ein unbeschrifteter weißer Briefumschlag zum Vorschein kommt.

Weiß, was darin ist, noch ehe ich ihn geöffnet habe.

Es ist immer dasselbe. Zehn Jahre, und es ist immer noch dasselbe, mehrmals pro Woche, immer wieder in verschiedenen Varianten.

»Was haben wir heute ...?« Ich öffne den Umschlag und überfliege die Worte. Wild zusammengewürfelte ausgeschnittene Buchstaben auf weißem Druckerpapier.

wiR WOlleN kEiNe mÖRdEr iN EcHo cOVe

Früher haben die Briefe mein Blut zum Kochen gebracht. Heute kitzeln sie mich nicht einmal mehr. Es ist nur eine Erinnerung an die Wut, eine Erinnerung an die Verzweiflung, die wie ein Echo in meinen Gedanken widerhallt, als ich das Papier zusammenknülle und es zu der Illustrierten ins Altpapier werfe.

In der Hoffnung auf einen Ballwurf hebt Koda den Kopf, den Rinderstick noch immer zwischen seinen vollgesabberten Lefzen. »Vergiss es«, brumme ich. »Der Scheiß ist nicht mal als Spielzeug gut.«

Als würde er mir zustimmen, widmet sich Koda wieder seinem Kaustick. Zum Glück hat er keine Ahnung, was in unserer Post steht. Wozu wir Menschen fähig sind. Koda kennt kein Gut und Böse, keine Vorurteile, keinen Hass. Nur Rindersticks, sein Frisbee, lange Spaziergänge und natürlich seinen Ball. Für ihn bin ich immer gleich, egal, wie ich aussehe, egal, ob ich einen guten Tag habe oder nicht. Seine Liebe, seine Loyalität ist das Einzige, auf das ich mich in dieser beschissenen Welt verlassen kann. Und deshalb sind mir Tiere lieber als Menschen. Wenn ich für den Rest meines Lebens nie wieder mit einer anderen Menschenseele zu tun haben müsste, wäre mir das auch recht.

Ich lege die Briefe auf meinem Schreibtisch ab und will mich gerade auf den Weg in meine Werkstatt in der Garage machen, da klingelt mein Handy. Nicht das schmale Smartphone in meiner Tasche, sondern das klobige schwarze Satellitentelefon, das wie ein dunkler Ziegel an meinem Gürtel hängt.

»Flint?« Meine Stimme ist hart; gnadenlos. Wenn dieses Handy läutet, bedeutet es selten etwas Gutes.

»Bist du frei?«, fragt die Frau am anderen Ende der Leitung.

»Ja. Was ist los?«

»Sie sind zurück«, antwortet sie. Der Empfang ist nicht besonders gut, ein leises Knistern nach jedem Ton. »Fünf Männer, eine Frau, im westlichen Quadranten. Sie wurden von einem Wanderer gesichtet, habe die Meldung gerade reinbekommen.«

Wie gesagt.

Menschen sind eine verdammt verdorbene Rasse.

Hässliche, abstoßende Kreaturen, die keine Nachsicht verdient haben.

»Geht klar. Ich kümmere mich darum.«

Noch ehe die Anruferin etwas erwidern kann, habe ich bereits aufgelegt. Mit Zeigefinger und Daumen zwischen den Lippen stoße ich einen scharfen Pfiff aus.

Sofort hebt Koda den Kopf.

»Komm«, befehle ich und reiße meine Jacke von dem Holzhaken an der Wand.

Ausnahmsweise gehorcht mein Hund. Er weiß, was der Pfiff zu bedeuten hat.

Die Spielzeit ist vorbei.

Und wenn es ernst ist, gebe ich den Ton an.

»Wir haben zu tun.«

Koda bellt einmal zustimmend und läuft zur Tür, während ich meinen Autoschlüssel schnappe. Dann nehme ich das Jagdgewehr von der Wand und folge ihm nach draußen.

17 Brynn

GIRLS JUST WANNA HAVE ENEMIES

Ich installiere die Sicherheitsvorkehrungen noch am selben Abend. Ich brauche dafür bis nach Mitternacht, aber das Adrenalin pulsiert noch Stunden später in meinen Adern, und erst als ich nach getaner Arbeit zurücktrete und mein Werk betrachte, bemerke ich die Erschöpfung in meinen Gliedern.

Es ist kein schlechtes Gefühl.

Endlich kann ich etwas tun, endlich kann ich etwas verändern.

Mit den Folien an den Fenstern, batteriebetriebenen Alarmsensoren an allen Hausöffnungen und einer zugegeben etwas simplen Überwachungskamera, die ich direkt über der Eingangstür angebracht habe und die über eine unnötig schwer zu bedienende App mit meinem Handy verbunden ist, fühle ich mich zum ersten Mal seit meiner Ankunft in Echo Cove wieder im Besitz von Kontrolle. Ich bin in meinem Element; die Technik ist mir aus meinen Unizeiten mehr als vertraut, und ich kann endlich meine Fähigkeiten einsetzen, um mir ein Stückchen Sicherheit in einer unberechenbaren Welt zu schaffen.

Als ich nach getaner Arbeit ins Bett gehe, kommen die Albträume dennoch wieder zurück. Trotzdem ist es die erste Nacht in Alaska, in der ich bis zum Morgengrauen durchschlafen kann.

***

Von Archer fehlt jede Spur.

Als ich Montagmorgen aufwache und sein Truck nicht vor dem Haus steht, bin ich zunächst erleichtert. Ich weiß nicht, was ich tun würde, würde ich ihm über den Weg laufen. Obwohl ich auf ein weiteres Zusammentreffen mit Blossom verzichten kann, spaziere ich in die Stadt und decke mich in der kleinen Boutique mit ein paar Alaska-tauglichen Klamotten ein: Wanderschuhe, eine feste Regenjacke, einen kleinen Wanderrucksack und ein paar neue Shirts und Socken. Von einem Farmer, der von seinem Truck aus frisches Obst und Gemüse verkauft, nehme ich Salat und Zucchini mit, damit ich die Fertiggerichte gegen ausgewogene, selbst gekochte Mahlzeiten tauschen kann. Als ich nach Hause komme, ist das Flint-Haus noch immer leer.

Genauso am nächsten Morgen.

Und am Morgen danach.

Als ich am Mittwochabend die Tür mit einer XXL-Tüte Barbecue Chips unter dem Arm hinter mir verschließe, steht das rote Haus noch immer verlassen und einsam auf der gegenüberliegenden Straßenseite.

Etwas zieht an meinem Herzen; etwas Unerwartetes, etwas Bittersüßes.

Nein, ich sorge mich nicht um Archer Flint.

Wahrscheinlich grämt er sich so sehr darüber, dass er die einzigartige Chance, mich einer Bärin zum Fraß vorzuwerfen, vermasselt hat, dass er aus Schande die Stadt verlassen musste.

Auf dem Weg zur Bushaltestelle, die ich schon beim Einkaufen entdeckt habe, würge ich den Gedanken ab und sehe auf meine Uhr. Was Archer Flint tut, geht mich nichts an.

Zu meiner Überraschung kommt der Bus pünktlich – umso weniger unerwartet ist die Tatsache, dass er aussieht, als würde er aus den Achtzigerjahren stammen. Angespannt kaue ich auf meinem Pfefferminzkaugummi herum und versuche, gegen die aufkommende Übelkeit anzukämpfen, während das altertümliche Gefährt durch die

Landschaft ruckelt. Es wird wirklich Zeit, dass ich mich mit dem verdammten Auto anfreunde.

Glücklicherweise war Willows Wegbeschreibung hilfreich. Ich steige beim Gartenzentrum aus und erreiche das blaue Haus keine fünf Minuten später.

Mit dem Ellenbogen bediene ich die Türklingel, und es dauert nicht lang, bis Willow erscheint. Sie hat die Haare offen und trägt eine schwarze Mom-Jeans mit hohem Bund und dazu ein weites ausgewaschenes Bandshirt von der Punkband Alkaline Trio, die mein Bruder Finn früher manchmal gehört hat. Darunter hat sie ein dünnes, langärmliges Shirt an, und an den Füßen – völlig unpassend – ein Paar rosa Flauschsocken. »Blair, schön, dass du da bist«, begrüßt sie mich fröhlich und nimmt mir sofort die Chips ab.

»Ich liebe deinen Stil«, erkläre ich, während ich mir die Boots abstreife.

»Du musst reden!« Sie deutet auf mein Ensemble aus einem A-Linien-Rock mit einem hineingesteckten Trägershirt, eine Kombination, die viel zu kalt für den Sommer in Alaska ist, weshalb ich darüber einen weiten, bequemen Strickcardigan trage.

»Komm rein. Willst du Socken?« Ehe ich antworten kann, hat sie mir bereits ein zusammengeknülltes Bündel in die Hand gedrückt. Es ist genauso flauschig wie ihre Socken, allerdings hellblau mit Delfinmotiv.

»Danke.« Ich schlüpfe hinein und folge ihr durch den Flur ins Wohnzimmer. Die Einrichtung ist wild durcheinandergewürfelt – ein antik anmutender Holzkasten mit Buntglasfenstern steht neben einem modernen Schreibtisch, die Zierkissen auf dem Sofa passen nicht zusammen, und überall, wo auch nur im Geringsten Platz dafür ist, stehen Pflanzen. Außerdem fällt mir eine bunte Kappe ins Auge, die an der Wand hängt. Als ich näher herantrete, sehe ich, dass sie aus vier Streifen rotem Leder besteht, zwischen denen mehrere Reihen weiße, blaue und rote Glasperlen aufgefädelt sind.

Willow folgt meinem Blick und lächelt. »Wir sind Aluti-iq«, erklärt sie, ehe ich fragen kann. »Das ist der traditio-nelle Kopfschmuck unserer Tänzer.«

»Wow.« Bewundernd trete ich noch näher, damit ich mir den rituellen Schmuck ansehen kann. »Tanzt du selbst?«

»Jap. Wir treffen uns einmal im Monat in Old Harbor.« Sie legt die Chipstüte auf dem Sofatisch ab. »Früher waren die zeremoniellen Tänze ein wichtiger Teil des gesell-schaftlichen Lebens auf der Insel, aber als die Europäer Ko-diak Island besetzt haben, ging ein großer Teil unserer Kul-tur verloren, und mit ihr auch die Tänze und Lieder. In den frühen Achtzigern hat unsere Community damit begonnen, unsere alten Traditionen wiederaufzunehmen. Wir haben unsere eigenen zeremoniellen Kleider genäht und neue Lie-der geschrieben. Deshalb sind diese Treffen für uns wich-tig. Es geht nicht nur um unsere Geschichte, sondern auch um unsere Zukunft.«

»Das klingt wunderschön.« Bislang war ich so sehr mit meinem eigenen Chaos beschäftigt gewesen, dass ich mich noch gar nicht mit der Geschichte der Insel auseinanderge-setzt habe. Ich weiß bloß, dass im 18. Jahrhundert russische Pelzhändler nach Kodiak kamen und die Insel kolonialisier-ten, bis sie mit dem Alaska Purchase von den Vereinigten Staaten gekauft wurde. Nicht verwunderlich, dass weder die eine noch die andere Besatzung für die indigenen Be-völkerungsgruppen ein Segen war.

»Habt ihr hier eine große Community?« Fasziniert be-wundere ich die kunstvoll arrangierten Glasperlen.

Willow tritt zu mir und zuckt mit den Schultern. »Wie man es nimmt. Wir haben eine starke Gemeinschaft, aber es ist nicht immer einfach. Du hast bestimmt schon ge-merkt, wie isoliert man hier ist. Das hat natürlich auch Auswirkungen.«

Ich nicke. »Kann mir gar nicht vorstellen, wie es sein muss, hier aufzuwachsen.«

»Langweilig.« Nachdenklich sieht Willow zu dem Schmuck an der Wand. »Nein, es ist nicht nur negativ, nur eben irgendwie ein zweischneidiges Schwert, verstehst du? Es gibt hier wenig Möglichkeiten, was Bildung und Arbeitsplätze angeht. Von dem Gesundheitssystem fange ich gar nicht erst an. Und du hast bestimmt schon bemerkt, wie verdammt teuer hier alles ist.«

Ich lächle vorsichtig. »Als ich das erste Mal einkaufen war, dachte ich einen Moment lang, es muss ein Fehler sein.«

»Krass, oder?« Willow seufzt. »Das liegt natürlich einerseits daran, dass wir so fernab vom Schuss liegen und die Transportkosten sehr hoch sind, andererseits kümmert sich auch einfach niemand darum, dass wir hier Zugang zu bezahlbaren Lebensmitteln und Medikamenten haben.« Sie richtet sich ihre Frisur. »Immerhin ist es hier nicht so schlimm wie an anderen Orten. Wir haben auf Kodiak ja kein spezielles Reservat oder so. Da ist es nämlich richtig teuer. Hab 'ne Freundin in Kanada, die in ihrem Lebensmittelladen fünfzehn Dollar für eine Packung Toast bezahlt.«

»Was? Wie kann man sich da einen normalen Einkauf leisten?«

»Eben gar nicht. Für viele Natives ist das leider der ganz normale Alltag.«

Auf einmal wird mir mein Privileg als weiße Frau ganz besonders bewusst. »Tut mir echt leid. Das ist furchtbar.« Irgendwie fühlen sich die Worte zu schwach an, zu sehr nach einer leeren Phrase.

Nun schmunzelt Willow und hakt sich bei mir unter. »Hier in Alaska ist eben nicht nur alles Kleinstadtidylle und Postkartenmotive. Na komm, wenn wir noch länger hier rumstehen, brennt die Pizza an.«

»Oh, es gibt Pizza?«

Sie nickt. »Dachte, damit liegt man nie falsch. Setz dich ruhig schon mal, ich bring das Essen raus.«

Entgegen Willows Aufforderung folge ich ihr in die Küche, wo es bereits wunderbar nach frischem Hefeteig, Tomaten und geschmolzenem Käse duftet. Ich kümmere mich um die Getränke – Offbrand Zitronenlimonade, Light Beer und Mineralwasser –, während sie die Pizza aus dem Ofen holt und mit den gekonnten Bewegungen einer Serviceangestellten in gleichmäßige Stücke schneidet.

»Dann erzähl mal«, sagt sie, als wir es uns auf dem Sofa gemütlich machen. »Worum ging es am Sonntag, als du mir geschrieben hast? Sorry noch mal. Ich habe deine Nachricht erst nach meiner Schicht gesehen.«

Ich nehme mir ein Pizzastück, puste darauf und koste vorsichtig, um mir nicht direkt die Zunge zu verbrennen. Es schmeckt wunderbar, heiß und würzig, das perfekte Zusammenspiel aus säuerlicher Tomatensoße und cremigem Käse. »Ach, ich dachte nur …« Ich zögere. Soll ich ihr von dem Gespräch mit Matthew erzählen? Von dem Zusammentreffen mit Archer? Von dem Leuchtturm und dem Bären?

Ich habe keine Ahnung, inwiefern ich meinen neuen Bekanntschaften trauen kann. Weiß nicht, was sie hinter meinem Rücken über mich reden, wer mit wem befreundet ist und was ich wem erzählen kann. Doch Willows Blick ruht weiterhin neugierig auf mir, und ich räuspere mich. »Ich musste ein paar Einkäufe erledigen und habe mich gefragt, ob du vielleicht Lust hättest, mich zu begleiten.« Was ist eine Lüge mehr?

»Oh, wie schade!« Willow knabbert an ihrer Pizza. »Das nächste Mal gern. Bist du allein gefahren?«

Ich zögere. »Matthew Wells war so nett und hat mich mitgenommen.«

Willow blinzelt fast unmerklich, aber ich sehe genau, wie sich ihre milde Neugierde in ein tieferes Interesse wendet. »Matthew, huh.«

Schnell hebe ich die freie Hand. »Nicht so, wie es klingt!«

Sie grinst. »Hab nichts gesagt. Matty ist ein hübscher

Kerl, das ist kein Geheimnis.« Ihre Brauen zucken nach oben. »Oder wartet zu Hause jemand auf dich?«

»Nein.« Zumindest das ist keine Lüge. Auf mich wartet niemand. Vielleicht hat es auch nie jemand getan, nicht auf diese Art. Natürlich habe ich gedated, hatte ab und an kurze Beziehungen, doch es hat nie wirklich Klick gemacht. Jetzt ist es zu Glück im Unglück geworden; ich habe niemanden in Gefahr gebracht. Niemand, der sich um mich Sorgen macht. Die einzige Konstante in meinem Leben ist Finnegan; und er ist alles andere als *konstant*. Im Moment verbringt er einige Monate für die Kanzlei, bei der er arbeitet, in Singapur, weshalb Marshall Stevens ihn nicht als gefährdet eingestuft hat.

»Na, wer weiß.« Willow schmunzelt gegen den Rand ihres Glases. »Vielleicht findest du in Echo Cove ja noch deine große Liebe.«

Nun muss ich schnauben. »Unwahrscheinlich.«

»Wer weiß? Man kann nie so recht sagen, wo die Liebe hinfällt.«

Ich muss das Thema wechseln, und zwar schnell. »Ich habe einen Bären gesehen.«

Willow blinzelt. »Was? Hier in der Stadt?«

Rasch schüttle ich den Kopf. »Nein, ich bin auf dem Heimweg ... ach, ist ja auch egal. Ich war jedenfalls im Schutzgebiet, und dort habe ich ...«

Ein schrilles Klingeln unterbricht mich.

»Oh, das muss Keira sein!« Willow springt auf und bedeutet mir mit einer Geste, zu warten.

Mein Blut gefriert zu Eis. »Du hast Keira eingeladen?«

An der Tür zum Flur hält Willow inne und sieht leicht entschuldigend zu mir zurück. »Ich weiß, ich weiß, mir ist schon klar, was du jetzt denkst, aber glaub mir, ihr müsst euch einfach kennenlernen, und dann ist die Stimmung bei der Arbeit auch nicht mehr so angespannt.«

Wenn ich das gewusst hätte, wäre ich definitiv zu Hause geblieben. »Ich glaube nicht, dass ...«

Es ist bereits zu spät – Willow ist auf den Flur verschwunden, und ich kann die Begrüßung an der Tür hören.

Als Willow mit der zierlichen Blondine im Schlepptau ins Wohnzimmer zurückkommt, straffe ich die Schultern.

Keira trägt ein schlichtes schwarzes Kleid, weiße Sneaker und einen angewiderten Blick im Gesicht. Offenbar wusste auch sie nicht, was Willow geplant hat.

»Hey, Keira.« Ich gebe mir größte Mühe, meine freundlichste Miene aufzusetzen.

»Ich wurde nicht informiert, dass du hier bist.«

Zumindest was eine Sache betrifft, sind Keira und ich uns einig: Wir wollen das hier beide nicht.

»Komm, setz dich.« Willow zieht sie sanft auf das Sofa, und an Keiras Blick gemessen vermute ich, dass sich Willow später etwas wird anhören können. Steif wie ein Brett lässt sie sich zwischen mich und unsere Gastgeberin bugsieren, presst die Knie zusammen und sitzt da, als hätte man sie auf den elektrischen Stuhl gezwungen.

»Hier, nimm dir Pizza.« Willow schenkt Keira ein Light Beer ein und reicht ihr das Glas mit der sprudelnden goldenen Flüssigkeit. »Blair wollte uns gerade erzählen, wie sie im Wald einen Bären getroffen hat.«

Keira rollt deutlich sichtbar mit den Augen. »Natürlich.«

Eigentlich muss ich mich nicht rechtfertigen, aber ich fühle mich auf einmal, als stünde ich mit dem Rücken zur Wand, und die Antwort kommt über meine Lippen, noch ehe ich darüber nachdenken kann. »Es ist die Wahrheit.«

»Wir haben viele Bären hier«, erwidert Willow, als würde sie die Anspannung nicht spüren. »Warst du zum Wandern im Schutzgebiet, Blair?«

Ich zögere. »Ja.« Wieder eine Lüge. Vielleicht hätte ich Willow die Wahrheit gesagt, aber vor Keira will ich meine Odyssee durch die Wildnis nicht bloßlegen. »Ich bin an diesem Leuchtturm vorbeigekommen und wollte ihn mir ...« Ich stoppe mitten im Satz. Irre ich mich, oder ist Keiras Miene gerade noch eisiger geworden?

»Rein zufällig, was?« Sie nippt an ihrem Bier und lächelt dann bittersüß.

Offenbar hat sich die Sache doch schon herumgesprochen. Ich hätte Archer nicht als das Lästermaul von Echo Cove eingeschätzt, aber er hat wohl doch seine Verbindungen. In puncto Wärme, Freundlichkeit und Gastfreundschaft passen er und Keira ja wunderbar zusammen.

»Ja, zufällig«, presse ich hervor.

»Keira«, murmelt Willow.

Irritiert sehe ich zwischen den beiden hin und her. Entgeht mir etwas? Ist Keira eifersüchtig auf mich, weil sie Gefühle für Archer hat? Ich sollte ihr sagen, dass es dafür keinen Anlass gibt, dass ich Archer nicht im Geringsten attraktiv finde, doch von allen Lügen, die ich in den letzten Tagen erzählt habe, bleibt mir ausgerechnet diese wie ein dicker Kloß im Hals stecken.

»Ich war zufällig dort, und da war ein Bär an der Klippe.«

»Hast du ihn erschossen?« Keira sieht mich völlig unverwandt an, als hätte sie mich nach dem Wetter gefragt.

Das Blut weicht mir aus den Wangen. »Was? Nein!«

Nun stößt Willow Keira mit dem Knie an. »Bitte. Wir wollen doch ...«

»Wir wollen doch was, Willow?« Keira wirft sich die blonden Haare über die Schulter. »Ich für meinen Teil würde gern wissen, weshalb sie wirklich hier ist.«

Meine Kehle schnürt sich zusammen. »Ich arbeite an meiner Forschung.«

»Ach ja? Und woran forschst du?« Auffordernd legt sie den Kopf schief.

Je schneller mein Herz schlägt, desto flacher wird meine Atmung. »Ich ... Es ist sehr kompliziert.«

»Dann erklär's mir«, erwidert sie.

Hilfe suchend sehe ich zu Willow, die seufzt und die Hand auf Keiras Knie legt.

»Keira, Blair fühlt sich eindeutig unwohl.«

»Ich fühle mich auch unwohl«, faucht Keira zurück.

Aus meiner Abwehr wird Verzweiflung, und ich hebe die Hände. »Ich hab nichts gemacht!«

»Ja? Warum sagst du mir dann nicht, warum du am Leuchtturm warst?«

Die Antwort bleibt mir im Hals stecken. Was hat der Leuchtturm damit zu tun?

Keira lässt mir allerdings keine Zeit, mich zu sammeln und über ihre Worte nachzudenken. Die dünnen Brauen wütend zusammengezogen, beugt sie sich zu mir. »Sag mir, wer du wirklich bist.«

Ein schrilles Summen steigt in meine Ohren, und einen Augenblick lang scheint die Welt stillzustehen.

»Keira, es ist genug«, spricht Willow ein Machtwort, doch es ist bereits zu spät. Damokles' Schwert ist gefallen.

»Sehr interessant.« Keira stößt Willows Hand von sich und erhebt sich ruckartig. »Dann lass dir das jetzt eine Warnung sein, *Blair*.« Ein angriffslustiges Funkeln liegt in ihren grauen Augen. »Wenn ich mitbekomme, dass du hier herumschnüffelst und versuchst, den Namen meiner Schwester in den Dreck zu ziehen, wirst du mich von einer ganz anderen Seite kennenlernen.« Sie knallt das Bierglas so fest auf den Tisch, dass der Schaum gegen mein Knie spritzt.

»Wenn du mich jetzt entschuldigst, Willow? Ich habe Kopfschmerzen.« Keira beginnt in ihrer Tasche zu kramen, und als sie nicht findet, was sie sucht, wird sie zusehends frustrierter.

»Babe.« Willow erhebt sich und macht Anstalten, die Hand auf Keiras Arm zu legen, doch da zieht die Blondine bereits ihren Autoschlüssel hervor und stürmt nach draußen.

18 Brynn

DARK SIGNS

Wie ein eingeschüchtertes Schulkind im Büro des Rektors sitze ich auf dem Sofa und lausche den Gesprächsfetzen von Willows und Keiras Diskussion vor der Tür. Verstehen kann ich sie nicht, aber eins ist deutlich: Keira rast vor Wut.

Obwohl sich meine Gedanken vor Panik überschlagen, bekomme ich nicht einen von ihnen zu fassen.

Ich verstehe nicht, was gerade passiert ist.

Was ich getan habe, was Keira mir vorwirft.

Sag mir, wer du wirklich bist.

Nein, sie kann nichts wissen. Wieso sollte sie? Und selbst wenn, wieso würde sie das so wütend machen? Ich habe ihr nichts getan, außer dass ich mich an meinem ersten Arbeitstag ein wenig ungeschickt angestellt habe. Das ist jedoch kein Grund, so auf mich loszugehen.

Auf dem Flur wird die Haustür geschlossen und Schritte nähern sich. Es ist Willow – allein. Sie sieht niedergeschlagen aus.

Mit einem schweren Schlucken versuche ich, den Kloß in meiner Kehle hinunterzuwürgen. »Ist alles okay?«

Willow vergräbt das Gesicht in den Händen und lässt sich neben mir auf das Sofa fallen. »Scheiße.«

»Es tut mir leid ...« Unsicher streiche ich über meine inzwischen eiskalten Finger. »Ich wusste nicht, was ich ...«

Willow atmet tief ein, sammelt sich und sieht zu mir.

»Okay, bitte sei nicht böse auf mich, aber du musst jetzt ehrlich mit mir sein.«

Mein Blick huscht zum Flur. Mit einem Mal bin ich zurück im Zeugenstand und will nichts lieber tun, als zu fliehen. »Natürlich«, presse ich hervor, obwohl sie mich um die eine Sache bittet, die ich nicht tun kann.

Willows Blick zuckt über mich, als würde sie versuchen, mich zu durchschauen, die Wahrheit zu sehen.

Innerlich bereite ich mich bereits auf die vernichtende Frage nach meiner wahren Identität vor, doch als Willow den Mund öffnet, kommt etwas völlig anderes über ihre Lippen.

»Bist du wegen Ada hier?«

Ich muss mich verhört haben. »Wie bitte?«

»Na ja, bist du hier, weil du den Fall recherchieren willst?«

Ungläubig starre ich sie an. »Ada Hale? Das Mordopfer?«

Willow sieht mir in die Augen. »Ada Hale. Keiras Schwester.«

Mit einem heiseren Pfeifen entkommt mir die letzte Atemluft aus der Lunge, und ich sinke gegen die Sofalehne zurück. Einen Moment lang kann ich Willow nur anstarren, doch in meinem Kopf fallen die Teile langsam ineinander.

Es ging überhaupt nicht um mich.

Ich war so verdammt mit mir selbst beschäftigt, dass ich keine Gelegenheit hatte, innezuhalten und nachzudenken. Um Keiras Nachnamen zu erfragen. Um zu realisieren, dass Ada Hale vor zehn Jahren nicht einfach verschwunden ist, sondern Menschen hinterlassen hat. Menschen, die noch immer in Echo Cove leben und die ihren Verlust vielleicht nie ganz überwunden haben.

»Ich hatte keine Ahnung ...«

Erleichtert atmet Willow durch. »Ich habe gehofft, dass du das sagst.«

»Wieso?«

Sie reibt sich mit Daumen und Zeigefinger den Nasenrücken. »Tragödien ziehen Schaulustige an wie Honig die Fliegen. Früher war es schlimmer, dann hat es eine Weile nachgelassen, doch jetzt, wo es genau zehn Jahre her ist ... Diese Zahl macht etwas mit den Menschen, verstehst du? Es ist noch nah genug, um interessant zu sein, aber gleichzeitig lang genug her, damit sich Podcaster, Buchautoren und True Crime-Fanatiker nicht wie geschmacklose Voyeure fühlen müssen.« Sie hält inne. »Ich meine, sollten sie trotzdem. Tun sie allerdings nicht. Keira hatte in letzter Zeit immer wieder Anfragen, und sie hat immer abgesagt. Und als du aufgetaucht bist und ausgerechnet bei uns im Café arbeiten solltest, obwohl keiner von uns dich je zuvor gesehen hatte, sind wir skeptisch geworden. Sie hat sogar eine E-Mail an den Inhaber in Anchorage geschrieben, doch der meinte nur, dass er froh über die Unterstützung sei.«

Ich nicke vorsichtig. Darum hat sich die Polizei gekümmert. Ich habe mit dem Besitzer nicht einmal gesprochen.

Mit einem leisen Seufzen fährt Willow fort. »Ich dachte, wenn wir einen netten Abend miteinander verbringen, können wir vielleicht Licht ins Dunkel bringen, und dann steht einer Freundschaft nichts mehr im Weg ...«

»Ich habe nicht ...« Mir fehlen die richtigen Worte. »Bevor ich nach Echo Cove gekommen bin, hatte ich noch nie von Ada gehört«, gestehe ich zerknirscht. »Ich schwöre es dir, ich habe keinen Blog und keinen Podcast, und ich will auch kein Buch über die Hale-Familie schreiben. Ich bin nur hier, um meine Arbeit zu machen.«

Ein Herzschlag verstreicht. Willow sieht mir fest in die Augen, dann seufzt sie leise. »Ich glaube dir.«

Erleichtert atme ich durch und lasse die Schultern sinken. »Ich werde mit Keira reden. Ich erkläre es ihr ...«

Willow zögert. »Ja. Aber nicht jetzt. Sie ist gerade sehr aufgewühlt.«

»Das ist mir nicht entgangen. Habe ich etwas Falsches gesagt?«

»Na ja.« Willow zuckt mit den Schultern. »Dass du den Leuchtturm erwähnt hast, hat sie in ihrer Befürchtung bestätigt.«

Das Bild von Adas und Liams Initialen taucht in meiner Erinnerung auf. »War der Leuchtturm ein wichtiger Ort für sie?«

Neben dem Bedauern in Willows warmen dunkelbraunen Augen liegt auch eine andere Emotion; etwas, was ich nicht ganz einschätzen kann. Es ist beinahe, als würde sie mich für meine Unwissenheit beneiden. »Du kennst dich mit dem Fall wirklich nicht aus, oder?«

Langsam schüttle ich den Kopf.

Traurig verzieht Willow den Mund. »Der Leuchtturm war früher unser Treffpunkt. Der Platz, an dem wir uns vor unseren Eltern und Familien verstecken und unsere eigene Welt erschaffen konnten.« Sie zögert. »Der Ort, an dem man sich verliebt und gestritten hat, an dem man seinen ersten Kuss hatte und zum ersten Mal Alkohol gekostet hat. Unser Rückzugsort.« Sie hält kurz inne. »Bis zu dem Tag, an dem sich alles verändert hat.«

Fragend blicke ich zu ihr, doch Willow zögert.

»Was ist geschehen?«

Sie sieht mich an. »Keira hat vor zehn Jahren Adas Körper am Leuchtturm gefunden. Und irgendwie hat sich Echo Cove nie wieder davon erholt.«

* * *

Der Abend endet früh.

Obwohl Willow mich nicht explizit bittet zu gehen, hat unser Gespräch eine Schwere hinterlassen, die wir nicht mehr überwinden können. Es ist deutlich, dass sich Willow Vorwürfe darüber macht, wie der Abend gelaufen ist, und obwohl sie mir versichert, dass sie mir glaubt, bin ich mir nicht ganz sicher, ob nicht auch sie noch immer Zweifel an meiner Geschichte hat.

Ich helfe ihr, den Tisch abzuräumen, lasse mich überreden, eine Pizzahälfte mitzunehmen, und werde dann von Willow zurück in die Shore Road gefahren, wobei wir beide versuchen, die angespannte Stille mit holprigem Small Talk zu füllen. Ich verabschiede mich mit dem Versprechen, dass wir eine Lösung für die Situation finden werden, allerdings bin ich mir nicht einmal sicher, was genau ich damit meine. Wie kann ich Keira beweisen, wer ich nicht bin, ohne ihr dabei zu sagen, wer ich bin?

An meiner Tür halte ich inne und krame nach meinem Haustürschlüssel, als mein Blick auf das Haus gegenüber fällt.

Hinter den Fenstern brennt Licht.

Archer ist zu Hause.

Einen Augenblick lang überfordert mich die Woge an Erleichterung, doch ich würge den Gedanken ab, entriegle die Tür und fliehe in das Cottage.

Düstere Erinnerungen hängen wie ein Echo über mir, doch dieses Mal sind es nicht meine eigenen, sondern die Geschichte dieser kleinen Stadt, die auf den ersten Blick so unschuldig wirkt und dennoch so viel Trauer, Wut und Leid in sich trägt.

Ich versuche mich abzulenken, aber ich kann mich auf keine Serie konzentrieren, und während ich den quirligen Gesprächen von Lorelai und Rory Gilmore halbherzig folge, wandern meine Gedanken immer wieder zurück zu Ada, zu Liam, zu Matthew, Keira, Willow und Archer, und das Leben und Sterben in Echo Cove.

In dieser Nacht träume ich zum ersten Mal nicht von Dane Conway, sondern von einem verlassenen Leuchtturm auf einer dunklen Klippe, umgeben von einem geisterhaften Echo, von dem ich nicht ganz ausmachen kann, ob es sich um Gelächter oder Schreie handelt.

Ich stehe vor dem Eingang, habe eine Hand auf der kalten Klinke und bin gerade im Begriff, die Tür zu öffnen, als mich ein schrilles Geräusch aus dem Schlaf reißt.

19 Brynn

YOU GOT MAIL

Desorientiert fahre ich in meinem Bett auf. Einen Moment lang bin ich mir sicher, dass das nervenzehrende Piepsen noch zu meinem Traum gehört, und warte darauf, dass es mit den letzten Ausläufern des Schlafs verschwindet, aber das Gegenteil ist der Fall: Es wird lauter und lauter, schwillt immer weiter an und bohrt sich gnadenlos in mein Bewusstsein.

Ich verziehe das Gesicht, presse mir die Hände an die Ohren und versuche, gegen den aufblühenden Schmerz hinter meiner Stirn anzukämpfen, als sich mein Verstand einschaltet.

Der Alarm.

Der verdammte Alarm.

Ich fahre vor Schreck zusammen, rutsche aus dem Bett und stolpere fast über meine eigenen Füße, während ich in der Finsternis des abgedunkelten Schlafzimmers nach meinem Morgenmantel taste. Die Sicherheitsmaßnahmen waren da, um mich zu beruhigen – ich kann Kameras installieren und Apps bedienen, doch ich habe keine Ahnung, was ich tun soll, wenn wirklich jemand in mein Haus einbricht.

Hier gibt es keine Waffen, keine Wachleute, keine bissigen Hunde und definitiv, oh, *definitiv* keine besorgten Nachbarn.

Mit zittrigen Fingern taste ich nach meinem Handy und öffne die Überwachungs-App. Sofort erscheint ein leicht verpixeltes Bild auf dem Display. Obwohl die Sonne hier nicht komplett untergeht, ist der Türbereich dunkel, und die billige Kamera kann kaum ein vernünftiges Bild produzieren. Allerdings steht niemand vor der Tür.

Scheiße, ich hätte mehr Kameras kaufen sollen. Leider ist es dafür jetzt zu spät. Während das Alarmsignal noch immer vor sich hin pfeift – es kann nur manuell am Sensor ausgeschaltet werden –, öffne ich den Ordner, in dem die Aufzeichnungen angezeigt werden. Die Kamera ist nicht das beste Modell und kann Bilder nur maximal eine Stunde lang speichern, ehe sie automatisch überschrieben werden.

Es war bestimmt nur ein Vogel oder ein Marder, versuche ich mich zu beruhigen, während ich auf den Fast-Forward-Button drücke, bis sich ein dunkler Schatten ins Bild schiebt.

Mein Finger rutscht vom Display.

Mein Albtraum in Fleisch und Blut. Kein positiver Self-Talk und keine Affirmation der Welt kann mir jetzt helfen: Das Monster ist echt, und es steht in meinem Garten.

Nun, *stand.*

Ich checke den Zeitstempel.

Vor zehn Minuten ist die Person auf der Veranda erschienen. Das verpixelte Bild verrät nicht viel – wer auch immer es ist, er oder sie ist in dunkle Klamotten gekleidet, trägt einen Hoodie und hat die Kapuze tief in die Stirn gezogen. Ich spule das Bildmaterial vor und zurück, versuche einen verräterischen Fleck Haut zu erspähen, allerdings ohne Erfolg. Soweit ich es beurteilen kann, trägt die Person weder Waffen noch Werkzeuge – doch sie hat etwas in der Hand. Etwas Weißes, Rechteckiges, das sie unter meiner Tür hindurchschieben möchte. Als dabei der Alarm ausgelöst wird, zuckt der Eindringling zusammen, weicht zurück und verschwindet aus dem Bild.

Einen Moment lang kann ich nur auf das Display starren.

Ich weiß nicht, was ich erwartet habe – aber alles in mir ist ruhig. Ich bin im Auge des Hurrikans meiner Angst und fühle gar nichts. Eine andere, logisch denkende Brynn übernimmt in meinem Kopf das Ruder. Mechanisch speichere ich das Video, ziehe meinen Morgenmantel fester um mich und steige mit zitternden Beinen die Treppe hinab. Ich sehe es, noch ehe ich die Tür erreicht habe: Ein kleines weißes Eck, das unter dem Türschlitz in mein Haus lugt.

Der Puls dröhnt mir in den Ohren, und ich nähere mich, als wäre das Papier eine giftige Spinne. Langsam gehe ich davor in die Knie, ziehe den Umschlag mit den Fingerspitzen ins Haus und drehe ihn in meiner Hand.

Unbeschriftet.

Eine kleine Stimme in meinem Kopf fragt sich, ob es besser wäre, den Brief nicht zu öffnen, aber es ist bereits zu spät. Die Oberkante reißt unter meinem Fingernagel, und ich ziehe ein schlichtes Blatt A4-Druckerpapier hervor.

Jemand hat es mit bunten, ausgeschnittenen Lettern aus verschiedenen Zeitungen und Werbeprospekten beklebt.

dU geHöRst NicHt nAcH EchO COvE.
HöR aUf RUmzUsChnÜfFeLn, PaCK dEiNe
sAcHEn unD vErSChwInDe aUs UnsEReR
STaDt, oDEr dU WiRSt eS bEreUen.

Gnadenlos legt die Kälte ihre Finger um mein Herz und drückt zu. Blut rauscht mir in den Ohren, und ich muss mich an dem kleinen Tischchen mit dem Telefon festhalten, ehe meine Beine ihren Dienst versagen.

Die wütenden Zeilen starren mir noch immer entgegen.

Jemand hat Buchstaben aus einer Zeitung ausgeschnitten, um mir einen Drohbrief zu schreiben.

Wie in einem billigen Fernsehkrimi.

Ich drehe den Zettel hin und her, suche in dem Umschlag nach weiteren Nachrichten, aber da ist nichts, und auch als ich die Botschaft ein weiteres Mal lese, finde ich keinerlei Hinweise auf die Identität des Absenders.

Meine Fingerspitzen sind eiskalt, während meine Wangen glühen.

Ich muss etwas tun.

Nur was? Leslie anrufen, Matthew anrufen? Hinausgehen oder mich verbarrikadieren?

Das aufgeregte Bellen eines Hundes auf der anderen Straßenseite reißt mich aus den Gedanken.

»Hey!« Archers tiefe Stimme hallt so laut über die Straße, dass ich sie trotz der verschlossenen Tür und des schrillen Alarms höre.

Ich grabe die Fingernägel fester in das Papier.

»Was soll der Lärm?« Seine Stimme klingt nun viel näher. »Manche Leute versuchen hier zu schlafen!«

Mit einem Schlag wendet sich meine Angst in ein anderes Gefühl: Wut. Und noch ehe ich einen klaren Gedanken fassen kann, stürme ich bereits in meinem Morgenmantel nach draußen.

**

Archer hat die Straße bereits halb überquert. Er trägt ein lockeres weißes Shirt und grau karierte Boxershorts, seine Haare sind zerzaust und sein Ausdruck so griesgrämig, dass er Oscar aus der *Sesamstraße* Konkurrenz macht.

Daneben tänzelt Koda neugierig mit einem gelben Frisbee im Maul am Gartenzaun entlang. Als mich der Hund sieht, lässt er sein Spielzeug fallen und hüpft aufgeregt auf und ab.

»Flint!« In meiner Stimme liegt genauso viel Ärger wie in seiner. Ich erreiche den Zaun und schiebe Koda mit einer Hand von mir, der zunächst enttäuscht winselt, dann jedoch sein Frisbee aufhebt und versucht es mir in die Finger zu drücken. Dabei stößt er mit der nassen Schnauze gegen den Drohbrief, den ich daraufhin schützend in die Höhe reiße und Archer damit zuwedle. »Ist das von dir?«

Archer runzelt die Stirn. »Was soll das sein?«

Ich stoppe direkt vor ihm und halte ihm den Brief unter die Nase. Mein Arm zittert so heftig, dass das ganze Papier vibriert, meine Haare hängen mir wild aus dem lockeren Dutt, mit dem ich eingeschlafen bin, und mein rosaroter Morgenmantel rutscht mir halb von den Schultern. »Du hast das geschrieben, oder? Du willst mich loswerden.«

»Ja«, erwidert er bitter. »Ich will dich loswerden, wenn es bedeutet, dass du dann nicht mitten in der Nacht so einen verdammten Krach produzierst!« Archer zupft mir den Brief aus der Hand. »Und was soll das sein?« Angespannt überfliegt er die Zeilen – erst einmal, dann noch einmal, dann noch einmal.

Eine tiefe Falte bildet sich auf seiner Stirn.

Dann hebt er langsam den Blick. Im blassen Licht der Alaskanacht wirkt der Ausdruck seiner dunklen Augen schon fast besorgt. Aber ich weiß, dass es nur eine Täuschung sein kann. Archer Flint interessiert sich nicht für mich. Er kann mich nicht leiden, und es kann kein Zufall sein, dass ich drei ruhige Nächte habe und dieser Brief ausgerechnet dann vor meiner Tür auftaucht, wenn Archer zurück in der Shore Road ist.

»Wo hast du das her?« Er spricht langsam, betont jedes Wort mit Nachdruck.

»Ach bitte.« Ich habe für seine falsche Sorge nicht mehr als ein verächtliches Augenrollen übrig. »Das weißt du ganz genau. Ich habe dich auf Kamera, weißt du?«

Er hebt die Brauen. »Kein Plan, wovon du sprichst.«

Energisch deute ich auf den Brief. »Das da! Das hast du gerade eben unter meiner Tür durchgeschoben!«

»Gerade eben habe ich geschlafen«, zischt er. »Und ich würde es gern wieder tun, wenn du es zulässt.« Sein Blick kehrt zu den Zeilen auf dem Papier zurück, und er verzieht die Mundwinkel.

Ich will, dass er es gewesen ist.

Eine Erklärung, die Sinn ergibt. Mit einem Streich von

Archer kann ich leben. Die Alternative? Ich bin mir nicht sicher.

»Du hast diesen Brief verfasst«, wiederhole ich, als könnte ich es damit wahr werden lassen.

Langsam schüttelt er den Kopf. »Nein.« Eine Weile sieht er mich an, dann zuckt er mit den breiten Schultern. »Tut mir leid, wenn ich dich enttäuschen muss, aber ich steh nicht auf Basteln, und ich schreibe keine Drohbriefe an kleine Mädchen.«

»›Kleine Mädchen‹?« Ungläubig starre ich ihm entgegen, und erst einen Moment zu spät fällt mir auf, dass ich mich dabei unbewusst auf die Zehenspitzen gestellt habe.

Er mustert mich mit hochgezogener Braue und verschränkt schließlich die Arme vor der Brust.

»Erstens bin ich kein Mädchen, sondern eine erwachsene Frau. Und zweitens hat Körpergröße ja wohl nichts damit zu tun.«

»Na gut?«, erwidert er kein Stück weniger herausfordernd. »Ich schreibe auch keine Drohbriefe an kleine erwachsene Frauen. Oder große erwachsene Frauen.« Sein Blick wandert erneut zu dem Brief in seiner Hand. »Was hast du gesagt? Du hast ein Video?«

»Macht dir das Angst?«

Er schnaubt. »Nein. Weil ich es nicht war, und das weißt du genau.« Ein Herzschlag verstreicht. »Du solltest deine Sachen packen und aus Echo Cove verschwinden. Manche Leute hier sind gefährlich.«

»Du meinst, so wie du?« Es ist mir herausgerutscht, bevor ich darüber nachdenken kann.

»So wie ich«, brummt er. »Zeig mir das Video.«

»Ich bin kein Hund, dem du Befehle geben kannst.«

Er hält stur meinen Blick. »Ich will das Video sehen.«

»Damit du es löschen kannst?«

Archer schnaubt. »Nein, weil ich mich besser mit den Arschlöchern auf dieser Insel auskenne als du.«

Vielleicht sollte ich es tun. Ihm vertrauen und das Video

herausrücken. Vielleicht erkennt er die Person, die darauf abgebildet ist. Vielleicht ist er meine Rettung. Vielleicht ist er mein Untergang.

Ich weiche zurück.

»Ich habe es schon mit ganz anderen Arschlöchern zu tun gehabt.« Schluckend nehme ich meinen Mut zusammen. »Ich lasse mich nicht einschüchtern und nicht vertreiben. Und ich lasse mir so was nicht gefallen, also wenn du etwas damit zu tun hast, ist das deine letzte Chance.«

Er sieht mich nur an, bis ich herumfahre und zu meinem Haus zurückstapfe. Wie eine Kriegstrommel hämmert mein Puls gegen meine Schläfen. So lange hat die Angst mir die Luft zum Atmen geraubt. So viel Platz hat das Gedankenkarussell in meinem Kopf eingenommen.

Was wäre, wenn er mich einholt?

Was wäre, wenn er mich erwischt?

Was wäre, wenn er es zu Ende bringt?

Die tatsächliche Gefahr ist beinahe eine Erleichterung; ein Übergang von einem hypothetischen Szenario zu einer echten Bedrohung. Denn echt bedeutet auch greifbar; und greifbar bedeutet lösbar.

Auf dieser Insel haben mehr als eine Person ein Problem mit mir, doch wenn sie denken, dass ich mich kampflos unterkriegen lasse, haben sie sich gewaltig in mir geirrt.

20 Brynn

NOWHERE TO GO

Kaum zeigt die Uhr 07:00, wähle ich Leslies Nummer.

Es klingelt so lange, dass ich befürchte, auf dem Anrufbeantworter zu landen, ehe sie sich schließlich doch mit rauer Stimme meldet.

Ich erzähle ihr alles.

Die Spuren vor der Tür, die Kommentare der Dorfbewohner, mein Aufeinandertreffen mit dem Bären, die Sicherheitsausrüstung, der Brief, das Video. Als ich fertig bin, füllt eine schwere Stille die Leitung. Mit einem Mal bin ich mir meines eigenen Atems bewusst.

»Blair.« Leslies Tonfall erinnert mich an meine damalige Englischlehrerin an der Highschool. Streng, ernst, besorgt, und gleichzeitig dennoch leicht vorwurfsvoll. Als wäre es meine Schuld, dass mich die Bewohner in Echo Cove zu einer *Persona non grata* erklärt haben. Schließlich räuspert sie sich. »Geht es dir gut?«

Die Frage überfordert mich. »Ja? Nein. Natürlich nicht.«

»Das ist eine unerwartet komplizierte Situation.«

»Kann mich Marshall Stevens nicht einfach woanders unterbringen? Es gibt so viele ruhige Fleckchen auf dieser Erde. Orte, an denen man mir nicht entweder unterstellt, auf Bärenjagd zu gehen, oder Profit aus einem zehn Jahre alten Mordfall zu schlagen.«

»Das ist nicht so einfach.«

Das habe ich befürchtet. Nichts ist einfach. »Ich glaube nicht, dass ich in Echo Cove sicher bin.«

»Nun«, seufzt Leslie. »Auf jeden Fall sicherer als an anderen Orten. Dieser Vorfall ist allerdings tatsächlich besorgniserregend. Kannst du mir das Video schicken?«

»Schon erledigt.« Das habe ich noch in der Nacht gemacht, gleich nachdem ich das Video auf meinem Handy gesichert habe. Seit mich der Alarm um etwa vier Uhr morgens geweckt hat, habe ich kein Auge mehr zugetan.

»Gut. Ich werde es überprüfen lassen.«

Überprüfen. Wieso klingt es, als läge ein unausgesprochener Vorwurf darin? Als müsste man sicherstellen, dass das Video echt ist. Natürlich ist es echt. Warum sollte ich es fälschen?

Ich interpretiere zu viel hinein. Sie meint etwas anderes. Überprüfen, ob die Person darauf der Polizei bekannt ist.

»In Ordnung. Und was soll ich bis dahin machen?«

»Machen?« Sie klingt leicht irritiert. »Brynn, du sollst gar nichts machen. Halte dich zurück, sei unauffällig, gehe deinem Tagesablauf nach, ich kümmere mich um diese Angelegenheit.«

Mein Hals zieht sich zusammen, und ich trinke rasch einen Schluck Wasser aus meiner Flasche. »Jemand versucht mich einzuschüchtern, wie soll ich mich da unauffällig verhalten?« Ein leichter Anflug von Panik blüht in meiner Brust auf. Das Gespräch verläuft so gar nicht, wie ich es mir vorgestellt habe.

»Ich weiß, es klingt erst einmal alles sehr verunsichernd, aber ich bin mir sicher, dass wir eine Lösung finden.«

So viel zum Thema »Ruf mich an, wenn du Hilfe brauchst«. »Ich bin nicht verunsichert, ich habe Angst, dass jemand in mein Haus einbricht.«

»Der Sprung von einer Drohung zu einem Einbruch ist groß. Wahrscheinlich handelt es sich nur um einen missmutigen Dorfbewohner, wie du selbst gesagt hast. Keine

Angst, ich werde die Lage sorgfältig überprüfen und dann entsprechende Schritte einleiten.«

Es klingt alles so klinisch. Bürokratisch. Als wäre mein Leben einfach nur eine weitere Akte auf ihrem Tisch. »Ich kann hier im Notfall nicht einmal weg. Das Auto hat eine Gangschaltung, ich kann nur mit Automatik fahren.«

Ein leiser Seufzer ertönt. »Vielleicht ist das auch besser so. Du solltest Echo Cove unter keinen Umständen verlassen. Bitte vertraue mir, ich werde mich um alles kümmern.«

Ist das ihr verdammter Ernst? »Und so lange soll ich mich fürchten?«

Leslies Stimme wird sanfter. »Natürlich nicht. Wir können die Sicherheitsvorkehrungen verstärken. Benötigst du eine Waffe?«

Meine Reaktion ist körperlich: Augenblicklich stellen sich mir die Härchen auf den Armen auf, und bittere Galle schießt mir in den Mund. Ich würge sie hinunter. »Auf keinen Fall. Mit so was will ich nichts zu tun haben.«

»Das verstehe ich, aber das hier ist Alaska und nicht Washington D. C. Hier läuft alles ein bisschen anders, und die meisten Leute haben eine Waffe zur Selbstverteidigung im Haus. Es wäre ...«

»Niemals.« Ich spucke das Wort regelrecht in den Hörer. »Das kommt nicht infrage.« Mit einem tiefen Atemzug versuche ich mich zu sammeln. »Was ist mit Chief Wells? Soll ich ihm Bericht erstatten?«

Leslie scheint etwas in einen Computer zu tippen. »Nein, vorerst nicht. Ich kümmere mich um das weitere Vorgehen, es ist besser, wenn du dich so gut es geht da raushältst. Ich habe es dir beim letzten Mal schon gesagt: Das Letzte, was wir jetzt wollen, ist, dass du noch mehr Aufmerksamkeit auf dich ziehst.« Sie zögert kurz. »Ich kümmere mich darum, versprochen. Es ist meine Priorität, und wenn sich herausstellen sollte, dass eine echte Bedrohung besteht, werde ich dich sofort da rausholen. Aber ich treffe diese Entscheidung, verstanden? Verlasse Echo Cove auf keinen Fall auf eigene Faust. Und Brynn? Eine Sache noch.«

Wenn sie es so sagt, kann es nichts Gutes sein. »Ja?«

»Halte dich von diesem Thema mit William Flint und Ada Hale fern. Die Sache hat Echo Cove sehr viel Leid beschert, und es ist keine gute Idee, das wieder aufzuwärmen. Frag nicht danach, setz dich nicht damit auseinander, und betreib keine Recherche, sonst wirst du sehr schnell auf sehr empfindliche Füße treten.«

***

Ich weiß nicht, was ich mir von dem Telefonat erwartet habe, aber es war nicht *nichts*. Keine Veränderung. Erschöpfung, Wut, Verzweiflung und Frust kämpfen in meiner Brust, doch ich bin so müde von der Nacht, dass ich schließlich einfach neben dem Telefon auf dem Sofa einschlafe.

Als ich erwache, ist es bereits nachmittags. Auf meinem Handy wartet eine Nachricht auf mich, doch es ist bloß Willow, die mich fragt, ob ich morgen ihre Schicht im Café übernehmen kann, weil sie einen familiären Notfall hat. Da ich nichts anderes zu tun habe, sage ich zu, obwohl ein kleiner Teil von mir hofft, dass ich in vierundzwanzig Stunden vielleicht gar nicht mehr in Echo Cove sein muss.

Ich möchte Blair wie einen alten Mantel ablegen, möchte weg aus diesem gottverlassenen Ort und wieder ein bisschen Normalität zurückhaben. Doch als die Sonne untergeht, erreicht mich Leslies Nachricht.

> Der Antrag auf eine Umsiedelung wurde abgelehnt. Direkte Bedrohung wird momentan ausgeschlossen. Stehe im Kontakt mit örtlichen Behörden. Ruf mich jederzeit an, wenn du Hilfe brauchst.

21 Brynn

WHAT LURKS IN THE SHADOWS

Es ist ein ruhiger Morgen im Café. Zwei ältere Männer bestellen jeweils einen Kaffee to go und lassen mir nur ein mageres Trinkgeld da, was vielleicht daran liegt, dass ich ihren starken Alaska-Akzent nicht ganz verstehe. Auch Marnie stattet dem Café einen kurzen Besuch ab, doch als sie mich hinter der Theke sieht, ergreift sie sofort wieder die Flucht.

Mir soll es recht sein. Ich lasse mir Zeit, mache mir einen leckeren Kaffee und schnappe ein Mikrofasertuch, um über die Blätter der Efeututen zu wischen, was schon dringend nötig gewesen ist. Es riecht wunderbar nach einer Mischung aus süßem Teig, karamellisiertem Zucker und Kaffee, obwohl ich die Zimtschnecken nur aus dem Tiefkühler geholt und im Backofen aufgebacken habe.

Würde ich Echo Cove nicht kennen, würde ich das hier für einen perfekten Morgen in einer perfekten Kleinstadt halten – zumindest, bis das Glöckchen über der Tür ertönt und ein weiterer Gast das *Honeycomb* betritt.

Nein, kein *Gast*.

Mein Magen zieht sich zusammen, als ich Keira in einem langärmligen blauen Kleid am Eingang entdecke. Sie trägt ihre Haare in einem festen Zopf und hat die Mundwinkel nach unten gezogen.

Angespannt versuche ich zu lächeln, aber was dabei zustande kommt, gleicht vermutlich eher einer Grimasse. »Hey.«

Keira mustert mich kühl. »Was machst du hier?«

»Willow hat mich gebeten einzuspringen.« Ein Kloß bildet sich in meiner Kehle. »Und ich dachte ... Na ja. Vielleicht ist es eine gute Gelegenheit, um sich zu entschuldigen.«

»Ich schulde dir keine Entschuldigung.«

»Nein, aber ich dir.« Alibihalber wische ich mit einem feuchten Lappen über den Tresen, während sich Keira ihre Schürze umbindet. Sie steht definitiv ganz oben auf meiner Liste mit den Menschen, die mich nicht in Echo Cove haben wollen. Allerdings kann sie nicht die Person vor der Kamera gewesen sein – sie ist viel zu klein und zierlich. Oder? Ich versuche sie mir mit Plateauschuhen und einem weiten Hoodie vorzustellen. Entweder das, oder sie hatte einen Komplizen. Ada war in der Stadt beliebt. Es gibt bestimmt einige Leute, die ihrer hübschen Schwester helfen würden, eine mutmaßliche Unruhestifterin aus Echo Cove zu vertreiben.

»Ah?« Keira verknotet ihre Schürze mit einer ordentlichen Schleife. »Hat dich Willow darauf angesetzt?«

»Nein!« Ich schüttle demonstrativ den Kopf. »Aber sie hat mir erklärt, dass man mein Verhalten fehlinterpretieren könnte, und es tut mir leid. Ich weiß überhaupt nichts über diese Stadt und bin nur wegen der Felsen hier.«

»Klar.« Sie zeigt mir die kalte Schulter; sprichwörtlich und tatsächlich, denn während sie die Kasse überprüft, würdigt sie mich keines Blickes.

»Erosionsraten«, sage ich schnell.

Keira sieht fragend auf. »Was?«

»Daran forsche ich. An den Erosionsraten der Klippen. Ich messe, wie viel Sediment abgetragen und ins Meer gespült wird. Wichtig für den Küstenschutz und die Veränderung der Küstenlinien.« Vor der Schicht habe ich mir nicht nur die Fingernägel hellblau lackiert, ich habe auch gegoogelt. So viel Blöße wie neulich werde ich mir kein zweites Mal geben.

Eine Weile sieht mich Keira nur an. Dann presst sie die

Lippen zusammen. »Was auch immer du hier vorhast, du kannst es dir sparen.«

»Aber ich möchte nicht ...«

»Ich sagte, du kannst es dir sparen.« Sie richtet ihre sturmgrauen Augen auf mich, kalt und unbarmherzig wie die raue See. »Es ist mir egal, ob du hier bist oder nicht. Du bist hier eine Außenseiterin, und du wirst es immer bleiben. Also erwarte nicht, dass wir dich mit offenen Armen begrüßen, nur weil Willow sich manchmal langweilt.«

»Ich wollte nicht ...«

»Jetzt rede ich«, unterbricht mich Keira barsch. »Du bist hier nicht willkommen, Blair Gallagher. Ich möchte, dass du eine Sache verstehst: Wenn du mir oder meiner Familie zu nahe kommst oder ihnen Leid zufügst, werde ich dafür sorgen, dass du mich nie wieder vergisst. Haben wir uns verstanden?«

Ohne eine Antwort abzuwarten, wendet sich Keira ab und verschwindet in den schmalen Gang, der zum Büro führt.

***

Der Nachmittag verläuft ganz genau so, wie ich es mir vorgestellt habe: furchtbar. Keira straft mich die meiste Zeit über mit Schweigen und lächelt nur, wenn Kundschaft in den Laden kommt, als müsste sie deutlich machen, dass ich nicht zu den Menschen gehöre, mit denen sie ihre Zeit verbringen will.

Als sich die Sonne langsam über dem Meer herabsenkt und wir das Café zur abendlichen Schließung aufräumen, hat ihr Schweigen meinen Verstand zermürbt, und ich kann es nicht erwarten, ihrer erdrückenden Gegenwart zu entkommen.

Ohne ein weiteres Wort miteinander zu wechseln, macht sie den Kassensturz, während ich die letzten Tische sauber wische und schließlich meine weiß-gelbe Schürze an den

Haken an der Wand hänge. Nachdem sie den Laden hinter uns abgeschlossen hat, verabschieden wir uns knapp, und während Keira in ihren Wagen steigt, spaziere ich den Weg den Boardwalk entlang in Richtung Shore Road. Ihre Worte vom Vormittag hallen in mir wider, ein unablässiges Echo, genauso gnadenlos wie sie.

Wenn du mir oder meiner Familie zu nahe kommst oder ihnen Leid zufügst, werde ich dafür sorgen, dass du mich nie wieder vergisst.

Es besteht kein Zweifel, dass sie sich damit zur Nummer eins meiner Verdächtigenliste gemacht hat. Ist so eine Aussage vielleicht sogar schon als Geständnis zu werten?

Ich sehe über die Schulter zurück, und ein kleiner, aufmüpfiger Teil von mir verlangt, umzukehren und Keira noch mal zur Rede zu stellen. Doch wenn es um sie geht, sind die Karten nicht fair gemischt. Aber heißt das, dass ich mir alles gefallen lassen muss? Es tut mir leid, dass sie ihre Schwester verloren hat, es tut mir leid, dass sie von Adas Tod auch zehn Jahre später noch heimgesucht wird. Ich habe ihr allerdings nichts getan, und sie hat kein Recht, einen auf Regina George aus der Kleinstadt zu machen.

Ich zögere und drehe mich um.

Als ich aus dem Augenwinkel eine dunkle Gestalt im Dämmerlicht vor dem Café erkenne, zieht sich mein Herz zusammen. Ist Keira zurückgekehrt, um sich zu entschuldigen?

Ich halte einen winzigen Moment lang inne und kneife leicht die Augen zu, um die Gestalt auszumachen.

Nein. Er oder sie ist viel größer als Keira.

Ein weiterer Passant? Ein Fischer auf dem Weg zum Hafen? Vielleicht ein später Gast, der sein Glück im *Honeycomb* versuchen wollte, nur um enttäuscht vor verschlossenen Türen zu stehen?

Ich zögere, und einige Schritte hinter mir hält auch die Gestalt an.

Ein unangenehmes Summen steigt hinter meinen Schläfen auf, und die Erinnerung an die dunkle Silhouette flackert durch meinen Kopf.

Nein, versuche ich mich zu überzeugen. Nicht hier. Der Boardwalk ist neben der Main Road die vermutlich belebteste Straße in Echo Cove.

Ich sehe mich um.

Weit draußen treiben ein paar Boote auf dem Ozean, aber sie sind viel zu weit weg, um irgendetwas zu erkennen. Und auch sonst ist die kleine Hafenstraße wie ausgestorben. Die Geschäfte haben geschlossen, und durch die Spiegelung des Sonnenuntergangs kann ich auch keine Lebenszeichen hinter den Fenstern der Häuser erkennen.

Trotzdem. Niemand wäre so dreist, mir hier aufzulauern. So etwas passiert in dunklen Gassen und verlassenen Winkeln, nicht unter dem sanften Rosarot des Abendhimmels, der sich auf dem Meer spiegelt.

Um mir zu beweisen, dass es keinen Grund zur Angst gibt, halte ich an und drehe mich erneut nach hinten. Das scheint auch der Person hinter mir nicht zu entgehen, denn sie hält ebenfalls wieder an und tritt einen Schritt zur Seite, wo sie mit den Schatten der Veranda eines Ladens für Fischereizubehör verschwindet.

»Keira?« Meine Stimme wird vom Rauschen des Meeres geschluckt.

Die Gestalt rührt sich nicht.

Einen Moment lang bin ich mir nicht einmal mehr sicher, ob sich zwischen den konischen Zierbüschen überhaupt ein Mensch befindet.

»Keira, das ist nicht lustig«, wiederhole ich mit Nachdruck.

Keine Reaktion.

Ein Kribbeln bahnt sich langsam den Weg zwischen meinen Brüsten entlang nach oben in meine Kehle. Ich atme scharf ein, und ein Teil von mir möchte darauf bestehen, dass ich übertreibe.

Scheiße.

Mit einer Hand greife ich ungelenk in meine dunkelbraune Umhängetasche und wühle darin nach meinem Schlüsselbund herum, bis ich mit den Fingerspitzen dagegenstoße.

Eine Lektion meiner Gran, Gott habe sie selig.

Nicht zwischen die Finger. Wenn du damit jemanden triffst, verrutscht der Schlüssel nur, und im schlimmsten Fall verletzt du dich selbst.

Als würde sich ihre Hand um meine legen, balle ich eine feste Faust um den Haustürschlüssel.

»Verschwinde!« Ich kneife die Augen zusammen. Die Gestalt ist kaum noch zu erkennen. Ein dunkler Schatten zwischen zwei Häusern. »Lass mich in Ruhe!« Meine Stimme bricht an der letzten Silbe wie die Wellen, die gegen den felsigen Hafen krachen. Ich will mir keine Blöße geben, aber die Verzweiflung brodelt in mir hoch. »Ich weiß nicht, was du von mir willst!«

Keine Reaktion.

»Lass mich in Ruhe!«

Er bewegt sich.

Ein winziger Augenblick, der Bruchteil eines Herzschlags, doch es ist genug.

Mit einem Schlag ist die Angst zurück.

Mit einem Schlag bin ich wieder das verängstigte Reh.

Doch dieses Mal werde ich nicht im Scheinwerferlicht erstarren.

Ich fahre herum, presse meine Tasche an mich – und ich laufe.

22 Brynn

CAT AND MOUSE

Ich bin zurück in meinem Albtraum.

Heißer Atem stößt abgehackt aus meiner Kehle, und ich laufe, hektisch, panisch, unkoordiniert. Ich weiß nicht einmal wohin, habe nur ein einziges Ziel: weg von hier.

Vielleicht ist es dieser Instinkt, der mich dazu treibt, nicht geradeaus zu laufen, sondern in die nächste Seitenstraße einzubiegen.

Die kühle Luft brennt in meiner Lunge, und ich zwinge mich, tief in den Bauch ein- und auszuatmen, damit sich meine Lungenflügel leeren, aber es ist schon zu spät. Ein penetrantes Stechen macht sich in meinem Zwerchfell bemerkbar, und ich ignoriere das Zwicken.

Verfluchte Kleinstadt; in D. C. wäre ich bereits mindestens fünfzig Menschen begegnet, selbst in einer Seitenstraße. Hier? Keine Menschenseele. Die Schaufenster sind dunkel, die Geschäfte geschlossen, die Autos stehen regungslos am Straßenrand. In einem Wohnhaus brennt Licht, allerdings bloß im zweiten Stockwerk. Mir bleibt keine Zeit, um zu überlegen, ob ich schreien soll oder nicht, und als ich zu dem Schluss komme, dass es eine gute Idee ist, habe ich das Gebäude bereits hinter mir gelassen.

Die Straße endet abrupt – nicht in der Main Street, so wie ich ursprünglich angenommen habe, sondern in einem dunklen Waldstück, das mit einem Zaun abgesperrt ist.

Ich sehe mich um, doch noch ehe ich mich nach dem

Verfolger umdrehen kann, ertönen seine Schritte bereits hinter mir.

Mir bleibt keine Zeit, um zu zögern.

Ich wende mich ab, hetze an der Seite des Zauns entlang und versuche etwas auszumachen, das mir bekannt vorkommt, aber im Dämmerlicht sehen die flachen bunten Häuser alle gleich aus.

Pack deine Sachen und verschwinde aus unserer Stadt, oder du wirst es bereuen.

Meine Muskeln schreien vor Anstrengung, doch ich zwinge mich dennoch, weiterzulaufen. Der Asphalt unter meinen Füßen wird zu einem staubigen Trampelpfad, und als die Absätze meiner Boots auf dem unebenen Untergrund den Halt verlieren, weiß ich, dass mich mein Glück verlässt. Mir bleibt nur eine Chance, doch sie ist riskant: Ich muss ihn abhängen, und als ich den Endpfosten des Zauns passiere, weiß ich auch, wie.

Ich biege scharf ab, und die Bäume heißen mich in einer schattigen Umarmung willkommen. Äste knacken unter meinen Stiefeln, aber ich bahne mir meinen Weg durch das Labyrinth aus Stämmen, schlage Haken wie ein Häschen, das versucht, den Jäger abzuhängen.

Mein Plan geht auf – die Geräusche hinter mir werden leiser, je tiefer ich mich ins Dickicht wage, und für einen trügerischen Augenblick glaube ich, einen schwachen Hoffnungsschimmer zu erkennen. Doch das Glück ist nicht lang auf meiner Seite; gerade als ich ein Licht am Ende des Horizonts sehe, verfange ich mich mit dem Fuß in einer lockeren Wurzel.

Die Schwerkraft zieht mich in die Tiefe, noch ehe ich realisiere, wie mir geschieht. Unsanft stoße ich gegen den Boden, und ein Netzwerk aus kleinen Ästen und Steinchen bohrt sich durch meine Kleidung, sticht wie unzählige winzige Nadeln in meine Haut.

Mein Atem ist noch immer schnell, und mein Puls rast, aber meine müden Muskeln geben nach. Es ist eine Sache, sich während des Laufens weiter anzutreiben, und eine völlig andere, wieder aufzustehen und neu anzufangen.

Und dann, gerade als ich mich zwingen will, mich erneut aufzurappeln, sehe ich ihn.

Ich habe meinen Verfolger tatsächlich ein ganzes Stück abgehängt, und offenbar hat er mich aus den Augen verloren, denn der Schatten hält am Anfang des Waldstücks inne und sieht sich um.

Ist er wirklich groß, oder verzerrt meine Lage die Perspektive?

Mein Verfolger ist in weiten, dunklen Stoff gehüllt, und ich kann keine eindeutigen Formen ausmachen.

Ich halte den Atem an.

Hat sich Ada Hale in ihren letzten Momenten auch so gefühlt?

Ich will mir sagen, dass es Unfug ist. Dass es unmöglich ist. Ada wurde vor zehn Jahren ermordet, und die Chance, dass sich diese Tat ausgerechnet heute wiederholt, ist verschwindend gering.

Doch sie haben ihren Mörder nie gefasst.

Was, wenn er noch immer auf der Insel sein Unwesen treibt?

Ich presse mir die Hand auf die Lippen und schmecke Erde. Schmecke Blut. Ich will aufstehen, will weglaufen, doch als ich meine Hüfte bewege, knackst ein dicker Ast, und augenblicklich fährt die dunkle Figur herum.

Ein Teil von mir will sich zusammenkauern und wimmern, will der Angst nachgeben und weinen, doch gerade als die Kraft aus meinen Muskeln schwindet, entfacht sich tief in mir ein kleines Licht.

Ich fürchte mich, aber ich bin nicht schwach.

Und ich sterbe nicht wie ein verängstigter Hase auf dem Waldboden. Ich werde kämpfen. Es ihm so schwer machen wie möglich. Ich muss laufen. Ich muss es probieren.

Vielleicht ist es noch nicht zu spät, um zu schreien.

Ich greife nach einem Ast, versuche mich aufzurappeln, da nimmt mir ein grelles Licht die Sicht.

Geblendet halte ich mir die Hand vors Gesicht.

Ein Motor brummt.

Eine Hupe ertönt.

Hektische Schritte.

Das Knallen einer Autotür.

Ich halte die Luft an, versuche weiterhin, meine Augen mit einer Hand zu beschatten, als Keiras vertraute Stimme ertönt.

»Hallo?«

Mein Magen zieht sich zusammen, als wäre sich mein Körper nicht sicher, ob er erleichtert sein darf oder nicht. Panisch sehe ich mich um, doch ich kann die dunkle Gestalt nirgendwo erkennen.

»Hallo?«, ruft Keira noch mal und tritt ein paar Schritte in das Waldstück hinein. »Ist hier jemand?« Sie zögert kurz. »Blair?«

Mit dem Unterarm wische ich mir übers Gesicht. »Vor... Vorsicht!« Meine Stimme ist zu zittrig, zu schwach.

»Scheiße, was ist denn hier los?« Fluchend kämpft sich Keira durch das Gestrüpp. Unter dem grellen Lichtkegel ihrer Autoscheinwerfer zeichnet selbst ihre schmale, kleine Gestalt lange Schatten.

»Bist du verletzt?« Keira reicht mir – untypisch – die Hand und hilft mir auf die Beine.

Mein Atem stößt mir in kurzem, abgehacktem Schnauben aus dem Mund, doch das Adrenalin rauscht noch immer durch meine Adern, und ich schüttle den Kopf. »Vorsicht, er ist ... Er war gerade noch hier ... Wir müssen ...«

»Wer?« Über das Geflecht aus Wurzeln hinweg bugsiert mich Keira sanft zurück in Richtung Straße.

Für den Bruchteil einer Sekunde glaube ich, etwas im Unterholz zu sehen, aber es ist nur der Meereswind, der durch die schweren Fichtenäste rauscht.

»Blair?« Keira hebt die Brauen.

»Nichts.« Ich weiß nicht, warum ich lüge. Vielleicht,

weil sich die Wahrheit zu lächerlich anhört, wenn ich sie ausspreche.

»Nichts?«

Ich schüttle den Kopf. »Kannst du mich nach Hause fahren? Ich glaube, ich habe mich ... verlaufen.«

»*Verlaufen.*« Da ist sie wieder – die Schärfe in Keiras Stimme, die ich von ihr gewohnt bin.

Ich nicke bloß schwach. Ich habe keine Lust mehr, sie mit etwas zu konfrontieren. Keine Lust zu streiten. Meine Muskeln schmerzen mit jedem Schritt, und meine Seiten stechen noch immer.

Ohne Widerworte lasse ich mich in den Wagen bugsieren. Es ist ein alter, ordentlicher Ford – sauberer, als jedes meiner Autos je war. Selbst das Radio ist in erstaunlich gutem Zustand, und es liegt nicht das kleinste Stück Kaugummipapier auf den Bodenmatten.

Offenbar weiß Keira, wo ich wohne. Schweigend fährt sie mich durch Echo Cove, und bald erkenne ich die Schemen der Main Road vor dem Fenster. Als wir in die Shore Road abbiegen, sehe ich auf meine Hände hinab. Dreck klebt unter meinen Fingernägeln, und ein kleines Steinchen hat sich in meine Handfläche gebohrt. Ich starre auf die gerötete Haut, als würde sie einer anderen Person gehören. Mit einem Mal fühlt sich nichts davon mehr echt an; weder ich noch das Auto noch die Situation.

Vor meinem Haus hält Keira an, steigt aus und öffnet mir die Tür, die sie mir so energisch aufhält, als wäre ich ein Schulkind, das von seiner genervten Mutter nach einer langen Diskussion vor der Highschool abgesetzt wird.

»Ich ...«

»Spar dir deinen Dank.« Keira geht wieder um den Wagen herum. Ehe sie wieder einsteigt, sieht sie mich ein letztes Mal an. »Ich habe dich gewarnt. In Echo Cove mögen wir keine Fremden. Sei froh, dass ich dich gefunden habe. Die Wälder sind tiefer, als du denkst, und glaube mir, wenn ich dir sage: Wenn du dich zu weit verläufst, hört dich keiner schreien.« Sie steigt ein, zögert und sieht noch einmal zu mir zurück. »Oder noch schlimmer: Es hören die falschen Leute.«

Ohne sich weiter zu erklären, setzt sie sich hinter das Lenkrad, startet den Motor und steigt aufs Gaspedal.

Erst als der Wagen verschwunden ist, wage ich es, mich wieder zu bewegen.

Mein Körper ist wie ferngesteuert; eine Marionette an ausgefransten Schnüren. Zitternd schiebe ich die Hand in meine Tasche und krame darin herum. Mit jeder Sekunde nimmt mein Puls wieder zu.

Meine Bewegungen werden fahrig; panisch.

Der Schlüssel. Wo ist mein Schlüssel?

Fuck.

Er muss im Wald aus meiner Hand gefallen sein.

Ich schaffe es gerade noch, mein Schluchzen zu ersticken, dann sinke ich auf die hölzernen Stufen meiner Veranda hinab, vergrabe das Gesicht in den Händen und kann die Tränen nicht mehr stoppen.

23 Archer

ARE YOU REALLY OKAY?

»Jaja, ich weiß. Ich hab auch einen Bärenhunger.«

Koda wimmert leise aus dem mit einem Netz abgetrennten hinteren Teil des Wagens und tänzelt auf den riesigen Pfoten auf und ab, als wir uns unserer Einfahrt nähern. »Du hast dir eine große Portion verdient.«

Ich parke den Wagen, steige aus und befreie den riesigen Alaskan Malamute, der sofort zur Eingangstür stürmt. Erst als ich die Waffe vom Rücksitz nehme und den Gurt über die Schulter schlinge, bemerke ich sie.

Im Dämmerlicht hätte ich den kleinen Störenfried fast nicht erkannt: Zusammengekauert sitzt Blair auf ihrer hölzernen Veranda, das Gesicht in den Händen vergraben.

Vielleicht ruht sie sich aus.

Ich möchte mich abwenden, möchte sie ausblenden, aber so wie Koda gehorcht mir auch mein Körper nicht. Ich bin nicht einmal auf der Hälfte des Wegs zur Eingangstür, als ich mich erneut zu ihr drehe. Sie hat sich noch immer nicht bewegt.

Ich halte inne, ignoriere meinen Hund, der inzwischen wieder umgekehrt ist und um meine Füße scharwenzelt, um mich dazu zu bringen, schneller aufzusperren und ihn endlich zu füttern.

»Shh«, versuche ich ihn mit einer Geste zur Räson zu bringen und kneife die Augen zusammen. Vielleicht ist es nur Einbildung, ein Trugbild der Mitternachtssonne, doch ich könnte schwören, dass Blairs Schultern beben. Kleine, fast unmerkliche Erschütterungen, die ihren Pferdeschwanz erzittern lassen.

Eine kalte Schwere bildet sich in meiner Kehle und sinkt langsam in meinen Magen hinab.

Weint sie?

Nun, mir kann es egal sein. Ich drehe mich um und krame nach meinem Schlüssel. Was interessiert es mich, ob sie heult?

Ich habe sie gewarnt.

Wenn Sie Hilfe sucht, ist sie bei mir an der falschen Adresse.

Angespannt beiße ich die Zähne aufeinander, als ein leiser Schluchzer im Wind erstickt.

Die Muskeln in meinem Unterleib ziehen sich zusammen.

»Warte«, murmle ich Koda erneut zu.

Mit einem tiefen Atemzug mache ich kehrt, trete an das Ende meiner Einfahrt und spähe über die Straße zu meiner Nachbarin.

»Hey.«

Ihr Kopf schießt nach oben. Als sie mich sieht, weiten sich ihre ohnehin großen Augen, und sie wischt sich eilig übers Gesicht. Sie hat definitiv geheult.

»Alles in Ordnung?« Meine Stimme klingt rauer als beabsichtigt.

Ein Teil von mir erwartet, dass sich Blair aufrichtet, dass sie ihren Pferdeschwanz zurechtzieht und ihn sich demonstrativ über die Schulter wirft, aber nichts geschieht. Wie ein Reh im Scheinwerferlicht starrt sie mich regungslos an, und mit jeder Sekunde, die verstreicht, wird mir immer deutlicher bewusst, was ich nicht länger leugnen kann: Etwas ist nicht in Ordnung.

Etwas ist passiert.

Schon wieder.

Mein Magen zieht sich zusammen.

Ich wünschte, das Gefühl wäre mir nicht so vertraut,

wünschte, das Adrenalin würde nicht durch meinen Körper rauschen und meine Nervenenden in Brand setzen.

Ich zwinge mich, tief durchzuatmen, öffne das Gartentor, und noch ehe ich länger darüber nachdenken kann, habe ich die Straße, die unsere Häuser trennt, auch schon überquert.

Im sanften Dämmerlicht sehen die dunklen Mascara-Schlieren auf ihren Wangen zunächst wie Schatten aus, doch mit jedem Schritt wird deutlicher, wie heftig sie geweint hat.

»Was ist passiert?«

»Ich …« Blairs Stimme ist rau, und als sie abbricht, wischt sie sich noch einmal mit den Händen übers Gesicht, wodurch ihre Wimperntusche weiter verschmiert.

Ich gehe neben ihr in die Hocke, damit unsere Gesichter auf Augenhöhe sind. Sie ist nicht mein Problem. Ich habe sie gewarnt. Es liegt nicht in meiner Verantwortung, mich um sie zu kümmern. Wahrscheinlich ist es nur ein Trick, so wie das mit dem Video gestern Nacht.

Und was, wenn nicht?

Ich versuche den Donner zu unterdrücken, aber es ist zu spät; in meiner Brust braut sich bereits ein Sturm zusammen. Und ehe ich mir klar darüber bin, was ich hier tue, habe ich die Worte bereits ausgesprochen. »Hat dir jemand wehgetan?«

Sie sucht nach einer Antwort, und ihre Augen glänzen glasig im Zwielicht. Erst jetzt fällt mir auf, wie zerzaust ihre Haare sind, wie dreckig ihre Hände und Arme. Und die Art, wie ihre Jeans am Knie aufgerissen ist, sieht nicht so aus, als wäre es ein Modestatement.

Fuck.

Die Wut brodelt in mir hoch, droht meinen Verstand zu überwältigen, doch ich bin stärker. Kämpfe sie zurück und zwinge sie wie ein wildes Tier in ihren Käfig.

»Was ist passiert?« Ich wage es nicht, sie anzurühren. Die Wölfe und die Bären sind nicht die wahren Monster auf der Insel. Ich schreie es seit Jahren in den Wind, aber niemand hört mich; niemand *will* mich hören. Und manchmal, manchmal frage ich mich, ob es daran liegt, dass sie in der Überzahl sind.

»Ich weiß es nicht«, keucht Blair schließlich leise, ihre Stimme kaum ein Wispern, das vom kühlen Meereswind davongetragen wird. »Da war ein Mann.«

»Derselbe wie auf dem Video?«

Sie sieht auf ihre Hände. Ihre dreckigen Finger beben bei jedem Atemzug. Als sie den Kopf wieder hebt, sind ihre Augen weit aufgerissen, so wie bei einem gejagten Tier. »Er hat mich verfolgt.«

»Was?«

»Er hat mir nach der Arbeit aufgelauert und ...« Ihr Blick gleitet von meinem Gesicht über meinen Arm und bleibt an dem Jagdgewehr hängen, das ich noch immer geschultert trage.

Ihre Augen weiten sich panisch.

»Keine Angst«, murmle ich und nehme die Waffe vorsichtig ab. »Die ist nur zur Sicherheit. Ich hatte etwas im Schutzgebiet zu erledigen.«

Zögerlich nickt sie und starrt mich mit weit aufgerissenen Augen an.

Langsam greife ich nach dem Gewehr, löse den Auswurfhebel und ziehe das Magazin langsam aus dem Gehäuse. »Hier.« Ich zeige es ihr und drehe dann die leere Waffe. »Sicher.«

Sie folgt meinen Bewegungen mit unruhigem Blick.

Ich lasse das Magazin in meiner Hosentasche verschwinden und schultere die nicht mehr geladene Waffe wieder. »Was ist passiert, Blair?«

»Der Wald und ...« Ihre Stimme bricht, und sie scheint einen Augenblick zu brauchen, um Kraft zu sammeln, ehe sie fortfahren kann. »Keira ... Mein Schlüssel, und jetzt ... jetzt kann ich nicht rein ... Was, wenn er meinen Schlüssel hat?«

»Ganz ruhig«, murmle ich leise. »Er hat deinen Schlüssel gestohlen?«

Sie schüttelt den Kopf so energisch, dass sich eine dicke dunkle Strähne aus ihrem Pferdeschwanz löst und ihr ins Gesicht fällt.

»Hat er dir wehgetan?«

Wieder schüttelt sie den Kopf.

Meine Muskeln entspannen sich, und das Biest in meinem Herzen hört auf, um sich zu schlagen.

»Gut. Dann sag mir, was im Wald passiert ist.«

»Ich weiß nicht ... Ich weiß nicht ...« Sie schnappt nach Luft.

»Darf ich dich berühren?«

Blair schluckt.

Im hellen Licht sind ihre Augen dunkelbraun wie poliertes Walnussholz. Nun sehen sie beinahe schwarz aus. Als sie nickt, strecke ich den Arm langsam aus und lege die Finger um ihre kalte, zitternde Hand. Sanft ziehe ich sie zu mir, und sie wehrt sich nicht. Keine Ahnung, wie lange sie hier schon gesessen hat, aber ihr Körper ist eiskalt, als ich den Arm um sie lege und ihr von der Veranda aufhelfe.

»Wohin gehen wir?«, fragt sie fast unhörbar.

»Zu mir«, erwidere ich. Ich habe mit einem Einwand gerechnet, doch er bleibt aus. Im Gegenteil: Ihr entkommt ein kleines, beinahe erleichtertes Seufzen.

Auf halben Weg über die Straße bemerkt uns schließlich auch Koda, der seinen Warteplatz vor der Eingangstür nur für einen einzigen Grund aufgeben würde – Frauenbesuch. Koda liebt Frauen, ganz besonders, wenn sie ihn streicheln und mit Leckerlis füttern. Wie ein haariger Panzer kommt er auf uns zugedonnert, und ich schirme Blair mit der Seite von der Frontalattacke meines Hundes ab, denn sie wirkt gerade nicht, als könnte sie die achtzig Pfund abfangen, die Koda auf die Waage bringt.

»Hey, Koda«, erwidert sie dennoch schwach, und während ich versuche, ihn mit dem Bein zur Seite zu schieben, streicht sie mit den Fingerspitzen über seine Ohren. »Er darf«, wispert sie dann tonlos.

»Lass ihn das lieber nicht hören, oder er wälzt dich um.«

Ein winziges Lächeln umspielt ihre Lippen. »Ist in Ordnung«, murmelt sie, aber ich sehe die Sache anders, schnalze mit der Zunge und nicke zum Haus. »Komm, Junge. Wir holen dir Fleisch.«

Bei dem Wort *Fleisch* zucken Kodas flauschige Ohren augenblicklich nach oben, und als hätte ich einen Schalter in seinem Kopf umgelegt, macht er kehrt und stürmt mit einem auffordernden Bellen auf die Eingangstür zu, die ich mit einer Hand entriegle.

Wie ein geölter weiß-grauer Blitz schießt Koda zuerst nach innen und steuert direkt auf die Küche zu, während ich Blair über die Türschwelle helfe und das Licht anmache.

Nun wird das volle Ausmaß ihres Zustands deutlich; Dreck klebt an ihren Knien, an ihren Händen, an ihren Ellenbogen und ihren Wangen. Die Frisur ist völlig zerzaust, die Augen rot geweint, ihre Wimperntusche in schwarzen Schlieren über ihr Gesicht verteilt. Als sie meinen Blick sieht, wendet sie sich beschämt ab, und ich löse mich rasch, denn es braucht nicht besonders viel Empathie, um zu verstehen, wie sie sich gerade fühlen muss. Ich bin – im Gegensatz zu dem, was die Leute in Echo Cove annehmen – kein Sadist. Ja, vielleicht will ich sie loswerden, aber ich möchte nicht, dass sie leidet.

»Du bist in Sicherheit«, murmle ich, löse mich von ihr und nehme die Waffe von meiner Schulter, ehe ich sie wieder in der dafür vorgesehenen Halterung an der Wand befestige, wobei Blair mich nicht aus den Augen lässt.

»Oben ist das Badezimmer, da kannst du dich frisch machen, wenn du willst.« Ich gehe an ihr vorbei und deute die hölzerne Seitentreppe nach oben. »Erster Stock, den Flur entlang, direkt das letzte Zimmer mit der weißen Tür. Nimm dir, was du brauchst. Der Boiler läuft schon den ganzen Tag, also wirst du genug warmes Wasser haben.«

Sie sieht zwischen der Treppe und mir hin und her, langsam, als müsste sie ihre Gedanken ordnen.

»Und dann?«

Ich halte ihren Blick. »Dann erzählst du mir, was, zum Teufel, da draußen passiert ist.«

24 Brynn

SAFE POINT

Archers Haus ist anders, als ich es mir vorgestellt habe.

Groß. Warm. Ordentlich.

Ordentlich und behaglich. Viel behaglicher als das baufällige Gebäude, in dem ich untergebracht bin.

Es fällt nicht schwer zu erkennen, dass das Haus früher einmal als Bed and Breakfast gedient hat. Die Einrichtung ist rustikal, aber liebevoll, die alten Möbel so gut erhalten, dass es sich dabei wahrscheinlich um wertgeschätzte Familienerbstücke handelt. Man merkt, dass Archer sein Zuhause mit Respekt behandelt – kleine Schwachstellen an Boden, Wand und Treppe sind fachkundig ausgebessert, die Oberflächen sind frei von Staub, und ein angenehmer, holziger, leicht zitroniger Geruch liegt in der Luft. An den Wänden hängen Bilder – Zeichnungen und Fotos von Bergen und Tieren, sogar Aufnahmen von Koda, oder einem Hund, der ihm ähnelt, nur Menschen sehe ich nicht.

Auch was die Technik des Hauses betrifft, ist Archer mir einen großen Schritt voraus. Während mein Bad aussieht, als wäre es seit fünfzig Jahren nicht erneuert worden, ist seines geräumig, mit moderner Ausstattung und einem großen Wasserboiler, dank dem ich mir den Dreck und den Schock mit reichlich warmem Wasser vom Gesicht waschen kann. In einem geräumigen Holzregal, das definitiv nicht von IKEA stammt, finde ich ein weiches Handtuch und trockne mich ab, ehe ich in einem anderen Fach einen großen Tiegel mit unparfümierter Feuchtigkeitscreme finde, die ich dazu benutze, mir die Mascaraschlieren von der Wange zu wischen.

Als ich in den Spiegel sehe, blickt mir eine erschöpfte, jedoch halbwegs ordentlich aussehende Brynn entgegen.

Nein.

Nicht Brynn.

Blair.

Ich atme tief ein, richte meinen Pferdeschwanz und trete aus dem Bad. Der Gang vom Bad zur Treppe führt an mehreren verschlossenen Türen vorbei – vermutlich die Räume, in denen sich früher die Gästezimmer befunden haben. Über die Holztreppe kehre ich ins Erdgeschoss zurück und finde Archer im geräumigen Wohnzimmer. Die Wände sind mit Bücherregalen gefüllt, in denen abgegriffene Einbände aus Stoff und Leder stehen. Um einen großen Esstisch herum befinden sich sechs Stühle, allerdings wirkt es nicht, als würde dieser Teil des Raums oft benutzt werden. Auf der anderen Seite ist eine große Konsole mit einem breiten, alten Fernseher, auf dem irgendein Sportevent flackert.

Als ich den Raum betrete, greift Archer, der auf dem Sofa sitzt, nach der Fernbedienung und schaltet den Ton aus. Koda hat sein Abendessen inzwischen offenbar beendet und sich zufrieden in einem großen Körbchen neben dem Sofa zusammengerollt. Als er mich sieht, beginnt er, mit seinem Schwanz in einem energischen Rhythmus gegen das mit weißem Fell übersäte Kissen zu trommeln.

Eine Weile ist das Geräusch alles, was den Raum füllt.

Ein wenig verloren stehe ich da, starre Archer an und suche nach Worten. Was soll ich sagen? Woher weiß ich, wie weit seine Hilfsbereitschaft geht? Ob seine Laune wieder umschlägt, so wie nach seiner letzten Rettungsaktion?

Seiner *letzten* Rettungsaktion.

Alles, was ich über Archer gehört habe, war negativ.

Warum hilft er mir also – schon wieder?

»Danke«, breche ich die angespannte Stille zuerst.

Archer macht eine Bewegung, die halb aus einem Nicken, halb aus einem Schulterzucken besteht. »Nicht der Rede wert«, brummt er mehr, als dass er spricht.

»Ich weiß nicht.« Selbst im Sitzen ist Archer Flint ein riesiger Mann – und es gibt gerade keinen Ort, an dem ich mich sicherer fühlen würde als hier, bei ihm und seinem massiven Hund, der noch immer mit dem Schwanz wedelt und abwechselnd die linke und rechte Braue hebt, um meine Aufmerksamkeit für sich zu gewinnen und das eine oder andere Ohrenkraulen – oder Leckerli – dabei rauszuschlagen. »Irgendwie musst du mich in letzter Zeit ziemlich oft retten.«

Archer schnaubt tonlos. »Ich glaube, das sagt mehr über dich als über mich aus.«

»Vielleicht auch über uns beide.«

Eine Weile mustert er mich bloß, dann rutscht er zur Seite und bedeutet mir, mich zu setzen. »Erzähl mir, was passiert ist.«

Zögernd lasse ich mich auf dem Sofa nieder, halte jedoch genügend Abstand zwischen uns und sehe auf meine Finger. Meine Haut ist zwar sauber geschrubbt, doch die Spuren meines Falls sind noch immer zu sehen – dicke rote Striemen und einige oberflächliche Kratzer. »Jemand hat mir nach meiner Arbeit aufgelauert«, murmle ich. »Zumindest glaube ich das. Ich kann mir nicht vorstellen, dass es ein Zufall war.«

»Bei deiner Arbeit an den Klippen?«

Ich sehe auf und blinzle irritiert, ehe mir einfällt, dass Archer mich noch immer für eine Geologin hält, die für ihren Masterabschluss forscht. »Nein.« Rasch schüttle ich den Kopf. »Ich arbeite jetzt Teilzeit im *Honeycomb*.«

Nun ist er es, der die Brauen hebt. »Mit Keira Hale?« Seinem Tonfall nach zu schließen, hat er nicht viel für sie übrig.

»Sie ist nicht begeistert darüber.« Einen Moment lang warte ich; da er allerdings nichts weiter dazu sagt, fahre ich fort. »Wir hatten gemeinsam Schicht und haben uns voneinander verabschiedet, nachdem sie abgeschlossen hat. Ich bin den Boardwalk entlang spaziert, da habe ich bemerkt, dass mir jemand folgt. Zuerst ...« Ich weiß, wie es sich anhört, weiß, dass Archer mich ohnehin für eine lebensunfähige Stadtzicke hält, doch zu meiner Überraschung unterbricht er mich nicht, sondern hört mir einfach zu. »Ich dachte natürlich erst, ich würde es mir einbilden, aber als ich mich umgedreht habe, hat sich die Person versteckt, und als ich weggelaufen bin, ist er mir hinterhergerannt und ...«

»Es war sicher ein Er?«

Ich versuche, mir das Bild des Schattens im Halbdunkel wieder vor Augen zu rufen. »Ja, ich glaube, dass es ein Mann war.«

»Statur? Alter?«

Ich schüttle den Kopf. »Kann ich nicht sagen. Er kam mir groß vor, aber vielleicht war es nur die Angst. Ich hatte nicht lange Zeit, ihn anzusehen. Als ich gemerkt habe, dass etwas nicht stimmt, bin ich davongelaufen.«

Archer überlegt eine Weile und nickt schließlich. »Und dann hast du den Schlüssel verloren?«

Ich balle die Hände, so fest, dass sich meine Fingernägel in die Handflächen bohren und dort kleine halbmondförmige Spuren hinterlassen. »Ich bin weggelaufen und habe Hilfe gesucht. Hab die falsche Abbiegung genommen und bin in einem kleinen Waldstück gelandet. Er ist immer näher gekommen, also habe ich ...« Meine Kehle schnürt sich zusammen. Ich will vor Archer nicht noch mehr Schwäche zeigen, aber ein Tränenschleier nimmt mir die Sicht.

Ich bin müde.

So verdammt müde.

Immer wenn ich denke, ich hätte meine Grenze erreicht, passiert etwas noch Schlimmeres, etwas noch Schlimmeres, etwas noch Schlimmeres ...

Wohin soll das führen?

Ich will mein Leben zurück.

Ich will endlich wieder ich sein.

Morgens aufwachen und mich normal fühlen.

Aber *normal* gibt es für mich nicht mehr.

»Blair ...«

Ich fühle mich zunächst nicht einmal angesprochen, doch Archers tiefe, warme Stimme ist wie eine Umarmung – und ich hasse Umarmungen, wenn es mir nicht gut geht, denn sie machen es so viel schwerer, den Schmerz zu unterdrücken. Panisch wende ich den Blick ab und starre auf einen Fleck auf dem Dielenboden, zwinge mich, tief einzuatmen, ehe mich die Tränen überwältigen können.

»Ich glaube«, presse ich hervor, doch meine Stimme klingt unnatürlich hoch, »ich muss allergisch gegen Koda sein.«

»Ja«, erwidert Archer ruhig. »Das wird es wohl sein.« Aus dem Augenwinkel kann ich erkennen, dass er sich nähert, und als ich sicher bin, dass mir keine Tränen mehr in den Augen stehen, drehe ich mich zu ihm.

Er hält mir eine Packung Taschentücher unter die Nase.

Ich habe keine Ahnung, wo er die Dinger herhat, doch ich nehme eines ohne einen weiteren Kommentar entgegen und wische mir damit über die Augen.

»Bist du in Ordnung?«, fragt Archer leise, mit einer Vorsicht, die in meiner Brust sticht.

Ich sehe auf und schüttle den Kopf. »Nein.« Es tut so verdammt gut, die Wahrheit zu sagen. »Nein, das bin ich nicht. Aber ich muss damit klarkommen.«

Eine Weile lang sieht er mich nur an, dann nickt er. »Ich verstehe.«

Es ist tröstlich, dass er mir meine Gefühle nicht ausreden, sie nicht beschönigen will. Mit einem tiefen Atemzug versuche ich meine Gedanken zu ordnen. Als es mir nicht gelingt, ergreift Archer erneut das Wort.

»Also, du bist in den Wald gelaufen und hast dich dort versteckt?«

Es ist deutlich, was er davon hält; halsbrecherisch, gefährlich, gedankenlos, hallen seine ungesagten Worte in meinem Kopf wider, doch immerhin hat Archer den Anstand, sein Urteil dieses Mal für sich zu behalten.

Dennoch fühle ich das Verlangen danach, mich zu rechtfertigen. »Was hätte ich sonst machen sollen? Ich musste ...«

Er hebt die Hand. »Ich hätte an deiner Stelle dasselbe getan.«

Ich starre in seine Augen. Erst jetzt fällt mir auf, dass ein moosgrüner Ring um das Goldbraun seiner Iriden liegt. *Zentrale Heterochromie*, schießt es mir durch den Kopf. Es kostet mich Überwindung, mich von dem Anblick loszureißen.

»Ich bin gestolpert, und dabei muss ich den Schlüssel verloren haben. Ich dachte, ich wäre geliefert, aber dann kam Keira mit dem Auto, und ich ...«

Archer richtet sich ein Stück auf. »Keira war da? Im Wald mit dir?«

»Nicht direkt«, murmle ich. »Sie muss mich gehört oder gesehen haben. Als sie mit dem Auto angehalten hat, ist mein Verfolger verschwunden. Sie hat mich nach Hause gefahren, und als sie weg war, ist mir aufgefallen, dass der Schlüssel nicht mehr da ist. Und dann ...« Ich schlucke. »Dann wusste ich nicht, was ich tun soll.«

»Wie lange war Keira bei dir?«

Ich versuche mich zu erinnern, doch obwohl es kaum eine Stunde her sein kann, fühlt es sich an, als würde ich in ein dichtes Nebelfeld blicken. »Nicht sehr lang. Sie hat mir noch einmal einen Vortrag darüber gehalten, dass ich nicht hierhergehöre und dass ich verschwinden soll, wenn ich weiß, was gut für mich ist. Du weißt schon, deine Spezialität.« Manchmal ist mein Mund schneller als mein Kopf, und manchmal, da fühle ich mich sicherer dabei, andere zu verletzen, ehe ich selbst verletzt werden kann. Vielleicht muss ich ihn deshalb vor den Kopf stoßen, ihn daran erinnern, dass er in meinem Leben nicht die Rolle des guten Samariters spielt, sondern genauso versucht hat, mich von hier zu vertreiben.

Archer beobachtet mich mit aufmerksamem Blick. Sein Gesicht verrät seine Gefühle nicht.

»Denkst du, sie hat etwas damit zu tun?«, frage ich schließlich geradeaus.

Archer scheint über meine Worte nachzudenken. »Nein«, sagt er schließlich. »Ich glaube, Keira Hale ist zu vielem fähig, aber das ist nicht ihr Stil.«

»Was meinst du?«

Er schweigt eine Weile. »Wir haben eine schwierige Geschichte. Ich nehme an, du weißt davon?«

Ich nicke. »Kommt ihr nicht gut klar?«

»Keira Hale will mich tot sehen. Oder zumindest hinter Gittern.« Er lächelt dünn.

Ich ziehe die Beine an und schlinge die Arme darum. »Und gibt es dafür einen Grund?«

Archer schüttelt den Kopf. »Nein. Sie liebt es bloß, einen Schuldigen zu haben. Einen Sündenbock, dem sie alles in die Schuhe schieben kann.«

Ich sehe ihn an. Vielleicht gilt etwas davon für sie beide; vielleicht ist ihre Fehde ein natürlicher Schutzmechanismus ihrer Psychen, um das schreckliche Trauma, das sie erlitten haben, irgendwie zu verkraften.

»Es tut mir leid«, murmle ich schließlich.

Er winkt ab. »Das tut nichts zur Sache. Es geht hier um dich.«

Deutlicher könnte sein Themenwechsel nicht sein. Er will jetzt nicht über seinen Bruder reden, und ich kann es ihm nicht verübeln.

Mit einem tonlosen Seufzen fahre ich mir übers Gesicht.

Archer beobachtet mich aufmerksam. »Hast du dich mit jemandem angelegt?«

Ich sehe auf. »Was?«

»In Echo Cove. Gibt es hier jemanden, der einen guten Grund hat, dich loswerden zu wollen?«

Zögerlich schüttle ich den Kopf. »Außer dir, meinst du?«

Archer hält meinen Blick einen Herzschlag lang. »Ja. Außer mir.«

»Nein.« Ich starre auf meine Finger. »Nur du und Keira.« Es dauert einen Moment, bis ich die richtigen Worte finde. »Auch wenn ich nicht verstehe, warum. Ich habe euch nichts getan.«

Archer mustert mich aufmerksam. »Du weißt, warum wir hier keine Fremden wollen, oder?«

»Natürlich. Ich würde auch nicht von Sensationslustigen belagert werden wollen. Ich verstehe, dass ihr skeptisch sein müsst, ich verstehe, dass die Welt grausam zu euch war, aber ich habe nichts mit der Sache zu tun. Bis vor Kurzem wusste ich nicht einmal von dem Fall. Ich habe keinen Blog, arbeite nicht für ein Klatschmagazin und will kein Buch schreiben, ich will nicht einmal hier sein!«

Archer hebt die Brauen. »Du willst nicht hier sein?«

Ich beiße mir auf die Unterlippe. Beinahe hätte ich zu viel verraten. Vorsichtig schüttle ich den Kopf. »Echo Cove war nicht meine erste Wahl. Auch nicht meine zweite oder dritte. Ich wusste bis vor Kurzem nicht einmal, dass dieser Ort existiert.«

Meine Worte verhallen zwischen uns, und eine Weile lang sieht mich Archer nur an. »Offensichtlich hast du dir einen Feind gemacht.«

Er hat keine Ahnung, welche Feinde ich habe. »Ich verstehe nicht einmal wieso. Ich möchte doch einfach nur … einfach nur …« Die Tränen kehren zurück und schneiden mir das Wort ab.

Archer reicht mir erneut die Taschentücher. »Willst du die Polizei rufen?«

Ich zögere. Wie soll ich ihm das erklären? Vielleicht wäre es besser, tatsächlich einfach Matthew anzurufen, doch dann muss ich früher oder später alle Karten auf den Tisch legen, und Leslie hat mich vor genau diesem Fall gewarnt. »Ich muss kurz telefonieren«, murmle ich schließlich.

Archer erhebt sich. »Mach das.« Er sieht kurz zu Koda, dann zu mir. »Ich koche uns was zu essen. Du bleibst über Nacht hier.«

Wärme steigt in meine Wangen. »Das beschließt du einfach so?«

Er sieht mich an. »Willst du lieber gehen?«

»Nein!« Schnell erhebe ich mich auch. »Aber denke bloß nicht, dass ich ...«

Nun zuckt sein Mundwinkel tatsächlich. »Was? Dass du mit mir schläfst, weil ich dich nicht vor die Tür setze, wenn ein Stalker hinter dir her ist?«

Ein Stalker.

Die Erinnerung an die dunkle Gestalt jagt mir einen Schauer über den Rücken. Archer hat recht. Ich will nicht zurück ins Cottage. Ich kann heute Nacht nicht allein schlafen.

»Oder so was Ähnliches«, relativiert Archer, als er meinen Gesichtsausdruck sieht. »Ich sage das nur ungern, aber du solltest morgen mit Matty darüber sprechen.«

Falls ich dann überhaupt noch hier bin. Vermutlich holt mich Leslie mit einem Helikopter, wenn sie erfährt, was geschehen ist. »Das werde ich. Danke.« Ich zögere. »Das ist wirklich nett von dir.«

»Gewöhn dich nicht dran.« Ich kann nicht sagen, ob seine Aussage als Scherz gemeint ist. »Du kannst eines von den Gästezimmern oben haben. Ich gebe dir sauberes Bettzeug, und wenn du willst, kannst du ein Shirt von mir für die Nacht nehmen.«

Die Vorstellung lässt mein Herz ein bisschen schneller schlagen, und ich hoffe bei Gott, dass er es mir nicht an der Nasenspitze ablesen kann.

»Danke. Aber kann ich zuerst deinen WLAN-Zugang haben? Ich muss dringend jemanden anrufen.«

25 Brynn

WITCH HUNT

»Und … Na ja, wenn du diese Nachricht hörst, ruf mich bitte so schnell wie möglich zurück«, beende ich das Gespräch mit Leslies Anrufbeantworter und lehne mich an die mit Holzpaneelen verkleidete Wand in Archers Flur.

Einen kurzen Augenblick überlege ich, ob ich Matthew sofort anrufen soll, aber ich weiß inzwischen, wie die Polizeiprozeduren ablaufen. Meine Anzeige gegen Conway war in erster Linie eines: nervenaufreibende Bürokratie. Stundenlanges Sitzen in Warteräumen. Polizeibedienstete, die mich ansahen, als wüssten sie nicht, ob sie mich in die Kategorie *Opfer* oder *Täterin* einordnen sollten, und ich war eine gut situierte weiße Frau aus dem Mittelstand mit einem Uni-Abschluss und einem Job in einem der renommiertesten IT-Unternehmen Nordamerikas. Ich will mir nicht ausmalen, wie andere Menschen den Prozess empfinden, vor allem in Fällen, in denen die Grenzen weniger klar sind.

Wenn ich Matthew jetzt anrufe, würde ich vermutlich im besten Fall den Rest der Nacht auf der Polizeistation von Echo Cove sitzen und versuchen, Fragen zu beantworten, die ich nicht beantworten darf. Nein, das Letzte, was ich brauche, ist, nun auch noch Aufmerksamkeit auf meine Person zu ziehen. Leslie wird sich morgen um alles kümmern, und bis dahin gibt es in dieser Kleinstadt vermutlich keinen sichereren Ort als das Flint-Haus.

***

Ich finde Archer in der geräumigen Küche, wo er vor dem Herd steht und in einem großen Topf rührt. Als er meine Schritte hört, hebt er den Kopf und sieht zu mir. »Alles erledigt?«

Ich nicke nur. Glücklicherweise fragt er nicht weiter nach, sondern wendet sich wieder seinem Topf zu. Es duftet wundervoll nach fruchtigen Tomaten, würzigen angebratenen Zwiebeln und Knoblauch.

»Mhm. Pasta mit Tomatensoße?« Mit fragender Miene trete ich neben ihn und spähe in den Topf.

»Bolognese«, erwidert Archer knapp. »Nach einer ordentlichen Mahlzeit wirst du dich besser fühlen.«

Ehe ich antworten kann, knurrt mein Magen gierig. Ich habe bis jetzt nicht ans Essen gedacht, doch nun, da ich die Soße rieche, erkenne ich das flaue Kribbeln in meiner Bauchgegend als Hunger. »Danke ...«

Mein Magen brummt erneut, und als Archer zu mir sieht, steigt mir das Blut in die Wangen, ich wende mich peinlich berührt, und auf der Suche nach einer Ablenkung ab. Mein Blick fällt auf eine leere, grüne Verpackung auf dem Küchentresen. »*Beyond Meat*«, lese ich die Marke, die darauf steht. »Ist das nicht so ein Fleischersatz?«

»Pflanzenprotein«, erwidert Archer, ohne mich anzusehen.

Ich blinzle überrascht, sehe zu der leeren Packung und drehe mich dann fragend zu ihm. »Du bist Vegetarier?«

»Ich bin gar nichts«, brummt er, hebt eine Braue und schüttet eine halbe Packung Penne in den zweiten Topf, in dem das Wasser brodelt. »Aber ich füge Tieren kein Leid zu, wenn es sich vermeiden lässt.«

Wieder sehe ich zur Packung, dann zu ihm. Das hätte ich nie von ihm gedacht. Im Gegenteil; er sieht eher aus wie ein Kerl, der nicht satt wird, ehe er nicht drei Pfund Spareribs auf dem Teller hat.

Ein warmes Lächeln breitet sich auf meinen Lippen aus, und ich deute auf Koda. »Ihm hast du Fleisch versprochen.«

»Wer ein Tier im Haushalt hat, trägt die Verantwortung, es so artgerecht wie möglich zu ernähren.«

»Meine Oma hatte auch einen Hund. Hercule, einen Beagle. Er hat seine Mahlzeiten aus kleinen Dosen bekommen. *Organic.* Kostet das Doppelte.«

Archer hebt die Brauen. »Es sind trotzdem tote Tiere drin.«

»Ich weiß«, erwidere ich. »Allerdings ist es einfacher, wenn man es nicht ansehen muss.«

»So sind die Menschen. Ein Cheeseburger darf nicht über fünf Dollar kosten, nur wo er herkommt, will keiner wissen.«

Er klingt defensiv, auch wenn er keinen Grund dafür hat. Immerhin hat er recht.

»Ich versuche es auch.« Ich sehe mich in der Küche um. »Auf Fleisch zu verzichten, meine ich. In D. C. ist das viel einfacher als hier, aber ich schaffe es trotzdem nicht immer.«

»D. C.?« Er salzt das Pastawasser großzügig. »Ich dachte, du kommst aus New York.«

Meine Kehle zieht sich zusammen. »Ähm, ja, für mein Studium lebe ich dort. Geboren bin ich in Washington D. C.«

»Ach?« Archer wirkt milde interessiert. »Verstehe.«

Noch einmal gerettet. »Jedenfalls finde ich es gut. Also das, was du sagst.« Mein Gesicht wird immer wärmer, als hätte die Lüge ein kleines Feuer in mir entfacht.

Er zuckt mit den Schultern. »Das kommt durch meinen Job. Man lernt, jedes Lebewesen zu achten, egal, wie klein es ist. Man bekommt Respekt. Vor dem Leben und vor dem Tod.«

Tod.

Wie ein Schleier legt sich das Wort über uns. Anders als Keira, die vor der Tragödie zu flüchten scheint, umgibt Archer eine traurige Akzeptanz.

»Soll ich dir helfen?«, frage ich, als ich die Stille schließlich nicht mehr ertrage.

»Wenn du Eis in deine Getränke willst, kannst du welches aus der Truhe auf dem Flur holen.« Er holt einen Krug aus dem Regal, den ich mir schnappe und nach draußen flitze.

Die Eistruhe steht, wie Archer gesagt hat, auf dem Flur unter einem Wandregal und sieht auf den ersten Blick aus wie eine Sitzbank. Erst nach einem Moment verstehe ich, dass ich den getäfelten Deckel hochstemmen kann. Ich fülle den Krug mit Eiswürfeln, schließe die Truhe, und mein Blick fällt auf den Papiereimer unter der Schlüsselablage am Eingang.

Unter normalen Umständen hätte ich nicht zweimal hingesehen, doch ich erkenne das Format auf dem halb zerknüllten Brief auf den ersten Blick. Das billige gebleichte Papier. Die bunten ausgeschnittenen Buchstaben.

Das Eis hat den Krug inzwischen so weit herabgekühlt, dass das Glas des Henkels schmerzhaft kalt gegen meine Haut drückt, doch mit einem Schlag ist alles um mich herum vergessen.

Vorsichtig, als wäre es ein gefährliches Tier, gehe ich in die Hocke, ziehe den Brief aus dem Altpapier heraus und falte ihn auseinander.

Hastig überfliege ich die Zeilen.

Die Kälte breitet sich in meinem Körper aus, nimmt von jeder meiner Zellen Besitz.

»Hast du die Truhe gefunden?«, ruft Archer aus der Küche.

Ich grabe die Fingerspitzen ins Papier, und als ich zurückkehre, halte ich den Brief so fest, als müsste ich ihn davon abhalten, vor mir zu fliehen. »Was ist das?«

Archer sieht fragend über die Schulter zu mir. Als er erkennt, was ich in der Hand halte, erschlaffen seine Gesichtszüge für einen Augenblick.

Dann wendet er sich wieder ab und widmet sich erneut den Nudeln. Sorgfältig fischt er eine aus dem Wasser, pustet darauf und kostet sie. Sie scheint nach seinem Geschmack gekocht zu sein, denn im nächsten Schritt leert er den Inhalt des Topfes in ein Nudelsieb und seiht das dampfende Kochwasser ab.

»Du hast auch so einen Brief bekommen.« Mit zitternden Fingern wedle ich mit dem Stück Papier und versuche, seine Aufmerksamkeit wieder für mich zu gewinnen. Ein bitterer Geschmack breitet sich in meinem Mund aus, als ich an die Worte auf dem Papierbogen denke.

Mörder.

»Magst du extra Soße auf deine Nudeln?«

»Archer!« Am liebsten würde ich seinen Kopf packen und ihn zwingen, mich anzusehen, allerdings ist er dafür zu groß. »Hast du gar nichts dazu zu sagen?«

Nun stöhnt er und dreht sich zu mir. Alles an seiner Körperhaltung signalisiert mir, dass er sich nur damit abgibt, um mich zu beruhigen, als wäre der Brief eine Alltäglichkeit, nicht schlimmer als eine leicht erhöhte Stromrechnung.

»Das ist nicht der erste Brief, den ich bekommen habe, und es wird auch nicht der letzte sein.«

Ich schüttle heftig den Kopf. »Das ist furchtbar! Du solltest Anzeige erstatten!«

Er hebt die Brauen. »Und gegen wen?«

»Keine Ahnung! Ist es nicht der Job der Polizei, herauszufinden, wer diese Briefe verfasst hat?« Ich wedle damit herum, als könnte ich so mein Argument unterstreichen.

Nun zucken seine Mundwinkel. Sanft, beinahe milde. »Und dann was? Willst du, dass ich einen Nachmittag bei Matty in der Polizeistation sitze, während er meine Aussage mit zwei Fingern in seinen uralten Computer eintippt?«

Irritiert blinzle ich und versuche, das Bild mental zu verarbeiten. »Ich bin mir sicher, dass Matthew das Zehn-Finger-System beherrscht ...«

»Tatsächlich?« Seine Braue wandert herausfordernd nach oben. »Da traust du ihm einiges zu.«

Ich schüttle den Kopf. »Darum geht es doch gar nicht!« Wie in einem Schnellkochtopf baut sich immer mehr Druck in mir auf und sucht nach einem Ventil. Während ich über meinen Drohbrief schockiert war, macht mich Archers einfach nur wütend. Es ist so viel einfacher, gegen

Ungerechtigkeiten zu kämpfen, wenn nicht mein eigenes Leben auf dem Spiel steht. »Glaubst du, dass es dieselbe Person ist, die mir geschrieben hat? Die Person, die mich verfolgt hat?« Ich weite die Augen. »Denkst du, dieser Mensch will mich loswerden, weil ich gegenüber von dir wohne?«

»Nein.« Archer zögert. »Ich bin mir sicher, dass das nicht der Grund ist.« Er schüttelt den Kopf, besonders überzeugt klingt er jedoch nicht. Dann wendet er sich ab, holt zwei tiefe Teller aus dem Schrank und beginnt, Nudeln und Soße darauf zu verteilen. »Ich verstehe, warum du dich aufregst, aber wenn du nach Gerechtigkeit suchst, bist du in Echo Cove in der falschen Stadt gelandet.«

Ein Schauer kriecht mir über den Nacken. »Was meinst du?«

Archer wendet sich ab, doch ich lasse ihn nicht aus den Augen. Eine Weile hält er meiner Beharrlichkeit stand, dann sieht er zu mir und seufzt. »Ich sage bloß, dass Matty Wells und seine kleinen Polizisten nicht immer nur die Freunde und Helfer sind, die sie vorgeben zu sein. Nun, zumindest nicht, wenn du Pech hast.«

»Was meinst du?« Es fühlt sich an, als wäre ich auf dünnem Eis, und ich weiß nicht, wie weit ich gehen kann, ehe die Scholle unter meinen Füßen bricht.

Als Archer tatsächlich antwortet, bin ich beinahe erstaunt. »Sie wollten einen Schuldigen. Matthews Vater war damals der leitende Ermittler, und er hat sich sofort auf Liam eingeschossen. Selbst Beweise waren ihm egal.«

Eine unangenehme Kälte greift nach meinem Herzen. »Beweise? Für seine Unschuld?«

Stille.

Archer sieht mich an und zögert, schüttelt dann doch den Kopf. »Vergiss es.«

»Nein, ich ...«

Er wendet sich ab. »Essen ist fertig.«

***

191

Die Pasta ist wunderbar, perfekt auf den Punkt gekocht, die Soße würzig und fruchtig, mit der charakteristischen Umami-Note. Dennoch liegen mir die Geschehnisse des Abends schwer im Magen. Ich bin froh, dass ich bei Archer bin – nicht nur wegen seiner Hilfe und dem Essen. Obwohl ihn die Tragödie wie eine dunkle Aura umgibt, strahlt er eine Ruhe, eine Gelassenheit aus, an die ich mich wie an einen Anker im Sturm klammere. Er hält die Panik fern, und es gibt gerade nichts, für das ich ihm dankbarer sein könnte.

Unser Gespräch beim Abendessen bleibt dennoch oberflächlich. Ich mache Archer Komplimente für seine Kochkünste, er fragt mich nach meiner nicht existenten Masterarbeit, und da ich mich nicht wohl damit fühle, ihn weiter anzulügen, bleiben meine Antworten knapp und unspezifisch. Immer wenn ich versuche, das Gespräch zurück auf die Briefe zu lenken, wechselt er rasch das Thema.

Nach dem Essen bringt er mir Bettzeug, ein Shirt, einen Sweater und Sweatpants, die viel zu groß sind. »Mein Schlafzimmer ist den Flur runter, die vorletzte Tür. Ich lasse Koda unten im Wohnzimmer schlafen; sollte sich jemand dem Haus nähern, wird er Alarm schlagen.«

Es beruhigt mich tatsächlich mehr, als ich erwartet habe. »Danke«, murmle ich. »Für alles.«

Eine Weile sieht er mich an, dann zuckt sein linker Mundwinkel, doch anstatt etwas zu sagen, wendet er sich ab und stapft davon.

Ich ziehe mich in mein vorübergehendes Zimmer zurück. Es ist nicht halb so liebevoll eingerichtet wie der Rest des Hauses, aber trotzdem viel einladender als meine Herberge. In der Mitte steht ein kahles Bett, an den Wänden hängen ein paar Fotos, und die schweren Vorhänge sind bereits zugezogen.

Ich beziehe das Bett, tausche mein Outfit gegen Archers viel zu große Klamotten und kuschle mich dann in die Laken. Das Kissen riecht nach frisch gewaschener Baumwolle, und ich zwinge mich, tief ein- und auszuatmen. Alles an diesem Haus fühlt sich so anders an als im Cottage; gemütlicher, sicherer, auch wenn mich das gelegentliche Knarren der Holzwände zusammenzucken lässt.

Was wäre, wenn ich aufstehen und an seine Zimmertür klopfen würde?

Eine angenehme Wärme breitet sich in meiner Mitte aus.

Doch es ist nur ein Hirngespinst; eine furchtbare Idee, die ich mir lieber schnell wieder aus dem Kopf schlage.

Schließlich schalte ich das Licht der kleinen Nachttischlampe an und beginne, langsam von tausend rückwärts zu zählen.

Ich komme gerade einmal bis neunhundertzweiundachtzig, ehe mich der Schlaf überwältigt.

26 Brynn

THE WOLVES AMONG US

Kodas aufgeregtes Bellen reißt mich aus dem Schlaf. Sofort ist mein Körper im Alarmmodus, und als ich aus dem Bett springe, stolpere ich beinahe über die viel zu langen Beine von Archers Sweatpants. Pures Adrenalin pulsiert durch meine Adern, und jeder Muskel in meinem Körper ist zum Bersten angespannt.

Erst als Archers tiefe Stimme ertönt, verklingt das grelle Jaulen der Alarmsirenen in meinem Kopf. Ich zwinge mich, tief einzuatmen, und brauche einen Moment, ehe ich realisiert habe, wo ich bin und was los ist.

Das Flint-Haus.

Archer ist hier.

Koda ist hier.

Mir kann nichts passieren.

Durch das Fenster dringt sanftes Licht, doch in Alaska ist es schwer, die Uhrzeit akkurat einzuschätzen. Erst ein Blick auf mein Handy, das inzwischen nur noch zwölf Prozent Akkuladung hat, verrät mir, dass es sieben Uhr morgens ist.

Wieder ertönt Kodas Bellen.

Ich tausche Archers Klamotten gegen mein Outfit von gestern, mache das Bett und nutze das Bad für eine kurze Katzenwäsche. Als ich fertig bin, kommt Archer gerade mit Koda aus dem Garten.

»Hey.« Als er mich sieht, wirkt er leicht verlegen. »Wir haben dich geweckt, oder?«

Behutsam verreibe ich die Feuchtigkeitscreme, die ich wieder aus seinem Bad geklaut habe, auf meinen Händen und gehe die Treppe hinunter. »Ehrlich gesagt, eher er.« Schmunzelnd deute ich auf Koda, der schwanzwedelnd auf mich zurennt und mich mit seiner stürmischen Begrüßung beinahe die letzten Stufen hinabwirft.

»Koda«, ruft Archer ihn zurück, aber natürlich hört er nicht.

»Hast du schon mal darüber nachgedacht, ein Buch über Hundeerziehung zu schreiben?«

»Nein, allerdings arbeite ich gerade an einem Ratgeberartikel zum Thema ›Respektvoller Umgang in der Nachbarschaft‹, ich schicke ihn dir, wenn ich fertig bin.«

»Weil du dir Feedback von der Expertin holen willst? Jederzeit.«

Er schmunzelt schwach. »Also geht es dir wieder gut?«

Ich versuche zu ignorieren, wie das Goldbraun um seine Iriden mit dem Grün zu einem warmen Haselnussbraun verschwimmt, als wären seine Augen winzig kleine Galaxien. »So gut es einem unter diesen Umständen gehen kann.«

Archer nickt. »Das Video. Existiert das wirklich?«

»Ja, ich habe eine Aufnahme von der Sicherheitskamera, aber es ist nur ein kurzer Moment. Man kann kaum etwas erkennen.«

»Hm.« Archer verschränkt die Arme vor der breiten Brust. »Ich würde es mir trotzdem gern ansehen, wenn das für dich okay ist. Ich kenne die Leute hier besser als du.«

»Ja, gern«, schießt es aus mir hervor. »Ich bin froh, dass du fragst.«

»Komm.«

Ich folge Archer in die Küche, wo Kaffee bereitsteht. Nachdem ich mir eine Tasse eingeschenkt habe – mit Hafermilch und Zucker –, setze ich mich an den Küchentisch, ziehe mein Handy hervor, wähle das Video aus und reiche ihm das Gerät.

Er ist still, während er es ansieht. Er spielt es immer und immer wieder ab, aber wenn sein Gesichtsausdruck ein Hinweis ist, weiß er genauso wenig damit anzufangen wie ich.

»Bist du dir sicher, dass es dieselbe Person war, die dich gestern verfolgt hat?«, fragt er schließlich und reicht mir das Handy zurück.

Ich werfe einen kurzen Blick auf das Display und schiebe das Handy dann wieder in meine Tasche. »Ja. Nein. Vielleicht. Es würde Sinn ergeben, oder?«

Er zögert. »Manchmal wird genau das zum Problem. Wir denken, wir wissen, was wir sehen, und dann füllt unser Hirn die leeren Stellen mit Dingen, die wir bereits kennen.«

Ich schüttle den Kopf. »Wer soll es sonst sein? Ich meine, es ist mir klar, warum Keira und du skeptisch gegenüber Fremden seid, aber von euch abgesehen hat niemand einen Grund, mich loswerden zu wollen. Oder habe ich jemandem den Job weggenommen? Gibt es vielleicht Menschen, die nicht wollen, dass die Küste untersucht wird?«

Archer legt die Stirn in Falten. »Keine Ahnung. Wenn du mich fragst, ergibt das keinen Sinn. Im Schutzgebiet haben wir immer wieder Probleme mit Wilderern, aber du arbeitest ja nicht mal im Tierschutz. Und die Minenschächte an der Küste liegen seit Jahren still.«

»Ja?« Matthew hat diese Minen auch schon erwähnt. »Seit wann?«

Er runzelt die Stirn. »Die meisten schon seit Jahrzehnten. Die letzte wurde, glaube ich, vor zehn Jahren stillgelegt, als es dort einen Unfall gab.«

Ich halte inne. »Vor zehn Jahren? Also dasselbe Jahr, als ...«

Archer verzieht das Gesicht. »Ja. Ein paar Monate bevor Ada getötet wurde. Im Frühling. Ein paar Arbeiter wurden dabei verletzt, doch es gab keine Todesopfer, und im Anschluss waren Gutachter hier und haben die Minen als unsicher eingestuft. Damals hat mich das alles natürlich nicht interessiert, ich war sechzehn.«

»Hm.« Ich rühre in meiner inzwischen fast leeren Kaffeetasse. Auf dem Boden sind ein paar Zuckerkrümel, die sich nicht ganz aufgelöst haben.

»Vielleicht hat es wirklich etwas mit mir zu tun«, murmelt Archer schließlich. »Vielleicht denkt jemand, dass du für mich oder mit mir zusammenarbeiten würdest.«

Ich sehe auf. »Hast du so viele Feinde in der Stadt?«

Er lacht freudlos. »Ich kann die Leute, die mich nicht loswerden wollen, an einer Hand abzählen.«

Ich kann mir nicht vorstellen, wie es sein muss, so ein Leben zu führen. Und was noch viel wichtiger ist: Ich kann nicht verstehen, warum er bleibt. Still sehe ich zu ihm, und er erwidert den Blick. Seine Augen erinnern mich an die Wälder und Klippen Alaskas, an die saftig grünen Nadelbäume, die goldbraunen Gräser, die sich im Wind wiegen, und die kühle Brise, die durch die Äste raschelt.

»Es ist kühl draußen«, bricht Archer den Bann zwischen uns mit einer derartigen Vehemenz, dass ich mir sicher bin, dass er es auch gespürt haben muss.

Es.

Was auch immer da zwischen uns ist.

»Hol dir den Sweater, den ich dir gestern gegeben habe, und dann fahren wir los.«

»Wir fahren los?« Ich lege den Kopf schief. »Gibst du jetzt die Befehle?«

»Ich gebe immer die Befehle.«

Das mag sein, aber genauso wie Koda entscheide ich, wann und ob ich darauf hören möchte und wann nicht. Allerdings habe ich dieses Mal keine Einwände, also stelle ich die Tasse auf die Spüle und sprinte nach oben, wo ich den Sweater aus dem Schlafzimmer hole, den er mir am Abend zuvor gegeben hat.

»Zufrieden?« Auf den letzten Stufen der Treppe streiche ich den dunkelgrünen Stoff glatt. Erst jetzt fällt mir auf, dass der ausgewaschene Aufdruck das Logo des U. S. Fish and Wildlife Service zeigt: ein goldenes Wappen, auf dem ein blauer Fisch und ein blauer Vogel aus einem ebenfalls blauen Gewässer springen.

»Besser«, gesteht Archer brummig. »Lass uns gehen.« Er pfeift Koda herbei, der dieses Mal erstaunlicherweise gehorcht.

Auch ich schlüpfe in meine Stiefel. »Und wohin willst du?«

Archer sieht mich an, zögert einen Moment – und nimmt dann das Gewehr von der Wandhalterung. »Wir holen uns deinen Schlüssel zurück.«

***

Der Wald ist bei Tageslicht weitaus weniger beängstigend als im Zwielicht der Mitternachtssonne. Vielleicht liegt es auch an dem riesigen Hund, der neben mir das Unterholz durchstreift – und an dem breit gebauten Mann mit dem Gewehr über der Schulter und dem grimmigen Gesichtsausdruck, der jeden Stalker, Mörder und Bären im Umkreis von fünfzig Meilen garantiert abschrecken würde.

»Und es war sicher hier?«, fragt Archer und schiebt mit der Stiefelspitze einen Busch zur Seite, um auf den Boden zu sehen.

Ich zögere kurz. »Ich glaube schon. Gestern Abend sah es hier irgendwie anders aus, aber ich kann nicht weit gekommen sein. Als ich gefallen bin, konnte ich noch immer zur Straße sehen.«

Als Antwort höre ich ein leises Brummen.

Ich gehe in die Hocke und untersuche einen Busch mit schwarzen Früchten, der aussieht, als wären die Äste umgeknickt worden. Sofort erscheint Archers Hund neben mir und schnüffelt aufgeregt zunächst an mir und dann am Boden.

»Sag mal«, ergreife ich das Wort. »Was bedeutet Koda eigentlich?«

Archer stapft ein paar Schritte vor mir durchs Unterholz. »Freund. In der Sprache der Lakota-Sioux.«

Schmunzelnd drehe ich mich wieder zu dem großen Hund. »Das ist süß.«

»Süß ist nicht wirklich das Wort, mit dem ich ihn beschreiben würde.«

Es ist gar nicht so einfach, zu Archer aufzuholen. »Sind Huskys eigentlich gute Spürhunde?«

Archer sieht zu mir. »Nein. Und selbst wenn sie es wären: Koda ist kein Husky, sondern ein Alaskan Malamute.«

»Ah?« Wieder begutachte ich Koda, als würde mir das irgendwas sagen. »Und was ist der Unterschied?«

»Es sind verschiedene Rassen. Malamutes sind größer und robuster.« Archer stapft weiter und nimmt sich einen anderen Baumstamm vor. »Huskys sind in erster Linie Schlittenhunde. Malamutes wurden eher als Arbeits – und Lastenhunde eingesetzt. Sie haben außerdem keine blauen Augen und sind sehr kräftig und ausdauernd. Intelligent. Ein bisschen zu intelligent, um ein gutes Haustier abzugeben.«

Der letzte Teil ist an Koda gerichtet, der sich davon nicht beeindruckt zeigt: Im Gegenteil, er läuft schwanzwedelnd ein paar Schritte vor und sieht aufmerksam zu seinem Herrchen auf, als würde er verstehen, dass Archer über ihn spricht.

»Hast du ihn schon lange?«, frage ich schließlich und scanne den Boden.

»Fünf Jahre. Seit er ein Welpe war.« Archer klingt so sanft und liebevoll wie selten. »Er war eine Handvoll.«

Etwas in seinem Tonfall sagt mir, dass das seine Art ist, um zu sagen, dass er Koda über alles liebt.

»Und du nimmst ihn mit zum Arbeiten?«

Er nickt. »Er wirkt wie ein Clown, aber er ist schlauer, als es den Eindruck macht.«

»Und ...« Die Frage brennt mir seit ein paar Tagen auf der Zunge, doch ich bin mir nicht ganz sicher, wie ich sie stellen soll. »Und das ... *Ding*?«

Archer dreht sich zu mir. Es ist nicht fair, wie gut er aussieht. Wie verdammt gut er hierher passt, als wäre er dazu geboren, um durch Wälder zu laufen. »Welches Ding?«

Ich deute auf die Waffe auf seiner Schulter. »Das. Brauchst du das auch zum Arbeiten?«

Archer schweigt und sieht mich an. Ein paar Herzschläge vergehen, dann zuckt er mit den Schultern, wendet sich ab und nimmt die Suche wieder auf. »Manchmal«, kommt seine Antwort nach einer Weile.

»Um auf Tiere zu schießen?«, murmle ich leise, als würde ich die Frage in dem Moment bereuen, in dem ich sie stelle.

Archer schweigt.

Eines kann ich mir nicht erklären: Wie ein Mann, der aus Respekt vor den Tieren auf Fleisch verzichtet, beruflich auf sie schießen kann.

Er hatte die Waffe nicht dabei, als er mich an den Klippen vor Blossom gerettet hat, und das war auf jeden Fall eine sehr brenzlige Situation. Genau eine von diesen Lagen, für die Ranger sicherheitshalber mit Waffen ausgestattet sein sollten. Aber Archer hat nicht einmal Bärenspray eingesetzt.

Er atmet tief durch. »Nicht, wenn es sich verhindern lässt.« Obwohl seine Antwort diplomatisch klingt, schwingt etwas in ihr mit.

»Also hast du das Ding schon einmal benutzt?« Ich hole zu ihm auf.

»*Das Ding*«, wiederholt er. Meine Wortwahl scheint ihn zu amüsieren.

»Hast du?«

Er entlässt mich nicht aus seinem Blick. »Nein.« Seine Antwort ist trockener als die Sahara. »Ich dachte mir, ich lass es darauf ankommen und probier es aus, wenn's hart auf hart kommt.« Trotz seines sarkastischen Tonfalls sieht er ernst zu mir. »Ich bin kein Fan von Waffen. Ich finde, dass es in diesem Land viel zu wenige Vorschriften gibt, und wenn du mich fragst, sollte nicht jedes Arschloch das Recht darauf haben, in einen Walmart zu gehen und sich ein Sturmgewehr zu kaufen. Aber das hier ist Alaska. Das hier ist Kodiak. Ich habe dieses *Ding* nicht, weil es mir Spaß macht und ich in meiner Freizeit im Wald herumballern will, sondern weil es hier manchmal um Leben und Tod geht.« Er atmet tief ein. »Und die Bären und Wölfe sind nicht das Gefährlichste in diesen Wäldern.«

Ein Schauer jagt mir durch die Glieder. »Meinst du die Wilderer?«

Er nickt. »Es sind armselige Menschen mit einem großen Ego und einem kleinen Geist. Sie sehen in Bären wie Blossom und ihrer Familie eine Trophäe. Kodiakbären zählen zu den größten Raubtieren der Erde. Sie sind der feuchte Traum eines jeden Großwildjägers.«

»Gibt es kein Verbot gegen so was?«

Es scheint, als hätte ich einen wunden Punkt getroffen. »Der Staat vergibt Lizenzen. Nur zu einer bestimmten Zeit und nur ausgewählte Tiere dürfen geschossen werden. Es ist ein beschissenes Gesetz, gemacht von beschissenen Menschen, aber immerhin kann ich dafür sorgen, dass es keine trächtigen Weibchen oder Jungtiere trifft.« Ich kann deutlich sehen, wie sich seine Schultern versteifen. Und auch sein Ton ist anders als zuvor. Die Wut, die Trauer, der jahrelange Ärger ist so greifbar, dass ich ihn in meinem eigenen Körper spüre. »Diese Menschen suchen nicht nur die größte Trophäe, sondern auch den Nervenkitzel. Denkst du, ein beschissenes Gesetz hält sie davon ab?« Er schüttelt den Kopf. »Sie wollen diese Bären, koste es, was es wolle. Aber nicht mit mir. Nicht, solang ich lebe.«

Ich habe Blossom mit eigenen Augen gesehen. Ich weiß, was für ein riesiges, Respekt einflößendes Geschöpf sie ist. Es ist so leicht, das zu sehen, was man sehen will. Blossom und ihre Artgenossen sind nicht die Monster, die in diesen Wäldern hausen; sie sind diejenigen, die vor den Monstern geschützt werden müssen.

Das ist Archers Aufgabe.

»Deshalb bist du noch da, oder?«, frage ich leise. »Deshalb kannst du nicht von hier fort.« Egal, wie sehr es weh-tut. Egal, wie sehr sie ihn hassen. Der Grund, weshalb er Echo Cove nicht verlassen kann.

Aufgeregt läuft Koda ein paar Schritte nach vorn, sieht zu uns und beginnt, hin und her zu tänzeln, doch Archers Blick schweift in die Ferne, irgendwo in die Richtung, wo der Wald an den Klippen endet und die schroffen Felsen in das wilde Meer abfallen. »Jemand muss es tun.« Seine Stimme wird von der kühlen Brise verschluckt. »Wenn ich nicht da bin, dann ist niemand mehr hier, der sie beschüt-zen kann.«

Ich halte neben ihm und sehe hoch. Er ist ein großer, rauer, stoischer Mann, doch selbst der stärkste Fels kann der Brandung nicht ewig standhalten. Aus der Nähe kann ich sehen, dass die ständigen Angriffe ihre Spuren hinter-lassen haben. Tiefe, hässliche Wunden, Narben, die seine Seele übersäen.

Alles in mir sehnt sich danach, die Hand auszustrecken und ihn zu berühren, meine weichen Finger auf seine rauen zu legen und ihm zu zeigen, dass ich für ihn da bin.

Er sieht mich an. »Ich dachte, du wärst eine von ihnen.«

Abrupt bleibe ich stehen. »Was?« Ich muss mich verhört haben. »Du dachtest, ich wäre zum Wildern in Echo Cove?«

Er hebt die breiten Schultern. »Denkst du, es sind nur al-te weiße Männer? Es sind häufiger Frauen dabei, als man denkt. Hübsche, reiche Töchter und Ehefrauen, die denken, dass sie sich beweisen müssen, oder was weiß ich, was in ihren Köpfen vorgeht. Es wäre nicht das erste Mal, dass diejenigen, die am unauffälligsten wirken, vorgeschickt werden, um die Lage zu checken.«

Ich starre ihn an. »Ich würde nie im Leben eine Waffe anfassen, geschweige denn auf ein Tier schießen!«

Archer legt den Kopf schief. »Um fair zu sein, du hast dich nicht gerade unauffällig verhalten.«

In Gedanken lasse ich die letzten Tage Revue passieren. »Das hat überhaupt nichts damit zu tun!«

»Und womit dann?«

»Ich ...« Die Wahrheit brennt in mir, setzt mich in Flammen. Aber ich muss sie für mich behalten. Auch vor Archer. Gerade vor Archer.

»Hmm.« Er fokussiert den Blick – allerdings nicht auf mich, sondern auf Koda, der noch immer durch das Unterholz tänzelt. »Sieh mal. Ich glaube, er hat etwas gefunden.«

Ehe ich etwas erwidern kann, ist er bereits losgeeilt, und ich folge ihm, stolpere beinahe bei dem Versuch, mit seinen langen Schritten mitzuhalten.

Würde ich behaupten, dass mir der unebene Boden, die Äste, die Wurzeln und die Baumstämme bekannt vorkommen, würde ich lügen, doch als wir Koda erreicht haben, geht Archer in die Hocke und schiebt den aufgeregten Hund sanft zur Seite.

Ich atme scharf ein.

Zwischen einer dicken Wurzel und einem Büschel Farn liegt auf einem Mooskissen mein Schlüsselbund.

27 Brynn

VISITORS

Als wir bei unseren Häusern am Ende der Shore Road halten, habe ich die Schlüssel noch immer umklammert, so fest, dass sich die spitzen Zacken schmerzhaft in meine Handfläche bohren. In meinem Kopf tobt ein Sturm; einerseits bin ich erleichtert, dass wir die Schlüssel gefunden haben, bevor mein Verfolger sie in die Hände kriegen konnte.

Andererseits bedeuten die Schlüssel allerdings auch, dass mein kleiner Ausflug in das Flint-Haus vorüber ist und ich in mein eigenes Zuhause zurückmuss, das sich mit den morschen Bodenplatten, den staubigen Regalen und schlecht isolierten Fenstern weitaus weniger sicher und heimelig anfühlt.

Kein Archer, der allein mit seiner Körpergröße jeden Einbrecher vertreiben könnte.

Kein Koda, der aussieht wie ein Wolf, der zufällig in ein Haus spaziert ist und beschlossen hat, dort zu wohnen.

Ob ich ihn mir wohl ausborgen kann?

Koda, nicht Archer.

Oder vielleicht beide.

»Danke«, murmle ich, als Archer mir die Autotür öffnet.

Er schnaubt zur Antwort bloß und lässt auch Koda aus dem Wagen springen. »Wenn etwas ist, weißt du, wo du mich findest.« Er zögert kurz. Ein kleiner, verräterischer Teil von mir hofft, dass er mich fragt, ob ich nicht sicherheitshalber doch bei ihm bleiben will, doch stattdessen streckt er nur die Hand aus. »Gib mir dein Handy.«

Ein wenig perplex gehorche ich und reiche es ihm. Wenn er sich wundert, warum ich so ein altmodisches No-Name-Modell besitze, behält er den Kommentar für sich. Stattdessen tippt er mit konzentriertem Gesichtsausdruck seine Nummer ein und reicht mir das Handy dann wieder zurück.

»Wenn etwas ist, meldest du dich bei mir.« Es ist keine Frage. »Und wenn ich ...« Er zögert. »Warte.«

Ich starre auf seinen Namen in meinem Telefon, dann hebe ich den Blick. Archer ist bereits zur Hinterseite des Trucks gestapft und durchsucht eine schwarze Kiste. »Ich habe nicht immer Empfang, wenn ich im Wald bin. Manchmal lässt das Netz auch nach.« Er hält mir ein schwarzes Funkgerät mit einem Ladekabel entgegen. »Nimm das. Damit kannst du mich im Notfall erreichen.«

Ich nehme es vorsichtig und wende es in meinen Händen. »Danke.« Archer ist kein Mann großer Worte, aber diese Geste spricht mehr als tausend Höflichkeiten und leere Versprechen. »Ich weiß nicht, was ich ohne dich gemacht hätte.«

Er brummt etwas Unverständliches und wendet sich ab, sieht jedoch ein letztes Mal über die Schulter zu mir zurück.

»Es ist besser, falschen Alarm zu schlagen, als ein Risiko einzugehen. Ruf mich an, wenn du ein schlechtes Gefühl hast. Ich kümmere mich darum. Egal, ob es ein Bär ist oder ...« Er zuckt mit den Schultern. »Du weißt schon. Der Punkt ist: Du nervst mich nicht. Nie.«

Ehe ich etwas darauf erwidern kann, hat er sich bereits abgewandt und stapft auf sein Haus zu.

Ich starre ihm nach. Ein angenehmes, warmes Kribbeln breitet sich in meiner Brust aus, und ich verharre in der Einfahrt, bis er verschwunden ist.

***

Das Cottage wirkt kälter als zuvor. Leerer, verlassener. Die Tür ist zu morsch, die Fenster zu dünn, der Zaun zu niedrig. Obwohl ich versuche, nicht daran zu denken, wie leicht es wäre, in dieses Haus einzudringen, verfolgen mich die Worst-Case-Szenarien auf Schritt und Tritt. In jeder Ecke sehe ich Gefahren, jedes Ächzen des alten Hauses klingt wie eine Warnung, jeder Schatten wirkt wie ein Versteck für einen Stalker, der nur darauf wartet, hervorzuspringen und mich zu überfallen. Ich zwinge mich aufzuräumen, mache mir eine Portion Instant-Ramen und gönne mir als Nachtisch ein Snickers, aber die Geschehnisse der letzten vierundzwanzig Stunden lassen mich nicht mehr los. Als ich den letzten Bissen meines Schokoriegels verdrücke, leuchtet mein Handydisplay auf. Es ist eine Nachricht von Leslie. Sofort zieht sich meine Brust zusammen.

> Kann heute nicht telefonieren. Halte die Stellung. Bin morgen Vormittag bei dir. Keine Polizei.

Ich starre auf die Nachricht. Dann greife ich nach dem Handy und klicke kurz entschlossen auf das Anruf-Symbol. Das Freizeichen ertönt – dann werde ich einfach weggedrückt. Obwohl sie mir gerade eben geschrieben hat, kann sie nicht rangehen?

Frustriert knülle ich das Snickers-Papier zusammen. Wahrscheinlich ist Leslie bei einem Einsatz unterwegs, aber angenehm ist diese Behandlung trotzdem nicht. Vor allem, wenn man bedenkt, dass ich mich gerade alles andere als sicher fühle.

Draußen hat sich der Himmel endgültig zugezogen, und obwohl es technisch gesehen Sommer ist, fühlt es sich hier im hohen Norden eher an wie ein kühler Tag im Herbst. Mürrisch schnappe ich mir *Der Herr der Ringe* und verziehe mich damit in mein Bett, obwohl ich viel lieber in dem Haus auf der anderen Seite der Straße sein würde.

***

Als es schließlich an der Tür klingelt, zucke ich am ganzen Körper zusammen. Ich werfe das Buch auf die Bettdecke, springe auf und stolpere beinahe die schmale Treppe hinab, weil ich es nicht erwarten kann, die Tür aufzureißen.

Er ist zurückgekommen.

Ein kleiner, vernünftiger Teil von mir schämt sich für diesen Gedanken. Meine Granny hat mich als selbstbewusst, mutig und eigenständig erzogen. Sie würde sich bestimmt im Grab umdrehen, würde sie erfahren, dass ich nun wie ein Hündchen aufspringe, in der Hoffnung, dass ein Mann vor meiner Tür steht.

Aber Archer ist die einzige Person in dieser verdammten Stadt, bei der ich durchatmen kann.

Archer bedeutet Sicherheit.

Ich reiße die Tür auf, und sofort macht sich die Enttäuschung in mir breit. Es ist nicht Archers große Gestalt, sondern Willow in Jeansshorts, Sneakers, einem Tanktop und einer Flickenjacke, die vor meiner Tür steht und mich mit weit aufgerissenen Augen ansieht.

Ich ringe nach Luft und gebe mir alle Mühe der Welt, mir nicht anmerken zu lassen, dass jede Faser meines Körpers bereit dazu war, mich Archer Flint um den breiten Hals zu werfen.

»Meine Güte, Blair. Ist alles in Ordnung?«

Ich räuspere mich. »Ich ... Ähm, klar. Klar. Komm rein.«

Ich trete zurück, und Willow wischt sich die Schuhe an meiner verblassten Fußmatte ab, ehe sie das Cottage betritt. »Meine Granny hat immer gesagt, dass man aufpassen soll, wen man in sein Haus lässt.« Sie deutet nach unten. Der Bast der Matte ist abgetreten und die Buchstaben vom Wetter so sehr verblasst, dass man den Schriftzug WELCOME kaum noch erkennen kann.

Mein verwirrter Gesichtsausdruck bringt sie zum Lachen. »Na ja, eine Einladung ist eine Einladung. Auch für böse Energien und so. Du weißt schon. So wie Vampire, die erst Erlaubnis brauchen, ehe sie über eine Türschwelle können.« Grinsend klopft sie mir auf die Schulter. »Nur ein alter Aberglaube. Jedes Mal, wenn ich so eine Matte sehe, muss ich trotzdem daran denken.«

Wieder sehe ich auf die alte Fußmatte hinab, und ein kalter Schauer kriecht über meinen Rücken. Schnell schließe ich die Tür und folge ihr ins Haus. »Ziemlich gruselig.«

Willow sieht sich um, findet den Weg ins Wohnzimmer und lässt sich auf dem rostfarbenen Sofa nieder. »Nicht so gruselig wie das, was mir Keira erzählt hat. Ist es wahr?«

Ich schlucke. Irgendwie hatte ich den Eindruck, dass das, was gestern zwischen Keira und mir passiert ist – das Gespräch, die Rettungsaktion, die Autofahrt –, unter uns bleiben würde, aber warum sollte sie schweigen? Sie ist immerhin die Heldin in dieser Geschichte. Und ich? Bestenfalls ein bemitleidenswertes Opfer.

»Möchtest du etwas trinken?«

Willow legt den Kopf schief. »Lenk nicht ab. Hat dich wirklich jemand verfolgt?«

Ich gehe trotzdem in die Küche und hole zwei Flaschen Wasser aus dem Kühlschrank, wovon ich Willow eine reiche, die andere selbst öffne. Erst nachdem ich ein Viertel der Flasche ausgetrunken habe, ringe ich mir eine Antwort ab. »Ja.«

Willow weitet die Augen. »Wirklich? Das ist so krass! Hast du gesehen, wer es war?«

Ich schüttle den Kopf.

»Und du bist dir sicher?« Sie verzieht die Lippen. »Also, dass es ein Mann war? Manchmal kommen Tiere bis in die Stadt, und na ja, im Dunkeln kann man sich leicht irren.«

»Es war kein Tier«, antworte ich resolut. Ich mag ein Stadtmädchen sein, doch ich kann ein Tier von einem Menschen unterscheiden. Das, was mir passiert ist, war keine Einbildung, keine Ausgeburt meiner Fantasie. Das Echo meiner Angst hallt noch immer wie ein leises Wispern durch meine Muskeln und begleitet mich seit dieser Nacht bei jedem Schritt.

Willow hebt sofort die Hände. »Tut mir leid, das wollte ich nicht andeuten. Es ist nur ...« Sie schüttelt den Kopf. »Es ist wirklich schlimm. Hast du schon mit Matthew darüber gesprochen?«

Ich zögere, dann nicke ich. »Ich habe den Vorfall gemeldet.« Es ist keine richtige Lüge. Ich *habe* den Vorfall gemeldet. Nur eben nicht Matthew.

»Gut.« Willow beißt sich auf die Unterlippe. Sie wirkt nicht wirklich entspannt. »Und hat er etwas getan? Ich meine, hast du Polizeischutz oder so?«

Ich schüttle den Kopf. Wenn sie wüsste, wie nahe sie mit ihrer Vermutung an der Wahrheit ist. »Nein, aber Archer ...«

Willows Brauen schießen nach oben. »Archer hat dich beschützt?«

»Er hat mir geholfen, ja.« Langsam spüre ich die Hitze in mir aufsteigen. »Ich war heute Morgen mit ihm im Wald, und wir haben meinen Schlüsselbund gefunden. Den hatte ich verloren.« Die Tatsache, dass ich bei ihm übernachtet habe, verschweige ich lieber.

»Wow.« Willow sieht mich fasziniert an. »Hätte nicht gedacht, dass Archer so was tut. Er ist eigentlich nicht der hilfsbereite Typ.«

Ich lasse mich neben ihr nieder, ziehe die Beine auf das Sofa und schlinge die Arme darum. »Er hat mir ein bisschen von seiner Arbeit erzählt. Von den Problemen mit den Wilderern.«

Als sich Willows Ausdruck verdunkelt, lege ich den Kopf schief. »Weißt du davon?«

Sie seufzt. »Jeder in Echo Cove weiß davon. Es ist seit vielen Jahren ein Problem.«

»Und warum unternimmt keiner etwas dagegen? Ich meine, außer Archer, aber er ist auch nur ein einzelner Mann.«

Eine Weile sieht mich Willow nachdenklich an. »Weißt du ...«, murmelt sie schließlich. »Wir in der Alutiiq-Gemeinschaft kämpfen seit Jahrzehnten um bessere Natur- und Tierschutzgesetze. Die Sache ist bloß die: Solang da draußen weiße Menschen sind, die Geld mit unserem Land machen können, gibt es niemanden, der unsere Stimmen hört.«

Ich sacke auf dem Sofa zurück und sehe sie an. »Das kann doch nicht sein. Es kann doch nicht einfach egal sein.«

Willow schüttelt den Kopf. »Ist es auch nicht. Allerdings sind das nicht unbedingt Menschen, mit denen man sich anlegen will. Es gibt zwei Arten von Wilderern: Diejenigen, die sehr, sehr viel Geld dafür bezahlen würden, einen Kodiakbären zu erschießen, damit sie eine Trophäe in ihrem Haus ausstellen können – und Menschen, die darin ein Geschäft wittern. Und diese sind bereit, sehr, sehr viel für dieses Geld zu tun.«

Ich hasse es, wie machtlos ich mich fühle. »Irgendwas muss man dagegen doch unternehmen können.«

Sie seufzt leise. »Das Problem ist einfach, dass das Schutzgebiet viel zu groß ist. Wenn ein Wilderer hier auftaucht, zeigen wir ihm schon, was wir davon halten. Leider gibt es trotzdem etliche Möglichkeiten, ungesehen in das Wildtierschutzgebiet zu gehen. Es ist einfach zu unübersichtlich, um alles zu überwachen.«

»Verstehe. Und das ist der Grund, warum ihr hier keine Touristen wollt?«

»Unter anderem. In den letzten Jahren gab es zwei Arten von Leuten, die nach Echo Cove gekommen sind: Sensationsgeile, die auf den Spuren von Adas Mörder waren, und Wilderer, die sich hier einnisten wollten, ehe sie unsere Bären schießen.«

»Hmm.« Ich ziehe die Knie näher und lege das Kinn darauf ab. »Es muss doch eine Lösung dafür geben.«

Willow sieht mich eine Weile lang bloß an. »Dafür kämpfen wir schon seit Jahren. Manche von uns mehr als andere.«

Ich denke an Archer, der für seine Bemühungen nur Hass und Ausstoßung bekommt.

An Keira, die in jeder fremden Person eine Gefahr sieht.

Wie kann eine so idyllisch anmutende Kleinstadt ein so schweres Erbe in sich tragen?

»Tut mir leid«, bricht Willow schließlich die Stille. »Ich wollte die Stimmung nicht drücken.«

Ich schüttle den Kopf. »Nein, es ist gut. Ich will die Wahrheit wissen. Hätte mir ein paar Fettnäpfchen erspart.«

Sie lächelt entschuldigend. »Du meinst Keira?«

Seufzend nicke ich. »Ich kann ihr kaum verübeln, dass sie mich loswerden will.«

»Sie will dich doch nicht loswerden.« Willows Gesichtsausdruck verrät mir deutlich, dass sie die Worte selbst nicht ganz glaubt.

»Sicher?« Ich muss vorsichtig vorgehen, wenn ich nicht schon wieder jemanden kränken möchte. »Ich meine, du glaubst nicht, dass sie hinter dieser Sache stecken könnte?«

Willow reißt die Augen auf. »Keira? Nie im Leben! Ich weiß, sie wirkt sehr stachelig, aber ich verspreche dir, Keira will dir nichts Böses. Sie hat ein gutes Herz, und sie würde niemals einer anderen Frau so was antun.«

Blut wärmt meine Wangen. »Sorry. Ich dachte nur ...«

Traurig schüttelt Willow den Kopf. »Gib ihr ein bisschen Zeit. Sie wird sich noch an dich gewöhnen.«

»Ja«, antworte ich schließlich mit einem vorsichtigen Lächeln. Es ist eine weitere Lüge; eine von so vielen. Denn ich werde nicht lange genug in Echo Cove sein, damit sich Keira an mich gewöhnen könnte. Ehrlich gesagt, bin ich mir nicht sicher, ob ich morgen früh noch hier bin, wenn Leslie kommt, um mich zu holen. Ich zwinge mich zu einem Lächeln. »Na gut, hast du Hunger? Ich könnte uns Nachos machen.«

»Nachos klingen perfekt.« Willow lächelt. »Und dann können wir uns endlich über das Buch unterhalten!«

***

Am liebsten hätte ich, dass Willow die ganze Nacht bleibt. Es dauert nicht lange, bis die leichte Anspannung zwischen uns weicht. Willow ist, wie ich, ein umgänglicher Typ, und es ist unglaublich einfach, mit ihr zu sprechen.

Wir unterhalten uns über *Der Herr der Ringe*, ich mache uns Nachos, die ich mit Schmelzkäse überbacke, und zu meinem Glück teilt Willow meine Vorliebe für scharfes Essen, weshalb ich auch noch eine Packung eingelegte Jalapeños öffne und mit etwas Sour Cream über die Nachos verteile. In meinem Kühlschrank finde ich von meinem letzten Einkauf noch zwei Dosen Apfel-Blaubeer-Cider, und als wir nach einer Weile lachend und quatschend auf meinem Sofa sitzen, fühlt sich das Leben ein ganzes Stück normaler an.

Ich habe diese Momente vermisst; Augenblicke, in denen ich einfach ich selbst sein kann. Nun, zumindest fast. Als Willow mich nach meiner Arbeit an der Küste fragt und eine Andeutung macht, dass sie an meiner Steinsammlung interessiert sei, verschlucke ich mich an meinem Cider und wechsle so abrupt das Thema, dass ich davon beinahe ein Schleudertrauma bekomme.

Als sie sich schließlich verabschiedet, ist es nach elf. Es ist deutlich dunkler als sonst, weil der Himmel von dicken Wolken bedeckt ist, und die ersten Regentropfen prasseln mir auf die Stirn, als ich auf die Veranda trete. Ich verabschiede mich von Willow und beobachte sie dabei, wie sie zu ihrem weißen Toyota geht und mir vor dem Einsteigen noch einmal zuwinkt.

Obwohl es in meiner Brust sticht, winke ich tapfer zurück und warte, bis sie um die Kurve am Ende der Straße verschwunden ist. Dann fällt mein Blick nach unten auf die Fußmatte. Willows Worte hallen durch meine Erinnerung, und ein Schauer kriecht durch meine Brust. Ich wurde nicht gläubig erzogen und bin kein spiritueller Mensch, doch wenn man mutterseelenallein in einem abgelegenen Ort in Alaska lebt, an dem Bären, Stalker und Mörder zur Tagesordnung gehören, ist es besser, kein Risiko einzugehen.

Ich schnappe mir kurzerhand meinen Schlüsselbund, greife die alte Matte und muss husten, als ich sie aufhebe und eine kleine Staubwolke aufstiebt. Ich will gar nicht wissen, wie lang sie schon hier gelegen hat, aber auf einmal kann ich sie nicht schnell genug loswerden.

Ich schlüpfe in meine Sneakers, wobei ich hinten lediglich auf die Fersen trete, und trage die abgewetzte Matte durch das kniehohe, regenfeuchte Gras zu der großen Mülltonne hinter dem Haus. Immer wieder treffen mich dicke Tropfen, doch glücklicherweise ist der Deckel bereits aufgeklappt, also muss ich nur ausholen und ...

Ich erstarre.

Moment.

Der Deckel ist offen? Nein, das ist nicht richtig. Leslie hat mich mehrmals gewarnt, dass ich den Müll auf keinen Fall unverschlossen lassen darf, weil er Bären anziehen könnte.

Ich habe die Tonne definitiv geschlossen, als ich das letzte Mal hier war.

Oder?

Verdammt, ich muss besser aufpassen. Zum Glück habe ich es noch rechtzeitig bemerkt, ehe Blossom auf die Idee kommt, meinen Garten als Drive-in zu verwenden.

Kopfschüttelnd greife ich nach dem Deckel, will die Matte gerade in die Tonne werfen und sie schließen, doch senke im letzten Moment den Blick.

Im blassen Dämmerlicht sieht mir ein Paar dunkler Augen entgegen.

28 Brynn

THINGS THAT GO BUMP IN THE NIGHT

Mit einem spitzen Schrei taumle ich zurück. Leider rutschen mir dabei die lose angezogenen Sneakers von den Füßen. Ich verliere das Gleichgewicht und lande im weichen Gras unsanft auf dem Hintern.

Kaum einen Herzschlag später ertönt ein aufgeregtes Bellen. Eine Tür wird aufgerissen und zugeschlagen.

»Blair?«

Archers warme Stimme ist wie ein Rettungsanker für meinen Verstand. Japsend richte ich mich auf und sehe mich um. Die Matte ist bei meinem Fall auf dem Boden gelandet.

»Hier!« Ich wünschte mir, meine Stimme würde nicht so zittrig klingen, aber im selben Augenblick rappelt es in der Mülltonne.

»Hier! Im Garten!«, fiepse ich panisch, doch Archer hat mich bereits gefunden. Seine dunkle, große Silhouette erscheint in meiner Einfahrt, doch es ist Koda, der mich zuerst erreicht. Bellend stürmt er auf die Mülltonne zu, tänzelt aufgeregt davor auf und ab und versucht, den schwarzen Container mit seiner feuchten Schnauze umzustoßen.

»Scheiße.« Atemlos erscheint Archer an meiner Seite. Sofort streckt er mir seine große Hand entgegen und zieht mich auf die Füße. »Ist alles okay?«

Meine Jeans fühlt sich am Hintern und an den Oberschenkeln feucht an, und da es jetzt ohnehin schon egal ist, wische ich mir die Reste von Gras und Erde an der Hose ab. »Ich bin mir nicht sicher!«

Wild bellend springt Koda auf und ab. Gerade sieht er nicht mehr wie der sanfte Kuschelriese, sondern selbst wie ein wütender Bär aus.

»Ist er hier?«

Zitternd schüttle ich den Kopf. »Nein, ich glaube, jemand ... Etwas ist in meiner Mülltonne.«

Nun hebt Archer die Brauen. Auch ohne es auszusprechen, scheinen wir uns einig zu sein, dass es unwahrscheinlich ist, dass sich mein Stalker in meinem Müll verschanzt. Aber unwahrscheinlich heißt nicht unmöglich.

»Ich sehe nach.« Archer tritt schützend vor mich. Es ist wirklich nicht fair, was für einen Effekt er auf mich hat. Mein Atem wird gemäßigter, mein Herzschlag ruhiger, der Sturm in meinen Nervenbahnen legt sich, und die Panik in meinem Kopf lässt der Vernunft langsam wieder den Vortritt. Archer mag dieses Mal zwar kein Gewehr geschultert haben, doch seine Gegenwart ist genug, um mir ein Gefühl von Sicherheit zu vermitteln.

»Bitte sei vorsichtig ...«

»Machst du dir etwa Sorgen um mich, Nachbarin?«

Ich könnte schwören, dass ein kleines Grinsen über seine Züge tanzt, doch im nächsten Augenblick hat sich Archer auch schon wieder abgewandt, tritt auf die Tonne zu und bedeutet Koda mit einer Geste, still zu sein.

Zu meiner Überraschung funktioniert es.

»Wie kommt es, dass er dir jetzt gehorcht und sonst nicht?«

»Er ist klug. Er versteht den Unterschied zwischen Arbeit und Vergnügen. Das hier ist Arbeit, und wenn wir arbeiten, bin ich der Boss.«

»Und in der Freizeit er.«

Archer würdigt meinen Kommentar keiner Antwort und späht stattdessen in die Mülltonne. »Na, wen haben wir hier?« Seine Stimme klingt sanfter als sonst.

Gebannt starre ich auf seine ernsten Züge – und dann passiert es. Leichte Fältchen bilden sich um seine Augen, und sein Mundwinkel zuckt nach oben. Einen Augenblick lang ist es, als würde die Welt stehen bleiben, und ich kann nicht anders, als die Sanftheit auf seinem sonst so ernsten Gesicht zu bewundern. Mein Puls beschleunigt sich, und eine angenehme Wärme breitet sich in meiner Brust aus – bis mich ein weiterer dicker Regentropfen auf der Stirn trifft. »Was ist es?«

»Komm.« Archer hält mir die Hand hin.

Ich zögere nur einen kurzen Moment, ehe ich zu ihm trete und meine Finger in seine lege. Sofort rauscht mir das Blut in den Ohren. War das überhaupt das, was er wollte? Peinlich berührt will ich meine Hand zurückziehen, doch da hat Archer seine Finger bereits fest um meine gelegt. Sie sind rau und warm, und obwohl ich eigentlich kaum etwas von diesem Mann weiß, reagiert mein Körper mit einem aufgeregten Prickeln.

Ich sammle meinen Mut, trete einen Schritt nach vorn und werfe einen neugierigen, wenn auch vorsichtigen Blick über die Plastikkante.

Wie zuvor verstehe ich auch beim zweiten Mal nicht ganz, was ich sehe.

Es ist eine Kreatur.

Mein Verstand sagt mir, dass es sich um ein Bärenjunges handeln muss, aber irgendwie ergibt nichts daran Sinn.

Die ungefähre Form stimmt, doch die Schnauze ist falsch, die Ohren zu klein und der Schwanz zu lang. Es kommt mir gleichzeitig vertraut und völlig fremd vor, als würde mein Gedächtnis im falschen Register nach einer Erklärung suchen.

»Ein Vielfraß.« Archers warme, tiefe Stimme ist so nah in meinem Nacken, dass sich mir die feinen Härchen aufstellen.

Ich blinzle und versuche, die Kreatur unter diesem Gesichtspunkt neu zu verstehen. »Bist du dir ganz sicher, dass es kein kleiner Bär ist?«

Mit einem amüsierten Grinsen sieht Archer zu mir. »Ja. Aber man nennt sie auch Bärenmarder, eine gewisse Ähnlichkeit ist also gegeben.«

Als würde er uns verstehen, weicht der Vielfraß mit einem tonlosen Fauchen zurück, presst sich mit seinem länglichen Körper gegen die Mülltonne und reißt damit Koda aus seiner starren Wache. Aufregt springt der massive Hund nach oben, die Ohren pfeilartig nach vorn gerichtet. Sein Bellen erfüllt die Nacht, und in der Mülltonne stößt der Vielfraß zunächst ein helles Quietschen, dann ein tiefes Grollen aus, das Koda allerdings nur noch mehr antreibt.

»Still!«, befiehlt Archer scharf, doch Koda winselt beunruhigt und tänzelt mit seinen riesigen Pranken auf und ab. Der Vielfraß nimmt genau das als Anlass für einen Fluchtversuch – ausgerechnet an der Seite, an der ich vor der Mülltonne stehe. Es geht so schnell, dass ich nicht richtig hinterherkomme: In einem Moment sieht die pelzige Kreatur noch aus ihren dunklen Knopfaugen zu mir auf, im nächsten kommt sie mir bereits entgegengeschossen.

Meine Muskeln erstarren, doch Archers breiter Arm schießt nach vorn – und dann bricht das Chaos aus.

Mein Schrei wird durch Kodas Bellen überdeckt, und ehe ich verstehe, was passiert, umfasst Archer meine Mitte und zieht mich nach hinten. Nein, er zieht mich nicht; wir fallen, stolpern über unsere eigenen Beine und landen unsanft im Gras.

Kaum einen Schritt neben mir kippt die Mülltonne in die nasse Wiese, und Koda stürzt darauf zu, doch noch ehe er den vierbeinigen Eindringling erreichen kann, stößt Archer erneut einen ohrenbetäubenden Pfiff aus. Wie von einer unsichtbaren Hand am Halsband gezogen, weicht der Alaskan Malamute zurück. Ich kann deutlich sehen, wie sein Instinkt gegen seine Konditionierung kämpft, aber Archers

Befehl gewinnt, und Koda hält inne, während der Vielfraß aus der Mülltonne kriecht.

Er sieht wirklich aus wie eine Mischung aus einem Marder und einem kleinen Bären und ist etwa so groß, wie der Beagle meiner Granny gewesen ist, jedoch ist sein Körper deutlich länger. Seine Glieder wirken kompakt, mit großen, katzenartigen Pranken und einem buschigen Schwanz. Im Zwielicht wirkt sein Fell fast schwarz, bis auf eine längliche weiße Zeichnung, die sich über seine Seiten erstreckt.

Archer zieht mich dichter an sich. Sein Atem prasselt gegen meinen Nacken, während mich ein Regentropfen an der Wange trifft. »Keine schnellen Bewegungen«, raunt er in mein Ohr, und der Bass seiner Stimme lässt etwas tief in meiner Brust beben.

Ein heiseres Kichern bricht aus meiner Kehle. »Warte ... Haben wir Angst vor einem Vielfraß?«

»Respekt.«

»Respekt?« Fällt nur mir auf, wie verdammt gut mein Körper an seinen passt? Wie sich meine Kurven an seine Kanten schmiegen, wie zwischen seinem Arm und seiner Schulter die perfekte Nische für meinen Kopf entsteht, wenn wir so liegen?

»Du hast entweder Respekt oder ein paar Finger weniger, Stadtmädchen. Diese Kerlchen haben vielleicht einen lustigen Namen, aber sie legen sich im Notfall sogar mit Bären an.«

»Nicht dein Ernst.«

»Doch.« Obwohl er grummelt, kann ich einen leicht amüsierten Tonfall in Archers Stimme vernehmen. »Und wenn man sie reizt, versprühen sie ein Sekret. Den Gestank kriegt man tagelang nicht mehr aus den Klamotten.«

»Ih.« Ich verziehe das Gesicht und drücke mich fester an Archer. Nur ein kurzes Stück vor mir stößt der Vielfraß ein warnendes Fauchen aus, zuerst in meine Richtung, dann ein zweites Mal an den Hund gerichtet.

»Koda«, warnt Archer leise und rappelt sich auf, wobei

er mich vorsichtig mit nach oben zieht, während sich der Vielfraß ein letztes Mal umsieht, zum Abschied seine spitzen Zähne entblößt und mit einem leisen Knurren ins Gebüsch verschwindet.

Leicht verwirrt drehe ich mich um und sehe zu Archer auf, der sich gerade mit der freien Hand die inzwischen feuchten Haare aus der Stirn wischt. Unsere Blicke treffen sich, und für die Dauer eines Herzschlags sehen wir uns nur an. Dann bricht mein Lachen die Stille.

Zuerst ist es bloß ein leises Kichern, doch je länger wir uns ansehen, desto lauter und ausgelassener wird es, als hätte mein Geist endlich ein Ventil gefunden.

Schließlich zuckt Archers Mundwinkel, und langsam breitet sich auch auf seinem Gesicht ein Grinsen aus. Koda, der sich inzwischen aus seiner Starre gelöst hat, stößt mit seiner nassen Nase gegen mein Bein.

»Das ist gar nicht so lustig«, murmelt er, kann selbst jedoch nicht aufhören zu schmunzeln, während er versucht, den Dreck von meinen inzwischen komplett feuchten Klamotten zu streichen. Mit seinen großen Handflächen bahnt er sich dabei den Weg meine Seite hinab, und ein warmer Schauer durchfährt mich. Erst als ich die Brauen hebe, scheint er zu realisieren, wie nahe wir uns gerade sind, und zieht die Hände zurück. »Sorry, ich ...«

»Schon gut.« Ich bin dankbar für die Wolken am Himmel, denn so ist es hoffentlich dunkel genug, um die Röte in meinem Gesicht zu verdecken. Sanft zupfe ich an seinem Hemd. »Ich glaube, du könntest eine Dusche vertragen.«

Sein Blick folgt meinen Fingern, und wenn ich es nicht besser wüsste, würde ich schwören, dass er fast verlegen aussieht. »Du auch«, murmelt er und sieht mir wieder in die Augen.

»Schön wär's.« Ich puste mir eine Strähne aus der Stirn, die sich in all dem Chaos aus meinem Pferdeschwanz gelöst hat. »Ich habe den verdammten Boiler seit Tagen nicht mehr angedreht, und jetzt muss ich erst zwei Stunden auf heißes Wasser warten.«

Archer zögert, allerdings nur einen Herzschlag lang. »Hol deine Sachen und dusche bei mir. Ich hab genug heißes Wasser.« Ich könnte schwören, dass seine Stimme tiefer klingt als zuvor.

Ich kann nicht einmal in Worte fassen, wie sehr ich genau das will. Nicht nur eine lange heiße Dusche, sondern zurück in sein Haus, in dem sich alles schön und sicher anfühlt und in dem ich nicht vor jedem Schatten zurückweichen muss. In dem keine Wildtiere in Mülltonnen stecken und in das kein Stalker jemals einen Fuß setzen würde. Mein Herz schlägt mir bis zum Hals, doch ich möchte nicht verzweifelt wirken, möchte nicht, dass er denkt, ich wäre …

Ja, was?

Anhänglich?

Einsam?

Im Begriff, mich in Archer Flint zu verlieben?

Ich beiße mir auf die Unterlippe.

Verlieben.

Am liebsten würde ich das Wort packen und zurück in mein Unterbewusstsein stopfen, die Tür verschließen und den Schlüssel wegwerfen, aber es breitet sich bereits unverschämt schnell in meinem Verstand aus, infiziert alles, was sich ihm in den Weg stellt.

Nein, nein, nein, ich darf mein Herz nicht verlieren, nicht hier, nicht in Echo Cove, wo ich nicht einmal meinen eigenen Namen trage. Es ist nur das Adrenalin, das mich seit einer Woche auf Schritt und Tritt verfolgt.

Es ist nicht echt, und es kann es nie werden.

Immerhin hat Archer nur gefragt, ob ich bei ihm duschen will, nicht, ob ich seine verdammte Frau werden möchte.

Ich sauge einen tiefen Atemzug in die Lunge und lächle dann vorsichtig. »Das wäre schön.«

29 Brynn

LIKE ANIMALS

Als ich über die Schwelle von Archers Haus trete, schlägt mir ein warmer Geruch entgegen. Es ist eine angenehme Mischung, die eingelebte Häuser an sich haben: die Reste eines frisch gekochten Abendessens, saubere Wäsche und alte Holzmöbel. Es riecht nach *ihm*, nach *zu Hause*.

Ich habe erst eine Nacht in diesem Haus verbracht, und dennoch fühlt es sich bereits viel vertrauter an, als es das Cottage auf der anderen Straßenseite je getan hat.

Koda flitzt zwischen meinen Beinen hindurch, und Archer schließt hinter mir die Tür. Als ich einen Blick in den großen Spiegel auf dem Flur werfe, halte ich inne.

Aus der polierten Glasfläche starrt mir eine völlig zerzauste Frau entgegen: mein Hemd hängt halb über meiner Schulter, meine helle Jeans ist mit Grasflecken übersät, und mein Pferdeschwanz ... nun, er ist es längst nicht mehr wert, als solcher bezeichnet zu werden.

Als Archer mit erhobenen Brauen hinter mich tritt, kann ich das heisere Lachen nicht mehr zurückhalten. Auch er grinst, als er unseren Anblick in sich aufnimmt. Archer sieht zugegeben besser aus als ich, aber seine Haare sind auch deutlich kürzer, also ist der Vergleich wohl nicht ganz fair.

Er hat sein Hemd inzwischen ausgezogen und trägt nur noch ein schwarzes, kurzärmliges T-Shirt und eine Bluejeans, auf der sich jetzt auch Grasflecken befinden. Schmunzelnd streift er sich ein bisschen Dreck vom Oberarm. Ich folge seinen Bewegungen, bis mir ein kleines Stück schwarze Tinte auf seiner Haut auffällt. Archer hat ein Tattoo? Vorsichtig strecke ich die Hand nach ihm aus. Kurz befürchte ich, Archer könnte zurückweichen, doch er verharrt, den Blick gespannt auf mich gerichtet, als ich den Stoff seines Ärmels ein Stück nach oben schiebe und das Motiv freilege. Es ist auf der Innenseite seines Oberarms, an derselben Stelle, an der auch ich ein Tattoo trage, doch anstatt eines Schriftzugs hat Archer einen Leuchtturm auf seiner Haut verewigt.

Einen Herzschlag lang gebe ich ihm Zeit, sich zurückzuziehen. Als er es nicht tut, fahre ich mit den Fingerspitzen über die feinen Linien. Sie sind ein bisschen älter als meine; die Tinte nicht mehr so klar und schwarz wie bei mir, und irgendwie kommt mir das Motiv vertraut vor.

»Du hast ihn gesehen.« Archers Stimme ist kaum mehr als ein Wispern, und seine breite Brust hebt und senkt sich schwer. »Der Leuchtturm von Echo Bay, an den Klippen.«

Ich nicke. Der Leuchtturm, an dem ich Pause gemacht habe, bevor ich die zweifelhafte Freude hatte, Blossoms Bekanntschaft zu machen.

Der Leuchtturm, in dessen Tür Liams und Adas Initialen verewigt sind.

Der Leuchtturm, an dem Adas Leiche gefunden wurde.

»Ich hatte das Tattoo in dem Sommer machen lassen«, antwortet er auf die Frage, die ich nicht zu stellen gewagt habe. »Liam hatte dasselbe. Ich habe manchmal darüber nachgedacht, es überstechen zu lassen, aber ...«

Ich hebe den Kopf, und mein Blick trifft auf Archers. Aus ernsten braunen Augen sieht er auf mich herab, und es ist beinahe, als könnte er bis in die tiefsten Winkel meiner Seele sehen.

Sanft schiebe ich den Stoff über seinen Arm zurück. »Es tut mir leid«, murmle ich und lege die Hand an die Stelle, an der sich das Tattoo befindet, als müsste ich ihm beweisen, dass das Wissen darüber bei mir sicher ist. Dass er mir vertrauen kann.

Langsam hebt Archer den linken Arm und legt die rauen Finger über meine. Er hält mich noch immer mit seinem Blick gefangen, mit diesen verdammten Augen, in denen so viel Schmerz liegt, so viel Trauer, so viel Verletzlichkeit, die ich ihm am Anfang nie zugetraut hätte.

Ich habe mich in Archer getäuscht.

Er ist Fremden gegenüber nicht feindselig eingestellt, weil er ein unangenehmer Mensch mit Leichen im Keller ist, sondern weil es seine einzige Chance ist, an diesem Ort zu überleben. Weil sich Besucher in Echo Cove entweder für die Verbrechen seines Bruders oder den Pelz seiner Bären interessieren. Weil in all den Jahren, seitdem William Flint Ada Hale getötet hat, niemand nett zu Archer war, weil er wie ein Ausgestoßener am Rand der Stadt lebt und jeden Tag sein Leben riskiert, um die Tiere im Schutzgebiet zu verteidigen.

Hinter der rauen Fassade steckt so viel mehr.

Archer hat so viel Besseres verdient.

Und noch ehe ich weiß, was ich tue, habe ich die Hände an seine Wangen gelegt, mich auf die Zehenspitzen gestellt und meine Lippen auf seine gepresst.

Er riecht nach Wärme, nach Holz und frischem Schweiß, und seinen rauen Stoppel kratzen gegen meine Handflächen.

Eine winzige Ewigkeit verstreicht, in der die Welt einfach stillsteht.

Er rührt sich nicht, und alles, was ich spüre, sind seine warmen Lippen und das schwere Heben und Senken seiner Brust. Dann, gerade als ich mir sicher bin, dass er mich höflich, aber bestimmt von sich stoßen wird, kracht sein Körper gegen meinen.

Archers Kuss ist so wild, so sehnsüchtig, dass ich mich an seinen Schultern festkrallen muss, um nicht das Gleichgewicht zu verlieren. Allerdings hat auch er sich nicht mehr unter Kontrolle, und gemeinsam stoßen wir gegen die hölzerne Garderobe. Eine Jeansjacke fällt mitsamt dem Kleiderbügel von der Stange, und im nächsten Augenblick befinden wir uns unter einem Zelt aus Denim.

»Verflucht«, keucht Archer gegen meine Lippen, und ich stoße ein unzufriedenes, wenn auch amüsiertes Schnauben aus, als er sich von meinen Lippen löst, um uns aus unserem Stoff-Gefängnis zu befreien. »Tut mir leid, ich …«

»Alles gut«, wispere ich und fahre sanft durch seine feuchten dunklen Haare, die sich leicht um meine Finger locken.

»Blair«, keucht er atemlos und mustert mich mit seinen stechenden Bernsteinaugen. »Wir sollten das nicht tun.«

»Nein, sollten wir nicht.« Ich zögere; kann mich nicht mehr von ihm lösen, kann seine Wärme nicht loslassen. »Willst du?«

Er sieht mich an. »Ja.« Heißer Atem prasselt aus Archers Kehle, und er streicht quälend langsam durch meine Haare, befreit meine dunkelbraunen Längen vorsichtig aus dem Zopfgummi und gibt sich erst zufrieden, als sie wie ein dunkler Wasserfall über meine Schultern fallen. »Mehr als alles andere.«

»Ich will dich auch.« Wie schwerer Honig tropfen die Worte über meine Lippen, der Druck in meinem Inneren ist so groß, dass ich kaum noch einen zusammenhängenden Satz hervorbringe. Jede Faser meines Körpers sehnt sich nach der süßen Erlösung, die seine Berührung bringt. Ich will nicht mehr denken, will mich nicht mehr fürchten, will weder Blair noch Brynn sein, sondern nur noch *spüren*. Ihn. Mich. Uns.

Langsam vergräbt er die rauen Finger in meinen Haaren. »Du bist so verdammt schön. Seit du zum ersten Mal hier aufgetaucht bist … Scheiße, ich kann an nichts anderes mehr denken.«

»Ah?« Wärme steigt in meine Wangen, aber mein Grinsen wächst, und ich lasse die Hände sanft in seinen Nacken gleiten, wo ich ihn zärtlich kraule. »Dachte, du hast mich gehasst?« Schmunzelnd stelle ich mich auf die Zehenspitzen – man fühlt sich wirklich wie eine Ballerina, wenn man Archer Flint küsst – und reibe meine Nasenspitze gegen seine.

»Ich hasse dich nicht.« Er sieht mir ernst in die Augen, und ich beiße mir auf die Unterlippe und lasse die rechte Hand gleichzeitig über seinen Brustkorb nach unten gleiten. Als ich die metallene Schnalle seines Ledergürtels erreiche, verdunkelt sich sein Blick, und ich halte einen Moment lang inne.

»Ich hasse dich auch nicht.«

Unsere Blicke treffen sich, und für die Dauer eines Herzschlags gibt es nur ihn und mich.

Dann wirbelt die ganze Welt um mich herum.

Quietschend verkralle ich mich in Archers Shirt und muss einmal blinzeln, ehe ich verstehe, was gerade passiert.

Er hat mich einfach hochgehoben und mich wie ein Strohbündel über seine Schulter geworfen, sodass ich das Haus jetzt verkehrt herum sehe.

Allerdings bedeutet das auch, dass ich geradewegs einen Ausblick auf seinen unglaublich perfekten Hintern habe, der in der Jeans aussieht, als wäre Archer einer Levis-Werbung entsprungen. »Hey!«, protestiere ich lachend und verpasse ihm einen sanften Klaps auf den Po.

Den Gefallen gibt er mir sofort zurück.

Ein heißer Schauer schießt geradewegs zwischen meine Beine.

O Scheiße.

»Und was wird das, wenn ich fragen darf?«, japse ich, als sich mein Gehirn wieder ein Stück weit erholt hat und Archer sich in Bewegung setzt.

»Bist ganz schön frech für jemanden, der kopfüber über meiner Schulter hängt«, erwidert er bloß.

»Gefällt dir doch.« Grinsend spanne ich die Bauchmuskeln an, um den Kopf zu heben, während er sich auf die Treppe zubewegt. An der Schwelle zum Wohnzimmer steht

Koda und hat den Kopf schief gelegt, als würde er nicht ganz verstehen, was sein Herrchen mit der netten Lady von gegenüber vorhat. Mit einem verlegenen Grinsen hebe ich die Hand und winke dem Hund, während Archer mich mit schweren Schritten kopfüber die Treppe hinaufträgt. Unter anderen Umständen wäre mir dabei vermutlich ganz anders geworden, denn ich trage nun wirklich keine Size Zero und fühle mich nicht unbedingt wohl damit, hochgehoben zu werden, doch Archer trägt mich so mühelos, als wäre ich mit Federn gefüllt.

»Werden wir noch sehen.« Sein Tonfall ist nur noch gespielt brummig – nicht einmal Archer gelingt es jetzt noch, die Aufregung zu unterdrücken, und ich bin mir sicher, dass auch er die Vorfreude spürt, die wie ein Feuerwerk in meinen Nerven prickelt. Vielleicht liegt es an den Umständen, an dem Adrenalin, an dieser seltsamen Ausnahmesituation, die sich im Moment fast wie ein Spiel anfühlt, aber verdammt noch mal, ich *will* das. Ich will ihn. Ich will hierbleiben und nie wieder in das kalte, alte Cottage zurückmüssen.

»Also?« Grinsend begutachte ich seinen Cowboy-Jeans-Hintern, der durch das Treppensteigen noch besser zur Geltung kommt. »Darf ich erfahren, wohin du mich verschleppst, oder ist das jetzt so ein Alaska-Raubein-Ding?«

»Hab doch gesagt«, erwidert er staubtrocken, als er das Ende der Treppe erreicht. »Wir brauchen eine Dusche.«

30 Archer

RIGHT HERE IN MY ARMS

Ich bin mir nicht sicher, an welchem Punkt sich mein Gehirn abgeschaltet und mein Körper die Kontrolle übernommen hat.

Eins ist klar: Als ich sie vor mir auf dem kalten Fliesenboden des Badezimmers abstelle, ist in meinem Kopf kein Platz mehr für rationale Gedanken.

Ich will sie.

Verdammte Scheiße, ich will sie mit jeder Faser meines Körpers.

Ihr Anblick raubt mir den letzten Rest meines Verstands: ihre weichen Rundungen, die langen, dunklen Haare, die von der Feuchtigkeit leicht gelockt sind und in Wellen über ihre Schultern fallen. Sie trägt kein Make-up, und ich kann die Sommersprossen auf ihrer Nase sehen, die leichten Grübchen in ihren Wangen, ihren Mund ...

Ihr Mund. Die leicht geöffneten Lippen, rot und geschwollen von meinen Küssen und ihrer Angewohnheit, darauf herumzukauen.

Ich will diese Lippen.

Will sie küssen, will sie an meinem Körper spüren und ...

Ich versuche, an meinem letzten Funken Ehre festzuhalten, aber Scheiße, ich will wissen, wie sie sich an meinem Schwanz anfühlen.

Mit einem tiefen Atemzug versuche ich, den Gedanken zu verscheuchen, doch es ist ein hoffnungsloses Unterfangen, denn kaum habe ich Blair abgesetzt, greift sie nach meinem Shirtkragen und zieht mich zu sich hinab. Mit den Lippen stößt sie fest auf meine, und ich küsse sie so gierig zurück, dass wir wieder beinahe das Gleichgewicht verlieren.

Ihr heiseres Lachen erfüllt den Raum, und sie fährt erneut mit den Fingern in meine Haare.

»Warte ...«, murmle ich. Alles der Reihe nach. Obwohl ich ihr die Klamotten am liebsten sofort vom Leib gerissen hätte, zwinge ich meine gierigen Finger zur Räson. Langsam, einer nach dem anderen, öffne ich die kleinen Perlmuttknöpfe an ihrem dunklen Hemd, bis ich ihr das Kleidungsstück von den Schultern streifen kann. Sie trägt darunter nur ein eng anliegendes schwarzes Top, das in ihre Hose gesteckt ist. Der dünne Stoff schmiegt sich so fest an ihren Körper, dass ich jede Kontur darunter sehen kann; die leichten Erhebungen ihrer steifen Nippel, die feinen Kurven an ihrer Hüfte und sogar eine leichte Delle da, wo ihr Bauchnabel ist.

Blair scheint mein Blick nicht zu entgehen, denn mit einem resoluten Griff zieht sie sich das Tanktop kurzerhand nach oben und über ihren Kopf. Der Atem stockt mir in der Kehle.

Verdammt noch mal.

Sie trägt keinen BH.

Wie eine Sirene, die dem eisigen Ozean entstiegen ist, steht sie vor mir, und die feuchten dunkelbraunen Haare fallen in leichten Wellen um ihre vollen Brüste, absolut perfekt mit jeder Kurve ihres Körpers. Nun sehe ich auch, was die Delle an ihrem Bauch hervorgerufen hat: An ihrem Nabel hängt ein silbernes Piercing mit einem hellblauen Kristall.

Heißer Atem prasselt aus meiner Lunge.

»Du bist dran.« Blairs Stimme ist uncharakteristisch rau, bebt vor Hunger, vor Sehnsucht.

Um mich zu unterstützen, schiebt sie die Hände unter den Saum meines Shirts. Ihre Finger sind wie immer kalt, und ihre

Berührung prickelt angenehm kühl auf meiner aufgeheizten Haut. Langsam streicht sie mit den Fingerspitzen über meine Bauchmuskeln nach oben über meine Brust.

Ich ziehe mir das Shirt über den Kopf und erwische mich dabei, wie ich meine Muskeln automatisch ein bisschen mehr anspanne. Nicht, als wäre das zwingend nötig. Ich verbringe jeden Tag mit körperlicher Arbeit, und das sieht man. Zugegeben, meine Muskeln existieren nicht, um Frauen zu beeindrucken, aber dass Blair ein tonloses Keuchen ausstößt und andächtig über meinen Oberkörper streicht, ist schmeichelhafter, als ich mir eingestehen will.

Es ist so verdammt lange her, seit ich zuletzt jemandem so nahe war. Ich hatte vor ein paar Jahren eine Freundin, die irgendwann weggezogen ist – und einmal einen One-Night-Stand, den ich am nächsten Morgen bereut habe. Eine Frau wie Blair Gallagher ist mir noch nie untergekommen.

Was ich ihr gesagt habe, ist die Wahrheit. Seit sie gegenüber eingezogen ist, muss ich mich zwingen, mich von ihr fernzuhalten. Ich wusste nicht, ob ich ihr vertrauen kann, wollte nicht, dass sie weiß, wie sehr ich sie will, weil ich nicht möchte, dass sie in die ganze Scheiße reingezogen wird. Ich verderbe alles, was ich berühre.

Alles, bis auf Blair.

Blair, die einfach stur und selbstbewusst in mein Leben spaziert ist und sogar meinen verdammten Hund gegen mich gedreht hat.

Blair, die mir den letzten Nerv raubt und mein Blut in Wallung bringt.

Blair, die ich um jeden Preis für mich haben möchte.

Ich habe noch immer das Gefühl, als hätte ich bloß einen winzigen Bruchteil von ihr begriffen, aber sie hat etwas an sich, was ich bei anderen Menschen bislang noch nie erlebt habe: Sie macht den Schmerz leichter. Das Leben fühlt sich ein bisschen einfacher an, seit sie da ist. Selbst wenn sie dabei von einem Stalker verfolgt und fast von einem Bären gefressen wird.

»Warte ...« Blair löst sich von mir, zieht sich die Jeans aus und wendet mir dann den Rücken zu, um aus dem Slip zu schlüpfen.

Scheiße, ihr Hintern ist absolut perfekt, und ich will nichts lieber, als die Finger fest in ihre weichen Rundungen zu graben, doch ehe es dazu kommen kann, steigt Blair bereits in meine Badewanne und schaltet die Dusche an. Das eisige Wasser lässt sie überrascht quietschen, und sie weicht einen Schritt zurück, um dem Strahl zu entkommen.

Grinsend trete ich hinter sie, greife um sie herum und drehe den Regler so auf, dass das Wasser nicht zu heiß und nicht zu kalt ist.

»Okay, das war meine Schuld.« Sie dreht sich zu mir. »So langsam sollte ich wissen, dass die Duschen in Alaska wirklich eigenwillig sind.«

Fuck. Hier stehe ich und habe die wunderschönste Frau, die ich jemals gesehen habe, nackt in meinen Armen.

Blair hält meinen Blick, schmunzelt und löst sich dann, um mein Duschgel näher zu untersuchen. Sie scheint von der Auswahl nicht begeistert zu sein und wählt schließlich eine halb leere Flasche, die mit *Pure Wolf Energy* beschriftet ist und irgendwie zitronig riecht.

»Weißt du ...«, murmelt sie nachdenklich, während sie sich Duschgel auf die Hand spritzt und es sich im Anschluss quälend langsam über ihren Oberkörper verteilt. »Ich verstehe nicht, warum ihr Männer keine anständigen Duschgels bekommen könnt. Produkte, die an Frauen verkauft werden, riechen nach Vanille, Shea Butter und Lavendel, und ihr bekommt Motoröl, Tabakplantage und Wolfsrudel.« Ein vorsichtiges Grinsen zieht an ihren Mundwinkeln, wobei kleine Fältchen auf ihrem Nasenrücken entstehen. Am liebsten würde ich sie sofort verschlingen.

Stattdessen öffne ich nun meine Hose, gebe mein Bestes, meinen schmerzhaft harten Ständer zu ignorieren, und ziehe mich aus, ehe ich hinter ihr in die Wanne steige. »Hast du ein Problem damit, wie ich rieche?«

Sie dreht sich um, hebt die Brauen und sieht an mir hinab. Einen Moment lang befürchte ich, ich hätte sie verschreckt, doch dann zuckt Blairs Mundwinkel. Als würde sie meinen harten Schwanz nicht bemerken, verteilt sie großzügig *Pure Wolf Energy* auf ihren Handflächen und streicht damit anschließend zärtlich über meine Brust, ehe sie mich zu sich unter den inzwischen angenehm warmen Wasserstrahl zieht.

»Im Gegenteil«, haucht sie, stellt sich auf die Zehenspitzen und schlingt die Hände um meinen Nacken. Ihre weichen Kurven presst sie gegen meinen harten Körper, und das Blut rauscht in meinen Ohren. Es kostet mich jeden Funken Selbstbeherrschung, sie nicht sofort gegen die Fliesen zu drücken, an der Hüfte hochzuheben und ...

Ich zwinge mich, tief einzuatmen und stillzuhalten, denn ich befinde mich auf dünnem Eis, und ich weiß nicht, wie lange ich meinen Körper kontrollieren kann, wenn ich ihre warmen, nassen Kurven berühre.

Das entgeht Blair nicht. Im Gegenteil: Das Funkeln in ihren Augen verrät mir, dass sie es genießt.

»Ich mag deinen Geruch«, wispert sie gegen meine Wange und drückt ihre Brüste ein wenig fester an mich.

Mein Atem stockt.

Mit der eingeseiften Hand gleitet sie langsam an meiner Brust hinab, über meinen Bauch an meine Hüfte und immer tiefer.

Ein heiseres Keuchen dringt aus meiner Kehle, als sie ihre Finger um meine Erektion schließt.

Scheiße.

Ich ziehe sie näher, und mit einem konzentrierten Keuchen beginnt sie, langsam auf und ab zu streichen. »Gut?«, kommt es schließlich leise über ihre Lippen.

Ich suche nach einer eloquenten Antwort, doch alles, was aus meiner Kehle kommt, ist ein tiefes Stöhnen.

Blair scheint damit allerdings zufrieden, denn sie drückt sich weiter nach oben und presst die Lippen gegen meine.

Ihr Kuss ist hungrig, sehnsüchtig, und ich erwidere ihn genauso fordernd. Während sie mich mit der rechten Hand fest massiert, greift sie mit der linken nach meinem Arm, streicht meinen Bizeps entlang hinab bis zu meinen Fingern und führt mich sanft, aber bestimmt an ihren Körper.

Langsam liebkose ich ihre weiche Haut und versuche, dem Drang zu widerstehen, sie einfach zu packen und an mich zu pressen. Da ihre Brüste noch immer gegen mich gedrückt sind, streiche ich über ihre Seite hinab bis zu ihrem Hintern und kneife fest in ihre Pobacke, was ihr ein gurgelndes Stöhnen entlockt. Sie drückt sich dichter an mich, und ihre Bewegungen werden schneller, der Druck fester. Ich streiche über ihren Oberschenkel und schiebe die Hand langsam nach oben. Es sollte mich nicht überraschen, wie verdammt feucht sie ist. Sehnsüchtig drückt sie sich näher, und ich lasse den Zeige- und Mittelfinger in sie gleiten.

»O Fuck«, wispert sie gegen meine Lippen.

»Gut?«, wiederhole ich ihre Frage von zuvor.

Sie nickt, sieht mir aus halb geschlossenen Lidern entgegen und öffnet den Mund, als ich die Finger leicht anwinkle und sie sanft massiere. Im gleichen Rhythmus beschleunigt auch sie ihre Bewegungen, und für eine wundervolle Ewigkeit stehen wir nur so da, fest aneinandergedrückt, umgeben vom leisen Prasseln der Dusche.

Ein perfekter kleiner Augenblick, in dem es nur uns gibt; nur mich und sie und unsere Berührungen. Ich weiß nicht, wie lange es her ist, dass ich zuletzt die Welt vergessen konnte, aber mit ihr ist es so leicht, den ganzen Bullshit hinter mir zu lassen. Im Moment zu sein. Sie zu fühlen.

»Archer«, wispert sie gegen meine Lippen und stützt sich an meiner Schulter ab, als eine Welle der Lust ihren Körper erbeben lässt.

»Ich hab dich.« Mit dem freien Arm um ihre Mitte stütze ich sie, damit sie in der nassen Badewanne nicht das Gleichgewicht verliert. Es ist gleichzeitig der beste und der schlechteste Ort, um sich näherzukommen, und obwohl ich einerseits am liebsten für immer hier mit ihr stehen würde, kann ich nicht leugnen, dass ein Teil von mir sie hochheben und ins Schlafzimmer tragen möchte, um das Ganze auf das nächste Level zu bringen.

Allein der Gedanke, ganz in ihr zu sein, lässt meinen Puls rasen, aber ich kann nicht einfach aufhören, nicht, wenn ich mit jeder Bewegung dem Höhepunkt immer näher komme.

Auch Blairs Atem wird immer schwerer, und während ich sie mit dem Daumen zusätzlich von außen massiere, zieht sie sich fester um meine Finger zusammen. Sie bewegt die Hand immer schneller, und ich stöhne, presse die Lippen hungrig an ihre und ziehe sie in einen letzten, gierigen Kuss, als sie mich über die Klippe treibt. Im letzten Moment schiebe ich sie zur Seite und komme mit einem heiseren Stöhnen in ihrer Hand. Das warme Wasser prasselt auf uns herab, und obwohl mein ganzer Körper noch immer bebt, presse ich sie nun endlich gegen die Fliesen und küsse ihren Hals.

Meine Bewegungen werden immer schneller und fester, und es dauert nicht lang, bis Blair am ganzen Körper erzittert. Die Arme um meinen Nacken geschlungen, kommt sie mit einem heiseren Schrei und zieht sich fest um meine Finger zusammen.

Ihr Kopf sinkt schwer gegen meine Brust. Eine Weile lang sagt keiner von uns etwas. Wir stehen bloß da, schwer atmend unter dem warmen Regen der Dusche, die Hände noch immer am Körper des jeweils anderen, als wollte keiner von uns so wirklich loslassen. Als wollte keiner von uns, dass es wirklich vorüber ist.

»Komm«, flüstere ich schließlich sanft und küsse ihren Mundwinkel. »Lass uns ins Schlafzimmer gehen.«

Sie knurrt als Antwort wie ein beleidigtes Kätzchen und schmiegt sich ein bisschen fester an mich.

»Das Schlafzimmer ist viel gemütlicher«, verspreche ich ihr sanft. »Dort haben wir ein weiches Bett und alle Zeit der Welt.« Grinsend stupse ich mit der Nase ihre Wange an. »Ich bin noch lang nicht fertig mit dir, Blair.«

Ich merke es sofort.

Etwas in ihr verändert sich.

Die Muskeln in ihren Armen werden steif, und ihr Atem stockt, wenn auch nur für einen winzigen Augenblick.

»Blair?« Sanft lasse ich die Hände an ihrem Körper hinabsinken. »Alles okay?«

Sie sieht auf.

Dieses Mal ist es nicht der Pessimist in mir.

Ihr Ausdruck ist völlig anders als noch Sekunden zuvor. Die Augen schockiert geweitet, die Mundwinkel leicht nach unten gezogen, starrt sie mir entgegen.

Nein, etwas ist ganz und gar nicht in Ordnung.

»Blair?«, frage ich vorsichtig und lege die Hand an ihre Wange. »Geht es dir gut? Habe ich dir wehgetan?«

Ihr Lachen klingt völlig anders als zuvor. Erzwungen. Steif. »Nein, nein ...« Ohne mich anzusehen, wäscht sie sich die Hände im Wasserstrahl sauber und fährt sich dann durch die inzwischen nassen Haare. »Alles in Ordnung, ich ... Es war ... Es war schön.«

Schön.

Wieso klingt dieses Wort aus ihrem Mund gerade wie ein vernichtendes Urteil?

Ein schöner Fehler.

Ich kann förmlich spüren, wie die Verteidigung in mir hochfährt, wie sich die Schilde erneut um mein Herz herum aufbauen.

Sie steigt aus der Wanne, nimmt sich ein Handtuch von dem Haken an der Tür und reibt sich rasch damit trocken.

»Sorry, ich ...« Sie scheint nach den richtigen Worten zu suchen, um mich ...

Um mich abblitzen zu lassen?

Und mit einem Schlag ist alles, was wir gerade geteilt haben, wie weggewaschen.

Habe ich die Situation völlig falsch eingeschätzt?

Sie wollte das doch. Sie war diejenige, die ...

Oder habe ich ihr Verhalten fehlgedeutet? Scheiße, bin ich zu weit gegangen?

»Blair, das war ...«

»Ist schon gut«, unterbricht sie mich hastig, beinahe als würde sie sich davor fürchten, was ich zu sagen habe. Das Handtuch um ihren Körper geschlungen, tritt sie zu mir und sieht auf.

»Das war wunderschön, wirklich. Ich ... Du bist toll.«

So fühlt es sich also an, wenn man eine Abfuhr bekommt.

Es ist nicht einmal so, als könnte ich es ihr verübeln. Ich bin wirklich keine gute Wahl, wenn es um die Partnersuche geht. Das hat sie allerdings auch vorher gewusst. Ging es ihr wirklich nur um Sex? Ein schneller Orgasmus unter der Dusche, ehe die Vernunft zurückkehrt?

»Ist schon okay«, murmle ich, steige an ihr vorbei aus der Wanne und trockne mich ebenfalls ab. Was soll ich sonst sagen?

Für mich war es kein Ausrutscher.

Kein Fehler.

Ich will nicht, dass sie geht. Doch genauso wenig kann ich sie aufhalten, wenn sie etwas anderes empfindet.

Ich versuche, die Enttäuschung zu schlucken, aber ich weiß nicht, wie gut es mir gelingt, also vergrabe ich mein Gesicht alibimäßig in meinem Handtuch, um mir die Haare zu trocknen.

»Es liegt nicht an dir«, stammelt Blair hinter mir. »Wirklich. Du bist toll.«

Ich atme tonlos in den hellblauen Frotteestoff und richte mich auf. »Hey, alles gut. Wir sind erwachsene Menschen, oder?« Mein Grinsen ist angespannt. »Willst du lieber drüben bei dir schlafen?«

Blair hat sich inzwischen wieder ihren Slip angezogen, sich in ihre feuchte Jeans gezwängt und zieht sich das Shirt über den Kopf, ehe sie mich entschuldigend – und leicht überfordert – ansieht. »Wenn es dir nichts ausmacht? Ich muss ... Es ist nicht so ... Ich ...«

»Blair«, unterbreche ich sie sanft und trete zu ihr.

Es tut weh.

Ich kann es nicht leugnen.

Aber ich will nicht, dass sie sich unwohl fühlt oder denkt, sie würde mir etwas schulden. »Alles ist gut. Ich verstehe das.« Am liebsten würde ich die Hand an ihre Wange legen, doch gerade fühlt sich sogar das falsch an. »Soll ich dich rüber begleiten?«

Sie zögert, dann schüttelt sie den Kopf. »Ich finde den Weg, glaub ich. Aber ... danke. Für die Dusche und ...« Beschämt beißt sie sich auf die Unterlippe.

Was habe ich falsch gemacht?

»Wenn du was brauchst oder dich unwohl fühlst, ich bin hier.«

Sie weicht meinem Blick aus, ehe sie sich ihr Hemd schnappt. »Danke, Archer.«

Noch ehe ich etwas darauf sagen kann, ist sie durch die Tür verschwunden.

31 Brynn

VERSIONS OF YOU

Blair.

Scheiße, scheiße, scheiße.

Ich schlage meine Haustür so fest zu, dass der marode Türrahmen ächzt.

Blair.

Immer und immer wieder hallt Archers sanfte Stimme durch meinen Kopf.

Blair.

Ich sinke gegen das Holz und versuche, tief einzuatmen, aber meine Nerven befinden sich bereits in einer ausgewachsenen Panikspirale, und der einzige Weg führt tiefer nach unten.

Blair.

Ich habe den Namen noch nie so sehr gehasst wie eben aus Archers Mund. Am liebsten würde ich die Augen schließen, doch jedes Mal, wenn ich das tue, sehe ich ihn vor mir; sein warmer Blick, sein sanftes Lächeln, die leichte Sorge, mit der er die Brauen verzieht, als er bemerkt, dass etwas nicht stimmt.

Und das Schlimmste daran?

Ich weiß, dass er die Schuld dafür bei sich suchen wird.

Es liegt nicht an dir, es liegt an mir. Was für ein beschissener Satz, doch es ist die Wahrheit.

Es liegt nicht an Archer, denn er kann nicht wissen, dass er mich beim falschen Namen genannt hat.

Und auf eine verdrehte Art und Weise bin ich ihm sogar dankbar dafür.

Dankbar, dass er mich daran erinnert hat, was ich da tue. Dass ich im Begriff bin, mit einem Mann zu schlafen, der nicht einmal *weiß, wer ich bin.*

Es ist nicht fair ihm gegenüber, es ist nicht richtig, denn ich weiß nicht, wie weit das zwischen uns gehen kann.

Bis heute Abend dachte ich, ich hätte es unter Kontrolle, aber wenn mir die letzte Stunde in Archers Haus etwas gezeigt hat, dann, dass ich absolut gar nichts im Griff habe.

Es ist jedoch egal, was er in mir auslöst, egal, wie gut es sich anfühlt, ich darf mich nicht in Archer Flint verlieben, und was noch viel wichtiger ist: er sich nicht in mich.

Auch wenn das bedeutet, dass ich ihm gerade das Herz gebrochen habe.

Stöhnend vergrabe ich das Gesicht in den Händen. Meine Haare sind noch immer nass von der Dusche, und meine Klamotten kleben unangenehm an meinem Körper. Ich kann seine Berührungen noch immer spüren; seine Küsse, seine verdammten Streicheleinheiten, seine Finger. Seine Finger *in mir.*

Ich habe es versaut.

Ich habe es so richtig versaut.

Und das Schlimmste daran?

Tränen brennen mir in den Augen. Ich versuche sie wegzublinzeln, aber es ist sinnlos.

Das Schlimmste an der Sache ist, dass es eben nicht nur ein Ausrutscher war.

Dass Archer nicht nur ein Zeitvertreib ist.

Ich habe ihn gern.

Verdammt gern.

Und das wird mir in diesem Augenblick mit einer Gewalt bewusst, die mir den Atem raubt.

Ich mag Archer.

Ich habe mich in Archer verliebt.

Und in einer idealen Welt würde ich sogar mit dem Gedanken spielen, dass sich etwas Ernstes aus uns entwickeln könnte.

Doch wie soll das gehen? Wie soll jemals etwas aus uns werden, wenn er nicht einmal meinen echten Namen wissen darf und beim Sex *Blair* stöhnt?

Ich versuche mein Schluchzen zu unterdrücken, doch ich kann die Tränen nicht mehr aufhalten. Mein Körper erbebt, und ich schnappe nach Luft, versuche mich zu fangen, doch alles, was ich in den letzten Tagen, Wochen, Monaten verdrängt habe, bricht wie ein Kartenhaus über mir zusammen.

Die Entdeckung im Büro.

Die Waffe an meiner Stirn.

Die Polizei.

Die Zeugenaussage.

Die Reise nach Alaska.

Die Blicke der Leute.

Die Kommentare.

Die Angst.

Es gibt keinen Menschen auf der Welt, dem ich von der Sache mit Archer erzählen kann. Keine Seele, bei der ich mir Trost oder Rat holen darf. Ich will zu Charlotte, will mit Finn reden, aber ich bin allein, so verdammt allein. Wieso werde ich seit Monaten nur bestraft? Wieso sitze ich allein auf einer Insel in Alaska, muss mich mit Bären, Stalkern und unfreundlichen Dorfbewohnern herumschlagen, und die einzige Person, bei der ich mich sicher fühle, darf nicht einmal meinen Namen erfahren?

Zitternd schleppe ich mich die Treppe hinauf. Es gibt keinen Plan mehr. Keine Logik, der ich folge. Ich weiß nicht, was ich tun soll, wo ich hinsoll, was ich tun kann, um diese schreckliche Leere in meiner Brust zu füllen.

Alles, was ich will, ist ein kleines bisschen Trost.

Alles, was ich will, ist, in Archers Armen zu liegen, in seinem schönen, sauberen Haus, in dem es nach ihm riecht.

Alles, was ich will, ist, endlich wieder ich selbst zu sein.

Aus reiner Notwendigkeit schäle ich mich mit bebenden

Fingern aus den feuchten Klamotten. Von der angenehmen Wärme der Dusche ist nichts mehr übrig geblieben, und die Erinnerung an Archers Finger an meinem Körper erfüllt mich mit Scham.

Scham darüber, was ich ihm angetan habe. Der Gedanke daran, wie er sich gerade fühlen muss, nur wenige Schritte von mir entfernt, versetzt mir einen heftigen Stich ins Herz, und ich wische mir schluchzend über die Augen.

Es klingt wie eine leere Floskel, aber es ist die Wahrheit: Er hat etwas Besseres verdient. Eine echte, aufrichtige Liebe. Jemanden, der keine Geheimnisse vor ihm hat. Archer hat zu viel durchgemacht, um ihm das anzutun.

Mit leisem Schniefen steige ich in ein Oversize-Schlafshirt und verkrieche mich ins Bett. Um die Gedanken und die Ängste zu vertreiben, schalte ich den alten Röhrenfernseher an und lasse mich von Talkshows, Medikamentenwerbungen und Sportnachrichten berieseln, bis ich jegliches Zeitgefühl verloren habe und mein erschöpfter Körper den Kampf gegen den Schlaf verliert.

***

Ich erwache schweißgebadet. Es dauert einen Moment, ehe ich die Bilder aus meinen Albträumen einordnen kann und verstehe, was Hirngespinst und was Realität ist.

Ich atme tief durch, schlage die vollgeschwitzte Decke von mir und schleppe mich ins Bad. Die Nacht ist mir deutlich anzusehen, und die Tatsache, dass ich gestern mit feuchten Haaren ins Bett gegangen bin, tut mir keinen Gefallen. Kurz spiele ich mit dem Gedanken, in die Dusche zu steigen, doch allein die Vorstellung weckt Erinnerungen an letzte Nacht. Stattdessen greife ich zu meiner Bürste, versuche mein Haarnest zu bändigen und entscheide mich schließlich für einen wilden Dutt, in der Hoffnung, dass es zumindest ein wenig beabsichtigt aussieht. Da meine Jeans noch immer feucht sind, wähle ich eine schwarze Leggins und ein eng anliegendes Crop Top, über das ich jedoch ein weites T-Shirt ziehe, ehe ich in weiße Tennissocken und Sneaker schlüpfe.

Ich habe eine Entscheidung getroffen.

Es ist lächerlich, wie einfach es mir auf einmal erscheint.

Wie viel klarer die Dinge heute wirken, nachdem der Morgen den Wirbel aus Emotionen, Schuldgefühlen und Scham weggetragen hat.

Ich will nicht mehr davonlaufen.

Ich will nicht mehr Blair sein.

Nun, zumindest nicht für Archer. Ich verstehe, dass Geheimhaltung wichtig ist, aber ich ertrage es nicht, wenn er mich noch einmal mit seinen bernsteinbraunen Augen ansieht und mich beim falschen Namen nennt. Dane Conway hat mir im Leben schon genug versaut. Ich werde nicht zulassen, dass er mir auch das nimmt. Archer hat die Wahrheit verdient.

Ich vertraue ihm.

Da mir Make-up bei meinem aktuellen Zustand auch nicht mehr viel helfen würde, creme ich mich bloß mit meiner Sonnencreme ein und trage ein bisschen Mascara sowie einen getönten Lippenbalsam und Deo auf, ehe ich meiner Reflexion entgegenblicke und tief durchatme.

Ich tue es.

Eigentlich ist es verdammt lächerlich.

Eigentlich hätte ich es ihm gestern sofort sagen sollen.

Archer bedeutet Sicherheit – und ich habe ihm mit meinem Verhalten wehgetan, ausgerechnet nachdem er sich mir geöffnet hat.

Ich weiß nicht, was ich erwarte. Bestimmt nicht, dass er einfach lacht, mich in die Arme schließt und wir dort weitermachen, wo wir gestern aufgehört haben, aber ich will, dass er entscheiden kann, ob er mir verzeihen will oder nicht. Ich will, dass wir eine echte Chance haben, denn das, was gestern zwischen uns passiert ist, das war verdammt echt. Es geht nicht nur um Anziehung, geht nicht nur um

Sex. Ich habe ihn gern. Ich will, dass er glücklich ist und es ihm gut geht, und das geht nicht, wenn ich ihm weiterhin etwas vormache.

Mit neuer Kraft erfüllt, schnappe ich mir meinen Hausschlüssel und stapfe nach draußen durch meinen Garten. Als ich die Straße erreiche, sind meine Knie bereits weich wie Butter, aber ich habe es hier mit ganz anderen Dingen aufgenommen: Bären. Stalker. Keira Hale. Es wird bestimmt unangenehm, Archer wiederzusehen, doch ich muss mich ihm stellen, besser jetzt als später – denn aus dem Weg gehen kann ich ihm hier ohnehin nicht.

Ich erlaube es mir nicht, zu zögern, marschiere geradewegs über die Straße zu seinem Haus – und erstarre, als ich die Einfahrt erreiche.

Fuck.

Archers Truck fehlt.

Obwohl mich ein schlechtes Gefühl beschleicht, gehe ich zur Tür und klopfe zunächst.

Keine Reaktion.

Ich drücke auf die Klingel.

Keine Reaktion. Kein Bellen. Nichts.

Ich klingle erneut, dieses Mal ein wenig länger. Durch die Tür erklingt der dumpfe Hall des schrillen Tons.

Geschlagen lasse ich meinen Arm nach unten sinken.

Er ist nicht da.

Und obwohl ich weiß, dass es dafür mit Sicherheit eine ganz normale Erklärung gibt – vermutlich ist er einfach arbeiten –, reimt sich mein Gehirn alle möglichen Schlussfolgerungen zusammen.

»Nein«, brumme ich, um meinen eigenen Gedanken Einhalt zu gebieten. »Er ist *nicht* wegen dir abgehauen, du bist nicht das Zentrum der Welt.« Ich wünschte, ich würde ein bisschen überzeugter klingen. Eine Weile stehe ich einfach nur da, bis ich einsehen muss, dass ich meinen Plan gerade nicht durchziehen kann. Aber aufgeschoben ist nicht aufgehoben.

Seufzend lasse ich die Schultern sinken und löse mich widerwillig von der Tür, um zurück in mein eigenes Zuhause zu stapfen. Ich habe noch nicht einmal meine Einfahrt erreicht, als ein schwarzer SUV am Ende der Straße erscheint.

32 Brynn

TRADING DEVILS

Leslie steigt mit ernstem Blick aus dem Wagen, den sie in meiner Einfahrt geparkt hat. Sie hat ihre blonden Haare zu einem hohen Dutt gebunden und trägt eine beige Funktionshose mit einem eng anliegenden schwarzen Tanktop, ein bisschen so, wie ich mir eine GI-Joe-Barbie vorstelle.

»Blair?«, ruft sie mir perplex von der anderen Straßenseite entgegen, und ich beeile mich, zu ihr zu gelangen.

»Hey. Ich wusste nicht, dass du mich heute besuchst ...«

Leslies Miene ist todernst. »Tut mir leid, dass ich nicht eher hier sein konnte, ich bin so schnell wie möglich gekommen. Geht es dir gut?«

Ich weiß nicht, wie ich diese Frage beantworten soll. Jedes Mal, wenn sie mir jemand stellt, klingt sie ein kleines Stück absurder. »Den Umständen entsprechend.« Ich entriegle die Tür und lasse ihr den Vortritt.

»Danke.« Leslie macht Anstalten, sich die Stiefel abzustreifen, aber stockt, da ich meine Fußmatte gestern mehr oder weniger erfolgreich weggeschmissen habe.

»Macht er dir Ärger?«

»Ich habe seit dem Vorfall gestern nichts mehr gehört«, erwidere ich und folge ihr ins Haus. An der Türschwelle zum Wohnzimmer hält Leslie inne und dreht sich zu mir. »Nein.« Sie deutet in Richtung der anderen Straßenseite. »Ich meine Archer Flint. Was hast du vor seinem Haus gesucht?«

Kälte steigt mir ins Gesicht, und ich atme flach ein. »Oh.

Nein, ich ... Ich wollte ihn nur um ... Eier bitten. Um Pancakes zu machen.«

Leslie mustert mich skeptisch.

»Allerdings ist er nicht zu Hause, daher keine Pancakes«, beende ich das Thema schnell. »Willst du Kaffee? Ich habe leider nur Instant, aber wenn man ihn richtig zubereitet, ist er eigentlich ganz okay.«

»Schlimmer als das Gesöff auf der Polizeistation kann es nicht sein.« Sie schmunzelt freudlos. »Also ja, gern, wenn es keine Umstände macht.«

Kurz darauf setze ich mich mit zwei Tassen Kaffee neben sie auf das Sofa, reiche ihr eine und nippe an meinem eigenen Getränk.

»Also.« Leslies Miene wird ernst. »Was, zum Teufel, ist hier passiert?«

Ich erzähle ihr im Detail von dem Drohbrief, dem Alarm, der Verfolgungsjagd im Wald, von Keira Hales Rettungsaktion und dem verlorenen Schlüsselbund. »Und dann hat mich Archer gefunden, und am nächsten Morgen haben wir die Schlüssel im Waldstück gesucht und ...«

»Moment«, unterbricht sie mich mit einer Geste. »Wie bist du in das Haus gekommen, wenn du keinen Schlüssel hattest?«

Meine Kehle zieht sich zusammen. »Archer hat mich in einem seiner Gästezimmer schlafen lassen.«

Leslie starrt mich an. »Du hast bei Archer Flint geschlafen?«

»Was hätte ich tun sollen?« Meine Stimme bebt bei jeder Silbe ein bisschen mehr. »Wohin hätte ich gehen sollen? Du hast gesagt, ich soll Matthew nichts erzählen, es war mitten in der Nacht, du bist nicht ans Telefon gegangen, und ich wusste nicht, ob jeden Augenblick ein Stalker die Straße entlangkommt und mich ermordet!«

»Brynn.« Leslie hebt die Hände. »Ich verstehe, dass es für dich eine schwere Situation war, aber wenn du Hilfe brauchst, solltest du dich an Matthew Wells wenden, nicht an Archer.«

»Archer ist nicht das Problem hier.« Mein Tonfall wird ungehaltener. Mein Nachbar mag eine raue Schale haben, doch darunter verbirgt sich ein selbstloser, vom Schicksal gezeichneter Mensch, und er verdient es nicht, so abgestempelt zu werden.

»Das will ich auch nicht sagen, und ich finde es gut, dass du dich mit deinem Nachbarn verstehst. Ich will bloß, dass du weißt, dass Archer nicht ...«

»Was?«, falle ich ihr ins Wort.

Leslie räuspert sich. »Er war in einige sehr unschöne Angelegenheiten verwickelt, und ich rede nicht nur von dem Mord an Ada Hale. Archer hat ein Aggressionsproblem, und das ist in der ganzen Stadt bekannt. Es gibt gute Gründe, warum sich die Leute von ihm fernhalten.«

Wen auch immer sie beschreibt, es ist sicher nicht der Archer, den ich kennengelernt habe. »Ich kann nur beurteilen, was ich selbst erlebt habe, und ich kann nichts davon bestätigen.« Langsam gewinnt der Trotz die Überhand. »Er riskiert sein Leben, um die Tiere von Kodiak Island zu schützen, und ich finde, das ist sehr bewundernswert. Und wenn wir schon einmal davon sprechen, wie kann es sein, dass die Polizei nichts gegen die Wilderer unternimmt?« Angriff ist die beste Verteidigung. Und tatsächlich: Leslie presst die Lippen zusammen.

»Nun, das musst du mit dem Polizeichef besprechen.« Rasch hebt sie die Hände. »Und das meine ich nicht wörtlich, denn du, Blair Gallagher, musst dich aus solchen Dingen heraushalten, denn deshalb bist du hier.« Sie nickt ernst, als wäre sie meine Lehrerin, dabei kann sie nur ein paar Jahre älter als ich sein. »Und ich freue mich, wenn du mit Flint klarkommst, doch ich muss dich warnen: Ich habe sein Strafregister gesehen, und ich würde jeder meiner Freundinnen raten, mit so einem Kerl lieber vorsichtig zu sein.«

Sein Strafregister.

Skeptisch runzle ich die Stirn. Darf sie mir so etwas überhaupt verraten?

Sie scheint meinen Blick allerdings falsch zu interpretieren, denn sie seufzt und schüttelt den Kopf. »Ich möchte dir keine Angst machen, und Archer Flint ist vermutlich gerade dein kleinstes Problem. Hast du jemanden von der Sache mit dem Verfolger erzählt?«

»Keira weiß davon, sie hat mich schließlich gefunden. Und Archer.« Ich überlege. »Und ... Na ja, Keira hat es Willow erzählt.«

Seufzend fährt sich Leslie übers Gesicht.

»Ist das schlimm?« Ich ziehe meine Beine auf das Sofa, damit ich mich im Schneidersitz hinsetzen kann. »Ich glaube, es wäre das Beste, wenn ich mit Matthew darüber sprechen könnte. Immerhin ist er der Chief hier. Vielleicht kann er mir helfen.«

Kurz zögert Leslie, dann hebt sie resigniert die Schultern. »Es ist ungünstig, wenn du hier Aufmerksamkeit auf dich ziehst, und noch ungünstiger wäre es, würdest du auch hier in einen Strafprozess verwickelt werden.«

Es wird enger in meiner Brust. »Das habe ich nicht vor.«

»Überlasse mir die Arbeit. Wenn du hier aus welchen Gründen auch immer nicht sicher bist, werden wir reagieren müssen.«

Mein Puls wird immer schneller. Ob aus Aufregung oder Angst, kann ich nicht sagen. »Du meinst ...«

»Es ist nicht so einfach, es tut mir leid.« Entschuldigend hebt Leslie die Hände. »Ich würde dich am liebsten sofort mitnehmen, so etwas muss allerdings erst genehmigt werden. Dann brauchen wir einen offiziellen Bescheid, einen neuen Zielort, eventuell auch eine neue sichere Identität und ...«

Ein Summen tritt in meine Ohren und übertönt ihre Stimme. »Du bringst mich von hier weg?«

Leslie sieht mich überrascht an. »Deshalb bin ich hier, oder etwa nicht?«

Ja.

Nein.

Ich kann nicht mehr atmen.

Es ist lächerlich.

Ich weiß das. Ich wollte hier weg. Ich muss hier wegwollen. Wieso fühle ich mich also, als würde ich mich am liebsten sofort am Sofa festkrallen wie eine übergroße Katze, die sich weigert, in ihre Transportbox zu gehen?

Mir ist schlecht.

»Nun.« Leslie seufzt. »Ich weiß, dass das für dich eine zusätzliche Belastung bedeutet, und das tut mir leid. Vielleicht haben wir auch Glück und es erübrigt sich von selbst.«

Ich kämpfe gegen meine Gesichtsmuskeln und versuche mit aller Kraft, mir den Sturm in meinem Kopf nicht anmerken zu lassen. »Was meinst du?«

»Na ja, es ist unter diesen Umständen schwierig, von guten Neuigkeiten zu sprechen, aber im Conway-Fall hat sich einiges getan. Es kann sein, dass es schon bald eine Urteilsverkündung gibt.«

Ich blinzle überrascht. »Jetzt schon? Ich dachte, es wären noch Wochen, vielleicht Monate ...«

»Ich habe selbst keine genaueren Informationen, allerdings hat es wohl einige unerwartete Wendungen im Prozess gegeben.«

Unerwartete Wendungen?

Was hat das zu bedeuten? »Du meinst ... Es könnte bald vorbei sein?«

Sie nickt.

»Und dann ...«

»Dann kannst du zurück nach Hause.« Leslie lächelt vorsichtig. »Bis es so weit ist, ist es wichtig, dass wir deine Identität unter Verschluss halten. Auch wenn du dich unsicher fühlst, ruf immer zuerst mich an. Ich kümmere mich darum. Ich möchte, dass du deine Kontakte bis dahin auf ein Minimum reduzierst. Sprich mit niemandem, bleib ruhig, und egal, was passiert, verlasse Echo Cove nicht.« Sie zögert. »Ich hoffe, dass dir bewusst ist, dass es dabei nicht nur um deinen eigenen Schutz geht. Würde jemand von deiner Identität erfahren, könnte das die Person ebenfalls zur Zielscheibe machen. Also verhalte dich unauffällig und halte noch ein paar Tage durch. Dann ist das alles hier vorüber.«

Ein Feuerwerk der Emotionen schießt durch meine Nerven, und einen Moment lang weiß ich nicht, was ich sagen soll. Was ich fühlen soll. Trauer trifft auf Erleichterung, Enttäuschung auf Euphorie.

Ich darf nach Hause.

Ich muss nach Hause.

Bald ist mein Albtraum vorbei.

Bald werde ich Archer nie wiedersehen.

33 Brynn

KEEP YOU SAVE

Es ist bereits Nachmittag, als ich den Motor von Archers Truck vor dem Haus höre. Mir ist schlecht, kalt, heiß, alles auf einmal. Ein Teil von mir würde sich am liebsten einfach im Bett verkriechen, ein anderer in meinen Hausschuhen über die Straße laufen und ihm die Wahrheit erzählen. Aber Leslies Worte spuken mir seit Stunden durch den Kopf. Dass ich ein Risiko trage, war mir bewusst – doch dass ich Archer dadurch ebenfalls in Gefahr bringen könnte, darüber hatte ich noch nicht nachgedacht.

Im Leben ist nicht viel absolut – doch wenn ich ihn einweihe, gibt es kein Zurück. Und ich kann ihn nicht einmal fragen, ob er es wissen will oder nicht. Ich muss entscheiden, ob ich ihn in Gefahr bringen möchte oder ob es besser ist, ihm das Herz zu brechen.

Mit zusammengepressten Lippen beobachte ich durch das Fenster, wie sich die Tür des Wagens öffnet. Archer steigt aus – und meine Gedanken sind wie fortgeblasen.

Ich sehe es auf den ersten Blick: Etwas stimmt nicht mit ihm. Er geht gebückt, der Körper angespannt, die Hände ...

Eine dicke, dunkle Flüssigkeit tropft von seinen Fingerspitzen.

Das Ticken meiner alten Wanduhr dröhnt mit einem Mal in meinen Ohren.

Einen Moment lang kann ich nichts tun, außer hier zu stehen und ihn anzustarren.

Mit steifen Schritten stakst Archer zur Hintertür, öffnet sie und lässt Koda herausspringen.

Ich starre noch immer.

Aufgeregt tänzelt der Hund um sein Herrchen herum, und als Archer versucht, nach seinem Halsband zu greifen, zuckt er zusammen und presst sich die Hand an seine Seite.

Archer ist verletzt.

Und das ist alles, was ich wissen muss.

***

Ich werfe die Tür hinter mir zu, stürme vom Haus weg und über die Straße. Noch ehe er an seiner Haustür angekommen ist, habe ich ihn erreicht.

Sofort werde ich von Koda begrüßt, doch dieses Mal schiebe ich den Alaskan Malamute entschieden zur Seite und komme schwer atmend vor seinem Herrchen zum Stehen.

Archer steht vor seiner Tür wie erstarrt, seinen Haustürschlüssel in der einen Hand, die andere noch immer an seine Seite gedrückt. Aus der Nähe kann ich das Blut nicht nur sehen, ich kann es riechen. Metallisch, ein wenig süßlich, schwer.

Ich presse mir die Hand vor den Mund, aber Archer schüttelt bloß den Kopf. »Nicht meins.«

Es beruhigt mich nur kurz. »Was soll das heißen?«

In seinen Augen liegt so viel Erschöpfung, so viel Müdigkeit, dass es mir das Herz bricht. »Komm«, murmelt er leise, seufzt und entriegelt die Tür. Koda flitzt an mir vorbei ins Haus, und ich zögere kurz, doch was auch immer gestern passiert ist, darf jetzt nicht zwischen uns stehen. Archer braucht meine Hilfe.

»Du bist verletzt.«

Er zuckt mit den Schultern und schleppt sich ins Haus.

Ich folge ihm. »Archer, du bist verletzt«, wiederhole ich, und meine Worte triefen vor Sorge.

»Nicht schlimm«, murmelt er.

»Nicht schlimm ist nicht besser als gar nicht!« Ich schließe die Tür hinter mir. Eigentlich ist es erst das dritte Mal, dass ich in seinem Haus bin, aber es fühlt sich inzwischen so vertraut an, als wäre meine Anwesenheit etwas völlig Natürliches. Als würde ich hierhergehören.

Mit einem leisen Brummen schleppt sich Archer in die Küche, und ich eile an seine Seite, greife nach der Seife und sammle dann immer wieder vorsichtig kaltes Wasser in meiner gekrümmten Hand, um damit das Blut von seinem Unterarm zu wischen, ohne dabei eine große Sauerei zu veranstalten.

Archer kümmert sich zunächst um den anderen Arm, doch als ich mit den Fingern über seine gebräunte Haut streiche, dreht er schließlich den Kopf. Sein Blick brennt auf mir, doch ich versuche, mir nichts anmerken zu lassen.

»Es ist nicht mein Blut.«

»Das hast du schon gesagt.«

Er schweigt.

Ich nehme etwas Seife dazu und wasche langsam über seinen Arm. Die Berührungen sind sanft, behutsam, als hätte ich Angst, ihn noch mehr zu verletzen, auch wenn das Unfug ist. Es ist vertraut und gleichzeitig doch so anders als letzte Nacht.

»Sie haben ein Jungtier erwischt.«

Nun sehe ich auf.

Archer umgibt immer ein Hauch der Trauer, doch so habe ich ihn noch nie gesehen. Seine Augen sind dunkel, sein Blick leer, als hätte man jede Freude daraus weggewischt.

Meine Stimme ist ein tonloses Wispern. »Einen Bären?«

Er nickt schwer, und sein Adamsapfel hüpft.

Mein Herz blutet. Ich habe noch nie einen Mann wie ihn so verletzlich gesehen. Ein riesiger Berg aus Muskeln, den der Tod eines Tieres zu Tränen rührt.

Sanft lasse ich die Hand an seinem Arm hinabsinken. Wie gestern Abend verschränke ich meine Finger mit seinen, doch die Bedeutung ist eine völlig andere. Er erwidert die Berührung mit einem sanften Druck, und für eine Weile stehen wir da, einfach so, die Hände unter dem laufenden Wasser verschränkt.

»Es tut mir so leid«, murmle ich schließlich.

»Ich bin so wütend.« Seine Stimme ist nur ein Wispern. »Ich weiß nicht wohin mit meiner Wut.«

Überrascht sehe ich zu ihm auf. Archer wirkt nicht wütend, viel eher erschöpft und traurig.

»Das ist in Ordnung«, erwidere ich sanft. »Wie soll man das alles verarbeiten? Es geht mir nicht in den Kopf, wie Menschen so grausam sein können.«

»Das liegt in der Natur der Dinge.« Archer spricht langsam, bedacht. »Wir Menschen sind eine grausame Spezies. Nur deshalb haben wir uns unseren Weg an die Spitze der Nahrungskette erkämpft. Und es ist uns nicht genug. Wir morden weiter, wollen besser sein, stärker sein, wollen immer mehr. Unser Ego ist ein unersättliches Biest, und wir hören nie auf, es zu füttern.«

Ich lasse seine Worte in mir widerhallen. »Ja«, murmle ich dann und sehe zu ihm. »Vielleicht. Allerdings nicht alle.«

Er hebt die rechte Braue.

»Es gibt Menschen, die nicht so sind. Menschen wie du.«

Ein müdes Lächeln lässt seine Mundwinkel zucken. »Ich bin kein guter Mann. Das hat man dir bestimmt schon zur Genüge erzählt.«

»Ich höre nicht auf Geschwätz.« Mit einem Schulterzucken greife ich nach seinem salbeigrünen Geschirrtuch und reibe ihm damit die Arme trocken. »Ich glaube nur, was ich mit meinen eigenen Augen sehe.«

»Ah?« Es überrascht mich, dass seine Stimme noch tiefer werden kann. »Und was siehst du?«

Ein Kloß bildet sich in meinem Hals, und ich ertrage es nicht mehr, ihm in die Augen zu sehen. »Einen guten Mann«, erwidere ich bloß und trockne mir die Hände. »Tausendmal besser als der ganze Rest zusammen.«

Sein Lachen ist so leise, so sanft, dass es mir das Herz bricht.

»Pass auf, Nachbarin«, murmelt er fast schon liebevoll.

»So wie du redest, könnte man fast glauben, dass du mich gernhast.«

Meine Wangen werden wärmer, aber ich beschließe, seinen Kommentar zu ignorieren, und hänge das Geschirrtuch wieder auf, ehe ich mich erneut zu ihm drehe. »Zeig mir deine Seite.«

Er mustert mich skeptisch.

»Deine Seite.« Ich deute auf seine Rippen, die er sich gerade noch gehalten hat. »Du bist verletzt.«

»Nur ein Kratzer.«

»Das werde ich entscheiden.«

Archer lächelt müde. Einen Herzschlag lang hält er meinen Blick, dann senkt er die Stimme. »Weißt du, Blair, wenn du möchtest, dass ich mich ausziehe, kannst du auch einfach fragen.«

Nun bin ich es, die mit den Augen rollt. Da Archer keine Anstalten macht, mir zu gehorchen, presse ich die Finger einfach gegen seinen Brustkorb und drücke ihn mit sanfter Gewalt in Richtung Wohnzimmer.

Es fühlt sich an, als wäre ich David, der gegen Goliath kämpft, doch schließlich gibt Archer nach und lässt sich von mir aufs Sofa bugsieren. Er sinkt darauf nieder, und ich platziere mich zwischen seinen Beinen, damit ich ihm helfen kann, das marineblaue T-Shirt über seinen Kopf zu ziehen. Das aufgeregte Kribbeln in meinem Bauch verschwindet, als ich den frischen Bluterguss an seiner Seite sehe. Im Zentrum der rotblau gefärbten, geschwollenen Haut ist eine oberflächliche, aber blutige Wunde.

»Archer!«

»Es ist nicht so schlimm«, brummt er ausweichend.

Ich glaube ihm kein Wort und gehe dazu über, den Rest seines muskulösen Körpers eingehend zu untersuchen. Da ist noch mehr: kleine Schrammen und Schwellungen, Flecken an den Armen, am Schlüsselbein, an der Schulter und sogar an seinem Wangenknochen. Langsam greife ich nach seinen Armen und begutachte seine Finger. In der Küche dachte ich, seine Knöchel wären vom Blut gerötet, jetzt sehe ich, dass auch hier die Haut dunkel verfärbt ist.

Ich kenne diesen Anblick.

Finn hatte in der Schulzeit öfter Auseinandersetzungen mit älteren Schülern, da er – so wie ich – nicht unbedingt besonders gut darin ist, Autoritäten zu akzeptieren. »Hast du dich geprügelt?«

Meine Wortwahl entlockt ihm ein raues Lachen, doch er widerspricht mir nicht.

»Archer!«

»Es ist halb so wild.«

»Du bist verletzt! Und sag mir jetzt bitte nicht so einen Scheiß wie ›Du solltest mal den anderen Kerl sehen‹!« Ich zögere. »Oder ... *sollte* ich den anderen Kerl sehen?« Die Worte von Matthew, Leslie, Willow und Keira schießen in meine Erinnerung: *Gefährlich. Vorsicht. Aggressionsprobleme. Strafregister.*

»Oh, keine Sorge«, brummt Archer fast tonlos. »Ich bin mir sicher, es geht ihnen blendend.«

»›Ihnen‹? Plural?«

Er weicht meinem Blick aus. Schämt er sich für das, was er getan hat? Ich atme tief ein und muss dem Verlangen widerstehen, ihm durch die Haare zu streichen. »Was ist passiert?«, frage ich schließlich sanfter.

Sein Brustkorb hebt und senkt sich schwer. »Ich habe heute Vormittag einen anonymen Anruf erhalten. War gerade rechtzeitig da, um ihr kleines Fotoshooting zu unterbrechen.«

»Fotoshooting?« Ich schlucke. »Du meinst mit ...«

»Mit ihrer *Beute.*« Er spuckt das Wort regelrecht aus. »Ich habe die Polizei angefunkt, aber natürlich haben die sich alle Zeit der Welt gelassen, und ich musste einschreiten, ehe sie verschwinden und die Beweise vernichten konnten.« Langsam legt er den Kopf in den Nacken und sieht mir entgegen.

Zärtlich streiche ich ihm über die Wange, als müsste ich die Rötung dort dringend inspizieren. »Und hast du die Bastarde erwischt?«

Sein Mundwinkel zuckt freudlos. »Mit meiner Faust, ja.«

Jeder Atemzug schmerzt. Ich möchte ihn in die Arme schließen, ihn küssen, ihm zeigen, was ich für ihn fühle, aber ich kann nicht. Ich darf ihn nicht noch mehr in Gefahr bringen. Also beschränke ich mich darauf, die Hand in seinen Nacken zu legen und ihn dort zärtlich zu kraulen. »Gut. Ich hoffe, Matthew ist aufgetaucht und hat sie verhaftet.«

Nun brummt Archer verächtlich. »Das glaubst du doch nicht wirklich, oder? Als Matty angetanzt ist, war es schon zu spät. Es war drei gegen einen, und sie waren bewaffnet. Ich habe sie verloren, und ein erschossener Bär beweist hier leider überhaupt nichts. ›Anzeige gegen Unbekannt‹, wie immer.«

Ich lege die Stirn in Falten. »Aber du könntest sie doch bestimmt identifizieren?«

»Und was bringt das? Weißt du, wie oft ich in meinem Leben schon in Mattys Büro gesessen habe, um irgendwelche Kerle zu beschreiben? Es führt zu nichts.«

»Aber es ist ... es ist doch illegal?«

»Und?« Er zuckt mit den Schultern. »Die Polizei ist damit beschäftigt, irgendwelche Alutiiq-Teenager wegen ein bisschen Weed dranzukriegen. Die Leute, mit denen ich es zu tun habe, haben zu viel Geld in den Taschen, um jemals Konsequenzen für ihr Handeln zu tragen. Unsere Legislative existiert, um die Arbeiterklasse zu kontrollieren, nicht, um Millionäre zur Verantwortung zu ziehen.«

Ein Kloß hat sich in meiner Brust gebildet. Ich versuche ihn zu ignorieren, doch ich bin mir nicht sicher, wie gut es klappt.

Es ist nicht immer so. Ich habe Dane Conway angezeigt, und nun steht er vor Gericht und landet im Gefängnis. Es gibt Gerechtigkeit.

Ich schlucke meinen Einwand und streiche stattdessen mit dem Daumen über Archers stoppeliges Kinn. »Verstehe.«

»Ich weiß, dass es nicht richtig ist«, brummt Archer. »Aber die Tatsache, dass einer dieser Pisser heute mit einer gebrochenen Nase ins Bett muss, ist mein einziger Trost.«

Wenn es das ist, was Leslie mit *gefährlich* meint, habe ich schlechte Neuigkeiten für sie. Nichts davon schreckt mich ab. Nichts davon sorgt dafür, dass ich weniger gern bei Archer sein möchte.

»Ich kann einfach nicht glauben, dass man nichts dagegen tun kann«, murmle ich, während ich ihn weiter sanft mit den Fingerspitzen massiere. Als hätten wir eine stille Abmachung getroffen, kommentiert keiner von uns beiden die Berührung. Wir sind Freunde. Er vertraut mir. Und im Moment ist das mehr, als ich verdient habe.

»Ich glaube, das liegt an verschiedenen Dingen«, murmelt Archer. »Zu wenig Förderungen, zu wenig Ressourcen und einfach keine handfesten Beweise. Wir reden hier von einem riesigen Schutzgebiet. Ich kann nicht einfach an jedem zweiten Baum eine Kamera installieren, und die wenigen Kameras, die wir haben, zeichnen nur bei guten Lichtverhältnissen auf. Außerdem steckt da Geld drin. Es gibt Leute, die von der Wilderei profitieren, leider auch auf dieser Insel. Manchmal frage ich mich, wie weit hinauf das Netzwerk reicht, wer alles …«

»Was hast du gerade gesagt?« Sanft streiche ich durch seine dunklen Haare und sehe ihn an.

»Na ja, manche kommen bestimmt von selbst hierher, aber sie bekommen Tipps, sie bekommen Hilfe und …«

»Ja, davon gehe ich aus. Ich meine das davor. Mit den Kameras.«

Er hebt die Brauen. »Dass ich nicht an jedem zweiten Baum eine davon aufhängen kann und sie im Dämmerlicht nicht gut filmen?«

»Ja, genau das!«

Fragend legt er den Kopf schief. »Wie gesagt. Keine Fördergelder für so was. Und ich habe weder die Rücklagen noch die Technik dazu.«

»Aber ich.« Das leise Klingeln in meinem Unterbewusstsein schwillt zu einem triumphierenden Siegesmarsch heran. Die ganze Zeit über war ich dem Schicksal hilflos ausgeliefert, doch das? Das ist ein Problem, gegen das ich etwas unternehmen kann. Ich darf vielleicht nicht ehrlich zu Archer sein, aber ich kann ihm helfen, die Welt ein kleines bisschen besser zu machen.

Langsam lehnt Archer den Kopf zur Seite, als wäre er sich nicht sicher, ob er mich richtig verstanden hat. »Was?«

»Ich ...« Wie soll ich ihm das erklären? »Ich habe eine Idee.« Auch wenn sich alles in mir dagegen sträubt, löse ich mich von ihm. Bilde ich es mir nur ein, oder wirkt er tatsächlich ein bisschen enttäuscht? Ich kann es ihm nicht einmal verübeln – ich würde ebenso gern bei ihm bleiben und da weitermachen, wo wir gestern aufgehört haben, aber ich weiß, was das Beste für uns beide ist.

»Keine Prügeleien mehr, ja?«

Archer sieht mich nur überfordert an. »Was hast du vor?«

»Ich muss etwas nachsehen. Vielleicht ... vielleicht kann ich dir helfen.«

34 Brynn

CODE MISTAKE

Die Tür fällt hinter mir ins Schloss, und mein Haus begrüßt mich mit der üblichen, leicht modrigen Luft, aber die Rädchen in meinem Kopf drehen sich inzwischen so schnell, dass es mir egal ist.

Ich entdecke meinen Laptop zwischen einer eingetrockneten Müslischale und einem leeren Kaffeebecher in der Küche, krame ein Notizheft hervor, finde einen Kugelschreiber und gehe, nachdem ich mir meinen letzten Energydrink aus dem Kühlschrank geholt habe, ans Werk.

Der Laptop erwacht mit einem leisen Summen, und ich tippe mein Passwort ein. Archer mag vielleicht nicht über die nötige Technik verfügen, aber ich? Ich habe nicht nur für *Conway Tech* gearbeitet, sondern auch schon an der Uni ein Seminar zum Thema Sicherheitstechnik belegt. In unserem Abschlussjahr haben wir uns ein Semester lang mit einer großen Projektarbeit beschäftigt, in der es darum ging, ein Sicherheitskonzept für einen Vergnügungspark in Maryland zu erstellen.

Und was ist der große Unterschied zwischen einem Vergnügungspark und einem Wildtierschutzgebiet?

Na gut. Abgesehen von den Bären, den mangelnden Stromanschlüssen, dem nicht vorhandenen Internetempfang und den bewaffneten Wilderern – aber das sind nur Kleinigkeiten.

Oder wie mein ehemaliger Professor sagen würde: Es sind *Herausforderungen*.

Meine Finger fliegen förmlich über die Tasten des Laptops. Das Internet ist hier so verdammt langsam, dass es eine halbe Ewigkeit braucht, bis ich alle nötigen Unterlagen zusammengesucht habe.

Natürlich ist vieles davon hypothetisch und nicht eins zu eins umsetzbar, doch es muss ja auch nicht perfekt sein. Es ist ein Anfang. Ich habe keine Ahnung, wie lange ich in Echo Cove bleiben kann und ob meine Beziehung zu Archer auch nur den Ansatz einer Zukunft hat – aber ich kann etwas für ihn tun. Ich kann ihm helfen und diesen von Tragödien und Herzschmerz gezeichneten Ort ein bisschen besser zurücklassen, als ich ihn vorgefunden habe.

***

Es ist 8:30 Uhr, als ich den Finger auf Archers Türklingel presse. Ich habe die halbe Nacht kein Auge zugetan, und vermutlich sieht man mir das auch an: Meine Haare sind einfach mit einer schwarzen Klammer hochgesteckt, und ich trage ein Oversize-T-Shirt, Bike-Shorts und Sneakers. Ich habe nicht einmal daran gedacht, mich zu schminken, und der hellblaue Nagellack, den ich mir vor meiner letzten Schicht im *Honeycomb* aufgetragen habe, ist schon wieder völlig abgesplittert, denn ich kratze daran herum, wenn ich mich konzentriere – und das war die ganze Nacht über der Fall.

Doch das Resultat meiner Arbeit?

Ich glaube, es kann sich sehen lassen. Klar, wäre ich zu Hause und hätte die Ressourcen aus meinem alten Job, könnte ich viel mehr ins Detail gehen, aber Echo Cove ist nicht D. C., und ich habe nicht einmal einen Schraubenzieher in meinem Haus. Den Umständen entsprechend kann ich also mehr als zufrieden sein.

Ich klingle noch mal.

Es ertönt Kodas aufgeregtes Bellen, und als sich kurz darauf die Tür öffnet, sieht mir Archer überrascht entgegen. Er trägt wieder einmal dunkle Jeans, schwere Arbeitsstiefel, ein schwarzes Shirt und darüber ein offenes, rot kariertes Flanellhemd. Es sollte verboten sein, so gut auszusehen.

»Blair?«, brummt er fragend, während Koda über die Türschwelle stürmt und mich mit energischem Schwanzwedeln begrüßt.

Sanft kraule ich den flauschigen Riesen hinter dem Ohr. »Weißt du noch, was du gestern gesagt hast?«

Er hebt die Brauen. »Die Kamerasache, nach der du aus dem Haus gestürmt bist?«

»Genau.« Mit einem Anflug von Stolz halte ich ihm einen handgeschriebenen Zettel unter die Nase. »Ich brauche das alles. Kannst du mich zu *Bob's Hardware* fahren?«

***

»Warte, ich helfe dir.« Archer drückt seinen warmen Körper von hinten an mich, als ich mich gerade auf die Zehenspitzen stelle und versuche, eine Box mit portablen Akkus aus dem Regal zu ziehen.

»Die ganz oben.« Ich lege den Kopf in den Nacken, während er über mich greift. »Wie viele?«

»Das ganze Ding.«

»Okay?« Er klingt überrascht, aber tut, worum ich ihn gebeten habe. Zufrieden nehme ich ihm die Kiste ab, überprüfe den Inhalt, und als ich mich vergewissert habe, dass die Akkus das richtige Modell sind, stelle ich sie in unseren Einkaufswagen, in dem sich bereits andere Elektronik stapelt.

»Sieht ganz gut aus, dann brauchen wir nur noch eine Infrarotfernbedienung, die sich programmieren lässt. Ich glaube, so was müsste in dem Gang da vorn rechts sein, an dem wir vorhin vorbeigekommen sind.«

Archer mustert mich mit einer Mischung aus Skepsis und Erstaunen. »Ich bin mir noch immer nicht ganz sicher, was genau du vorhast, aber wieso nicht.« Er geht wieder dazu über, den Wagen zu schieben.

»Wie gesagt.« Ich pfeife Koda zu mir und folge Archer dann. »Mit den normalen Kameras, die ihr in den Eingangsbereichen habt, könnt ihr nur aufzeichnen, wenn die Lichtverhältnisse gut sind, richtig? Das geht also nur bei direkter Sonneneinstrahlung und nicht in den dunklen Ecken des Waldes.«

Er sieht mich unschlüssig an. »Genau.«

»Was ihr braucht, ist die richtige Technologie, wie du gesagt hast. Eine Infrarotkamera kann Wärmesignale aufnehmen. Und da kommt die Software ins Spiel. Ich muss nur eine Zeitsteuerung schreiben, mit der die Kamera bei Dämmerung in den Infrarotmodus wechselt. Und dann brauchen wir so was wie einen Bewegungsmelder. Mit dem richtigen Programm können die Kameras automatisch aufzeichnen, sobald sie ein Signal erkennen. Dann hast du einen Videobeweis.«

»Aber das sind doch normale Überwachungskameras, oder etwa nicht? So was, wie du auch vor dem Haus hast.«

»Genau!« Ein Schwall der Begeisterung überkommt mich wie eine Welle. Ich habe vergessen, wie sehr ich das hier liebe; wie gern ich tüftle, arbeite, Lösungen finde. Dane Conway hat mir all dies genommen, alle kleinen Fragmente meiner Persönlichkeit. Doch ich hole sie mir zurück. Ich kämpfe dafür, wieder ich selbst sein zu dürfen. Und irgendwann, wenn all das hier vorüber ist, werde ich Archer die Wahrheit sagen.

»Dafür haben wir die Infrarotfilter«, fahre ich fort. »Wenn man die in die Kameras einbaut, können wir Wärmesignale aufzeichnen. Da es Funkkameras sind, können wir sie im Schutzgebiet verteilen.« Ehe er etwas dazu sagen kann, hebe ich die Hände. »Natürlich ist es nur ein Tropfen auf dem heißen Stein. Wahrscheinlich finden wir auf der ganzen Insel nicht genug Kameras, um das Schutzgebiet flächendeckend auszustatten, und dann wäre da noch das

Problem mit der Stromversorgung, denn du musst die Akkus selbst tauschen. Aber wir können zumindest ein paar an den wichtigsten Knotenpunkten installieren, zum Beispiel an den Eingangsbereichen. Es ist besser als nichts, oder? Es ist ein Anfang.«

Als ich merke, dass Archer mich anstarrt, halte ich inne. »Sorry. Ich rede zu viel, oder?«

»Nein.« Er hält ebenfalls an. »Lernt man so was im Geologiestudium?«

Ich beiße mir auf die Unterlippe. »Ich hab für eine Firma gejobbt, in der eine ähnliche Technologie hergestellt wurde.«

Er mustert mich eingehend. »Wie konntest du dir das alles merken?«

»Ich habe einfach nur eine gute Auffassungsgabe«, lüge ich. »So was wie ein fotografisches Gedächtnis.«

»Wow. Und du weißt, wie man diese Filter einbaut?«

»Ich habe eine Vorstellung davon, ja. Wie gesagt, damit man eine richtig große Fläche abdecken kann, müsste man ... Man bräuchte bestimmt einen Profi, der sich intensiv für einige Zeit damit auseinandersetzt, und es wäre ein sehr großes Projekt. Aber wir können schon einmal anfangen.«

Fasziniert sieht Archer mich an. »Du bist wirklich eine bemerkenswerte Frau, Blair Gallagher.«

Ich wünschte so sehr, er würde aufhören, mich beim Namen zu nennen.

Als ich wieder zu Archer sehe, hat er die Brauen fragend gehoben. »Alles okay?«

»Klar.« Ich räuspere mich. »Hab nur gerade über etwas nachgedacht.«

Er setzt sich wieder in Bewegung. »Willst du es mir erzählen?«

»Ach, bloß ob wir eher ... Ah, hier ist genau das, wonach ich gesucht habe.« Ich schnappe eine Packung und werfe sie in den Einkaufswagen. »Und sieh mal. Dort hinten gibt es auch Zimmerpflanzen!« Ich habe meinen Lebtag lang noch keine Zimmerpflanze länger als einen Monat am Leben gehalten, locke Archer aber dennoch in die Gartenabteilung und lasse ihn zwischen zwei Sukkulenten auswählen, nur um am Ende doch beide zu nehmen.

Schließlich landen wir mit einem vollen Einkaufswagen an der Kasse, hinter der Bob steht und in einem Magazin liest. Er trägt heute keine rote Kappe, dafür allerdings ein ärmelloses schwarzes Shirt mit einem ausgewaschenen Adlermotiv.

»Ich übernehme das«, sage ich schnell, als Archer Anstalten macht, nach dem Geldbeutel zu greifen.

»Eine moderne Frau, was?« Bob hebt den Kopf. Als er mich erkennt, erhellt sich seine Miene. »Ah, die junge Dame von neulich. Hast du den Weg gefunden?«

Blut steigt mir in die Wangen, und ich schiele zu Archer. »Mehr oder weniger«, murmle ich leicht beschämt.

»Ah, auch moderne Frauen brauchen manchmal einen starken Ma...« Bob kommt nicht dazu, seinen sexistischen Kommentar zu beenden, denn er hebt den Kopf, sieht Archer – und erstarrt. »Das ist doch der Flint-Junge.« Aus Bobs Mund klingt Archers Nachname wie die schlimmste Beleidigung auf Erden. Er presst die dünnen Lippen aufeinander und wirft die Kamera, die er gerade gescannt hat, ein bisschen zu energisch in den Wagen zurück. »Meine Tochter war mit der kleinen Ada in der Schule. Gutes Mädchen. Verdammt gutes Mädchen.«

Neben mir löst sich Archer. »Es ist besser, wenn ich im Auto warte.«

Intuitiv greife ich nach seiner Hand. »Nicht«, wispere ich, und unsere Blicke treffen sich. Ich atme tief durch – die Luft riecht nach Pressholz und Lagerhalle – und wende mich dann dem Verkäufer zu. »Was möchten Sie damit andeuten?«

Sein Blick ist noch immer auf Archer gerichtet. »Wie ich sehe, lässt du nicht nur ein Mädchen für dich bezahlen, sondern auch für dich sprechen.«

Die Wut brodelt in mir hoch. »Ich spreche für mich

selbst!« Ich glaube, ich bin im falschen Film gelandet. »So werden hier Kunden behandelt?«

Bob schnaubt. »Er ist kein Kunde von mir.«

Ich kann spüren, wie sich Archer neben mir verspannt. Wütend starre ich den Verkäufer an. »Nehmen Sie das sofort zurück.«

»Oder was? Hetzt du mir deinen Freund auf den Hals? Wäre nicht das erste Mal, dass er handgreiflich wird, oder?«

Koda stößt ein unsicheres Grummeln aus.

»Blair«, brummt Archer fast tonlos hinter mir, aber ich reiße mich von ihm los.

»Sie können sich Ihre Kameras sonst wohin schieben.« Das Blut rauscht mir in den Adern.

»Gut, euresgleichen sind hier sowieso nicht willkommen«, erwidert Bob unterkühlt, doch ehe ich zu einer neuen Tirade ansetzen kann, hat mich Archer bereits gepackt und zieht mich sanft mit sich in Richtung Ausgang. »Komm, Blair. Er ist es nicht wert ...«

»Und ich werde Ihnen eine Google-Bewertung schreiben!«, rufe ich dennoch, mein Gesicht heiß vor Wut. »Eine *furchtbare* Google-Bewertung!«

Ein abschätziges Schnauben ist das Letzte, was ich aus dem Laden höre, als Archer mich auf den schattigen Parkplatz zieht.

35 Brynn

WOUNDS WE CANNOT HEAL

Archer startet den Motor, und für einen Moment weiß ich nichts mit mir anzufangen, weiß nicht wohin mit all der Wut. Fest kralle ich die Finger in die Halterung an der Tür von Archers Truck, während er den Wagen mit einer lockeren Handbewegung zurück auf die Straße lenkt. Mit einer Hand schaltet er das Radio ein und klickt durch Pop-Balladen, bis er bei einem ruhigen Folksong mit sanften Gitarrenklängen landet und die Hand vorsichtig auf meinen Oberschenkel legt. »Reg dich nicht wegen ihm auf.«

Ich kann meinen Ohren nicht trauen. »Was?«, presse ich ungläubig hervor. »Hast du nicht gehört, was er gesagt hat?«

Archers Blick ist ruhig auf die Straße gerichtet. »Natürlich. Und das ist nicht zum ersten Mal geschehen.«

Ich starre ihn an.

Archer ist ein ausgezeichneter Autofahrer und lässt sich durch nichts aus der Ruhe bringen, während ich innerlich in Flammen stehe und es kaum ertrage, still zu sitzen.

»Du meinst hier in diesem Laden, oder ...«

Er zuckt fast unmerklich mit den Schultern. »Auf der Insel.«

»Auf der Insel.«

»Ja.«

Da er hinter dem Steuer sitzt, muss er mich nicht ansehen, als ich ihn entgeistert anstarre.

»Blair«, murmelt Archer versöhnlich, als hätte *er* einen Fehler gemacht. »Ich habe dir doch gesagt, wie es hier läuft.«

»Aber das ist nicht fair.« Wie kann er nicht wütend sein? Wie kann er sich nicht *wehren,* wenn er so angesprochen wird? Ich kapiere es nicht. Die ganze Zeit reden alle davon, wie gefährlich und unberechenbar Archer sein soll, doch er steht einfach da, lässt diese furchtbaren Anschuldigungen über sich ergehen und zuckt nicht einmal mit der Wimper, wenn er Drohbriefe in seiner Post findet.

»Sie werden immer reden. Ich hab es dir doch schon gesagt.«

»Mitten in dein Gesicht?«

»Es ist viel passiert.«

Ich drehe mich nun mit dem ganzen Körper zu ihm. »Was, Archer?«

»Hm?«

»Was ist damals passiert?«

»Ich bin mir sicher, dass du das schon herausgefunden hast.«

Ich schüttle so heftig den Kopf, dass sich meine Haarklammer löst. Mit einer Hand fange ich sie ab und ziehe sie aus meiner dunklen Mähne. Beim Autofahren sollte man diese Dinger sowieso nicht tragen, zumindest habe ich mal gelesen, dass man sich damit bei einem Unfall üble Verletzungen zuziehen kann. »Ich habe nur Gerüchte und Geschichten gehört. Was ist damals wirklich passiert?«

Nun wirft er mir einen kurzen Blick zu, doch ich kann seinen Ausdruck nicht einordnen. Ein Teil von ihm wirkt amüsiert, ein Teil unglaublich müde. »Das wüsste ich auch gern, Blair.«

Muss er mich einfach ständig bei diesem Namen nennen?

Ich atme tief durch. »Ich will es wissen. Deine Version, meine ich. Und das, was danach passiert ist.«

»Danach?«

Ich zögere und spiele mit den Fingern an den Plastikzähnen der Haarspange herum. »Stimmt es, dass du vorbestraft bist?«

»Ja.«

Ich lasse die Antwort in mir nachhallen. Warte auf eine Reaktion, aber ich fürchte mich nicht. Nicht vor ihm. »Und warum?«

»Körperverletzung und Sachbeschädigung.«

»Wegen dieser Journalistensache?«

Er seufzt tonlos. »Ich wusste, dass du mich gegoogelt hast.«

»Von einer Anklage steht da nichts. Und so schlimm sah das Video gar nicht aus. Ich glaube, ich wäre an deiner Stelle auch ausgerastet.«

»Es ging nicht um das, was im Video zu sehen war, sondern das danach. Ich habe ihnen gedroht und bin dabei mit dem Kameramann aneinandergeraten. Ich war ...« Sein Brustkorb hebt und senkt sich schwer. »Ich war zu dem Zeitpunkt nicht der Mensch, der ich heute bin. Ich war krank vor Wut und Trauer und Verzweiflung, und ich wollte nichts lieber als einen Schuldigen. Ein Ventil für diese Gefühle. Vielleicht ist das das Schlimmste an der Sache. Ich bin ausgerastet, weil ich nichts lieber wollte, als jemandem die Fresse zu polieren. Der Typ war mit seiner Kamera einfach zur falschen Zeit am falschen Ort.« Er verkrampft die Finger um das Lenkrad. »Es war ein kurzer Trost.«

Ich will ihn so sehr an mich ziehen, dass es in meiner Brust sticht. »Es tut mir so leid, Archer.«

Er sieht kurz zu mir, ehe er sich wieder auf die Straße konzentriert. »Es ging ihm gut. Dem Typ, meine ich. Es war nicht die Art von Schlägerei, bei der einer im Koma im Krankenhaus landet. Aber eine Kamera ist kaputtgegangen, und er hat eine gebrochene Nase kassiert. Und ich eine Vorladung vor Gericht.«

»Und dann?«

»Der Kerl ist ein paar Wochen mit 'nem Bluterguss im Gesicht herumgelaufen, und ich musste für die kaputte Kamera blechen. Außerdem wurde ich zu Sozialstunden verurteilt. Deswegen habe ich auch angefangen, für das Wildtierschutzgebiet zu arbeiten. Und irgendwie ...« Er zuckt mit den Schultern. »Es war der erste Moment, in dem ich seit Adas Tod Frieden gespürt habe. Eigentlich wollte ich diese ganze Insel hinter mir lassen, aber plötzlich gab es etwas, das es wert war zu bleiben.«

»Du wolltest Echo Cove verlassen?«

»Zumindest ein Teil von mir. Der andere Teil ...« Er lacht leise, doch es steckt kein Funke Freude in dem Geräusch. »Ein Teil von mir hat vielleicht immer noch darauf gewartet, dass er eines Tages zurückkommen würde.«

In meiner Brust wird es eng. »Dein Bruder?«

Er nickt.

Es kostet mich alle Überwindung, ihn nicht zu berühren, doch ich will nicht riskieren, dass wir im nächsten Graben landen. »Dann ... das heißt ...«

»Ich habe keine Ahnung, was damals passiert ist«, gesteht er leise. »Aber ich kenne Liam. Er war alles für mich. Der wichtigste Mensch in meinem Leben. Es war immer wir gegen den Rest der Welt, verstehst du? Die Flint-Brüder. Unzertrennlich. Und ich weiß, dass er es nicht getan hat. Aber keiner hat mir geglaubt.« Archer stoppt mitten im Satz und räuspert sich, vielleicht nur, um sich selbst ein bisschen Zeit zu verschaffen. »Er hat Ada geliebt. Mehr als alles andere. Und er hätte ihr niemals auch nur ein Haar gekrümmt.« Er trommelt mit den Fingern gegen das Lenkrad. »Ich wünschte, ich hätte damals besser aufgepasst. Mir die Details gemerkt, verstehst du?«

»An dem Tag, an dem Ada ...«

Er schüttelt den Kopf. »Nein, eben nicht. Das ist ja die Sache. Sie haben es alle verkehrt herum berichtet. Liam war derjenige, der zuerst verschwunden ist, einen Tag vor Ada. Es gab damals ein Fest, und er ist nicht nach Hause gekommen. Zuerst dachte ich, er wäre nur etwas trinken oder würde irgendwo seinen Rausch ausschlafen. Als er am nächsten Tag nicht wieder aufgetaucht ist, wusste ich, dass etwas passiert war. Man hat es einfach im Blut, weißt du? Man spürt es, wenn etwas nicht stimmt.«

Ich weiß nur zu gut, wovon er spricht. »Und das war der Tag, an dem Ada ...?« Ich habe noch immer Hemmungen, es vollständig auszusprechen.

An dem Ada getötet wurde.

Archer nickt. »Man hat sie am Abend gefunden. Zu dem Zeitpunkt hatte ich Liam bereits vierundzwanzig Stunden nicht mehr gesehen. Und die Wunde war damals noch ganz frisch.«

Still sehe ich zuerst zu ihm, dann auf die Straße und muss an Finn denken. Ich kenne meinen Bruder in- und auswendig – seine Schwächen, seine Stärken, seine kleinen Macken und alles, was dazugehört. Würde mir morgen jemand erzählen, dass er einen Menschen – seine Freundin – getötet haben soll ...

Ich kann den Gedanken nicht einmal zu Ende führen. Denn ich liebe meinen Bruder, vertraue ihm – aber ich kenne die Statistiken, wenn es um häusliche Gewalt geht. Ich weiß, dass die meisten Fälle innerhalb der Familie vorkommen. Die Täter sind Freunde, Väter, Onkel, Brüder, Ehemänner und Affären, all jene Leute, die nach außen hin so normal wirken. Leute, denen man es *nie zugetraut* hätte.

Hat Archer recht, oder spielt das Detail keine Rolle?

Ich sehe zu ihm und weiß, wie verdammt privilegiert ich bin, weil all diese Fragen für mich immer nur hypothetisch bleiben werden. Ich habe keine Ahnung, wie es sich wirklich anfühlen muss. Ich kann wahrscheinlich nicht einmal ein Bruchteil dessen begreifen, was er verarbeiten musste. Verarbeiten muss. Denn ehrlich, manche Dinge kann man vermutlich nie ganz hinter sich lassen. Vor allem dann, wenn es noch immer offene Fragen gibt. Fragen, auf die man nie eine zufriedenstellende Antwort bekommen wird.

Schließlich sammle ich meinen Mut und spreche das aus,

was mich schon die ganze Zeit beschäftigt. »Darf ich dich fragen, was deiner Meinung nach passiert ist?«

»Diese Frage stelle ich mir seit zehn Jahren jeden Morgen nach dem Aufstehen und jeden Abend vor dem Schlafengehen. Aber ich habe keine Antwort darauf. Ich wünschte, es gäbe einfach eine Erklärung. Eine Lösung, bei der ich nicht ... Mit der ich ...«

Er muss den Satz nicht vollenden, denn ich weiß, was er sagen will.

Eine Erklärung, an der er nicht zerbricht.

Ich bin mir nicht sicher, was für eine Art von Antwort das wäre. Man muss kein Genie sein, um zu erkennen, dass es nur zwei Optionen gibt: Entweder hat Liam es getan und ist geflohen – oder Liam ist tot.

»Und du hast wirklich gar keinen Anhaltspunkt?«, wage ich mich vorsichtig auf das dünne Eis. »Keinen Verdacht? Du hast etwas von einem Beweis erzählt, als wir bei dir waren.«

Archer zögert, sieht kurz zu mir, dann wieder zurück auf die Straße. »Ich habe damals etwas gefunden. Ein paar Tage nach der ganzen Sache. Einen silbernen Schlüsselanhänger im Wald. Es war ein hässliches Ding, aber relativ neu – ein Löwe mit Mähne und aufgerissenem Maul. Eines der Beine war irgendwie schlecht gemacht und sah aus wie ein verformter Chickenwing. Ich habe das Ding damals in einem kleinen Plastikbeutel verstaut und zu Chief Wells – Matthews Dad – gebracht. Er hat es komplett ignoriert und meinte, ich solle seine Ermittlungen nicht stören.«

Ich lege die Stirn in Falten. »Hast du den Anhänger noch?«

»Nein, der Chief hat ihn behalten. Ich hätte ein Foto machen sollen oder so, aber ich war damals einfach ... Ich war nicht in der besten Verfassung.«

»Hm.« Ich verschränke die Arme. »Und er hat ganz sicher weder Liam noch Ada gehört?«

Archer schüttelt den Kopf. »Nein, bestimmt nicht. Ehrlich gesagt, weiß ich auch nicht so recht, was er zu bedeuten hat. Ob eine dritte Person im Wald war. Ob Liam sich mit den falschen Leuten eingelassen hat. Wir haben ziemlich viel Geld von meiner Granny geerbt, waren jung und impulsiv. Manchmal habe ich mich gefragt, ob es ein Unfall gewesen sein könnte. Aber das passt nicht zu Liam. Ich kann nicht glauben, dass er einfach abgehauen sein soll. Wie gesagt. Er hat Ada geliebt. Wirklich geliebt. Er wäre nicht einmal in der Lage gewesen, eine Flucht zu planen.« Er lässt die Worte zwischen uns verhallen. »Die ganze Insel hat nach ihm gesucht. Es gibt viele Möglichkeiten, in Alaska zu verschwinden, aber er wäre nicht einfach so von der Insel gekommen. Nicht ohne Hilfe. Und eines kann ich dir garantieren: Niemand hätte Liam geholfen.«

Er lügt. Archer hätte Liam geholfen. Und das ist der Grund, warum bis heute niemand etwas mit ihm zu tun haben will. Die einzige mögliche Antwort zu Liams Verschwinden führt zu ihm. »Niemand außer dir.« Ich weiß nicht, warum ich es sage. Warum ich es ausspreche.

Archer sieht mich an. »Niemand außer mir.« Einen Moment lang schweigt er. »Aber ich habe es nicht getan. Ich wünschte, ich hätte. Dann würde ich wenigstens die Wahrheit kennen.«

Am Straßenrand erscheint die inzwischen vertraute Kulisse von Echo Cove. Die bunten Häuschen und die Klippen, die an der rechten Seite ins Meer abfallen, ehe sie in dem steinigen Hafen der kleinen Küstenstadt münden. Das Meer ist heute wild und grau, und sogar aus dem Auto kann ich die Gischt sehen, die ihre gespenstischen Finger über die Felsen streckt.

»Ich verstehe«, murmle ich leise.

»Weißt du, wie oft ich mich gefragt habe, ob es in mir gehabt hätte?« Seine Stimme ist dünn. »Was ich getan hätte, wäre er blutüberströmt vor meiner Tür gestanden? Ada war auch meine Freundin, sie war wie eine Schwester für mich. Aber Liam war meine ganze Familie. Unsere Eltern sind früh gestorben, dann unser Grandpa, dann unsere Granny. Wir hatten nur einander.«

Schweigend sehe ich auf meine Hände hinab. Auf meinem Schoß liegt ein Haufen abgesplitterte Nagellackstückchen. Ich muss während des ganzen Gesprächs an meinen Fingernägeln gekratzt haben und habe es nicht einmal gemerkt. »Es ist nur ein hypothetisches Szenario. Es macht dich nicht zu einem schlechten Menschen, darüber nachzudenken.«

»Vielleicht.« Er klingt nicht überzeugt. »Weißt du, manchmal bin ich auch einfach sauer auf ihn. Sauer, dass er mich alleingelassen hat, was auch immer er getan hat. Und jetzt muss ich mich allein mit dem ganzen Scheiß herumschlagen.«

»Nicht ganz allein.« Ich schenke ihm ein vorsichtiges Lächeln, doch dann lasse ich die Schultern sinken. »Ich hätte in dem Laden nicht so überreagieren dürfen. Es tut mir leid.«

»Nein, ich muss mich entschuldigen«, brummt Archer. »Bob ist ein Arschloch.«

Ich schüttle den Kopf. »Ich habe die Fassung verloren, und jetzt sind wir völlig umsonst gefahren.«

Archer seufzt tonlos. »Es gibt noch einen großen Baumarkt in Kodiak, aber ich habe heute Abend Bereitschaft ...«

Jedes Mal, wenn er mit mir zusammen ist, bricht auf die eine oder andere Art Chaos aus. Auch wenn ich es nicht will, bringe ich ihn ständig in Situationen, in denen er an seine Grenzen getrieben wird. In denen ich ihn sogar einer Gefahr aussetze, und im Gegenzug kann ich ihm nicht einmal meinen echten Namen verraten.

»Schon okay.« Ich gebe mir Mühe, so locker wie möglich zu klingen. Ich weiß nicht, was das gerade war – ob er mir überhaupt so viel offenbaren wollte. »Vielleicht sollte ich den Plan noch einmal überarbeiten.« Ich sehe aus dem Fenster, als wir in die Shore Road einfahren.

Archer nickt bloß. »Wenn du etwas brauchst, kannst du jederzeit zu mir kommen.«

»Danke.« Ich lächle, als er den Wagen in seine Einfahrt lenkt, den Motor abstellt und wir aussteigen. »Und ... Ich ...« Ich weiß nicht, wie ich es in Worte fassen soll. Ich atme tief ein, während Archer die Hintertür für Koda öffnet. »Ich glaube dir.«

Er sieht mich über das Auto hinweg an, seine zweifarbigen Augen dunkel vor Sorge, doch ehe er etwas erwidern kann, springt Koda aus dem Wagen und fordert sein Herrchen mit einem aufgeregten Bellen auf, die Tür aufzuschließen.

Ich nutze die Ablenkung, presse meine Haarklammer fest in meine Handfläche und laufe über die Straße zu meinem Haus.

36 Archer

US AGAINST THE WORLD

Ich hätte das Gespräch im Wagen nicht so aus dem Ruder laufen lassen dürfen. Es war nicht fair von mir, sie mit meinem Trauma zu konfrontieren und dann von mir zu stoßen.

Seitdem ich gestern nach Hause gekommen bin, konnte ich an nichts anderes denken – den ganzen Nachmittag, den Abend, in der Nacht. Es war der letzte Gedanke, den ich vor dem Einschlafen gehabt habe, und der erste, der mir nach dem Aufstehen durch den Kopf geschossen ist. Ich musste an sie denken, als ich Koda gefüttert habe, beim Frühstück, als ich meine Wäsche in die Waschmaschine gepackt habe, und auch jetzt hört es einfach nicht mehr auf. Ziellos laufe ich in meinem Haus auf und ab und denke nur an *sie*.

Ehrlich gesagt, bin ich mir noch immer nicht sicher, was wir sind und wo wir stehen. Ich habe noch nie eine Frau getroffen, die mich so angezogen hat wie Blair. Wenn ich mit ihr zusammen bin, fühle ich mich, als wäre ich aus einem langen Schlaf erwacht, als würde ich mich wieder daran erinnern, wie es sich anfühlt, ich selbst zu sein.

Ich möchte sie in mein Leben lassen.

Ich will mich ihr öffnen, ich will ihr vertrauen und will, dass sie mir vertraut. Ich möchte, dass die Barrieren endlich einstürzen, aber ich weiß nicht, was ich noch tun muss, damit es endlich so weit ist.

Seit Adas Tod habe ich mit niemandem über meine Gefühle gesprochen, wollte und konnte mich nicht öffnen, doch mit ihr ist alles anders.

Sie hat keine Angst vor mir.

Sie sieht mich nicht an, als wäre ich ein Monster.

Sie hört mir zu, sie sieht meine Probleme und will sie lösen – auch wenn sie dabei versucht, den Kopf durch die Wand zu rammen. Seit Blair Gallagher in Echo Cove aufgetaucht ist, steht mein Leben auf dem Kopf. Sie ist wie ein Wirbelwind aus Fleisch und Blut, ein Wildfeuer, das ich nicht kontrollieren kann. Sie hat von mir Besitz ergriffen und mich in Brand gesteckt, und ich will mehr davon.

Will alles.

Aber irgendetwas ist da, was mich aufhält. Ein Misston in unserer Sinfonie, ein Fleck in unserem Gemälde, ein Schatten, den ich nicht richtig identifizieren kann.

Sie lockt mich an und stößt mich von sich, ruft mich und flieht vor mir, will bei mir sein, doch kann die Distanz zwischen unseren Welten nie vollständig überwinden. Immer wenn ich mit ihr zusammen bin, ist es, als hätte sie einen Fuß in der Tür, als wäre sie kurz davor, den Absprung zu wagen, aber jedes Mal zieht sie sich im letzten Augenblick doch wieder zurück.

Sie sagt mir, dass sie mir glaubt, dass sie mir vertrauen kann, aber dann, wie aus dem Nichts ist da dieser Schimmer in ihren Augen. Wie ein Reh, das ständig nach Raubtieren Ausschau hält. Hat es etwas mit ihrem Stalker zu tun? Blair wirkt ständig so, als würde sie vor etwas davonlaufen, das ich nicht sehen kann. Eines ist mir bewusst: Es gibt Dinge, die Blair mir nicht erzählt. Zu viele Zweifel, zu viele offene Fragen.

Woher kennt sie sich mit dieser ganzen Technik aus? Warum habe ich sie nicht in den sozialen Medien gefunden? Natürlich ist es möglich, dass sie einfach keine große Onlinepräsenz hat oder nicht ihren Klarnamen benutzt, aber trotzdem – etwas stimmt nicht.

Verdammt, ich verstehe einfach nicht, was diese Frau mit meinem Kopf macht.

»Komm, Koda.« Nachdem mein Hund in den Garten gestürmt ist, schließe ich die Tür und fahre mir noch einmal durch die Haare – ich habe mir heute vielleicht ein wenig mehr Mühe gegeben als sonst, ein bisschen Haarwachs in meiner Frisur verteilt und meinen Bart mit dem elektrischen Rasierer getrimmt. Sogar über meine Klamotten habe ich ausnahmsweise nachgedacht und schließlich das schwarze T-Shirt angezogen, in dem sie mich das letzte Mal mit großen Augen angesehen hat.

Fuck, ich glaube, ich schulde Blair eine Entschuldigung. Ich will nicht, dass sie denkt, ich hätte sie gestern irgendwie abblitzen lassen.

Ich bin nur nicht gut darin, über meinen Bruder zu reden.

»Benimm dich«, warne ich Koda, der bereits aufgeregt winselt, als ich an Blairs Tür klopfe.

Von drinnen ertönt Gepolter, als sie die morschen Treppen hinunterkommt. Es gefällt mir nicht, dass sie in diesem Haus wohnt. Es gäbe hier so viel zu reparieren, so vieles, bei dem ich ihr helfen könnte, wenn sie ...

Wenn sie hierbleiben würde.

Aber das wird sie nicht, oder?

Ist das der Grund, weshalb sie sich nicht auf mich einlassen will?

»Archer?« Ihre Stimme ertönt gedämpft aus dem verschlossenen Haus. Es folgt das Klacken von mehreren Sicherheitsschlössern, dann reißt Blair die Tür auf und sieht mir aus geröteten Augen entgegen. Ihr Pyjama besteht aus einem übergroßen T-Shirt, ihre Haare sind zu einem Nest auf ihrem Kopf gebunden, doch in ihrem Blick liegt ein Leuchten, das ich nicht ganz einordnen kann. Verdammt, sie sieht so süß aus.

»Alles okay ...?«

Anstatt mir zu antworten, greift sie nach meinem Arm und zieht mich einfach zu sich ins Haus.

Das alte Gebäude ist von innen in einem noch schlimmeren Zustand, als ich befürchtet habe. Das Holz ist morsch, ein leicht modriger Geruch liegt in der Luft, und ich will gar nicht wissen, wann die Treppe zuletzt saniert wurde. »Wohin gehen wir?« Ich lasse mich über die Treppe nach oben ziehen – geradewegs in Blairs Schlafzimmer.

Ein schweres Dröhnen beginnt in meinem Inneren zu pulsieren.

Nein, ich muss mir das aus dem Kopf schlagen. Das hier ist kein Booty Call.

Oder?

Ihr Zimmer ist genauso chaotisch, wie ich es mir vorgestellt habe. Der Boden ist übersät mit Klamotten, auf jeder Ablagefläche stapelt sich ein wilder Mix aus Gegenständen, ihr Bett ist ungemacht, und auf dem kleinen Arbeitstisch im Zimmer steht ihr aufgeklappter Laptop. Auf dem Bildschirm flackert irgendeine Serie, die sie mit der Leertaste stoppt, ehe sie sich aufgeregt zu mir dreht, nach einem Gegenstand greift und ihn mir in die Hand drückt.

Einen Herzschlag lang kann ich nichts anderes tun, als ihr in die Augen zu sehen.

Verdammt, ich will diese Frau küssen.

Stattdessen senke ich den Blick auf das Gerät in meiner Hand.

Es ist eine Kamera.

Nicht so eine, die wir gestern im Laden kaufen wollten, sondern eine Webcam, wie man sie früher für Computer benutzt hat. Ich wusste nicht einmal, dass es so etwas überhaupt noch gibt.

»Eine Webcam?«

»Ich war gestern noch bei Lazlo. Natürlich hatte er keine Infrarotkameras auf Lager, das wussten wir ja schon. Dafür habe ich das hier gefunden!« Aufgeregt deutet sie auf eine ganze Kiste – sie ist mit gut zehn, vielleicht fünfzehn weiteren Kameras gefüllt.

»Mehr Webcams?«, frage ich vorsichtig. Ich freue mich

ja, dass sie sich freut, doch ein kleiner Teil von mir befürchtet, dass ihr das ganze Drama vielleicht ein bisschen zu Kopf gestiegen ist.

»Ja!« Sie strahlt. »Ich dachte zuerst, damit könnten wir nichts anfangen. Dann habe ich recherchiert, und tatsächlich gibt es eine ziemlich einfache Möglichkeit. Also gut, was heißt einfach? Man muss zuerst den IR-Cut-Filter entfernen, und dann kann man einen Infrarotfilter einfügen, und ja, ich gestehe das Bild ist nicht perfekt, aber ich habe es vorhin schon getestet, sieh mal!«

Sie drückt auf die Entf-Taste, und der Vollbildmodus ihrer Serie – jetzt sehe ich, dass es *Gilmore Girls* war – wird beendet. Dann klickt sie ein bisschen auf dem Laptop herum und öffnet schließlich ein anderes Fenster. Ich brauche einen Moment, ehe ich realisiere, dass es ein Video von uns ist – übertragen von einer der Webcams. Zunächst ist es eine normale Aufnahme – dann drückt Blair auf eine Taste, und auf dem Bildschirm erstrahlt das Schlafzimmer in grellen Lila-, Orange- und Gelbtönen. Blair, Koda und ich stechen als deutlich sichtbare rote Figuren hervor.

Begeistert dreht sich Blair zu mir und strahlt mir entgegen.

Ich starre sie an. Dann wieder zum Bildschirm. Dann wieder zur ihr. »Das hast du gemacht?«

Sie nickt eifrig.

»In einer Nacht?«

Erneute Zustimmung.

»Und weißt du, was das Beste ist? Diese Kameras haben integrierte Mikrofone. Wir können also sogar Ton aufzeichnen, wenn wir wollen!«

Mein Mund steht eine Weile offen. Am liebsten würde ich sie an mich ziehen und auf der Stelle auf den Mund küssen, aber ich möchte sie nicht wieder verschrecken und zwinge mich, einen Gang zurückzuschalten.

»Das ist ... Blair, das ist unglaublich.«

Sie strahlt aus jeder Pore ihres Körpers. Es ist der schönste Anblick, den ich jemals gesehen habe.

Wir schauen uns ein bisschen zu lange in die Augen, und schließlich ist sie die Erste, die den Kontakt bricht. »Es sind natürlich nicht allzu viele, aber wir können sie gleich installieren gehen, zumindest an den wichtigsten Knotenpunkten. Eigentlich müsste ich heute ja arbeiten, allerdings hat Willow letzte Woche eine Schicht mit mir getauscht und ... Ist ja auch egal. Jedenfalls zeige ich dir, wie man sie an dem System anschließen kann, und oh.« Sie hält inne. Ihre Wangen leuchten in dem verführerischsten Rot, das ich je gesehen habe. »Vielleicht sollten wir dann auch noch um Erlaubnis fragen.«

Meine Mundwinkel zucken. »Du weißt, ich nehme es nicht immer so genau mit dem Gesetz.«

Sie grinst. »Gut. Ich auch nicht.«

***

»Kannst du mir noch mal einen Kabelbinder geben?«, fragt Blair, die sich an dem Informationsschild festhält, an dem sie gerade die Kamera mit dem Akkupack installiert hat.

Sie steht halb auf der hölzernen Kante, halb wird sie von mir am Bein in die Höhe gehalten. Ich habe aus dieser Position einen ausgezeichneten Ausblick auf ihren absolut perfekten Hintern – und jedes Mal, wenn ich, wie jetzt, zu ihr nach oben sehe, wird mir das mehr als deutlich bewusst.

»Okay, warte. Halt dich fest.«

Sie tut ausnahmsweise, was ich sage, und ich greife in meine Hosentasche, um einen weiteren Kabelbinder hervorzuziehen. Als ich ihn ihr reiche, streift sie meine Finger. Dann grinst sie, nimmt ihn entgegen und macht sich daran, das Kabel zu fixieren, während ich wieder nach ihrem Bein greife und sie festhalte, damit sie nicht fallen kann.

»Sitzt bombenfest!« Sie strahlt zufrieden und löst sich.

Behutsam lasse ich sie hinabgleiten, greife nach ihrer

Hüfte und hebe sie nach unten. Für einen viel zu langen Moment grabe ich meine Finger in ihre Kurven, und als sie die Hände um meinen Nacken legt, reagiert mein Körper mit einem eindeutigen Kribbeln.

»Hab dich«, murmle ich und setze sie vorsichtig vor mir auf den Boden ab. Aus ihren großen Rehaugen sieht Blair zu mir auf, doch ihr schiefes Grinsen verrät mir, dass sie nicht halb so unschuldig ist, wie ihr Augenaufschlag vorgibt.

»Perfekt. Dann haben wir fast alles. Wir sind ein wirklich gutes Team, Nachbar.«

»Stimmt. Nachbarin.« Erst eine Sekunde zu spät fällt mir auf, dass ich sie noch immer an der Hüfte an mich gepresst halte. Mit einem schnellen Räuspern lasse ich sie los, woraufhin sie leicht enttäuscht das Gesicht verzieht.

»Dann bleiben uns noch ...« Sie wirft einen Blick in den Karton, in dem wir die Kameras transportiert haben. »Eine.« Sie klingt fast enttäuscht. »Wo soll die hin?«

Ich überlege eine Weile. »Am besten an einen Ort, an dem sie vor der Witterung geschützt ist und wir den Akku gut unterbringen können.« Das ist bislang die größte Herausforderung bei unserem Vorhaben.

»Wie wäre es beim alten Leuchtturm? Der ist doch gar nicht 'mal weit weg von hier.« Sie grinst, kneift die Augen zusammen und versucht, den Plan der Anlage auf dem Holzschild zu entziffern. »Na ja, zumindest, wenn ich das richtig lese. Du weißt schon. Extraschutz für unsere Freundin Blossom.«

»Ja.« Ich schmunzle. »Ich schätze, das ist eine gute Idee.«

Blair setzt sich in Bewegung. »Du klingst nicht überzeugt?«

Mit dem Karton unter dem Arm folge ich ihr. »Doch. Es ist nur ...«

»Oh, fuck. Wegen Liam?« Blairs Augen weiten sich, als sie realisiert, dass sie ihren Gedanken ausgesprochen hat. Rasch presst sie sich die Hand auf den Mund.

Ich muss schmunzeln. »Du kannst seinen Namen ruhig sagen. Ich meine, nach gestern können wir, glaube ich, über alles reden. Wenn du willst.«

Ein Schatten huscht über ihre Züge. »Ehrlich gesagt, habe ich mir gestern Sorgen gemacht, dass ich dich zu sehr bedrängt habe.«

»Nein, du hast nichts falsch gemacht«, stelle ich rasch klar. »War nur überfordert. Ich hab noch nie mit jemandem darüber gesprochen.«

Sie sieht mich an, und in ihren Augen spiegelt sich deutliche Besorgnis wider. »Noch nie? Auch nicht mit einem Therapeuten oder so?«

Mir entkommt ein Schnauben. »Wie viele Therapeuten gibt es in Echo Cove?«

Blair verzieht das Gesicht. »Und was ist mit der Polizei? Die State Troopers? Haben die dir niemanden zur Seite gestellt?«

»Ich war ein Verdächtiger. Na ja, zumindest, was die Beihilfe zur Flucht angeht. Leuten wie mir werden keine Therapiestunden bezahlt. Auch nicht, wenn sie in der Kindheit der beste Freund des Sohns des Polizeichefs waren.«

»Warte. Matthew war ...« Sie weitet die Augen. »Deshalb nennst du ihn immer Matty!«

Das tue ich tatsächlich. Es ist mir gar nicht aufgefallen, aber so ist er einfach in meinem Kopf einprogrammiert. »Es ist nicht so, wie du denkst.«

Blair sieht neugierig aus. »Hattet ihr Streit?«

»Nein, ich meine, wir haben uns schon früher auseinandergelebt, vor Ada und Liam. Und nach der Sache ... Na ja. Da gab es dann keinen Weg zurück.«

Sie nickt. »Und vermisst du ihn?«

Die Frage erwischt mich eiskalt. Ich halte inne, muss einen Moment in mich gehen, in einen Teil von mir, vor dem ich sonst lieber die Augen verschließe. »Ja«, murmle ich schließlich. »Vielleicht. Gut, nicht den kleinkarierten Saubermann, der er heute ist, aber ich vermisse ...« Meine

Stimme wird leiser, ohne dass ich es will. »Ich weiß nicht mehr, wie es sich anfühlt, nicht allein zu sein.«

Ich bereue die Worte, sobald ich sie ausgesprochen habe. Wie erwartet, verändert sich Blairs Gesichtsausdruck schlagartig, und sie sieht aus, als würde sie mich am liebsten sofort in eine Decke wickeln.

Lachend hebe ich die freie Hand. »Das klang dramatischer, als es ist. Ich meinte einfach dieses Gefühl, Freunde zu haben.« Okay, klingt nicht besser. »Als Kinder«, erkläre ich rasch. »Du weißt schon. So wie sich das Leben damals eben angefühlt hat. Dieses *Wir-gegen-den-Rest-der Welt*-Gefühl.«

Blair legt die Stirn in Falten. »*Wir-gegen-den-Rest-der-Welt*-Gefühl«, wiederholt sie nachdenklich. Zu gern würde ich wissen, was in ihrem Kopf vor sich geht. Wer die Leute sind, an die sie bei diesem Begriff denkt. »Vermisst du deine Freunde aus New York?«

Ein Schatten tanzt über ihre Züge. »Ja. Hm.«

Erfolglos versuche ich, ihren Gesichtsausdruck zu entziffern. »Nicht alle?«

Sie schüttelt den Kopf. »Es ist kompliziert.«

Da ist sie wieder, die Schwere in ihren Worten. Vielleicht hat sie nicht nur Freunde in New York zurückgelassen. Vielleicht wartet jemand anders auf sie.

»Ich werde dich vermissen, wenn du Echo Cove wieder verlässt, Nachbarin.« Ich ringe mir ein Lächeln ab, um den Ernst meiner Worte abzumildern. Ich weiß nicht, ob es mir gelingt.

»Ich dich auch, Nachbar«, murmelt sie schließlich.

Für eine Weile liegt eine schwere Stille zwischen uns. Dann erhellen sich Blairs Augen. »Sieh mal, dahinten ist der Leuchtturm.« Sie grinst. »Wer zuletzt dort ist, ist ein fauler Esel!«

37 Brynn

ECHO BAY

Mein Atem sticht in meiner Lunge, und die Muskeln in meinen Oberschenkeln pulsieren, als ich die steile Anhöhe nach oben hetze. Koda überholt mich mit aufgeregtem Bellen, doch ich erreiche die Wiese vor Archer. Schwanzwedelnd stürzt sich Koda auf mich, und ich versuche ihn aufzuhalten, allerdings ohne Erfolg. Der riesige Hund reißt mich mit sich auf den Boden, doch ich kann mich im letzten Moment mit den Händen abfangen und plumpse sanft ins weiche Gras. Mit stürmischer Begeisterung gräbt Koda seine feuchte Nase in meine Seite. Sanft streiche ich durch das dicke, flauschige Fell, von dem eine nicht unbeträchtliche Menge in meinem Mund landet. Lachend versuche ich die Fellbüschel auszuspucken, als sich ein großer Schatten vor die Sonne schiebt.

Ich sehe auf und grinse Archer entgegen. »Gewonnen.«

»Ich glaube«, er beugt sich zu mir, und ein Hauch seines wunderbaren Rasierwassers steigt in meine Nase, »technisch gesehen geht der Sieg an Koda.«

»Koda gilt nicht.« Als würde er mich verstehen, windet sich der flauschige Riese aus meinem Griff. Ich lasse ihn gehen und greife stattdessen nach der Hand, die mir Archer entgegenstreckt.

Anfängerfehler.

Archer ist viel größer und mit Sicherheit auch stärker als ich, doch das Überraschungsmoment ist auf meiner Seite. Er wehrt sich kein Stück, als ich an seinem Arm ziehe, lässt den

Karton fallen und kann sich im letzten Augenblick mit der nun freien Hand abstützen, ehe er über mir im Gras landet. Sein schwerer Körper drückt auf meinen, aber es ist nicht unangenehm.

Im Gegenteil.

»Bist du jetzt zufrieden?« Sein Atem wird langsamer, seine Stimme ist schwer durch unverhohlenes Verlangen.

»Mhm«, keuche ich und streiche wieder durch seine Haare.

Das ist eine schlechte Idee. Und das wissen wir beide. Wieso ist es dann also so schwer, die Finger von ihm zu lassen?

Ich sehe ihm in die Augen, und Archer hält meinen Blick. Eine Weile liegen wir nur so da, dann senkt er langsam den Kopf. Ich weiß, dass ich ihn aufhalten sollte. Weiß, dass es kein gutes Ende nehmen wird, wenn ich ihn jetzt küsse, aber ich kann mich nicht dazu bringen, die Worte auszusprechen.

Glücklicherweise kommt mir Koda im letzten Moment zur Rettung. Sein Bellen hallt durch die Bucht, und Archer bricht den Blickkontakt als Erster. Als er zur Klippe sieht, weiten sich seine Augen, und für den Bruchteil einer Sekunde befürchte ich, dass sich Blossom schon wieder in mein Privatleben einmischen will, doch da erhellt sich Archers Ausdruck.

»Blair«, wispert er, und sein Gewicht löst sich von mir.

Mir entkommt ein kehliges Protestgeräusch, und am liebsten hätte ich ihn sofort wieder an mich gezogen, doch ich richte mich auf, stemme mich mit dem Ellenbogen im Gras ab und drehe mich nach hinten.

Im ersten Moment weiß ich nicht, was er meint – dann sehe ich sie, und mit einem Mal sind alle Gedanken, alle Sorgen, alle Bedenken wie fortgeblasen.

Unter den Klippen erheben sich riesige schwarz-weiße Körper aus den Wellen. Zuerst sehe ich nur einen, dann zwei, dann ... Es sind so viele. Eine ganze Schule.

Ich lasse mich von Archer nach oben ziehen, allerdings ohne dabei den Blick auch nur für eine Sekunde von den Orcas zu nehmen. »O mein Gott«, wispere ich und nähere mich den Klippen.

»Warte.« Archer legt die Hände um meine Mitte, und ein Schauer schießt durch meinen Körper. Sanft zieht er mich zurück, bis ich mit dem Rücken gegen seine Brust stoße. »Vorsicht«, ertönt seine Stimme warm und sanft in meinen Ohren. »Die Klippe ist am Rand brüchig. Geh lieber nicht zu nah ran.«

»Oh«, murmle ich bloß. Es kommt nicht oft vor, dass in meinem Kopf Ruhe einkehrt, aber ich habe mein ganzes Leben lang noch nie etwas so Schönes gesehen. Immer wieder erscheinen die riesigen schwarz-weißen Köpfe aus den Wellen. Manche tauchen ganz auf und schlagen mit den großen Flossen auf die Wasseroberfläche, ehe sie wieder verschwinden und zu Schatten im wilden Meer werden.

»Was machen sie hier?«, frage ich leise, als hätte ich Angst, die Wale zu verjagen, obwohl sie uns definitiv nicht hören können.

»Um diese Jahreszeit kann man auf der Insel oft Orcas beobachten.« Bei jedem seiner Worte vibriert Archers breiter Brustkorb. »Sie kommen hierher, um nach Lachsen und Robben zu jagen und ihre Kälber großzuziehen. Die Gewässer hier sind voll mit Beute, so lernen die Jungtiere das Jagen. Orcas sind ausgezeichnete Jäger, was ihnen auch einen zweifelhaften Ruf eingebracht hat.« Er brummt leise. »Was natürlich Bullshit ist. *Killerwale?* Die einzigen Killer sind die Menschen, die diese wunderbaren Kreaturen in enge Becken einsperren und sie zwingen, durch Reifen zu springen.«

Sanft lege ich die Hand über seine Finger, die noch immer auf meinem Bauch ruhen. Ich liebe es, wie wichtig ihm das alles ist, liebe es, wenn er mir von den Tieren Alaskas erzählt. Ich liebe seine Leidenschaft, und ich liebe seine Wut. So vielen Menschen ist alles egal. Aber Archer? Archer brennt für das, was ihm wichtig ist.

»Und sie sind auch zum Jagen in der Bucht?« Sanft streiche ich über seine raue Hand, bis er die Finger hebt und sie vorsichtig mit meinen verschränkt.

»Kann sein. Vielleicht sind sie nur hier, weil sie auf Wanderschaft sind. Oder schlicht und ergreifend neugierig. Siehst du das, was sie da machen? Wenn sie die Köpfe aus dem Wasser heben? Das nennt man *Spyhopping*. Sie beobachten die Umgebung.«

»Auch uns?«

»Hm.« Sanft streicht er mit dem Daumen über die Seite meiner Hand. »Gute Frage. Weißt du, wie diese Bucht heißt?«

Ich nicke. »Du hast sie Echo Bay genannt, oder?«

»Genau. Daher hat Echo Cove auch seinen Namen. Der Schall wird von den Klippen zurückgeworfen, also vielleicht ... Ja. Vielleicht können sie uns und Koda hören.«

Ich lehne mich gegen ihn. Obwohl unsere Berührung viel weniger sexuell aufgeladen ist als zuvor, fühle ich mich ihm sogar noch näher.

»Das ist wunderschön«, wispere ich, und es ist mehr als eine totgeschlagene Phrase. Ich wünschte, der Moment würde nie vergehen. Wünschte, ich könnte für immer hier mit ihm sein und die Wale beobachten. Mit ihm durch das Schutzgebiet ziehen und etwas *tun*. Etwas verändern. Ich habe meinen Job in D. C. immer gern gemacht, aber ich habe mich nie so lebendig gefühlt wie heute. Hatte nie den Eindruck, dass ich wirklich etwas bewirken kann. Die Welt ein bisschen besser machen.

Ich möchte nicht, dass es aufhört.

Will mich für immer so fühlen wie in diesem Moment.

***

Die Magie der Orcas hält an, auch als wir das Schutzgebiet längst verlassen haben. Nachdem Archer die letzte Kamera an einem gesicherten Vorsprung am Leuchtturm angebracht hat, fährt er uns in seinem Truck zurück in Richtung Shore Road, und mit jeder Meile, die wir zurücklegen, schlägt mein Herz aufgeregter.

Das letzte Mal war das zwischen uns nur reines Verlangen, Hunger, Sehnsucht nach Berührung und körperlicher Nähe. Doch seit dieser Nacht ist zwischen uns eine echte Verbindung entstanden. Ich will ihm nahe sein, ich will alles mit ihm teilen; wirklich alles. Aber bevor es so weit kommen kann, muss ich ehrlich zu ihm sein.

Ich muss ihm die Wahrheit sagen – und heute ist es so weit. Ich will keine Sekunde mehr mit dieser Lüge leben, will endlich ich selbst sein. Will, dass er mich nie wieder *Blair* nennt, will, dass er alles über mich weiß.

Und ja – mir ist klar, dass das alles verändern könnte. Mir ist klar, dass das auch für ihn Probleme mit sich bringen wird, doch wir stecken bereits viel zu tief in der Sache, als dass es noch einen leichten Ausweg gäbe. Eine Lösung, bei der ich kein Risiko eingehen muss.

Aufgeregt spiele ich an meinen Fingern, als wir in die Shore Road einbiegen.

»Also.« Archer räuspert sich. Wir haben noch nicht darüber gesprochen, was wir am Abend machen wollen, aber ich bezweifle stark, dass sich unsere Wege jetzt trennen werden.

»Hast du Hunger?«, fragt er schließlich.

»Mhm.« Ich presse die Lippen zusammen. »Ich würde dich echt gern einladen, allerdings habe ich nur noch Erdnussbutter und Instant-Ramen im Angebot, und es ist nicht einmal die gute Marke.«

Er schmunzelt und lenkt den Wagen um die Kurve. Selbst die kleinste seiner Bewegungen raubt mir den Verstand. Es ist nicht fair, wie unheimlich attraktiv er ist.

»Das geht nach so einem anstrengenden Tag natürlich nicht«, brummt er. »Du brauchst eine ordentliche Mahlzeit.«

»Befürchte ich auch.« Mit glühend heißen Wangen lächle ich zu ihm.

»Willst du mit zu mir kommen?« Er wirft mir einen kurzen Blick zu, ehe er sich wieder auf die Straße konzentriert. »Wir könnten gemeinsam kochen.«

»Ja«, antworte ich vielleicht ein bisschen zu schnell. »Das wäre schön.«

Er grinst zufrieden. »Perfekt, dann können wir ...« Der Truck biegt in die Shore Road ein – und mein Herz sinkt.

In meiner Einfahrt steht ein schwarzer Wagen.

»Oh?« Archer sieht mich fragend an. »Du hast Besuch?«

Bitte nicht.

Ich habe mir seit meiner Ankunft so oft gewünscht, Leslie würde hier auftauchen und mir helfen. Dass sie es ausgerechnet in dem Moment tut, in dem ich sie nicht sehen will, habe ich nicht erwartet.

»Nicht angekündigt«, brumme ich, doch mein Puls hämmert gegen meine Schläfe. »Ich glaube, das ist meine ... ähm ... Cousine.«

»Ich hoffe, es ist nichts passiert?« Er lenkt den Wagen in seine Einfahrt.

Kopfschüttelnd sehe ich aus dem Fenster. »Ich denke nicht. Ich frage kurz, was los ist, ja? Hoffentlich dauert es nicht lange.«

»Hey.« Er lächelt warm, steigt aus, geht um das Auto herum und stoppt kurz vor mir. Ob Leslie uns sehen kann? »Mach dir wegen mir keine Sorgen, okay? Familie hat Vorrang. Du musst morgen im *Honeycomb* arbeiten, oder?«

Ich nicke und sehe zu ihm auf.

Zärtlich legt Archer die Hand an meine Wange. »Wenn es heute nicht klappt, hole ich dich morgen nach der Arbeit ab, und dann machen wir uns einen schönen Abend, okay?«

»Okay«, wispere ich, stelle mich auf die Zehenspitzen und küsse seine Wange, obwohl mich die Sehnsucht nach seinen Lippen fast zerreißt. »Ich melde mich bei dir.«

Langsam rutscht seine Hand von meinem Rücken, und ich beiße die Zähne zusammen, als er sich von mir löst.

38 Brynn

PAINT IT BLACK

Meine Knie sind weich wie Butter, und mein Herz schlägt mir bis zum Hals, als ich die Straße überquere und auf den schwarzen Wagen vor meinem Haus zusteuere. Je näher ich komme, desto deutlicher wird ihr Umriss hinter dem Lenkrad. Leslie ist in ihr Handy vertieft, und ich muss an das Fenster klopfen, um ihre Aufmerksamkeit zu erregen.

Hinter der Scheibe zuckt sie zusammen, sieht auf – und ihr Blick wird ernst.

Kein gutes Zeichen.

»Hey«, murmle ich leicht verlegen, als sie die Tür öffnet und aussteigt. »Sorry, ich wusste nicht, dass du heute direkt vorbeikommst.«

»Das war auch eigentlich nicht geplant. Wo bist du gewesen? Ich konnte dich auf dem Handy nicht erreichen. Ist alles in Ordnung?«

Ich nicke rasch. »Ja klar. Ich war mit Archer an den Klippen.« Ich möchte, dass sie es weiß. Ich habe keine Angst vor Archer, und noch weniger schäme ich mich dafür, Zeit mit ihm zu verbringen. Vor allem jetzt, wo ich mit eigenen Augen gesehen habe, wie manche Leute hier mit ihm umgehen. »Wir haben Orcas beobachtet.«

»Oh.« Ihr Tonfall klingt flach. »Das ist schön. Können wir reingehen? Ich glaube, es wäre besser.«

Ein Schauer rasselt durch meine Bauchgegend. »Wieso?«

Anstatt mir zu antworten, lässt sich Leslie die Tür von mir aufschließen und betritt mein Haus.

»Weißt du noch, was ich dir das letzte Mal gesagt habe?« Sie hält in meinem Wohnzimmer, die Hände ganz in Cop-Manier an ihren Gürtel gelegt, und deutet auf das Sofa. »Bitte setz dich.«

Ich habe in meinem Leben oft genug »Bitte setz dich« gehört, um zu wissen, dass es nichts Gutes bedeutet.

Artig lasse ich mich auf dem Sofa nieder, presse die Knie zusammen und fühle mich wie ein Schulmädchen, als ich die Hände in meinem Schoß falte. Warum fühle ich mich so schuldig, wenn ich doch nichts getan habe?

Offenbar sind mir meine Gefühle deutlich vom Gesicht abzulesen, denn Sorge flackert über Leslies Züge. »Geht es dir gut?«

Angestrengt nicke ich. »Mhm.«

Einen Moment lang behält mich Leslie im Blick, dann seufzt sie fast unhörbar. »Es gibt Neuigkeiten im Prozess.«

»Und deinem Tonfall entnehme ich, dass es keine guten Entwicklungen sind?«

Eigentlich wollte ich ihr ein Lächeln entlocken, doch sie presst die Lippen nur noch fester zusammen, ehe sie schließlich doch antwortet.

»Es gab einen Fehler in der Beweiserhebung.«

Ich blinzle. »Einen ... was?«

»Bei der Beweiserhebung ist ein Beschlagnahmungsfehler unterlaufen.« Sie atmet tief ein. »Das bedeutet, dass wir die Beweise, die wir vorgelegt haben, nicht benutzen können. Der Prozess gegen Dane Conway wurde fallen gelassen.«

Ich lächle.

Natürlich habe ich mich verhört.

Leslie sieht mich an.

Ich starre zurück und räuspere mich schließlich. »Entschuldigung ... Ich glaube, ich habe dich falsch verstanden.«

»Ich fürchte nicht.«

Ein eisiger Schauer bahnt sich über meinen Nacken hinab, und einen Augenblick lang ist es, als würde ich meinen Körper von außen beobachten.

Leslie wird ernster. »Das Verfahren wurde eingestellt.«

»Wie, eingestellt?« Meine Stimme ist nur noch ein heiseres Krächzen.

»Der Prozess gegen Dane Conway ist beendet.«

Das kann nicht wahr sein. Ich weigere mich, diese Aussage zu akzeptieren. »Aber er ist doch ... Es gibt doch Beweise?«

»Und wenn Beweise nicht korrekt erhoben werden, sind sie vor Gericht nicht gültig.«

»Also wird er erneut angezeigt?« Meine Schultern sinken hinab, als würde die Schwerkraft meinen ganzen Körper nach unten zerren. »Wie lang wird das dauern?«

Leslies Blick ist unergründlich. Schließlich lässt sie sich neben mir auf dem Sofa nieder. »In unserem Rechtssystem kann eine Person nicht zweimal wegen derselben Straftat angeklagt werden. Eine erneute Anzeige wäre also nur dann möglich, wenn es neue, tatkräftige Beweise gegen Mr Conway gibt, die rechtmäßig erhoben werden.«

»Du willst mir also sagen ...« Jedes einzelne Wort kostet mich Kraft. »Du willst mir sagen, dass diese Schweine einfach so frei sind? Dass es egal ist, was sie diesen Frauen angetan haben? Wegen eines ... eines beschissenen Fehlers?«

Leslie hebt die Hände. »Nun, so schlimm ist es zum Glück nicht. Es wurden in den Tagen nach Dane Conways Festnahme zahlreiche Verhaftungen durchgeführt. Wir konnten durch deine Hilfe vielen schlimmen Menschen das Handwerk legen, und sie werden ihre gerechte Strafe erhalten. Doch Dane Conway ... nun, was ihn betrifft, sieht die Lage leider ein bisschen anders aus.«

»Aber meine Aussage ...«

Sie schüttelt den Kopf. »Es tut mir leid.«

Ich starre sie an. »Du willst mir sagen, dass es einfach vorbei ist?«

Sie nickt.

Obwohl nichts daran lustig ist, muss ich lachen. »Das ist nicht dein Ernst.«

»Ich befürchte schon.«

Kälte breitet sich in meinen Adern aus, erfüllt mich vom Scheitel bis in die Zehen. Meine Kehle zieht sich zu, und ich merke, dass ich mich übergeben muss. Schwer atmend zwinge ich mich, meinen Speichel zu schlucken. Die Gedanken überschlagen sich in meinem Kopf, doch gelingt es mir nicht, auch nur einen einzigen davon zu fassen.

Sanft legt Leslie die Hand auf meine Schulter. »Es tut mir leid.«

Es tut ihr *leid*?

Ich weiß, dass sie es nicht böse meint, dass sie nichts dafürkann, aber ich würde ihr am liebsten ins Gesicht lachen. »Also was? Es gibt keinen Prozess? Es gibt keine Gerechtigkeit, weil jemand ein Formular falsch ausgefüllt hat?«

»Nicht gegen Dane Conway, nein. So etwas kommt leider vor.«

Die Wut brodelt in mir über. »Ich habe nicht gefragt, ob es *vorkommt*, ich will wissen, ob es dein Ernst ist!«

Leslie scheint meinen Ausbruch nicht persönlich zu nehmen. »Es ist mein Ernst, Brynn.«

»Alle wissen, dass er schuldig ist! Er hat versucht, mich zu töten! Er hat mir eine Waffe an den Kopf gehalten!«

»Ohne Verurteilung gilt in unserem Rechtssystem die Unschuldsvermutung.«

»Das ist ein Witz.«

Sie schüttelt den Kopf. »Leider nein.«

»Er hat das eingefädelt.« Tränen brennen mir in den Augen. »Das muss dir klar sein, oder? Er muss jemanden bestochen haben, er hat ...«

Er hat die Fäden in der Hand.

Ich hätte es wissen müssen. Dane Conway ist nicht nur mächtig und reich, er ist schlau. Er weiß, wie er den Kopf aus der Schlinge zieht und unbeschadet davonkommt.

»Und was wäre ein Beweis?« Ich schiebe ihre Hand entschieden von mir und erhebe mich mit zittrigen Beinen. »Wenn ihr mich mit einer Kugel im Kopf findet? Oder müsst ihr auch dann erst einmal nach den richtigen Formularen suchen?«

»Brynn.«

»Nein, nichts *Brynn*! Muss ich mich mein ganzes Leben verstecken? Was bedeutet das für mich?« Meine Stimme bebt so sehr, dass sie beinahe bricht.

»Das liegt nicht an mir zu entscheiden«, erwidert Leslie ernst. »Der nächste Schritt ist es, mit Marshall Stevens Rücksprache zu halten. Die Kollegen in D. C. werden sich zu deinem Fall beraten. Wir verstehen, dass es eine sensible Situation ist, und außerdem müssen wir in Betracht ziehen, was in Echo Cove geschehen ist.«

»Also was?« Ein heiseres Lachen dringt gurgelnd aus meiner Kehle. »Muss ich hier weg und mich unter einer anderen Identität irgendwo in einem anderen Kaff verstecken, bis ich alt und grau bin?«

»An erster Stelle muss ich dich bitten, ruhig zu bleiben. Panik bringt uns überhaupt nichts.«

»Leslie, das ist ein Scherz, oder?«

Langsam erhebt sie sich.

»Bitte sag mir, dass das ein Scherz ist!« Es ist keine Frage mehr, sondern ein verzweifeltes Flehen, doch sie sieht mich nur ernst an.

»Ich kann dir nicht mehr Informationen geben, ich habe dir bereits alles gesagt, was ich weiß. Sobald ich Neuigkeiten aus D. C. erhalte, werde ich dir Bescheid sagen, und dann besprechen wir, was die Zukunft bringt. Und bis dahin ist es von allerhöchster Priorität, dass du diese Information für dich behältst.« Aus ihrer sonst freundlichen Miene ist eine steinerne Maske geworden. »Ich weiß, dass es gerade überwältigend ist, aber du musst mir vertrauen. Deine Sicherheit hat für uns Priorität, und damit wir diese gewährleisten können, musst du tun, was ich sage. Keine Alleingänge, keine impulsiven Handlungen, hast du mich verstanden? Bis ich das Gegenteil sage, wirst du Echo Cove nicht verlassen.«

Sie spricht noch weiter. Über die Gesetzeslage, über Fristen und Prognosen, doch ich höre längst nichts mehr.

Dane Conway ist ein freier Mann.

Und er will mich töten.

39 Brynn

WORST CASE SCENARIO

Ich sage das Treffen mit Archer ab.

Am nächsten Morgen schreibe ich Willow eine Nachricht und will mir den Sonntag freinehmen, doch sie ruft mich daraufhin sofort zurück. Offenbar ist Keira krank, und Willow bettelt mich an, wenigstens am Nachmittag ins Café zu kommen. Da ich ihr nicht erklären kann, wozu ich den Tag brauche, sage ich schließlich doch zu und schleppe mich um die Mittagszeit in meinen schwarzen Leggins und T-Shirt ins *Honeycomb*.

Als das rostige Glöckchen über der Tür mein Erscheinen ankündigt, hebt Willow, die einen dünnen Sweater trägt und ihre Haare zu einem Dutt hochgebunden hat, hinter dem Tresen den Kopf.

Ihre Augen weiten sich. »O Gott, du siehst ja wirklich nicht gut aus. Sorry, ich wusste nicht, dass es so schlimm ist. Möchtest du lieber nach Hause gehen?«

Seit dem Gespräch mit Leslie fällt es mir schwer, auch nur einen einzigen klaren Gedanken zu fassen. Ich fühle mich nicht einmal mehr traurig und enttäuscht, sondern einfach nur leer.

Als hätte jemand die Lichter ausgeknipst und wäre nach Hause gegangen.

Langsam schüttle den Kopf. »Nein, ist schon gut. Ich bin okay.«

»Du siehst nicht okay aus.« Willow beobachtet mich

skeptisch, als ich hinter den Tresen trete und mir meine Schürze umbinde. »Willst du drüber reden?«

Ich weiß überhaupt nicht mehr, was ich möchte. »Nein, ist schon gut. Es ist kompliziert.«

»Oh.« Sie mustert mich. »Liebeskummer?«

Im ersten Moment möchte ich verneinen, doch dann halte ich inne. Allein an Archers Lächeln zu denken, bricht mein Herz in tausend winzige Splitter.

Es war unheimlich schwer, mein Leben in D. C. zurückzulassen, aber der Gedanke daran, dass ich von hier fortmuss, irgendwo in eine neue Identität gezwängt werde und Archer nie erfahren wird, wer ich wirklich war ...

Tränen steigen mir in die Augen.

»O Blair.« Sanft legt Willow die Hand auf meinen Arm. »Es tut mir so leid. Kann ich irgendwas für dich tun?« Sie schenkt mir ihr bestes aufmunterndes Lächeln. »Wie wäre es mit einer heißen Schokolade mit Muskatnuss, das beruhigt die Nerven.«

Eigentlich möchte ich ihr widersprechen, möchte ablehnen und lächelnd sagen, dass alles in Ordnung sei, doch aus meinem Mund kommt nur ein ersticktes Gurgeln.

***

Willows heiße Schokolade hilft tatsächlich, zumindest rede ich mir das ein. Vielleicht fühle ich mich einfach besser, weil ich etwas zu tun habe.

Es ist ein sonniger Tag in Echo Cove, und es kommen außergewöhnlich viele Gäste ins Café. Darunter sind die gewöhnlichen schrulligen Einwohner – auch die alte Marnie, die mich noch immer skeptisch mustert, während sie einen Café Latte mit einem Schuss Rum bestellt; Hal, der wie immer seinen Kaffee trinkt und dabei Zeitung liest; aber auch tatsächlich ein paar Touristen, die hier sind, um das Wildtierschutzgebiet zu besuchen, und mich über die besten Hiking-Strecken ausfragen.

Ich habe keine Antwort für sie.

Möchte sie warnen, am besten so schnell wie möglich wieder zu verschwinden, bevor ihnen diese Stadt das Herz brechen kann.

Der Tag vergeht im Schneckentempo. Immer wenn ich auf die Uhr sehe, ist es, als würde sie rückwärtslaufen. Die Mitternachtssonne in Alaska tötet jegliches Zeitempfinden völlig ab, und ich fühle mich, als wäre ich in einem seltsamen Limbo gefangen, in dem jede Minute eine Stunde dauert.

»Blair?« Die vertraute Stimme reißt mich kurz vor Ladenschluss aus den Gedanken, als ich gerade dabei bin, die Kaffeemaschine zu reinigen.

Überrascht sehe ich auf. »Matthew.«

Der junge Chief sieht gut aus; er hat die hellbraunen Haare ordentlich gekämmt, seine Zähne leuchten strahlend weiß, und er trägt ein offenes Lächeln auf den Lippen. Ich muss an das denken, was Archer mir erzählt hat. Dass die beiden zusammen aufgewachsen sind und sogar beste Freunde waren. Ob er Archer auch manchmal vermisst?

»Hey«, begrüße ich ihn knapp. »Was darf's sein?«

»Bitte einen Kaffee to go, mit Milch und Zucker.« Er mustert mich. »Und ich würde gern mit dir reden.«

Ich schüttle den Kopf. »Ich arbeite gerade. Keira ist ausgefallen. Leider kann ich Willow nicht alleinlassen.«

»Es dauert nicht lang. Genau genommen ist Keira der Anlass, weshalb ich hier bin.«

Ich kann mir schon denken, worum es geht. Na wunderbar. Ich habe es fast geschafft, der Konfrontation mit der örtlichen Polizei aus dem Weg zu gehen, und nun muss Matthew doch noch auftauchen. »Wie gesagt. Ich habe zu tun. Aber ich komme gern die Tage vorbei und ...«

»Matty!« Willow kommt mit einem Tablett voll mit frisch aufgebackenem Apfelkuchen aus der Küche. Es duftet wunderbar nach Frucht, Zucker, Zimt und warmem Teig, und mit einem leisen Knurren erinnert mich mein

Magen daran, dass ich den ganzen Tag noch nichts gegessen habe.

»Hey, Will, sorry, dass ich so reinplatze. Kann ich mir deine Kollegin ganz kurz ausborgen? Ich würde ihr gern ein paar Fragen stellen.«

Willow sieht beunruhigt zwischen mir und Matthew hin und her. »Nichts Schlimmes«, fügt er mit einem warmen Lächeln hinzu.

»Oh.« Sie nickt, als würde sie verstehen. »Ja klar, ihr könnt nach hinten ins Büro gehen. Apfelkuchen?«

»Kannst du mir einen zum Mitnehmen einpacken?«

»Für dich doch immer.« Sie grinst und sieht uns nach, als ich mich widerwillig von der Kaffeemaschine löse und durch den schmalen Gang vorbei an den Toiletten auf die weiß lackierte Holztür zusteuere, hinter der sich das Büro des *Honeycomb* verbirgt.

Ich war erst einmal hier, als ich an meinem ersten Tag den Arbeitsvertrag unterschrieben habe, und damals hat Willow sich um das Organisatorische gekümmert. Sonst habe ich hier eigentlich noch nie jemanden gesehen. Ich weiß nicht einmal, wem das *Honeycomb* gehört – und wenn der Zustand des Büros ein Hinweis ist, dann ist die Person schon länger nicht mehr hier gewesen.

Es ist eine kleine, fensterlose Kammer, in der es nach abgestandener Luft, alten Holzmöbeln und modrigen Büchern riecht. An den Wänden stehen ein paar Regale, die farblich und stiltechnisch überhaupt nicht zusammenpassen – manche aus massivem Holz, andere aus billigen Pressspanplatten und wieder andere komplett aus Metall. Letztere sind offenbar später hinzugefügt worden, um die schiere Menge an Büchern, Ordnern und losen Zetteln zu organisieren. Der Erfolg? Mittelmäßig. Alles hier wirkt chaotisch, ohne Logik und System, und das Chaos breitet sich auch auf dem Schreibtisch in der Mitte des Raums weiter aus. Ich kann nicht einmal sagen, welche Farbe die Tischplatte hat, weil so viele Rechnungen, Zettel und Magazine darauf liegen.

Ein alter schwarzer Laptop steht zugeklappt vor dem abgewetzten Bürosessel, und an den Wänden hängen vergilbte Fotos und Poster, mit denen in den Achtzigerjahren mit der Schönheit Alaskas als Tourismusziel geworben wurde. Es ist kein Ort, an dem ich lange bleiben möchte.

»Also?« Ich schließe die Tür hinter mir.

Er sieht mich ernst an. »Keira hat mir ein paar sehr beunruhigende Dinge erzählt. Ich kann nicht glauben, dass so was hier in unserer Stadt passiert sein soll, und noch weniger, dass du nicht sofort zu mir gekommen bist.«

Ja, wie soll ich das erklären? Das Letzte, was ich jetzt brauche, ist, auch noch Matthews Aufmerksamkeit auf mich zu ziehen, gerade nachdem Leslie sehr deutlich war, was meine Auflagen angeht. »Es war ein Missverständnis.«

»Ein Missverständnis?« Matthew sieht mich skeptisch an.

»Jupp.« Meine Wangen werden warm. »Ich habe einfach ein Tier gesehen.«

»Ein Tier.«

Muss er alles wiederholen, was ich sage? »Ja. Der Wald ist voll von ihnen.«

Matthew hebt langsam die Braue. »Keira hat mir etwas anderes erzählt. Sie sagt, dort wäre ein Mann gewesen.«

Nun sehe ich auf. Keira hat das gesagt? Sie hat vor mir mit keinem Sterbenswörtchen erzählt, was sie in jener Nacht gesehen hat. *Dass* sie überhaupt etwas gesehen hat. Warum geht sie damit zu Matthew und kommt nicht zu mir? Und warum erst jetzt?

»Das ist mir neu.«

»Blair.« Er senkt die Stimme. »Bitte sei ehrlich. Ich kann dich schützen.«

Zweifelhaft. »Es war wirklich nichts.«

»Ich habe gehört, dass du viel Zeit mit Archer Flint verbringst.«

Meine Kehle schnürt sich zusammen. Wo hat er das *gehört*? Etwa auch von Keira Hale?

»Ist das eine Frage?«

»Blair, wenn du in Schwierigkeiten bist ... Wenn ich dir helfen kann, musst du es einfach sagen.«

Was will er damit andeuten? Dass Archer derjenige ist, der mich verfolgt hat und mir Drohbriefe schreibt? »Danke, ich fühle mich ausreichend sicher«, presse ich hervor, obwohl es keineswegs der Realität entspricht. Leider bin ich keine gute Lügnerin, und ich kann in seinen Augen sehen, dass er es mir an meinem Gesicht ablesen kann.

»Ich würde gern eine Untersuchung einleiten«, sagt er mit Nachdruck. »Und wenn wieder etwas passiert, dann will ich, dass du direkt zu mir kommst. Okay?«

»Okay«, lüge ich schnell, nur um das Gespräch zu beenden. Es ist ohnehin egal. Ich werde nicht mehr lang in Echo Cove bleiben. Bald hat Blair nie existiert.

»Gut.« Er fährt sich durch die Haare. »Ich will dir nur helfen, Blair. Echo Cove ist ... nun ... Ich hatte schon einmal eine Freundin, der ich nicht helfen konnte. Und ich werde mir das nie verzeihen.«

»Ich bin nicht Ada Hale.« Die Worte sind schroffer, als ich es beabsichtigt habe, aber sie tun ihre Wirkung. Matthew verzieht das Gesicht.

Er atmet tief ein und ringt sich ein Lächeln ab. »Ich wollte dir nicht zu nahe treten. Die Sicherheit in meiner Gemeinde ist mir wichtig, und ich werde nicht zulassen, dass sich die Geschichte wiederholt.«

Mein Blick wird weicher. »Und das weiß ich zu schätzen. Danke, Matt.«

Er sieht mich ernst an. »Ich mache nur meinen Job. Wenn Keira sich besser fühlt, werde ich ihren offiziellen Bericht aufnehmen. Es würde mich freuen, wenn du auch eine Aussage machst. Wir finden diesen Mistkerl und sorgen dafür, dass er keiner Frau jemals wieder ein Haar krümmen kann, okay?«

Ich nicke schwer. »Okay.«

»Na gut.« Er lächelt. »Dann haben wir das ja geklärt, und ich will dich nicht länger von der Arbeit abhalten. Ist ja heute einiges los.« Matthew geht zur Tür und scheint darauf zu warten, dass ich ihm folge, aber ich verharre einfach an Ort und Stelle. Er hinterfragt es glücklicherweise nicht und verlässt den Raum schließlich allein.

Wie gebannt starre ich auf die Tür, die knarrend ins Schloss fällt. Dann sinke ich mit dem Hintern gegen den Schreibtisch und fahre mir mit beiden Händen übers Gesicht. Zu spät fällt mir ein, dass ich Wimperntusche und Augenbrauenstift trage, und als ich wieder auf meine Finger sehe, zieren schwarze Schlieren meine Handflächen.

Scheiße.

Ich will mich erheben, doch stoße dabei gegen einen Stifthalter mit Schachbrettmuster, der daraufhin umkippt und zu Boden fällt. Schnaufend bücke ich mich, um die Stifte aufzuheben und wieder zurück in den Becher zu stopfen, als etwas in meinem Augenwinkel meine Aufmerksamkeit weckt.

Perplex richte ich mich auf, drehe mich zur Seite – und starre dem Mann entgegen, der mich tot sehen will.

40 Brynn

ALL THE DEVILS ARE HERE

Ich erstarre.

Es sind zwei Dinge, die nur separat voneinander Sinn ergeben. Zwei Puzzlestücke, die nicht aneinanderpassen, weil sie aus völlig unterschiedlichen Motiven stammen.

Einen Moment lang bleibt mir nichts anderes übrig, als an meiner eigenen Vernunft zu zweifeln.

Zugegeben, es würde mich nicht wundern, wenn die Synapsen in meinem Gehirn tatsächlich durchbrennen.

Es muss ein Irrtum sein.

Ein Spiel des Lichts.

Eine optische Täuschung.

Anders kann ich mir nicht erklären, warum hier, im *Honeycomb* in Echo Cove, Kodiak Island, Alaska ein Foto von Dane Conway an der Wand hängt.

Mit zitternden Fingern stelle ich den Stiftebecher zurück auf den Tisch. Ich nähere mich dem Foto mit langsamen, bedächtigen Schritten, als könnten die Personen aus dem Bild hinter dem Glas jederzeit hervorspringen – und mir eine Waffe an den Kopf halten.

Mit jedem Schritt wird deutlicher, dass ich mich nicht geirrt habe.

Auf dem Foto *ist* Dane Conway zu sehen.

Nun, zumindest Dane Conway vor einigen Jahren. Mein ehemaliger Chef sieht jünger aus, als ich ihn kenne. Sein Haaransatz ist voller, die Haare dick und dunkel und ohne die charakteristischen grauen Strähnen an den Schläfen. Außerdem trägt er nicht, so wie im Büro, einen ordentlichen Anzug, sondern stattdessen eine Outdoorhose mit hohen Gummistiefeln und eine halb offene Camo-Jacke, unter der ein helles Hemd hervorblitzt. Er hat die Arme rechts und links um die Schultern von zwei Männern geschlungen, und alle drei strahlen in die Kamera, als wären sie glückliche Jungs auf einem Schulausflug.

Zu ihren Füßen liegt der riesige Kopf eines leblosen Elchs mit massivem Geweih.

Mein Herzschlag dröhnt mir in den Ohren.

Das ist nicht möglich.

Das ist nicht wahr.

Ich habe gerade einen Nervenzusammenbruch und halluziniere. Vielleicht war in dem Kakao zu viel Muskatnuss. Ich habe mal gehört, dass man davon high werden kann. Bin ich high?

Als müsste ich mich davon überzeugen, dass ich wirklich gerade hier bin und sehe, was ich sehe, greife ich nach meinem Gesicht und taste die Kurven meiner Wangen ab.

Echt.

Sinn ergibt es trotzdem nicht. Ich reiße das Bild so heftig von der Wand, dass sich der kleine Metallnagel aus dem Putz löst und zu Boden fällt. Hastig drehe ich den Rahmen um, in der Hoffnung, Namen oder zumindest eine Jahreszahl zu finden.

Nichts.

Kein Anhaltspunkt.

Irre ich mich schon wieder?

Ich halte mir das Foto näher unter die Nase und kneife die Augen zusammen, doch dieses Mal ist es keine Verwechslung.

Dieses Mal sieht mir tatsächlich Dane Conway von dem Foto entgegen.

Und ich weiß, dass das der Anfang vom Ende ist.

***

Willow steht hinter dem Tresen und serviert einem älteren Touristenpaar zwei Becher Kaffee to go, als ich aus dem Büro zurück in den Gastraum platze.

»Willow?« Meine Stimme klingt fremd in meinen Ohren.

Sie kassiert ab, bedankt sich für das Trinkgeld und dreht sich dann mit einem besorgten Lächeln zu mir. »Ist alles okay? Wenn du eine Pause machen willst ...«

Ich reiße das Foto hoch und halte es ihr unter die Nase. »Wer ist dieser Mann?«

Überrascht blinzelt Willow und sieht auf das Bild. »Ähm, ist das im Büro runtergefallen? Dieser alte Rahmen hält echt nicht mehr so gut, vielleicht sollten wir das Bild einfach in eine Schublade stecken.«

Ich schüttle den Kopf. »Kennst du diesen Mann?« Mit dem Fingernagel klackere ich gegen die Verglasung, die sich durch den dumpfen Klang als Acryl herausstellt.

Sie sieht mich an, als würde sie sich ernsthaft um meinen Gesundheitszustand sorgen. »Rechts ist Austin Hale, Keiras Onkel. Links ist George Wells, Matthews Vater, der alte Chief. Und der Typ in der Mitte ist Dane, ihm gehört das *Honeycomb*.« Sie legt den Kopf schief. »Huh. Schätze, das habe ich dir nie erzählt. Es ist auch nicht weiter wichtig. Dane lebt in Anchorage, glaube ich. Er war seit einigen Jahren nicht mehr hier und lässt alles über seinen Assistenten regeln. Ehrlich gesagt, hab ich mich schon öfter gefragt, warum er das Café eigentlich noch behält, aber es kommt wohl doch ab und zu Geld rein. Oder es ist aus Nostalgie, früher war er wohl jeden Sommer hier und ...«

Wie eine Tsunamiwelle, die gegen die Küste kracht, übernimmt das Blutrauschen mein Gehör und überdröhnt Willows Stimme.

Nach »Ihm gehört das *Honeycomb*« habe ich nichts mehr wahrgenommen.

Obwohl ich noch immer steif hinter dem niedlich dekorierten Tresen stehe, fühlt es sich an, als würde ich in die Tiefe sacken.

Ein drückender Schmerz breitet sich in meiner Brust aus, und obwohl ich objektiv weiß, dass ich atme, scheint die Luft meine Lunge nicht richtig zu erreichen.

Um Halt zu finden, greife ich nach dem Tresen, doch mit der schweißnassen Hand rutsche ich ab und gerate ins Schwanken.

»Blair?«

Willow legt die Hände an meine Schultern.

Mein leerer Magen revoltiert, und bittere Säure schießt mir in den Mund.

Nicht hier.

Nicht vor den ganzen Gästen, die mich ohnehin bereits anstarren.

Ich lasse das Foto auf den Tresen fallen, presse mir die Hand auf den Mund und ein letztes, verzweifeltes Keuchen dringt aus meiner Kehle.

Ohne eine Reaktion von Willow abzuwarten, reiße ich mich mit einem entschuldigenden Wimmern von ihr los und stolpere beinahe über meine butterweichen Beine, als ich aus dem Café stürze und dabei unsanft mit der Schulter gegen Dylan stoße, der fast das Gleichgewicht verliert und mir etwas hinterherruft, das ich nicht mehr verstehe.

Da mir nicht viel Zeit bleibt, rette ich mich an die Seite des Hauses, lehne mich mit der Schulter gegen die weiß gestrichene Holzverkleidung und krümme den Oberkörper, als mir ein weiterer heißer Schwall Magensäure in den Mund schießt. Würgend spucke ich einen Klumpen weißlichen Schaum auf den Boden, und meine Kehle zieht sich so gewaltsam zusammen, dass ich nach Luft ringe, während sich meine Augen mit Tränen füllen.

»Ach du meine Güte, Blair!«

Nach Luft japsend hebe ich den Kopf. Willow ist am Ende der schmalen Gasse erschienen und eilt auf mich zu. Sanft legt sie die Handfläche auf meinen Rücken, doch obwohl ihre Berührung liebevoll ist, zieht sich alles in meinem Körper zurück.

Ich dachte, ich sei in Echo Cove sicher – und bin Dane Conway geradewegs in die Falle gelaufen.

»Scheiße, Blair, wenn ich gewusst hätte, wie mies es dir geht, hätte ich dich nie überredet!«

Ich atme schwer durch den Mund und sehe sie an. Dass sie sich selbst eine Erklärung zusammenreimt, ist mir nur recht.

»Geh nach Hause und ruh dich aus.« Sanft streicht Willow über meine Schulter und drückt dann meinen Arm. »Ich komme schon klar. Und morgen bleibst du auch im Bett. Okay?«

Ich versuche mir ein Lächeln abzuringen, aber meine Gesichtsmuskeln gehorchen nicht. »Danke.«

»Und wenn du etwas brauchst, dann sag es mir, okay? Soll ich dir nach der Arbeit Hühnersuppe vorbeibringen? Ich habe ein Familienrezept, das garantiert jeden wieder auf Trab bringt.«

»Nicht nötig.« Meine Worte sind abgehackt. Ich kann die nächste Welle der Übelkeit bereits im Hals spüren.

Willow mustert mich skeptisch. »Es ist wirklich kein Problem. Ich helfe gern.«

Kopfschüttelnd richte ich mich auf und wische mir mit dem Ärmel über den Mund. »Ich brauche einfach nur ein bisschen Ruhe.«

»Okay, aber wenn ich etwas für dich tun kann, melde dich, ja?«

»Natürlich.« Mit zusammengepressten Lippen lächle ich dünn. Ich weiß nicht mehr, wem ich in dieser Stadt vertrauen kann, und ich kann mir nicht leisten, es herauszufinden.

***

Ich erreiche das Cottage in fünfzehn Minuten, doch es kommt mir trotzdem zu spät vor. Während ich die knarrende Treppe hinaufsprinte, presse ich mir das Handy ans

Ohr. Am anderen Ende ertönt nur ein quälend langsames Freizeichen. Ich habe es schon mindestens zehnmal bei Leslie versucht und ihr mehrere Nachrichten auf der Mailbox hinterlassen, aber sie geht noch immer nicht ans Telefon.

Als der Anruf wieder im Nichts endet, reiße ich mir das Handy wütend vom Ohr. Einen Moment lang verharre ich und starre auf das Display. Ich könnte Matthew anrufen, doch was soll ich ihm sagen? Offenbar war Dane mit seinem Vater befreundet. Wer weiß, ob ich ihm vertrauen kann. Vielleicht ist Dane sogar schon auf dem Weg hierher. Immerhin ist er jetzt ein freier Mann.

Wenn Leslie mir nicht hilft, dann muss ich mir selbst helfen.

Ich werfe das Handy aufs Bett, falle auf die Knie und zerre meinen schweren Reisekoffer hervor. Eigentlich ist mir egal, was mitkommt – die meisten Dinge in diesem Haus haben ohnehin keine Bedeutung für mich. Wahllos reiße ich Shirts, Unterwäsche und Sweater aus dem Schrank und stopfe sie in den Koffer. Meine Kosmetika räume ich mit einem Wisch meines Unterarms von der Ablage unter meinem Badezimmerspiegel. Eine gläserne Foundationflasche fällt dabei zu Boden und zerschellt auf den Fliesen, aber ich lasse sie einfach liegen und steige über die beigefarbenen Scherben hinweg, während die Schminke langsam in die Fugen zwischen den grau-weißen Fliesen sickert. Den Laptop wickle ich in einen dicken Sweater, dann folgt mein Pyjama und sicherheitshalber auch mein Kopfkissen. Der Koffer ist so voll, dass ich mich darauflegen muss, um ihn zu schließen. Einen Augenblick lang befürchte ich, der Reißverschluss könnte platzen, doch das Glück ist ausnahmsweise auf meiner Seite und alles bleibt heil, als ich mein Gepäck polternd über die Treppe nach unten schleppe.

Der Wagen steht unberührt unter der Überdachung hinterm Haus, überzogen mit einer dünnen Schicht aus Staub, Pollen und toten Insekten. Natürlich habe ich noch immer nicht versucht, die verdammte Gangschaltung zu verstehen. Jetzt ist es zu spät.

Mit zittrigen Händen ziehe ich den Schlüsselbund aus meiner Hosentasche und sehe über die Straße zu Archers Haus. Sein Auto steht nicht in der Einfahrt, was jedoch wenig verwunderlich ist – immerhin hat er mir gesagt, dass er heute im Schutzgebiet unterwegs ist.

Für die Dauer eines Herzschlags überlege ich, ihm einen Brief zu schreiben, aber das Allerletzte, was ich will, ist, einen schriftlichen Beweis zu hinterlassen. Irgendwie muss ich mich mit ihm in Verbindung setzen, doch darüber kann ich mir Gedanken machen, sobald ich nicht mehr wie auf dem Präsentierteller sitze und darauf warte, dass mich Dane Conway zum Abschuss freigibt.

41 Brynn

BACK AGAINST THE WALL

Die Landstraßen Alaskas sind wie ein Ort zwischen Traum und Realität, Wachsein und Schlafen, Tag und Nacht. Die Dämmerung zeichnet lange Schatten auf die Straße, und tief hängende Äste greifen förmlich nach meinem Wagen. Aus dem Augenwinkel verfolgen mich Schemen im Dickicht. Immer wieder sehe ich nach links und rechts, bin mir sicher, dass sich etwas im Unterholz bewegt hat, doch da ist nichts – nur dicke Baumstämme, Büsche und gelegentliche Schilder, die mich informieren, wie viele Meilen ich noch von der Hauptstadt Kodiak entfernt bin.

Dort muss ich hin – denn dort ist der einzige Flughafen und somit die einzige Möglichkeit, von der Insel zu gelangen.

Ich habe Leslie noch immer nicht erreicht, allerdings gibt es hier auch definitiv keinen Empfang, also muss ich es in Kodiak noch einmal versuchen. Wenn sie sich dann auch nicht meldet, fliege ich einfach nach Anchorage, ich glaube, das ist die nächste große Stadt in der Nähe – von dort aus sollte es einfacher sein, mich zu verstecken, bis ich Leslie erreichen kann.

Und dann?

Ich verkrampfe die Finger fester um das Lenkrad.

Was wird dann passieren?

Dane Conway wurde freigesprochen. Nun, vielleicht nicht unbedingt *freigesprochen*, aber er ist ein freier Mann, und meine Beweise sind alle unwirksam. Was soll ich also tun? Mein ganzes Leben auf der Flucht verbringen? Tränen steigen mir in die Augen, doch ehe sie mir die Sicht nehmen können, wische ich sie mit dem Ärmel weg.

Ich hätte es wissen müssen.

Ich habe für ihn gearbeitet; ich weiß, was für ein Mann er ist.

Er gibt nie auf.

Hat immer die Kontrolle.

Verdammt noch mal, Archer hatte recht – Menschen wie mein ehemaliger Boss stehen über dem Gesetz, und ich war naiv zu denken, dass man ihn auf legale Art und Weise schlagen könnte.

Verfahrensfehler? Dass ich nicht lache. Niemand kann mir erzählen, dass ich durch Zufall in Echo Cove gelandet bin.

Aber was bedeutet das für mich?

Gibt es überhaupt noch einen Ort auf dieser Welt, an dem ich sicher bin?

Archer.

Ich verdränge den Gedanken wie eine lästige Fliege. Will mich nicht an ihn erinnern, nicht hier, nicht jetzt, wenn mein ganzes Leben den Bach hinuntergeht und ich ihn vielleicht nie wiedersehen kann, zumindest nicht, ohne ihn in Lebensgefahr zu bringen. Denn wie gesagt – ich kenne Dane Conway, und ich weiß, dass er nicht vergessen und vergeben wird. Und nun, da er auf freiem Fuß ist, ist die Jagd auf mich eröffnet.

Wieder zuckt mein Blick auf das Handy. Noch immer kein Empfang. Mein Atem wird schwerer, ich kralle die Finger schmerzhaft fest um das Lenkrad, und ich versuche mich zu beruhigen, schnappe dabei aber nur hilflos nach Luft. Ein Schleier legt sich über meine Sicht, und je mehr ich versuche, mir mit dem Ärmel über die Augen zu wischen, desto schlimmer wird es.

Die Tränen wollen nicht versiegen, die Panik hat ihre kalten Krallen fest um mein Herz geschlossen und gräbt sie Sekunde für Sekunde tiefer in mein Fleisch. Wieder huscht ein Schatten durch meine periphere Sicht, und ich beiße mir fest auf die Unterlippe, flehe mich selbst an, die Ruhe zu bewahren.

Es ist nur Einbildung.

Fantasie.

Ein Hirngespinst.

Bis zu dem Moment, an dem es das nicht mehr ist.

Wenige Schritte vor mir schießt ein Schatten aus dem Unterholz. Es passiert viel zu schnell, um zu erkennen, was es ist – ein Reh, ein Hirsch, ein Elch, irgendetwas Großes mit langen, dünnen Beinen.

Mein Schrei ist so schrill, dass er in meinen eigenen Ohren schmerzt.

Instinktiv ramme ich den rechten Fuß auf die Bremse – zumindest versuche ich es, doch ich rutsche ab. Panik übernimmt die Kontrolle.

Scheiße.

Ich muss etwas tun, ich muss bremsen, ich muss schalten, ich muss reagieren, aber ich sehe rot.

In einer letzten Verzweiflungstat reiße ich am Lenkrad, doch es ist bereits zu spät. Die hölzerne Straßenbegrenzung bricht wie ein übergroßes Streichholz, und für den Bruchteil einer Sekunde fühle ich mich, als wäre ich auf dem Roller Coaster bei Six Flags, mit dem ich als Kind mit Finn gefahren bin.

Ich will schreien, doch es kommt kein Ton aus meiner Kehle.

Dann wird mein Kopf nach vorn geschleudert. Innerlich sehe ich mich schon mit gebrochenem Schädel am Lenkrad kleben, im nächsten Augenblick wird mir die Luft aus der Lunge gepresst.

In Filmen sehen Airbags immer weich aus, wie große Marshmallows oder Baymax aus dem Disney-Film. In der Realität fühle ich mich, als hätte man mich mit einem übergroßen Boxhandschuh geschlagen.

Der Geruch von verbranntem Plastik steigt mir in die

Nase, und ein leises Knistern erfüllt die Fahrerkabine, als der Wagen schließlich zum Stillstand kommt und die Luft wieder aus dem Airbag entweicht.

»Scheiße, scheiße, scheiße.«

Schließlich gelingt es mir, den weißen Stoff von mir zu drücken. Ich habe Glück gehabt; ich weiß, dass der Sinn eines Airbags in erster Linie darin liegt, tödliche Unfälle zu vermeiden – und dafür werden oft Verletzungen wie gebrochene Rippen, Nasen und mehr in Kauf genommen.

Vorsichtig taste ich über meinen Körper.

Abgesehen davon, dass meine Muskeln noch immer zum Bersten gespannt sind und meine Finger zittern, bin ich unverletzt.

Fluchend taste ich nach dem Hebel und drücke die Tür nach außen. Wie Fingernägel auf einer Schiefertafel kratzen Äste über den Lack. Verdammte Scheiße, ich stecke im Gebüsch fest.

Mit einem tiefen Atemzug versuche ich, meine Lage zu analysieren.

Es ist schlimmer und gleichzeitig besser, als ich gedacht habe. Schlimmer, weil der Wagen mit der Schnauze voran tief im Straßengraben gelandet ist. Die Motorhaube ist verbeult und das rechte Hinterrad hängt in der Luft.

Besser, weil ich am Leben bin.

Schwer atmend fahre ich mir über das Gesicht, fluche leise und greife dann nach meinem Rucksack, der vom Beifahrersitz auf den Boden geschleudert wurde. Offenbar gab es in dem Wagen nur einen Airbag – was für ein Glück, dass ich keinen Beifahrer hatte.

Mein Handy ist auf dem Boden gelandet, und als ich es aufhebe, entdecke ich nicht nur einen großen Riss im Display – der Screen ist schwarz, und auch nach mehrfachem Drücken auf den Power-Knopf tut sich nichts.

Ganz ruhig bleiben.

Das ist leichter gesagt als getan.

Ich liege mit meinem Auto im Graben im Nirgendwo, gejagt von einem Verbrecher, niemand weiß, wo ich bin, und die Chancen, dass jemand ausgerechnet jetzt die Straße entlangkommt und mich findet, sind verschwindend gering. Bei meinem Glück ist es wahrscheinlich Dane Conway selbst, der jeden Moment hier auftaucht und mir eine Kugel in den Kopf jagt.

Die Panik flattert wie ein wilder Vogel in meiner Brust, und ich muss mich zwingen, den Gedanken abzuwürgen.

Kein Problem. Eine Herausforderung.

Mit bebenden Fingern zerre ich den Zipper auf, reiße den Sweater aus dem Rucksack und krame zwischen Bodylotion, einer Wasserflasche und losen Nagellackfläschchen herum. Irgendwas muss mir helfen, aus diesem Wagen zu kommen, und dann brauche ich einen Plan B. Ich brauche …

Mit den Fingerspitzen stoße ich gegen einen großen, rechteckigen Gegenstand und halte inne. Irritiert ziehe ich daran – und erstarre.

Holy shit.

Vielleicht ist doch nicht alles verloren.

Würde ich nicht in diesem verdammten Auto feststecken, würde ich vor Freude einen Luftsprung machen.

42 Archer

IF I'M THERE

Ich bin gerade dabei, den alten Zaun neu abzustecken, als das Funkgerät an meinem Gürtel zu surren beginnt. Leicht genervt lege ich mein Werkzeug ab und greife nach dem Walkie-Talkie. »Flint, Over?«

Am anderen Ende ertönt nur unverständliches Rauschen.

»Hier ist Flint, ich bin in Sektor 3A und kümmere mich um die Zäune. Was gibt's? Over.«

Wieder Rauschen.

Verdammt. »Angie, bist du das? Ich habe dir doch erklärt, dass du auf den Knopf drücken musst, bevor du reden kannst.« Dieses Mal spare ich mir das Over.

Das Rauschen wird von einem Krächzen unterbrochen.

»Angie, ich kann dich nicht verstehen, du musst deutlicher reden.«

»Archer?«

Sofort ziehen sich alle Muskeln in meinem Körper zusammen. »Blair? Ist alles in Ordnung?«

Irgendetwas muss passiert sein, nachdem sie mit der blonden Frau, die ganz bestimmt nicht ihre Cousine ist, aus dem Wagen in ihrer Einfahrt ins Haus gegangen ist. Ich nehme es ihr natürlich nicht übel, dass sie meine Einladung abgesagt hat, doch die Art, wie sie es getan hat – eine kryptische SMS –, hat die Alarmglocken zum Läuten gebracht.

Aber ich kann sie nicht zwingen, mir die Wahrheit zu sagen. Mir zu verraten, was sie verfolgt.

»Arch... Archer?«, krächzt es erneut aus dem Gerät. »Kannst du mich hören?«

Liegt es am schlechten Empfang oder klingt ihre Stimme wirklich, als hätte sie geweint?

»Ich bin da, Blair. Du musst zum Reden auf den Knopf drücken, sonst kann ich dich nicht hören. Ist alles in Ordnung?«

Kurze Stille. Dann ertönt ihre Stimme erneut. »Nein ...«

Shit.

»Nein? Wo bist du?«

»Ich weiß es nicht ...«

Aus den Alarmglocken ist ein ausgewachsenes Death Metal-Konzert mit Moshpit geworden.

»Was meinst du?«

»Ich ... ich bin irgendwo im Schutzgebiet. An der Straße. Ich wollte nach ...« Der Kontakt bricht einen viel zu langen Augenblick ab. »Richtung Kodiak, und dann ... Ein Tier auf der Straße und ...« Rauschen.

»Ein Tier? Blair, bist du verletzt?«

»Mein Auto ... Ich weiß nicht, wie ich wieder herauskomme ...«

O Fuck.

»Beweg dich nicht vom Fleck, okay?«

Ihre Stimme klingt unsicher. »Ja ... Ich sag doch ... Ich komm hier nicht raus.«

»Bist du verletzt?«

»Ich glaube nicht ... Nicht schlimm.«

Adrenalin schießt durch meine Adern, aber ich zwinge mich, so entspannt wie möglich zu klingen. »Gut. Ich bin gleich bei dir.«

»Archer?« Ihre Stimme ist kaum mehr als ein Wispern.

»Ja?«

»Kannst du dranbleiben?«

Mit einer Hand habe ich bereits die Werkzeuge in meinen Kasten gestopft, schiebe Daumen und Zeigefinger in den Mund und stoße einen scharfen Pfiff aus, mit dem ich

Koda, der gerade dabei war, eine alte Felsformation zu be-
schnüffeln, zu mir rufe.

»Natürlich. Ich bin da. Ich bin immer für dich da, hörst
du?« Auf dem Weg zum Auto zerre ich die Schlüssel aus
meiner Hosentasche. »Immer wenn du mich brauchst.«

***

Glücklicherweise gibt es nur eine Straße, die in Richtung
der Stadt Kodiak führt. Dennoch bin ich fast eine Stunde
lang unterwegs. Eine Stunde, in der ich Blair immer wieder
anfunke, aber ich bezweifle, dass sie ihr Funkgerät aufgeladen hat, und lege immer größere Pausen ein, um ihren
Akku zu schonen. Das spreche ich natürlich nicht aus – ich
möchte nicht, dass sie Panik bekommt, wenn sie realisiert,
dass ihr der Saft jederzeit ausgehen könnte und sie dann
komplett von jeglichem menschlichen Kontakt abgeschnit-
ten wäre.

Inzwischen habe ich mir zusammengereimt, was passiert
ist – ein Wildwechsel hat sie überrascht, Blair hat die Kontrolle über das Auto verloren und ist direkt durch die Leitplanke gekracht. Das wundert mich nicht. Die Absperrun-
gen sind hier teilweise so brüchig, dass sie eher als Deko
fungieren, wenn sie denn überhaupt existieren, und es
kommt öfter vor, dass ein Wagen im Graben landet. Es ist
einer der Gründe, weshalb mehrere Schilder entlang der
Straße Touristen warnen, sich nicht ohne Vorbereitung in
das Wildtierschutzgebiet zu wagen. Was Blair dort gesucht
hat – und was sie in Kodiak vorhatte –, habe ich noch immer nicht verstanden. Jedes Mal, wenn ich die Frage stelle,
bricht der Kontakt ab. Von ihrer Seite.

Ich erkenne die Unfallstelle schon von Weitem. Deutliche Bremsspuren zeichnen sich auf der Straße ab, und von
der hölzernen Leitplanke sind nur noch Bruchstücke übrig.

»Du bleibst hier«, befehle ich Koda, parke am Straßenrand und schlage die Tür hinter mir zu, während ich das

Walkie-Talkie an mein Ohr halte und den kleinen Hang hinabsprinte.

»Blair?« Ich habe sie schon gut zehn Minuten lang nicht mehr angefunkt, und als sie mir nicht sofort antwortet, zieht sich mir der Magen zusammen.

»Hallo, Blair? Ich bin hier.«

Anstatt einer Antwort erklingt nur das mechanische Krächzen ihres Funkgeräts aus dem Dickicht.

Ich sprinte durch den zerbrochenen Balken und rutsche den Abhang hinab.

Da liegt der senfgelbe Wagen, eingezwängt in einem Dickicht aus Beerenbüschen, die einen schlimmeren Sturz vermutlich verhindert haben.

Von meiner Nachbarin fehlt jede Spur.

»Blair?« Meine Stimme hallt im Wald wider.

Spitze Dornen bohren sich durch meine Hose, aber es ist mir egal. Genervt versuche ich das Geäst niederzutreten, damit ich schneller zu ihr komme, doch mit jedem Schritt, den ich auf das Auto zu mache, wird deutlicher, dass die Fahrerkabine leer ist.

»Blair?« Mein Rufen wird mit jedem Mal verzweifelter.

Scheiße, was kann ihr in zehn Minuten hier mitten in der Pampa zugestoßen sein?

Was, wenn der Stalker sie gefunden hat?

»Archer!«

Verdammt noch mal, ihre Stimme hat noch nie so gut geklungen.

Schwer atmend halte ich inne, doch da taucht ihr Kopf bereits hinter der Rückseite des Wagens auf.

»Verflucht, Blair!« Ich bin in wenigen Schritten bei ihr, packe sie und ziehe sie an mich.

»Uff«, kommt es leise von ihr, aber sie krallt ihre Finger so fest in meinen Rücken, als wäre sie ein kleines Kätzchen, das zum ersten Mal seine Krallen entdeckt hat.

»Scheiße«, keuche ich gegen ihre Haare. Am liebsten

würde ich sie nie wieder loslassen. »Du hast mir so einen Schreck eingejagt.«

»Tut mir leid«, nuschelt sie gegen mein Shirt. »Ich bin über die Konsole geklettert und konnte hinten die Tür aufmachen. Dachte, ich versuche mal, meine Sachen rauszuholen ...«

Mein Blick fällt auf besagte *Sachen*. Nicht nur ihr Rucksack, sondern auch ein dicker Koffer, der noch halb im Auto steckt.

»Wolltest du verreisen?«

Blairs Blick wird schwer, und sie senkt die Lider.

Ich greife nach ihrem Kinn und hebe ihren Kopf sanft an, damit ich ihr in die Augen sehen kann. »Was ist los?«, frage ich leise. »Hat es etwas mit deinem Stalker zu tun?«

Sie macht Anstalten, den Kopf zu schütteln, zögert aber im letzten Augenblick und beißt sich auf die Unterlippe. »Ich weiß es nicht«, flüstert sie schließlich fast unhörbar. »Es ... es tut mir so leid.«

»Was?« Zärtlich streiche ich mit dem Daumen über ihre Wange. »Was tut dir leid? Du musst dich für nichts entschuldigen.«

»Doch«, murmelt sie betroffen.

In ihren Augen liegt so viel Schmerz, so viel Zerrissenheit, und ich weiß nicht, was ich tun soll. Wie kann ich ihr endlich genug Sicherheit geben, um sich mir zu öffnen? »Bitte sag mir, was mit dir los ist«, murmle ich schließlich leise. »Blair, du kannst mir vertrauen.«

Traurig zuckt sie mit den Mundwinkeln. »Ich weiß«, wispert sie. »Aber du mir nicht.«

Ich halte inne. »Was?«

Ihr Brustkorb hebt und senkt sich schwer. »Archer, ich habe dich belogen.«

43 Brynn

WHAT'S LEFT UNSAID

Mein Herzschlag übertönt alle Geräusche um mich herum.

Einen Augenblick lang fühlt es sich an, als wäre die Zeit stehen geblieben.

Eine Weile lang steht Archer nur da und sieht mich an. Schließlich ist er der Erste, der die Stille bricht.

»Was meinst du?«

Ich öffne den Mund, doch kein Ton dringt aus meiner Kehle. Ich kann ihm nicht antworten. Nein, ich *darf* ihm nicht antworten.

Darf nicht zulassen, dass er auf Dane Conways Liste landet. Ich presse die Lippen aufeinander.

Sanft legt Archer die Hand auf meine Wange. »Bitte rede mit mir. Was meinst du?«

Hätte ich doch nichts gesagt. Hätte ich doch meine verdammte Klappe gehalten. Sein Blick brennt auf mir, und ich muss den Kopf senken.

»Blair.«

Archer wandert sanft mit dem Daumen über meine Haut. »Wirst du von jemandem bedroht?«

Mein Atem wird schwerer, und Panik flammt in mir auf. »Ich muss hier weg.«

»Keine Sorge«, brummt er ruhig. »Ich bringe dich nach Hause.«

Nach Hause.

Ich schüttle den Kopf. »Ich kann nicht.«

»Ich schütze dich.« Ernst sieht er mir entgegen, und ich zweifle keine Sekunde daran, dass er jedes Wort auch so meint.

Aber er weiß nicht, mit wem ich es zu tun habe.

»So einfach geht das nicht ...«

Eine Falte erscheint zwischen seinen Brauen. »Dann sag mir, was das Problem ist.« Zärtlich zieht er mich näher. »Bitte.«

»Ich kann nicht«, wispere ich. »Ich darf nicht.«

»Du *darfst* nicht?« Die Wärme seiner Hand fließt in meine kalte Haut. »Wer verbietet es dir?«

»Das darf ich dir nicht sagen.«

Sein Blick wird immer ernster. »Bist du auf der Flucht?«

Ich zögere, aber ich schätze, zumindest so viel kann ich ihm verraten. Vorsichtig nicke ich.

Archer atmet tief ein. »Und bist du eine Geologin, die hier an ihrem Master arbeitet?«

Er stellt die Frage in einem Tonfall, der mich vermuten lässt, dass ich meine Tarnung nicht so gut aufrechterhalten habe wie bisher angenommen.

Wieder verneine ich.

Archer wirkt beinahe erleichtert.

»Du wusstest es?«

»Na ja.« Ein sanftes Lächeln umspielt seine Mundwinkel. »Ich habe noch nie eine Geologin gesehen, die sich so wenig für Steine interessiert. Und keine Sekunde mit Forschung verbringt.«

Die Wärme, die mir in die Wangen steigt, ist fast schon tröstlich. Es gibt so viel, was ich ihm sagen möchte. So viel, was ich ihm nicht sagen kann. Archer macht mir jedoch keine Vorwürfe. Bei ihm fühle ich mich sicher.

»Komm«, murmelt Archer sanft. »Ich bringe dich erst mal nach Hause, dann erzählst du mir alles, was du mir erzählen willst.« Er hält kurz inne. »Und wenn du das gerade nicht kannst, dann ist das auch in Ordnung.« Zärtlich streicht er mir eine Strähne hinters Ohr. »Du musst mir nichts sagen, womit du dich nicht wohlfühlst. Ich will nur, dass du weißt, dass du bei mir immer sicher sein wirst.« Er schmunzelt schwach. »Koda und ich haben es schon mit ganz anderen Leuten aufgenommen. Wer auch immer dich hierhergetrieben hat; sie sollen ruhig kommen. Ich bin bereit.«

***

Obwohl mich Archers Worte nicht beruhigen sollten, kann ich zum ersten Mal seit knapp vierundzwanzig Stunden durchatmen, als ich bei ihm im Auto sitze. Aus dem Radio dringt melancholische Folkmusik, und Koda versucht seine Nase über das Netz an der Konsole nach vorn zu drücken, damit ich ihn kraulen kann.

Archer hält sein Versprechen. Obwohl es zwischen uns so viele offene Fragen gibt, stellt er während der Fahrt zurück in Richtung Echo Cove keine einzige davon. Stattdessen redet er mit seiner beruhigenden, tiefen Stimme über die Arbeiten am Zaun im Wildtierschutzgebiet, darüber, dass Koda dringend wieder ausgebürstet werden muss, und erzählt mir von seinen Erfahrungen mit Angie, die in der Verwaltung des Wildtierschutzgebiets arbeitet und ihm den letzten Nerv raubt, weil sie nicht versteht, wie man ein Funkgerät bedient.

Meine Sachen haben wir aus dem Wrack befreit und in sein Auto verfrachtet – ich habe keine Ahnung, was mit meinem Wagen passieren soll und ob Leslie eine Versicherung hat, die den Schaden deckt, aber Archer hat mir versprochen, dass er sich darum kümmert. Eigentlich bin ich ein selbstständiger Mensch. Ich hasse es, von anderen abhängig zu sein, hasse es, die Kontrolle abzugeben, doch in diesem Moment gibt es kein besseres Gefühl, als die Augen zu schließen und die Last, die Verantwortung, die ich seit Wochen trage, mit einer anderen Person zu teilen.

Vielleicht ist es ein Fehler, nach Echo Cove zurückzukehren, aber auch wenn ich weder glaube noch will, dass

Archer es mit Conway aufnehmen kann, hat er mit einer Sache recht: Ich bin bei ihm sicher – denn niemand weiß, dass ich hier bin. Mein Auto liegt geschrottet im Graben, und von mir fehlt jede Spur. Selbst wenn Dane Conway ein Auge auf mich hat – woher soll er wissen, dass mich nicht einfach nur ein Bär gefressen hat?

Einen Augenblick lang halte ich inne.

Was, wenn niemand jemals erfährt, dass ich lebend aus dem Auto entkommen bin?

Schnell schüttle ich die Idee ab.

Ich habe Leute, die mich beschützen – Leslie, Marshall Stevens und alle, die ihnen unterstehen. Auf mich allein gestellt wäre ich nicht besser dran. Außerdem ... Nun, ich könnte wohl kaum für den Rest meines Lebens heimlich bei Archer wohnen. Trotzdem fühlt sich der Gedanke, so absurd er auch sein mag, einen Moment lang befreiend an. Ich will wieder ich sein. Frei sein. Ich will mein Leben zurück. Und ich will es mit ihm teilen.

Ich sehe zu Archer, doch als er merkt, dass ich ihn anstarre, lächelt er sanft und legt die Hand auf meinen Oberschenkel.

Zärtlich streichle ich über seine Finger.

Dane Conway hat mir schon zu viel zerstört. Ich werde nicht zulassen, dass er mir das hier auch noch wegnimmt. Und ich werde es tun, ohne Archer dabei in Gefahr zu bringen.

ALL OUR BROKEN PARTS

Als wir die Shore Road wieder erreichen, hat die Mitternachtssonne Echo Cove in ein sanftes Dämmerlicht getaucht. Einen Augenblick lang denke ich, Blair wäre neben mir eingeschlafen, doch als ich den Wagen in die Einfahrt lenke, hebt sie den Kopf, blinzelt und fährt sich über das Gesicht.

Als sie erkennt, wo wir sind, weiten sich ihre Augen – und mit einem Schlag kehrt die Angst in ihren Blick zurück.

»Keine Sorge.« Ich ziehe den Schlüssel aus dem Schloss. »Wir sind allein.« Vor wem auch immer sie flieht, es scheint viel ernster zu sein, als ich angenommen habe. »Hier.« Ich lehne mich über den Rücksitz nach hinten, strecke die Hand durch die Hundeabsperrung hindurch und greife nach meinem dunkelgrünen Kapuzenpulli, der auf der Rückbank liegt. »Nimm den.« Ich versuche, ein paar von Kodas Haaren vom Stoff zu streichen, aber es ist ein aussichtsloses Unterfangen, daher reiche ich ihr den Pullover schließlich so.

Sie runzelt die Stirn, nimmt das Kleidungsstück jedoch entgegen und zieht es sich prompt über den Kopf. Sie ertrinkt förmlich in dem dunklen Stoff – und etwas in mir regt sich. Ein niedriger Instinkt, ohne jeden Zweifel, aber sie in meinen Klamotten zu sehen ...

Ich schüttle den Gedanken ab, als sich Blair die Kapuze tief in die Stirn zieht und ängstlich aus dem Auto späht, bis sie die Tür schließlich doch öffnet und nach draußen huscht.

Als wäre der Teufel selbst hinter ihr her, flitzt sie zu meiner Haustür. Ich beeile mich, um mit ihr Schritt zu halten, doch natürlich überholt mich Koda, und sie vergräbt ihre Finger tief in seinem Fell, während ich das Haus aufschließe und die beiden hineinlasse.

Kaum fällt die Tür hinter uns ins Schloss, entspannt sich Blair sichtlich und streift sich die Kapuze ab.

Es beruhigt mich, wenn auch nur ein bisschen. »Sieh her.« Demonstrativ verschließe ich zunächst das Türschloss, dann sämtliche Schutzvorkehrungen, die ich über die Jahre an meinem Eingang angebracht habe. Eine Weile zog das Schicksal meines Bruders eine ganze Horde von Schaulustigen und Sensationsgeilen in diese Stadt – und führte sie direkt vor meine Haustür. Es kam mehr als einmal vor, dass jemand versucht hat, hier einzubrechen – und ich habe dafür gesorgt, dass niemand über diese Schwelle kommt, den ich nicht hierhaben will.

»Danke ...« Blair legt die Hände um ihren Oberkörper, stoppt vor der Treppe und sieht mich an. »Ähm, meine Sachen ...«

Ich trete zu ihr. »Darum kümmere ich mich später. Mach dir keine Gedanken.«

»Archer ...« Sanft legt sie die Hände an meine Brust. Sie muss inzwischen wissen, was das mit mir macht.

Allerdings atme ich dieses Mal nur tief durch und lege die Finger auf ihre. »Hier kann dir niemand wehtun.«

»Ich kann nicht ewig hierbleiben«, wispert sie.

Ihre Worte stechen, aber es sind keine Neuigkeiten. Ich wusste, dass sie nicht bleiben würde, vom ersten Moment an, als ich sie in meiner Straße gesehen habe. Ich wusste, dass es eine schlechte Idee war, mich auf sie einzulassen. Ich wusste, dass es mir das Herz brechen würde – und ich würde es trotzdem immer wieder tun.

»Ich verstehe«, murmle ich leise.

Mit sanfter Verzweiflung legt sie die Hand an meine Wange. »Ich weiß nicht, wie lange wir haben. Ich wünschte, ich könnte es dir erklären, ich wünschte ...«

Ich kann mir nicht ausmalen, was es ist, was sie verfolgt, aber ich kenne Blair inzwischen gut genug, um zu wissen, dass sie so etwas nicht sagen würde, würde sie es nicht von ganzem Herzen so meinen.

»Gibt es etwas, was ich tun kann?« Meine Stimme ist kaum noch ein Flüstern. »Kann ich dir irgendwie helfen?«

Ohne zu zögern, schüttelt sie den Kopf. »Ich muss mich meinen Dämonen stellen.«

»Ich verstehe.« Und das tue ich. Ich weiß, dass es Arten von Schmerz gibt, die einem keiner nehmen kann. Doch es gibt Dinge, die ich ihr geben kann, und vielleicht ist das alles, was Blair gerade braucht – eine Möglichkeit, sich sicher und geborgen zu fühlen, auch wenn es vielleicht nur für eine Nacht ist. »Ich bin hier«, murmle ich. »Egal, wie du mich brauchst. Ich bin hier für dich.«

Sie umfasst mein Gesicht mit den Fingern, und ich schließe die Augen, genieße jede kleinste Berührung, als müsste ich den Moment in meinem Bewusstsein speichern, so sehr bin ich mir seiner Vergänglichkeit bewusst.

»Das war der Grund«, wispert sie leise. »Der Grund, weshalb ich in der Nacht abgehauen bin.«

Ich schlage die Lider auf und sehe ihr entgegen. Natürlich würde ich lügen, würde ich behaupten, dass ich mir nicht den Kopf darüber zerbrochen habe. »Was meinst du?«

»Na ja ...« Ihre vollen Wangen färben sich rosarot. »Du weißt schon. Die Nacht, in der wir ... duschen waren.«

Ich schmunzle sanft. »Davon ging ich aus. Aber was war der Grund?«

Sie verzieht das hübsche Gesicht. »Na, dass ich nicht ehrlich zu dir sein kann. Ich kann nicht mit einem Mann schlafen, der denkt, ich sei eine andere Person.«

»Bist du das denn?«

Sie blinzelt mir fragend entgegen.

»Bist du eine andere Person?«, wiederhole ich meine Frage. »Ich habe mich nicht in dich verliebt, weil ich dachte, dass du eine Masterarbeit über Steine schreibst. Es ist mir egal, wo du herkommst und was du arbeitest, es ist mir sogar egal, welche Leichen in deinem Keller liegen, denn du weißt selbst, dass ich genug davon habe. Ich habe mich in dein Lächeln verliebt, in deine Energie, in dein Temperament, deinen Gerechtigkeitssinn, deinen Mut und deine Empathie. Wenn ich an dich denke, dann denke ich an deinen Humor, deinen Verstand, dein großes Herz und daran, wie ich mich fühle, wenn ich bei dir bin. Ich habe mich in dich verliebt, weil du der erste Mensch seit Jahren bist, mit dem ich lieber Zeit verbringe, als allein zu sein.«

Blair starrt mich an.

Mein Kragen fühlt sich mit einem Mal ein bisschen enger an.

»Du bist in mich verliebt?«

Nun, nach dieser Ansprache macht es wohl keinen Zweck mehr, es zu leugnen. Ich nicke.

Sie weitet die Augen, und zum ersten Mal, seit ich sie am Unfallort aufgegabelt habe, sind die Angst und die Sorge aus ihren Zügen verschwunden.

Einen Moment lang sieht sie mich nur an – dann schnappt sie mich am Hemd, zieht mich zu sich und presst die Lippen auf meine. Ihr Kuss ist wild, hungrig, und ich kann sie deutlich spüren, die Sehnsucht, die sie nach jener Nacht mit sich herumgetragen hat.

Genauso wie ich.

In uns beiden klafft eine Wunde, und wir beide können, wollen sie nicht mehr länger ignorieren.

Ich erwidere den Kuss genauso sehnsüchtig wie sie und fahre fest in ihre dunklen Haare, die sie auf der Fahrt hierher aus ihrem charakteristischen Pferdeschwanz gelöst hat. Sanft, aber bestimmt drücke ich sie an mich.

Ich habe noch nie jemanden so geküsst, so voller Gier, voller unverhohlenem Hunger. Ich kann nicht in Worte fassen, wie sehr ich sie vermisst habe, wie wenig ich sie jemals wieder gehen lassen will, aber gerade spielen Vergangenheit und Zukunft keine Rolle. In diesem Moment gibt es nur sie und mich, unsere Lippen, unsere Körper, die wie Magneten ihre Nähe suchen, die nach dem verlangen, was ihnen verwehrt wurde.

»Warte ...«

Erst als Blair ihre Finger fester in meinem dunklen Hemd vergräbt, kann ich mich aus dem Kuss lösen. Sie sieht köstlich aus; ihre Augen geweitet, die Lippen von unseren wilden Küssen leicht gerötet und feucht, und ... *Fuck.*

Es kostet mich körperliche Anstrengung, mich zurückzuhalten. »Ja?« Schwer atmend streiche ich mit dem Daumen über ihre Unterlippe.

»Ist es in Ordnung für dich?«

Ich kann nicht mehr klar denken, und es dauert einen Herzschlag lang, bis mein Gehirn die Frage ausreichend verarbeitet hat, um Blair eine Antwort zu geben.

Das Rot ihrer Wangen vertieft sich von Sekunde zu Sekunde. »Ich meine, dass ich dir die Wahrheit nicht sagen darf. Zumindest noch nicht. Dass ich dir nichts versprechen kann. Dass ich nicht weiß, ob ich morgen noch da sein werde.«

Der letzte Satz hinterlässt einen bitteren Geschmack in meinem Mund, aber ich nicke. »Ja«, keuche ich atemlos. »Ich nehme alles, was du mir geben kannst.«

Natürlich entgeht es mir nicht, dass sie es nicht erwidert hat. Dass sie mir nicht sagen kann, dass sie sich auch in mich verliebt hat, doch sie muss es auch nicht in Worte fassen. Ich sehe es in ihrem Blick, ich fühle es in ihren Küssen, und ich weiß, dass sie versucht, ihr Herz zu schützen – und vielleicht auch meines.

Es ist in Ordnung.

Ich kann warten.

Diese Dinge habe ich nicht gesagt, weil ich etwas im Gegenzug dafür wollte, sondern weil es die Wahrheit ist.

Ich will ihr Sicherheit bieten.

Ich will, dass sie glücklich ist.

Ich will, dass sie spürt, dass sie vor mir nichts verbergen muss.

»Okay ...« Blair beißt sich auf die Unterlippe und sieht mit großen Augen zu mir auf. Dann greift sie nach meiner Hand, verschränkt die Finger mit meinen und zieht mich hinter sich die Treppe hinauf.

45 Brynn

BURN WITH YOU

Ich stolpere beinahe über die Holztreppe, kann nicht schnell genug in seinem Zimmer sein. Alles in mir pulsiert, verlangt nach ihm. Seine Einwilligung hat etwas in mir befreit, etwas, das ich mit allen Kräften zu unterdrücken versucht habe. Zum ersten Mal, seit ich hier angekommen bin, habe ich nicht mehr das Gefühl, dass ich ihm etwas vormache. Dass ich ihn verarsche, ihn anlüge und ihn unter Vortäuschung falscher Tatsachen verführe.

Und ich bin dankbar; dankbar dafür, dass er meine Grenzen respektiert, dass er mich nicht drängt, ihm die Wahrheit zu erzählen, obwohl ich genau weiß, dass es ihn beschäftigen muss.

Irgendwann werde ich ihm alles sagen. Irgendwann, wenn Dane Conway hinter Gittern sitzt und ich eine freie Frau bin.

Einen anderen Ausgang akzeptiere ich nicht.

Als wir den oberen Stock erreichen, sehe ich mich um.

»Die Tür ganz hinten am Gang«, keucht Archer hinter mir. Ich sehe zu ihm, und er überholt mich mit einem Grinsen, übernimmt die Führung – und ich folge nur zu gern.

Sein Zimmer ist geräumiger, als ich es mir vorgestellt habe. Neben dem Fenster steht ein großes Bett aus massivem Holz. Es ist mit einer dunkel karierten Bettwäsche überzogen, und daneben liegt ein flauschiges Hundebett am Boden. Es gibt außerdem einen großen Schrank, einen Schreibtisch, auf dem einige Bücher und Zettel liegen, und ein paar Fotos an den Wänden. Das angenehme Fichtenholzaroma vermischt sich mit dem Duft von frisch gewaschener Bettwäsche, in die ich mich sofort fallen lasse.

Archer lacht leise auf, schließt die Tür hinter sich und tritt grinsend an die Bettkante. »Hast du's eilig?«

»Ja.« Es gelingt mir endlich, sein Grinsen ehrlich zu erwidern, während ich mir den Hoodie, den er mir gegeben hat, über den Kopf ziehe.

Er sieht mich fasziniert an. »Weißt du, wie lange ich dich schon in diesem Bett haben wollte?«

»Weißt du, wie lange ich schon davon träume, in diesem Bett zu sein?« Ich ziehe mir auch mein Spaghettiträger-Shirt über den Kopf, sodass ich nur noch in meiner Unterwäsche vor ihm sitze. »Denkst du, ich scherze?« Forschend sehe ich zu ihm auf. »Ich habe da drüben gelegen«, ich deute auf das Fenster, das in Richtung des Cottage führt, »und habe darüber nachgedacht, unter welchem Vorwand ich hier rüberkommen könnte.«

»Weißt du ...« Er streift sich das Hemd von den Schultern und zieht sich ebenfalls das T-Shirt aus. »Ein einfaches ›Hey, Archer, darf ich in deinem Bett schlafen?‹ hätte schon gereicht.«

»Ja, das hättest du gern gehabt ...« Mein Puls wird immer schneller, während ich unverhohlen seinen muskulösen Oberkörper mustere. Die Verletzung von neulich ist noch immer ein großer blauer Fleck. Vorsichtig beuge ich mich nach vorn und streiche mit den Fingerspitzen über die unverletzte Haut. »Tut es noch weh?«

Archer schmunzelt, und ehe ich es mich versehe, neigt er sich über mich und drückt mich sanft tiefer ins Bett. »Es geht mir gut.«

Ich versuche mir nicht anmerken zu lassen, was die Berührung mit mir anrichtet, aber ich bin vermutlich nicht besonders gut darin. Wie ich bereits erfahren habe, habe ich ohnehin kein Talent dafür, Archer etwas vorzumachen.

Vorsichtig schiebe ich ihm das Becken entgegen. Seine Erregung ist deutlich in seiner Hose zu spüren, und mein Körper reagiert mit einem aufgeregten Kribbeln. »Ich hab dich vermisst.«

Er beugt sich tiefer über mich, und als ich seine Lippen an meiner Wange spüre, antwortet mein Körper mit einem Beben.

»Und ich dich«, erwidert er leise und streicht mit der Hand meine Seite hinab, bis er am Bund meiner Jeans angekommen ist. Sehnsüchtig recke ich mich ihm entgegen, während er zunächst meinen Gürtel, dann den Knopf löst – und die Hand unter den engen Stoff schiebt.

Die Berührung ist fast schon zu viel für mich, und als ein heiseres Stöhnen aus meiner Kehle dringt, bin ich selbst überrascht.

»Gut?«, brummt Archer beinahe tonlos. »Ist das okay?«

Ich nicke eifrig, und er lässt sich nicht lange bitten. Sanft drückt er mit Zeige- und Mittelfinger gegen meinen Kitzler und beginnt mich zu massieren, so wie damals unter der Dusche. Ich will es zurückgeben, doch er liegt so dicht auf mir, dass ich den Bund seiner Hose kaum erreiche.

Sein Finger gleitet in mich, und ich keuche kehlig auf. »O fuck, Archer.« Ich gebe meine Versuche, ihn auszuziehen, auf und kralle mich stattdessen regelrecht in seine breiten Schultern, halte mich fest, als die Lust meinen Körper in Wellen durchflutet. »Hast du Kondome da?«, wispere ich benommen und verfluche meine Jeans, die ihn davon abhält, noch tiefer in mich einzudringen.

»Mhm«, summt er gegen mein Ohr. »Du kannst deinen süßen Arsch darauf verwetten, dass ich nach dem letzten Mal sofort welche gekauft habe.«

»Oh?« Benommen lächle ich, als er sich aufrichtet. »Nur für mich?« Er zuckt mit dem Finger nach vorn, und ich fiepse wohlig. »Fühle mich geehrt …«, presse ich atemlos hervor.

»Solltest du.« Er zieht die Hand zurück, und ich schmolle sofort.

Als ich jedoch sehe, dass er sich dafür an seiner eigenen Hose zu schaffen macht und sich die verdammte Jeans endlich auszieht, verzeihe ich ihm und nutze den Moment, um mich selbst aus dem engen Stoff zu schälen.

Mein Slip rutscht dabei gleich mit nach unten, und der BH segelt im nächsten Augenblick über die Bettkante.

Atemlos sehe ich Archer an.

Quälend langsam streicht er über seinen Schwanz, erhebt sich dann und holt eine Packung Kondome aus dem Nachtkästchen. Mit den Zähnen reißt er die Verpackung auf und streift sich den Gummi über. »Ich wollte noch nie jemanden so sehr ficken wie dich.«

Ein seltsam wohliges Gefühl breitet sich in mir aus. Vielleicht ist es absurd, mich ausgerechnet unter diesen Umständen auf ihn einzulassen. Vielleicht ist es auch genau das, was ich gerade brauche. Seine Nähe, seine Worte, all das katapultiert mein Gehirn aus dem Panikmodus, als hätten wir eine kleine Blase nur für uns geschaffen, in der die Zeit stillsteht. In der mir niemand etwas anhaben kann.

Ich sehe Archer fest in die Augen. »Und dann lässt du mich so lange warten?«

Es überrascht mich ein wenig, wie schnell er ist, doch im nächsten Moment ist sein breiter Körper wieder über mir. Er schnappt mich an den Armen und presst mich sanft in die Bettdecke. Oha. »Ganz schön frech«, keucht er gegen meine Lippen, und ich spreize die Beine breit.

»Dachte, das liebst du an mir.«

Seine Antwort ist nur ein wohliges Brummen – und dann spüre ich ihn zwischen meinen Beinen.

Erregt heißt mein Körper ihn willkommen, und Archer gleitet langsam in mich. Mit einem wohligen Wimmern presse ich den Kopf gegen das Laken und schließe die Augen. Er ist nicht nur groß, sondern erreicht all die richtigen Stellen – und meine Nerven reagieren mit einem Feuerwerk.

Das Verlangen erfasst mich so heftig, so unerwartet, dass meine Augen nach hinten rollen. Instinktiv kralle ich die Finger in seinen breiten Schultern fest.

»Gut?«, keucht Archer leise.

Ein tonloses »Mhm« ist alles, was aus meiner Kehle kommt. Schwer atmend sehe ich zu ihm auf, und er grinst. Langsam schiebe ich die Fingerspitzen durch seine dunklen Haare.

Mit einem festen Stoß bringt er mich erneut zum Stöhnen. Dann senkt er den Kopf und lässt die Hand über meine Brüste hinweg zu meinem Kitzler wandern. »Du bist bei mir sicher«, flüstert er in meine Haare. »Hier kann dir nichts geschehen. Ich passe auf dich auf.«

Ich will etwas erwidern, doch über meine Lippen kommen längst keine zusammenhängenden Sätze mehr. Archer nimmt einen schnelleren Rhythmus auf, und ich kralle mich in ihm fest, versuche jede Stelle seines Körpers zu küssen, die ich aus meiner Position erreichen kann.

Es ist perfekt.

Ich hätte nie gedacht, dass wir so nahtlos ineinanderpassen, aber es ist, als wären wir füreinander geschaffen, als wäre das hier, nur das hier, wirklich echt.

Archer stützt sich mit dem Ellenbogen ab, fährt mir mit der freien Hand durch die Haare und stößt immer fester in mich, zieht meinen Kopf sanft nach hinten, nur um meinen nackten Hals zu liebkosen.

Mein Stöhnen wird immer lauter, immer gieriger, und an seinem stetig schwerer werdenden Atem kann ich erkennen, dass auch er sich dem Höhepunkt nähert.

»Archer«, fiepse ich, als er die Finger fester gegen meinen Kitzler presst.

»Ich weiß«, keucht er, zieht mich an sich und küsst mich wieder fest auf die Lippen. Er löst sich aus dem Kuss und sieht mir in die Augen. »Komm für mich.«

Verdammt, wenn er mich so ansieht, würde ich alles für ihn tun.

Ich nicke mit einem heiseren Stöhnen, und als er den Druck gleichzeitig mit seinem Rhythmus erhöht, kann ich mich nicht mehr zurückhalten.

Wie eine kleine Explosion reißt mich mein Orgasmus gnadenlos mit und erfüllt mich bis in die kleinste Faser meines Körpers. Aber damit ist es noch nicht getan. Nachdem mich die erste Welle überrollt hat, massiert mich Archer noch immer weiter, dieses Mal jedoch sanfter als zuvor, um meine empfindlichen Nerven nicht zu überfordern. Die zweite Welle folgt sofort, und mir entkommt ein verzweifeltes Fluchen, als sich mein ganzer Körper zusammenzieht.

Endlich ist es so weit.

Mit einem lauten Stöhnen drückt er sich bis zur Wurzel in mich, und ich kann jedes noch so kleine Zucken spüren, als er in mir kommt.

Atemlos bleiben wir beide liegen. Ich weiß nicht, wie viel Zeit vergeht – Minuten, Stunden, Monate, Jahrzehnte. Ich will nicht, dass es jemals aufhört.

Langsam streiche ich ihm durch die Haare, doch Archer ist schließlich der Erste, der sich aus unserer engen Verschmelzung löst. Sanft küsst er mein verschwitztes Schlüsselbein, zieht sich aus mir zurück und streift das Kondom ab, das er mit einem schnellen Handgriff verknotet und in Richtung Nachtkästchen wirft, wo vermutlich ein Mülleimer steht.

Sehnsüchtig strecke ich die Arme nach ihm aus und verziehe den Mund.

Archer lacht leise, warm, zufrieden. »Komme ja schon«, wispert er, kehrt zu mir zurück und hilft mir in eine vertikale Position, sodass wir richtig herum im Bett liegen.

Zufrieden kuschle ich mich in seine Armbeuge und streiche mit dem Finger über seine harte Brust entlang, hinab zu seinem Bauch.

Archer dreht den Kopf zu mir und sieht mich eine Weile nur still an. Dann legt er die Hand an meine Wange. »Ruh dich ein bisschen aus. Du bist bei mir sicher.« Ich schließe die Augen, als er mich sanft auf die Stirn küsst. »Ich passe auf dich auf. Solang du bei mir bist, kann dir niemand etwas anhaben.«

46 Brynn

INTO THE FIRE

Ich habe nie geplant einzuschlafen. Kann mich nicht daran erinnern, wann ich doch die Augen geschlossen habe. Irgendwann muss es aber doch passiert sein – denn ich erwache mit zerzausten Haaren, nackt in Archers Armen, unter seiner Bettdecke.

Es ist wunderbar warm, und einen Moment lang kann ich mich nicht mehr daran erinnern, warum ich das hier jemals nicht gewollt habe. Warum ich mich so lange von ihm fernhalten musste.

Dann fällt es mir wieder ein.

Ruckartig fahre ich hoch.

Scheiße.

Vorbei ist es mit dem friedlichen Gefühl, mit der gemütlichen Idylle, in der ich mit meinem Freund nach einer langen romantischen Nacht am Morgen im Bett kuschle.

Archer ist nicht mein Freund.

Und ich dürfte nicht hier sein.

Panik brodelt in mir hoch. Ich könnte ihn mit meinem Verhalten in Gefahr gebracht haben. Ich muss hier weg, ich muss …

»Blair?«

Ich drehe mich zu Archer um.

Er sieht verschlafen süß aus – ich bin ihm so oft durch die Haare gefahren, dass sie völlig verstrubbelt sind, und seine Augen sind noch immer schläfrig zusammengekniffen.

Er legt die Hand sanft an meinen Arm. »Hey.« Seine Stimme ist so rau, dass sofort wieder ein Kribbeln durch meine Mitte schießt. »Alles in Ordnung?«

Hätte er gestern mit mir geschlafen, wenn er gewusst hätte, worauf er sich mit mir einlässt? Dass es in meinem Leben keinen Moment der Ruhe gibt, keine Sicherheit, nur Chaos, wohin das Auge reicht?

»Baby«, murrt er leise, und ehe ich mich dagegen wehren kann, hat er mich an seine Brust gezogen und die Arme um mich geschlossen.

Die Berührung fühlt sich so gut an. Ein wenig zu gut. Und hat er mich gerade Baby genannt?

Ich weiß nicht, ob das Gefühl in meinem Magen Schmetterlinge oder Schmerzen sind. Eigentlich will ich nichts lieber, als hier bei ihm zu bleiben – aber ich kann nicht.

»Tut mir leid. Ich muss mich um Dinge kümmern.«

Sanft löst er die Umarmung. »Dinge?«

Obwohl sich alles in meinem Körper dagegen wehrt, setze ich mich wieder auf. »Ich kann dir nicht sagen, worum es geht.«

Er mustert mich eingehend. »Kann ich dir helfen?«

Ich wüsste nicht wie. Ich wüsste nicht, wie mir irgendjemand helfen sollte.

O Shit, Leslie. Ich wette, sie hat mich inzwischen tausendmal angerufen. Wenn sie nicht sogar schon hier ist. Ich rutsche aus dem Bett, eile nackt und barfüßig über den Parkettboden und sehe aus dem Fenster. Vor dem Cottage steht kein Wagen. Zum Glück. Oder?

Anscheinend hat der Plan wirklich geklappt – denn ich habe keinen Zweifel daran, dass Leslie bereits die Tür von Archers Haus eingetreten hätte, würde sie wissen, dass ich hier bin.

»Alles okay?« Seine Stimme ertönt dicht hinter mir, und kurz darauf legt er seine Arme um meine Mitte. Über meine Schulter sieht auch er aus dem Fenster. »Ich sehe niemanden.«

Ein Gedanke kitzelt an meinem Unterbewusstsein. Ich drehe mich zu ihm um. Archers warme Augen sind direkt auf mich gerichtet.

»Ich muss dir etwas zeigen.«

»Okay.« Widerwillig lässt er mich gehen. Mein Koffer ist noch immer im Auto, aber mein Handy hatte ich in meine Hosentasche geschoben. Ich hole es hervor, sehe mich um und entdecke ein Ladekabel an der Wand. »Darf ich mal kurz?« Gott sei Dank ist Archer kein iPhone-Typ – das USB-C-Kabel passt in mein Handy, und nach ein paar Atemzügen erscheint mein Homescreen auf dem zerbrochenen Display.

Wie erwartet, häufen sich die unbeantworteten Anrufe von Leslie, und auch einige Nachrichten hat sie mir geschickt, aber darauf kann ich auch später noch reagieren. Stattdessen schlüpfe ich in meine Unterwäsche, setze mich aufs Bett und öffne den Browser auf meinem Telefon. Eigentlich wurde mir verboten, den Prozess zu verfolgen, doch für Vorsicht ist es längst zu spät.

Es dauert nicht lange, bis ein Bild von Dane auf meinem Display erscheint. Ich hebe das Handy hoch und halte es Archer hin, der sich inzwischen ebenfalls angezogen und zu mir gesetzt hat. »Kennst du diesen Mann?«

Archer nimmt mein Telefon entgegen und kneift die Augen zusammen. Anders als Willow reagiert er nicht sofort, doch nach einer Weile verzieht er die Brauen. »Warum zeigst du ihn mir?«

»Kann ich dir nicht sagen.«

Sein Ausdruck wird immer düsterer. »Es ist Jahre her. Damals hatte er eine andere Frisur, glaub ich, und er war anders angezogen, aber ...« Er erhebt sich ruckartig und reicht mir das Handy zurück. »Warte.«

Abwartend falte ich die Hände auf dem Schoß und beobachte Archer dabei, wie er zu seinem Schreibtisch eilt und in den Schubladen kramt. Ohne Erfolg. Fluchend richtet er sich auf. »Komm gleich wieder. Lauf nicht weg, okay?«

Ich hebe die Finger zum Pfadfinderehrenwort, und als er mich skeptisch ansieht, schenke ich ihm zur Absicherung ein Lächeln. »Ich sitze hier in meiner Unterwäsche, und meine frischen Sachen sind in deinem Truck. Ich würde vermutlich nicht weit kommen.«

Er schmunzelt, doch sein Blick bleibt ernst. »Ich komme gleich wieder.«

Als er verschwunden ist, sammle ich zunächst meine Klamotten von gestern auf und ziehe mich dann ordentlich an – inklusive des grünen Hoodies, der noch immer nach Archer riecht. Dann setze ich mich im Schneidersitz aufs Bett und öffne Leslies Nachrichten.

Ich kann dich nicht erreichen.

Bitte geh ans Telefon.

Geht es dir gut?

Ich mache mir Sorgen.

Marshall Stevens ist informiert. Wir leiten sofort Schritte ein.

Bitte geh ans Telefon.

Ist alles in Ordnung?

Ich bin auf dem Weg nach Echo Cove.
Rühr dich nicht vom Fleck, bis ich da bin.

Ich starre auf die letzte Nachricht.
Man wird mich von hier wegholen.
Und obwohl ich nichts lieber will, als endlich in Sicher-

heit vor Dane Conway zu sein, breitet sich ein scharfer, brennender Schmerz in meiner Brust aus. Wie Säure, die sich langsam durch meine Eingeweide frisst und mir den Atem nimmt.

Ich will kein neues Leben.

Ich will Archer nicht zurücklassen.

Natürlich habe ich in D. C. ein paar Leute gedated; ein paar Kerle und auch eine Frau, doch niemand hat mich je so berührt, wie Archer es tut. Bei niemandem habe ich mich jemals so gut, so sicher, so wohl gefühlt.

Aber es darf nicht sein.

Es kann nicht sein.

Er hat recht mit dem, was er mir damals über unser Rechtssystem gesagt hat; die Gefängnisse sind nicht für Männer wie Dane Conway gemacht. Es kann Jahre, sogar Jahrzehnte dauern, bis es neue Beweise gegen ihn gibt, vor allem jetzt, da er weiß, dass er vorsichtiger sein muss. Und selbst dann wäre noch lange nicht gesagt, dass ein weiterer Prozess zu einer Verurteilung führen würde. Nein, die Chancen stehen gut, dass Conway niemals hinter Gitter kommt – und ich nie wieder nach Hause zurückkehren kann.

Nicht nach Washington D. C.

Nicht zu Archer.

Tränen schießen mir in die Augen, doch als ich Schritte auf der Treppe höre, reibe ich mir schnell mit dem Ärmel übers Gesicht, zwinge mich, tief durchzuatmen, und klatsche mit den Handflächen gegen meine Wangen.

Ich darf mir nichts ansehen lassen.

Archer würde es nicht akzeptieren – nicht, wenn er herausfindet, weshalb ich wirklich Schluss mache. Was damals in jener Nacht in D. C. geschehen ist.

Ich bin mir nicht sicher, wie gut es mir gelingt, denn als er den Raum betritt, hebt er besorgt die Brauen. »Alles gut?«

»Ich hasse diese Frage«, murmle ich, und mein Blick fällt auf den Ordner, den er unter dem Arm trägt. »Was ist das?«

Glücklicherweise gelingt mein Themenwechsel, und Archer setzt sich zu mir aufs Bett.

»Liam hat es geliebt zu fotografieren.«

Mein Blick wandert automatisch zu den Aufnahmen, die auch in Archers Zimmer an den Wänden hängen. Ich wünschte, ich könnte ihm einen Teil seines Schmerzes nehmen, aber das, was er durchmachen musste, werde ich vermutlich nie ganz verstehen. »Sind die alle von ihm?«

Archer nickt und blättert bereits rasch durch die Seiten. Im Gegensatz zu den Fotos an den Wänden ist hier alles voll mit Menschen, und ein paar davon erkenne ich wieder: Matthew ohne die Narbe über der Braue, der auch als Jugendlicher seine Haare bereits ordentlich zurückgegelt trug; Keira, die auf jedem Foto säuerlich dreinschaut; Willow, die offenbar eine Goth-Phase hatte; Archer, der auf den Fotos so jung und unbeschwert wirkt, dass ich ihn auf den ersten Blick gar nicht erkenne, und ...

sie.

Auf diesen Bildern sieht Ada Hale völlig anders aus. Eine lebensfrohe junge Frau, die auf den meisten Bildern simple T-Shirts und offene Hemden trägt, die Haare zu einem unordentlichen Zopf gebunden hat und fast immer lacht.

Sie ist etwas größer als ihre Schwester, ihre Haare sind etwas dunkler, und im Gegensatz zu Keira wirkt sie offen und freundlich. Oft hat sie die Arme um ihre Freunde gelegt, spielt mit einem großen wuscheligen Hund oder ist bei verschiedenen Aktivitäten zu sehen: auf einem Rad, auf einem Boot, auf einem Paddleboard oder mit Rollerskates.

Es fühlt sich an, als würde sich ein Portal zur Vergangenheit vor mir auftun, und die Tatsache, dass ich sie durch Liams Augen betrachte, jagt mir einen Schauer über den Rücken. Es ist beinahe, als wäre ich eine Schaulustige, die einen Einblick in eine Tragödie bekommt, mit der sie nichts zu tun hat.

Gleichzeitig gelingt es mir jedoch auch nicht, den Blick abzuwenden. Ich verstehe nun, was alle meinten, als sie von Adas Ausstrahlung geschwärmt haben. Sie ist auf fast allen Gruppenfotos der Mittelpunkt; der Klebstoff, der die Freundschaft zwischen diesen Menschen zusammengehalten hat. Ada Hale war der Hauptcharakter in Echo Cove. Und bis heute hat sich der Ort nicht von ihrem Tod erholt.

»Hier.« Archer stoppt auf einer Doppelseite, auf der verschiedene Aufnahmen von etwas sind, das wie ein Fest aussieht.

»Unser Sommerfest«, erklärt er. »Früher gab es hier jedes Jahr ein großes Event mit Feuerwerk. Es war der Tag im Jahr, an dem meine Großeltern die meisten Gäste im Bed and Breakfast hatten. Liam und ich haben immer ausgeholfen, wir kamen allerdings nicht immer gut mit den Leuten klar. Die Einstellung der Menschen aus den Großstädten war für uns ein Kulturschock. Du weißt ja. Wir in Alaska sind irgendwie anders.«

»Ach?«

Als er mit einem Pokerface zu mir sieht, lache ich und küsse seine Wange. Dann lege ich den Arm um ihn und beuge mich weiter vor.

Langsam blättert er durch die Bilder. »Es gab immer einen Wettbewerb. Ein Armbrustschießen. Wir hatten das natürlich drauf. Die Städter wollten sich immer beweisen, aber Liam, Matty, unsere Freunde und ich haben ihnen gezeigt, wo der Hammer hängt. Na ja, bis auf dieses eine Jahr …«

Er blättert um, und ich erstarre.

Es ist ein Bild von einer Preisverleihung, und ausnahmsweise ist Liam auf dem Foto. Er bekommt gerade von Ada eine Silbermedaille umgehängt – und neben ihm steht niemand anderer als Dane Conway mit der Goldmedaille.

»Kann ich das Foto noch mal sehen?«

Schnell schließe ich Leslies Nachrichten und öffne stattdessen erneut den Browser mit dem Bild.

Archer nimmt mir das Telefon ab und hält es an das Album. »Ja, das ist er. Oder?« Er sieht zu mir. »Wieso habe ich das Gefühl, dass das ein schlechtes Zeichen ist?«

Ich kann dagegen nichts einwenden und versuche die Details auf dem Bild besser zu erkennen, doch ich finde nichts, was mir mehr verrät, als ich nicht ohnehin schon weiß. »Was kannst du mir über ihn sagen?«

»Ich weiß nicht mehr viel«, murmelt er. »Er war ein arroganter Städter, der hier war, um irgendwelche Geschäfte zu machen. Liam war an dem Abend richtig mies gelaunt. Er hat behauptet, dass der Kerl beim Wettbewerb betrogen hat, aber wir dachten, er wäre nur angepisst, weil der Typ mit Ada geflirtet hat. Sie hat Liam damit aufgezogen, als wir nach der Feier noch am Strand waren. Liam hat es nicht gut aufgenommen, und sie haben sich gestritten.« Er versteift sich. »Später hat Matty seinem Dad davon erzählt, und der hat es benutzt, um Liam ...« Er stoppt.

Ein unangenehmes Stechen breitet sich in meiner Brust aus. Das muss der Streit gewesen sein, von dem mir Matthew im Auto erzählt hat. »Dann war das der Sommer, in dem ...«

Archer presst die Lippen zusammen und nickt knapp. Dann klappt er das Buch abrupt zu. »Ada wurde zwei Tage nach diesen Fotos ermordet.«

»Es tut mir leid.« Sanft lege ich die Hand an seinen Arm.

Besorgt sieht Archer zu mir. »Hat das etwas zu bedeuten?« Zum ersten Mal, seit ich ihn kenne, flackert der Anflug von Unsicherheit über seine Züge. »Blair, ich weiß, ich habe gesagt, dass ich dich in Ruhe lasse, wenn du mir nicht erzählen kannst, was dein Problem ist, aber ...« Er atmet tief ein und sammelt seinen Mut. »Hat die Sache etwas mit meinem Bruder zu tun?«

Rasch schüttle ich den Kopf. »Nein. Nein, es ist wohl nur ein Zufall.«

Wieder sehe ich auf das nun geschlossene Album. Warum fühle ich mich wie eine Lügnerin?

»Aber mit diesem Mann?«

Ich presse die Lippen zusammen und nicke.

»Bedroht er dich?«

Ich zögere.

Es gibt nur zwei Möglichkeiten.

Erstens, ich breche Archers Herz, weil ich ihm die Wahrheit verschweige und spurlos aus seinem Leben verschwinde.

Zweitens, ich breche Archers Herz, weil ich ihm die Wahrheit sage und er damit leben muss, mich dennoch zu verlieren.

Wie soll ich diese Entscheidung treffen und die Konsequenzen dafür tragen? Wie soll ich wissen, was das Beste für uns ist, wenn beide Möglichkeiten im Desaster enden?

Mein Handydisplay leuchtet auf. *Eingehender Anruf: Leslie Andrews.*

Im selben Moment ertönt das Brummen eines Motors von der Straße.

Ich springe auf, eile zum Fenster und sehe gerade noch, wie ein schwarzer SUV auf der gegenüberliegenden Straßenseite in meine Einfahrt einbiegt.

Es ist zu spät.

Sie ist hier.

»Ist er das?« Archer hat das Album auf das Bett geworfen und steht in der Mitte des Zimmers, als wäre er ein Boxer, der bereit ist, sich in den Kampf zu stürzen.

Ich schüttle rasch den Kopf. »Nein, das ist …« Ein scharfer Atemzug entweicht meiner Lunge. »Das ist Hilfe.«

Seine Haltung entspannt sich nicht. »Sicher?«

»Sicher«, bestätige ich, trete zu ihm und streiche über seine steifen Schultern. »Ich gehe schnell rüber. Vielleicht hat sich die Sache gleich erledigt, okay?«

»Okay?« Er zögert.

»Kannst du inzwischen Frühstück machen?« Ich habe mich noch nie so schäbig gefühlt. Doch ich muss es tun. Ich muss ihn schützen.

Archer sieht mir in die Augen und nickt schließlich. »Gut. Wenn du in fünfzehn Minuten nicht zurück bist, komme ich nach.«

Ich lächle warm und sehe ihn direkt an. Ich werde ihn nicht zurücklassen. Ich werde mich nicht geschlagen geben, werde kämpfen, aber ich muss das allein tun. Denn wenn Archer wegen mir etwas zustoßen würde, könnte ich mir das nie verzeihen.

Ich komme für dich zurück.

»Gut«, flüstere ich, stelle mich auf die Zehenspitzen und küsse ihn sanft. Archer legt die Arme fest um meine Mitte, und ich muss ihn mit zärtlichen Streicheleinheiten dazu bringen, mich loszulassen.

Mir bleibt nicht viel Zeit. Ich weiß noch nicht, was ich tun werde, aber irgendetwas muss ich unternehmen. Vielleicht kann ich Stevens einen Deal vorschlagen. Ich weiß nicht genau, wie das funktionieren soll und was ich ihm bieten kann, doch ich muss es versuchen. Und vielleicht kann ich heraushandeln, dass Archer mit mir kommen darf – wenn er das will.

***

»Leslie?« Im Laufschritt nähere ich mich dem Auto, allerdings sitzt sie dieses Mal nicht mehr hinter dem Lenkrad. Stattdessen erkenne ich, dass meine Haustür bereits offen steht. Klar. Leslie hat natürlich einen Schlüssel zum Cottage, denn es ist immerhin Eigentum der U. S. Marshalls.

Ich sprinte die Treppe hinauf, betrete das Haus und schlage die Tür hinter mir zu. »Leslie, ich bin hier. Ich habe deine Nachrichten erst jetzt gelesen, ich war ...«

Im Wohnzimmer halte ich inne. »Leslie?«

Ein dumpfes Dröhnen wächst in meinem Hinterkopf heran.

Dann ertönt hinter mir die Stimme, die ich am allerwenigsten erwartet habe.

»Brynn?«

47 Brynn

JUDGEMENT DAY

Ich muss mich verhört haben. Offenbar habe ich die Grenzen meiner Belastbarkeit erreicht, und mein Verstand spielt mir einen Streich. Ein kühler Schauer jagt über meinen Rücken, und ich fahre herum.

Es ist wie in einem *Finde den Fehler*-Bild in der Zeitung. Der Fehler ist allerdings sehr eindeutig.

Denn *sie* gehört nicht hierher.

Mein Herz macht einen Sprung. »Charlie?«

Meine ehemals liebste Arbeitskollegin Charlotte Hartman sieht wie immer wie aus dem Ei gepellt aus: Ihre Haare sind zu lockeren Beach Waves geföhnt, die Art von Frisur, die lässig und natürlich wirkt, aber für die man mehrere teure Haarprodukte, einen Lockenstab und eine Menge Geduld benötigt. Sie trägt eine eng anliegende schwarze Skinny Jeans mit kniehohen Boots und eine weiße Bluse mit Puffärmeln, die so gar nicht zu dem Vibe von Echo Cove passt. Um ihren Körper hängt ihre Chanel-Crossbody-Bag, die sie sich für einen Bruchteil des Originalpreises bei einem Luxus-Secondhandshop im Internet bestellt hat – sie hat damals wochenlang von dem Schnäppchen geschwärmt. Ihre Wimpern sind getuscht, ihre Lippen in einem sanften Rosé-Ton geschminkt, und alles in allem sieht sie aus, als hätte man sie aus einem Modemagazin ausgeschnitten und hierhergeklebt, wie eine Collage meiner beiden Welten, die nicht ganz zusammenpassen.

»Brynn!« Sie löst sich zuerst aus unserer Starre. Ihre Absätze klackern auf dem abgetretenen Holzboden. Sie erreicht mich in wenigen Schritten und zieht mich in eine feste Umarmung. Für ihren schmalen Körperbau ist sie erstaunlich kräftig – ich schätze, die wöchentlichen Pilates-Stunden zahlen sich aus.

»Charlie, was …« Der angenehm süßliche Geruch ihres Valentino-Parfums steigt in meine Nase. »Was machst du hier?«

»O Brynn.« Sie gräbt das Gesicht in meine Haare und hält mich einen Moment lang nur fest. Dann löst sie sich zögerlich. »Ich dachte zuerst, es müsste ein schlechter Scherz sein, aber dann …«

»Wie hast du …« Völlig überrumpelt starre ich sie an, während sie den Blick senkt und nach meinen Händen greift.

»Ich habe alles versucht, um dich zu erreichen! Als nichts davon geklappt hat, dachte ich, ich muss alles auf eine Karte setzen und hierherkommen.« Sie drückt meine Finger und sieht sich um. »Hier wohnst du?«

»Ja, ich …« Ich schüttle den Kopf. »Warte, wie hast du mich gefunden?«

»Das ist wirklich unglaublich.« Sie löst sich von mir und geht langsam durch den Raum, begutachtet ihn, als wäre sie in einem Freilichtmuseum gelandet.

Ich lege die Arme um meinen Körper. Wieso fühle ich mich gerade so überfordert? »Hat dich Leslie geschickt? Sie müsste jeden Moment hier sein.«

Fasziniert nimmt Charlotte einen Bilderrahmen aus dem Regal. Es ist der Print des Bergpanoramas, auf dem *ALASKA* steht. »Schick.«

»Charlotte …?« Das flaue Gefühl in meinem Magen lässt nicht nach. Im Gegenteil: Jeder Muskel in meinem Körper ist angespannt. »Du darfst nicht hier sein.«

Sie stellt den Bilderrahmen ab. »Und du auch nicht. Weißt du, wie gefährlich es ist?« Ein Schatten huscht über ihr Gesicht, doch sie schüttelt ihn ab, geht an mir vorbei und sieht aus dem Fenster. »Er weiß, dass du hier bist.«

Mein Atem wird schwerer. Die Gewissheit fühlt sich an

wie ein Urteil. »Ich weiß«, wispere ich tonlos und lasse die Schultern sinken. »Du musst verschwinden, solang es noch geht.« Ich zögere. »Vielleicht ist es auch schon zu spät. Scheiße, Charlie, du hättest nicht hierherkommen dürfen, ich weiß nicht, ob ich dir helfen kann. Ich weiß nicht, ob es für dich jetzt noch einen Weg zurück gibt.«

Ohne ihren Blick vom Fenster zu nehmen, schüttelt sie den Kopf. »Nein, den gibt es bestimmt nicht.«

»Weiß er, dass du hier bist?«

Sie antwortet mir nicht, reißt sich vom Fenster los und greift in ihre Tasche. Es klimpert, als sie einen überladenen Schlüsselbund herauszieht. »Ich bringe dich weg von hier.«

Ich zwinge mich, konstant zu atmen. »Ich glaube nicht, dass das eine gute Idee ist. Hast du gehört? Hilfe ist auf dem Weg hierher.«

Charlotte schnaubt. »Und was, glaubst du, kann die Polizei tun? Sie *hatten* ihn schon, Brynn. Sie hatten ihn und mussten ihn wieder gehen lassen. Du denkst, eine einzelne Frau kann irgendetwas gegen ihn ausrichten? Ich sage dir, was passiert, wenn wir hier warten: Wir landen alle drei in einem flachen Grab in einem verfluchten Wald in Alaska!« Sie mahlt mit den Zähnen. »Und es tut mir leid. Es tut mir wirklich leid, Brynn, aber ich werde nicht hier sterben. Nicht für ein Prinzip.«

»Ein Prinzip?« Ich kann die Verzweiflung nicht mehr zurückhalten. »Es geht nicht um ein Prinzip, es geht um Menschenleben.«

»Das ist nicht unser Problem!« Charlie schüttelt energisch den Kopf.

»Doch!« Das Wort bricht mit so einer Kraft aus mir heraus, dass ich einen Schritt zurücktaumle. »Doch, das ist es, weil er unsere Arbeit dazu benutzt!« Bilder tauchen immer wieder vor meinem inneren Auge auf, und ich fahre mir mit bebenden Fingern übers Gesicht. Ich will mich nicht erinnern, will die Tür zu dieser Nacht geschlossen lassen, doch Charlotte rüttelt an der Klinke, und ich weiß nicht, wie lange ich noch standhalten kann. Und mit einem Mal bin ich wieder da, in meinem Büro in D. C., gebadet in Bildschirmlicht, während mir auf den Screens die Fotos von unzähligen jungen Frauen entgegensehen, manche von ihnen gerade mal alt genug, um auf die Highschool zu gehen.

»Er hat sie verkauft.« Meine Stimme ist kaum mehr als ein Wispern, doch sie erfüllt den ganzen Raum. »So viele Frauen, Charlie. Mädchen. Als wären sie ein Paar neuer Schuhe, die man sich im Internet bestellt. Mädchen aus den USA, aus Südamerika, aus Kanada, aus Osteuropa, aus Asien und eine Datenbank voll mit zahlenden Kunden, Beträge in Millionenhöhe ...«

»Lass das«, zischt Charlotte. »Ich will diese Dinge nicht hören ...«

»Aber wir müssen es hören! Er hat unsere Technik verwendet, um diese Datenbanken aufzubauen, um sie zu verschlüsseln, um sie zu tarnen und das alles zu ermöglichen. Es war unsere Arbeit, *meine* Arbeit ...«

»War es nicht! Er hat das getan, nicht wir! Es ist nicht unsere Schuld, wenn er unsere Arbeit aus dem Kontext reißt und sie zu etwas Bösem macht! Wie hätten wir es ahnen sollen? Wie hätten wir es verhindern können? Es war nicht unsere Verantwortung.«

»Es ist sehr wohl unsere Verantwortung, etwas dagegen zu tun, wenn wir es herausfinden!« Ich lasse die Hände sinken. »Es war meine Verantwortung.«

Still sehe ich sie an und lasse die Schwere der Worte in mir wirken. Die Wahrheit ist, dass es nie eine andere Möglichkeit gab.

Meine Bequemlichkeit ist nicht wichtiger als das Schicksal von etlichen jungen Frauen.

Dane Conway ist ein furchtbarer Mann.

Es hat nie eine Realität gegeben, in der ich hätte schweigen können.

Die Wahrheit ist, ich würde es immer wieder tun.

Die Wahrheit ist, dass der Kampf es wert ist, gefochten

zu werden, auch wenn die Aussichten schlecht sind, auch wenn der Gegner ein Monster ist, das die Gesetze zu seinen Gunsten biegt.

Es ist egal, wie weit die Korruption reicht. Es ist wie bei Archer, der unentwegt gegen die Wilderer kämpft.

Ich will kein Mensch sein, der wegsieht, wenn Unrecht geschieht.

»Dane Conway war der Kopf von einem der größten Menschenhändlerringe in Nordamerika, Charlotte. Auch wenn er sich die Hände nicht selbst schmutzig gemacht hat. Auch wenn er nur diese Plattformen betrieben und die Transaktionen überwacht hat. Er war der Grund, warum unzählige Frauen in die Prostitution gezwungen und missbraucht wurden, und er hat unsere verdammten Verschlüsselungsmethoden dazu eingesetzt, unsere Technik, an der wir jeden Tag gearbeitet haben. Ich würde es wieder tun ...« Meine Stimme bricht. »Auch wenn ich dafür das alles hier in Kauf nehmen muss. Auch wenn mein Leben nie wieder so wird, wie es einmal war.«

Charlotte schnauft. »Und jetzt? Sieh dir an, was es dir gebracht hat, Brynn. Dane wird keine Konsequenzen tragen. Er wird dich zerstören.« Fluchend lässt sie von der Tasche ab. »Komm, wir haben keine Zeit für melodramatische Monologe. Wir müssen hier weg.«

Mein Blick huscht zum Fenster. Archer hat gesagt, dass er in fünfzehn Minuten rüberkommt, und obwohl sein Tonfall scherzhaft war, habe ich keinen Zweifel daran, dass er es tun wird.

»Du hast mir noch immer nicht gesagt, wohin wir gehen, Charlie.«

Sie steht bereits im Türrahmen. »Erklär ich dir unterwegs. Komm jetzt.«

Die Muskeln in meinem Bauch spannen sich an. »Ich möchte lieber hierbleiben und auf Leslie warten.«

Als ich Leslies Namen ausspreche, zuckt Charlottes Blick wieder zum Fenster. Erst jetzt fällt mir auf, was mir an ihr so komisch vorkommt. Charlotte war immer ein direkter Mensch – deshalb habe ich mich mit ihr angefreundet. Aber seit sie hier ist, hat sie mir noch kein einziges Mal richtig in die Augen gesehen.

»Stell dich nicht so an«, drängt sie mich.

Ich stemme die Füße in den Boden, so wie Koda, wenn er sich weigert, das zu machen, was Archer von ihm will. »Sag mir, wohin wir gehen.«

Charlotte zieht ihr Handy aus der Hosentasche und sieht auf das Display.

»Charlotte, sag mir, was du hier machst.«

Keine Antwort.

»Charlotte.«

Ein kalter Schauer kriecht meinen Nacken hinauf.

»Charlotte, wer hat dich geschickt?«

Sie hält inne, atmet tief ein und lässt die Schultern sinken, ehe sie sich langsam zu mir dreht. Ihr Blick sieht gequält aus. »Wieso, Brynn?« Es ist beinahe ein Flehen. »Wieso musst du mir alles so schwer machen?«

Ich will nichts lieber, als falschzuliegen. Ich will, dass ich mich irre. Ich will die Zeit zurückdrehen.

»Es ist nicht zu spät«, wispere ich.

Sie hebt den Blick, und ich verstehe. Verstehe, warum sie mich nicht richtig angesehen hat. »Doch«, wispert sie, ihre grünblauen Augen voller Bedauern, Trauer und Schuld. »Es ist nicht zu spät, Brynn. Wenn du jetzt einfach keine Fragen mehr stellst und mit mir gehst, können wir den Schaden vielleicht begrenzen. Wir können ...« Die Verzweiflung lässt ihre Stimme brechen.

Ich balle die Hände zu Fäusten, um das Beben meiner Finger zu verbergen. »Charlie, er hat versucht, mich zu töten.«

»Das ist doch ...« Sie schüttelt den Kopf. »Das hast du bestimmt falsch verstanden ...«

»Falsch verstanden?« Das Lachen bleibt mir in der Kehle stecken, als der Horror jener Nacht in mein Bewusstsein zurückkriecht. »Wie kannst du das sagen?«

»Ich sage nur, was ich weiß!«, zischt sie defensiv zurück.

»Du hast etwas aus dem Serverraum gestohlen, und er ...«

»Ich habe einen Beweis mitgenommen!«, entfährt es mir erbost. »Einen Beweis, um ihn anzeigen zu können, ehe er alle Server löschen kann. Er hat versucht, mich aufzuhalten, er hat mich ...«

Der Hall von hektischen Schritten auf kaltem Betonboden. Das Echo meines panischen Atems in meinem Ohr.

»Er hat mich durch das Parkhaus verfolgt«, presse ich hervor. »Er hat mich an die Wand geschleudert und mir seine Waffe an die Stirn gepresst.« Die Tränen nehmen mir die Sicht; so wie damals. So wie so viele Male seither. »Weißt du, wie es sich anfühlt?«, keuche ich. »Weißt du, wie es sich anfühlt, wenn man dir den Lauf einer Pistole an den Kopf hält? Wenn du nicht weißt, wie viele Atemzüge dir noch bleiben? Wenn jeder Herzschlag der letzte sein kann und du nur hoffst, dass es schnell vorbei ist?«

Einen Moment lang sieht mir Charlotte entgegen. Dann hebt sie den Blick. »Ja.« Ihre Stimme ist kühl. »Ja, Brynn, das weiß ich. Und weißt du, wie es ist, wenn dein ganzes Leben auf den Kopf gestellt wird und du auf einmal keine Wahl mehr hast, weil deine verdammte Kollegin ihre Nase in Dinge stecken musste, die sie nichts angehen?«

»Charlie.« Ich hätte es wissen müssen. »Hat er dir wehgetan? Setzt er dich unter Druck? Wir müssen warten, okay? Leslie wird bald hier sein, und dann kann sie dir helfen, dann kann sie ...«

Charlotte stößt ein Geräusch aus, das zwischen Schnauben und Schluchzen liegt. »Kapierst du es nicht?«, presst sie hervor. »Sie wird nicht kommen. Niemand wird kommen, um dir zu helfen.«

Ein eiskalter Schauer schießt durch meine Eingeweide, legt sich wie eine Schlange um meine Organe und wird zu brennend heißem Schmerz. »Was meinst du?«

»Ich diskutiere nicht mehr mit dir!«, weicht sie meiner Frage aus und gestikuliert zur Tür. »Komm sofort mit und mach das, was ich sage.« Ihre Stimme bricht mitten im Satz. »Dann wird alles gut ...«

Jeder Muskel in meinem Körper ist angespannt, und mein Blick zuckt zum Fenster. Charlotte weiß nicht, wovon sie spricht. Leslie muss kommen. Sie hat mir Polizeischutz versprochen. Jemand muss mich gesehen haben. Oder? Wieso ist niemand hier? Wieso hat niemand eingegriffen, als ich gestern versucht habe, aus Echo Cove zu fliehen?

»Charlie, bitte«, presse ich hervor. »Du weißt, dass es nicht stimmt. Wenn du mich jetzt zu ihm bringst, wird er uns beide töten.«

Ein Schatten zuckt über ihre Züge. »Nein! Ich habe nichts getan, ich wollte einfach nur meine Arbeit tun, und du hast alles kaputt gemacht! Du hast uns das alles eingebrockt, und das weiß Dane auch! Er wird mich verschonen ...«

»Wird er nicht.«

»Er wird mich gehen lassen! Ich mache alles, was er will, es ist mir egal, ich will einfach nur wieder normal leben!«

Wie oft habe ich mir das in den letzten Wochen gewünscht?

»Es gibt kein Normal mehr. Unser Normal war immer eine Illusion.«

Charlotte schnaubt. »Ich bitte dich. Es gibt genug schlechte Menschen. Alle Unternehmen sind schlimm, oder? Sie holzen den Regenwald ab, verpesten die Natur, vertreiben indigene Völker, unterstützen Kriegstreiber, beuten Menschen aus, so ist das Leben eben! Denkst du, irgendjemandem geht es besser, wenn wir für ein Prinzip sterben?«

»Also was? Wir arbeiten für einen Menschenhändler und freuen uns darüber, wenn wir zu Weihnachten doppeltes Gehalt bekommen und einmal im Jahr in den Urlaub fahren dürfen? Ist das deine Wahl?«

Sie rümpft die Nase. »Du bist so verdammt eingebildet, weißt du das? Denkst du, ich will das? Denkst du, ich finde irgendwas davon gut? Dane weiß alles über mich. Er kann mein Leben zerstören, meine Verlobung, meine Zukunft, alles. Ich lasse das nicht zu.« Tränen füllen ihre Augen. »Es tut mir leid, Brynn, auch nicht für dich. Ich habe so hart dafür gearbeitet, ich habe es nicht verdient, alles zu verlieren. Ich werde nicht für dich sterben.«

»Charlotte, bitte zwing mich nicht ...« Ich weiß nicht, wie ich den Satz beenden soll. Was soll ich tun? Charlotte wehtun? Hilfe holen? Auf Archer warten? Mein Blick zuckt zur Tür.

»Du zwingst mich!« Ihre Stimme ist kaum mehr als ein Wimmern. »Ich wollte das nicht, aber du ... du ...« Noch ehe ich etwas erwidern kann, greift sie in ihre Tasche.

Etwas Silbernes blitzt in ihren Händen auf.

Die Angst setzt mein Nervensystem in Flammen.

Eine Waffe.

Charlotte hat eine verdammte Waffe.

Sie ist anders als Archers Gewehr, anders als Dane Conways kompaktes schwarzes Eisen. In Charlottes Händen sieht sie fast schon wie ein Spielzeug aus, eine kleine silberne Pistole mit weißem Griff.

Meine Sicht verschwimmt, und für die Dauer eines Herzschlags droht mich die Schwerkraft zu überwältigen. Aber ich habe keine Zeit, um in Panik zu verfallen. Übelkeit brennt in meiner Kehle, doch in meinem Kopf legt sich ein Schalter um; von *Furcht* auf *Überleben*.

»Charlie«, fauche ich tonlos. »Was soll der Scheiß?«

»Komm einfach mit!« Ihre Hand bebt, und der Lauf der Waffe zittert vor mir auf und ab. Sie scheint sich nicht entscheiden zu können, ob sie auf meinen Kopf oder meine Brust zielen will. Es sieht comicartig aus; ihre abgehackten Bewegungen, die Pistole wie ein Bildfehler in ihren manikürten Fingern.

Langsam hebe ich die Hände und zeige ihr die Innenflächen. »Charlie«, knurre ich dabei beschwörend. »Leg das Ding weg und wir können über alles reden.«

»Komm jetzt!« Ihre Stimme bricht. »Steig einfach in das Auto!«

»Das bist nicht du.«

»Ja«, faucht sie und verschluckt ein Schluchzen. »Das bin nicht ich! Und das alles ist deine Schuld. Los, ins Auto, habe ich gesagt!«

Ich rühre mich nicht. »Und was ist der Plan? Du willst mich zu ihm bringen, damit er mich hinrichtet?«

Sie schüttelt verzweifelt den Kopf. »Ich bringe dich zu ihm, du wirst dich bei ihm entschuldigen. Er hat mir versprochen, dass er dich verschonen wird. Ja gut, vielleicht wirst du ein wenig härter arbeiten müssen als sonst, damit er dir verzeiht, aber das schaffst du. Komm einfach mit, und alles ...« Ihre Stimme bricht. »Alles wird gut. Niemand muss mehr zu Schaden kommen.«

Niemand muss mehr zu Schaden kommen.

Ein dumpfes Geräusch ertönt von draußen; gedämpft durch die dichten Fenster.

Ein Bellen.

Fuck. Koda. Gerade noch habe ich gehofft, dass Archer mir zu Hilfe eilen könnte, doch das Blatt hat sich schlagartig gewendet. Charlotte ist keine Killerin – aber sie ist völlig aufgelöst, und genau diese Verzweiflung macht sie unberechenbar. Ich kann nicht riskieren, dass Archer in die Situation involviert wird. Dass ein Handgemenge ausbricht, dass die Waffe abgefeuert wird. Dass einer von uns dreien verletzt wird.

Scheiße, ich brauche einen Plan. Ich muss Charlotte hier wegkriegen, bevor etwas Schlimmeres passiert.

Vorsichtig hebe ich die Hände ein Stück weiter in die Luft. »Okay.« Ich schlucke schwer. »Okay. Ich komme mit.«

Vor Erleichterung japst Charlotte auf. »Los, ab ins Auto.« Eine Träne kullert über ihre Wange. »Dann wird alles wieder gut.«

48 Archer

WHO ARE YOU REALLY?

Nachdem Blair das Haus verlassen hat, kehrt das Chaos in meinen Kopf zurück. So richtig kann ich mir nicht zusammenreimen, was in den letzten vierundzwanzig Stunden passiert ist. Ein Teil von mir sehnt sich danach zurück, sie einfach wieder in den Armen zu halten, sie zu küssen und zu berühren, aber ein anderer Bereich meines Bewusstseins ist damit beschäftigt, die Puzzlestücke zusammenzufügen.

Das Bild dieses seltsamen Mannes spukt noch immer in meinen Erinnerungen umher, während ich Koda das Frühstück zubereite und mir im Anschluss selbst einen Kaffee mache. Ich verstehe noch immer nicht ganz, was ich eigentlich gesehen habe; woran ich mich erinnere. Es ist beinahe, als hätte mir Blair ein Bild gezeigt, das meine Augen nicht entziffern können, eine Sprache, die ich nicht verstehe. Liegt es daran, dass mir wichtige Puzzleteile fehlen, oder habe ich sie nicht richtig zusammengesetzt?

Zu viele Fragen, zu wenig Antworten.

Ist Blair in Echo Cove, um diesen Mann zu suchen oder vor ihm zu fliehen?

Hat er etwas mit meinem Bruder zu tun?

Hat er Blair geschickt?

Egal, worum es geht, ich kehre immer wieder zu dem Kerl auf dem Foto zurück. Wenn ich wüsste, wer er ist, wäre alles einfacher.

Ich starre auf meinen Kaffee, den ich heute Morgen aus

der blauen Tasse mit dem Logo des Wildtierschutzgebiets trinke.

Bis das Koffein in meinen Blutkreislauf gelangt, dauert es noch ein bisschen, doch hinter meiner Stirn bildet sich langsam ein Gedanke.

Ich lasse meinen Teller mit dem Toast einfach auf dem Küchentresen stehen, schnappe mir den Kaffee und eile in das Zimmer, das sich hinter dem Eingang links hinter der Treppe befindet: das alte Büro des Bed and Breakfast.

Hier ist alles fast noch immer so wie vor dem Tod meiner Grandma. Alte Holzregale mit Büchern und kleinen Andenken, ein paar kitschige Bilder an den Wänden, ein breiter Schreibtisch aus massivem Fichtenholz, auf dem mein Laptop steht, und dahinter ein lederner, abgewetzter Schreibtischstuhl.

Ich bin definitiv technisch nicht so begabt wie Blair, aber es dauert nicht lang, bis ich die Website des *Kodiak Daily Mirror* finde. Echo Cove ist zu klein, um eine eigene Zeitung zu haben, allerdings ist unser Sommerfest eines der wenigen Events auf dieser Insel, und für gewöhnlich berichtet der *KDM* darüber. Nach ein bisschen Suche finde ich das Archiv, und tatsächlich: Man kann die Scans der alten Zeitungen herunterladen. Ich muss eine Weile suchen, bis ich die Berichterstattung über unser Fest aus dem Jahr 2014 finde. Ich überfliege den Text, bis ich an die Stelle komme, an der es um den Schießwettbewerb geht.

Den ersten Platz nahm dieses Jahr ein Neuankömmling der Insel mit nach Hause: D. Conway, Geschäftsmann und Inhaber des neu eröffneten Cafés Honeycomb, *gewann mit einem knappen Vorsprung auf den lokalen Favoriten William Flint. Der dritte Platz ging an Cody Branson aus Kodiak.*

Mein Puls dröhnt mir in den Ohren, und ich starre auf die leicht verschwommenen Buchstaben. Es ist kein besonders guter Scan, aber ich kann den Namen deutlich erkennen.

D. Conway.

Inhaber des *Honeycomb*?

Nein, das kann nicht richtig sein. Ich wohne mein ganzes Leben lang in Echo Cove, wenn diesem Mann das *Honeycomb* gehören würde, dann würde ich davon wissen.

Conway.

In Gedanken zerlege ich den Namen in die einzelnen Silben. Etwas klingelt in meinem Unterbewusstsein.

Ich öffne die Suchmaschine und gebe dort *D. Conway* ein.

Eine Sekunde später werde ich von Abertausenden Resultaten erschlagen.

Tech-Milliardär Dane Conway in Menschenhandel-Skandal verwickelt

Gefängnis für Conway?

Menschenhandelsring zerschlagen: Diese Strafen drohen den Angeklagten

Schwerer Verfahrensfehler: Prozess gegen Dane Conway eingestellt

Eine Weile starre ich bloß auf die Resultate.

Versuche zu verstehen.

Der Conway-Prozess. Natürlich. Daher kam mir der Name bekannt vor. Dieser Tech-Riese, der seine Technologie dazu benutzt hat, einen illegalen Prostitutionsring zu betreiben. Aber was, zum Teufel, hat das mit Echo Cove zu tun? Mit dem *Honeycomb*? Mit Liam und Ada und Blair und mir?

Ich klicke auf einen der Artikel und überfliege den Text. Wie es aussieht, wurden neben Dane Conway sämtliche Anwerber, Schlepper, Vermittler und Koordinatoren verhaftet – sogar ein prominenter Arzt befindet sich unter den

Angeklagten. Je mehr ich lese, desto härter wird der Kloß in meiner Kehle. Die Wut züngelt mit gleißenden Flammen in mir auf, und ich beiße die Zähne fest zusammen. Diese Männer haben junge Frauen und sogar minderjährige Mädchen aus einkommensschwachen Milieus unter falschen Vorwänden angeworben und sie in die Prostitution gezwungen. Die Liste der Kunden ist nicht veröffentlicht, aber dem Artikel zufolge umfasst sie hochkarätige Männer aus Wirtschaft, Politik und der Unterhaltungsbranche.

Schweine.

Alles zusammen dreckige Schweine, die es verdient haben, bis ans Ende ihrer Tage für ihre Taten zu büßen. Und vielleicht werden sie das – nun, alle bis auf einen.

Aufgrund eines Fehlers in der Beweiserhebung muss das Verfahren gegen Dane Conway eingestellt werden. Mr Conway weist alle Vorwürfe von sich und streitet jegliche Verbindung zu der Plattform ab. Sollte seine Technik zu illegalen Zwecken benutzt worden sein, so Conway, dann geschah dies ohne sein Wissen und ohne seine Einwilligung. Er spricht allen Betroffenen sein Beileid aus.

Erst als Koda durch die offene Tür getrabt kommt und mich vorwurfsvoll ansieht, weil er in den Garten möchte, gelingt es mir, den Kloß in meiner Kehle zu schlucken und einen klaren Gedanken zu fassen.

»*What the fuck?*«

Wieder starre ich auf den Bildschirm und bedeute Koda mit einer Geste, dass er noch einen Moment warten soll.

Er versteht sie nicht und winselt auffordernd vor dem Schreibtisch, aber ich kann den Blick nicht von dem Bildschirm reißen.

Fuck, fuck, fuck.

Ich schließe den Artikel, kehre zurück zu den Suchergebnissen und klicke anschließend auf die Bilder. Ich sehe es direkt in der ersten Reihe – das Porträtfoto des dunkelhaarigen Mannes, das Blair mir auf ihrem Handy gezeigt hat.

Als ich draufklicke, lande ich direkt auf der Website einer IT-Firma. Alles sieht hochmodern und bis zur Perfektion poliert aus: viel Silber und Schwarz, ein elegantes Logo mit einem brüllenden Löwen, unzählige Referenzen namhafter Marken. Es ist eines jener Unternehmen, bei denen ich nicht einmal richtig verstehe, was, zum Teufel, sie verkaufen.

Nun. Mehr als Software, offenbar.

Als ich ein wenig tiefer scrolle, gelange ich zu einer Liste mit kleinen Fotos der Mitarbeitenden.

Ich war mir nicht sicher, was die Gefahr sein könnte, vor der Blair davonläuft. Ein wütender Ex? Ärger mit dem Finanzamt? Scheiße, wenn es etwas mit diesem Mistkerl zu tun hat, ist es schlimmer, als ich befürchtet habe.

Ist sie auf der Flucht vor ihm?

Hat er ihr wehgetan?

Ich verkrampfe die Finger so fest um die Maus, dass das billige Plastik knackst.

Wenn ihr irgendjemand von diesen Wichsern auch nur ein einziges Haar gekrümmt hat, werde ich ihn finden. Und wenn ich ihn erwische, wird er sich wünschen, nie geboren worden zu sein.

Ich bringe ihn um.

Männer wie Dane Conway haben es nicht anders verdient. Und wenn die Verbindung bis nach Echo Cove reicht ...

Adas fröhliches Lächeln tänzelt wie ein hämischer Geist vor meinem inneren Auge.

Scheiße.

Scheiße.

Hatte sie etwas damit zu tun?

Ein hübsches Mädchen an einem Ort, der von der Welt vergessen wurde.

Alaska ist der Bundesstaat, in dem jährlich die meisten Menschen verschwinden.

Aber Ada ist nicht verschwunden.

Ada wurde nicht mitgenommen.

Nein, Ada hätte sich gewehrt.

Hat sie das das Leben gekostet?

Meine Gedanken überschlagen sich. Seit zehn Jahren zerbreche ich mir den Kopf darüber, was mit Ada und meinem Bruder geschehen ist. Seit zehn Jahren habe ich keine verdammte Spur, bis auf einen Schlüsselanhänger, der vielleicht nicht einmal etwas bedeutet.

Es kann nicht so einfach sein.

Ich kann nicht einfach an einem zufälligen Junitag zehn Jahre später über die Lösung stolpern.

Mein Puls überdröhnt meine schweren Atemzüge. Irgendetwas muss ich übersehen haben. Irgendetwas muss ...

Blairs Lächeln reißt mich aus den Gedanken. Nicht hier bei mir, in meinen Armen, sondern vor mir: auf einem Foto am Bildschirm.

Ihre Haare sind ein wenig kürzer und zu ordentlichen Wellen gestylt. Ihr Gesicht ist makellos geschminkt, und sie trägt eine schwarze Bluse mit einer filigranen Goldkette.

Auch unter ihrem Bild steht ein Name.

Brynn Callahan, Softwareentwicklerin.

***

Koda stürzt mit einem begeisterten Bellen in den Garten, als ich ihm die Haustür öffne.

Ich kann noch immer keinen klaren Gedanken fassen.

Blair – *nein, Brynn* – hat mich angelogen.

Keine große Überraschung: Sie hat mir immerhin mehrmals gesagt, dass sie nicht ehrlich zu mir sein kann.

Dennoch bekomme ich den bitteren Nachgeschmack nicht mehr aus dem Mund. Noch nie war mir so bewusst, dass sie ein komplett anderes Leben geführt hat; ein Leben, in das ich keinerlei Einblick habe.

Allerdings habe ich darauf auch keinen Anspruch.

Sie hat mir deutlich gesagt, dass sie mir nicht alles erzählen kann, ich wusste, dass sie eine schwere Vergangenheit hinter sich gelassen hat – und die Tatsache, dass ich ihr hinterherspioniert habe, fühlt sich falsch an. Ich kann ihr nicht die Wahrheit sagen, aber ich kann sie auch nicht weiter *Blair* nennen.

Ein kalter Schauer zuckt durch meine Eingeweide.

Ich habe sie beim Sex Blair genannt.

Stöhnend vergrabe ich das Gesicht in den Händen.

Verdammte Scheiße.

Wie kann ich ihr sagen, dass ich die Wahrheit kenne, dass ich weiß, wer und vor allem, *was* Dane Conway ist, ohne dass sie denkt, ich sei ein Stalker?

Ich will, dass sie sich bei mir sicher fühlt.

Ich habe Liam und Ada damals nicht helfen können, aber ich werde Blair – nein, *Brynn* – nicht verlieren.

Ich muss mit ihr sprechen.

Ich muss die Wahrheit erfahren; über sie, über Conway, über das, was vor zehn Jahren in Echo Cove passiert ist.

Das Brummen eines Motors reißt mich aus den Gedanken.

Scheiße.

Es ist keine bewusste Entscheidung – meine Beine setzen sich einfach in Bewegung.

Als ich die Straße erreiche, sehe ich gerade noch, wie ein schwarzer Wagen aus Blairs … nein, aus *Brynns* Einfahrt fährt und um die Ecke biegt.

Ich bin ein Schwarzmaler.

Allerdings hat mich mein Instinkt noch nie getäuscht.

Ich wusste, dass es etwas Schlechtes zu bedeuten hat, als Liam vor zehn Jahren nicht nach Hause gekommen ist.

Und ich weiß es jetzt.

»Blair?« Ich lasse das Gartentor halb offen hinter mir zurück und sprinte über die Straße. Als ich das Cottage erreiche, dröhnt mir der Puls in den Ohren.

Die Tür steht offen, doch niemand reagiert auf meine Rufe.

Niemand ist hier.

Ich schiebe die Finger zwischen die Lippen, rufe Koda mit einem Pfiff und laufe zurück zu meinem Auto.

Ich bin zu spät.

Aber nicht um viel.

Niemand kennt die Insel so gut wie ich.

Ich habe versprochen, Brynn zu beschützen, und ich werde mein Versprechen halten.

Und wenn es das Letzte ist, was ich tue.

49 Brynn

CAREFUL WHAT YOU WISH FOR

Ich zwinge mich, nicht über die Straße zu Archers Haus zu sehen, als ich auf das Auto zusteuere.

Charlotte ist dicht hinter mir; ich glaube zwar nicht, dass sie mehr Schaden anrichten will, als nötig ist, doch ich weiß, dass sie alles tun würde, um ihren eigenen Hals zu retten. Sie muss wissen, dass es für mich keine Chance gibt, lebendig aus der Sache rauszukommen. Und vermutlich auch nicht für sie. Sie entscheidet sich jedoch, das Gegenteil zu glauben, und ich kann es ihr nicht einmal übel nehmen. Ich konnte damals eine freie Entscheidung treffen und das Risiko auf mich nehmen. Sie hat einen Verlobten, sie träumt davon, eine eigene Familie zu gründen, und sie würde alles tun, um diesem Horror zu entkommen. Im Moment mag sie die Waffe halten, aber Charlotte ist genauso Danes Opfer wie ich.

Mit bebenden Fingern öffne ich die Autotür und nehme auf dem Beifahrersitz Platz, während Charlie auf der anderen Seite einsteigt.

»Keine krummen Sachen«, wispert sie.

Ich hebe abwehrend die Hände. »Hab ich nicht vor.« Mein Herz schlägt mir bis zum Hals. Wie weit würde ich gehen, um mein Leben zu retten?

Charlotte startet den Motor.

Ich schätze, ich werde es herausfinden.

Mein Blick zuckt aus dem Fenster, aber aus meinem

Winkel kann ich nur meinen leeren Abstellplatz sehen. Hat Leslie gelogen? Wo ist der Polizeischutz, den sie versprochen hat?

Niemand wird kommen, um dir zu helfen.

Wie eine Garrotte schlingt sich die Kälte um meinen Hals, doch im selben Moment legt Charlotte bereits den Rückwärtsgang ein.

Mein Blick schweift über das schwarze Armaturenbrett. Charlie hat die Waffe wieder eingesteckt, aber die Tasche befindet sich zwischen Sitz und Tür auf der anderen Seite. Ich könnte zu ihr hinübergreifen und versuchen, sie zu schnappen. Und dann? Ich weiß nicht einmal, wie man so ein Ding entsichert, geschweige denn, dass ich jemals mit einer Schusswaffe auf Charlotte zielen würde, egal, was sie gerade tut.

In einem aussichtslosen Versuch, die Nervosität zu unterdrücken, kaue ich auf meiner Unterlippe herum.

Ich könnte nach dem Lenkrad greifen, aber das würde höchstens dazu führen, dass wir einen Unfall bauen.

Charlotte überzeugen, mich gehen zu lassen?

Vielleicht würde es funktionieren, wenn ich mehr Zeit hätte. Ich sehe es in ihren Augen: Charlotte hat Angst, und Angst übernimmt alle anderen Sinne.

»Wie hat er mich gefunden?«

Gehetzt zuckt ihr Blick für eine Sekunde zu mir. »Was?«

»Wie hat Dane mich hier gefunden?« Sie muss nicht wissen, was ich weiß.

»Ich kann nicht darüber reden.«

»Sag es mir.«

Charlotte presst die Lippen so fest aufeinander, dass all das Blut daraus weicht. »Ich kann nicht darüber reden«, wiederholt sie dann steif.

»Hat er einen Komplizen hier?«

»Woher soll ich das wissen?«, zischt sie. »Kapierst du es nicht? Ich will nichts darüber erfahren, je weniger ich weiß, desto besser!«

»Wer ist es?«

»Brynn!« Sie reißt das Lenkrad in der Kurve so hart herum, dass ich gegen die Autotür geschleudert werde.

»Ist es Keira?«, keuche ich und halte mich fest. »Keira Hale?«

»Keine Ahnung, wer das sein soll!«

»Wer ist es, Charlie? Es ist doch jetzt auch schon egal.« Ich atme tief ein. »Ist es Willow? Nein, es ist nicht Willow. Bob? Matthew? Hal? Marnie? Ist es ...«

»Ich kenne diese Leute nicht!«, fällt mir Charlotte ins Wort. »Scheiße, Brynn, ich habe nichts damit zu tun!« Tränen steigen ihr in die Augen. »*Fuck*, du kennst ihn doch! Er hat überall seine Finger im Spiel, und er hat irgendein Business hier, ein Deckmantel für irgendwelchen Mist, den er hier auf der Insel veranstaltet.«

»Was für einen Mist?«

Sie keucht frustriert auf. »Ich weiß es nicht! Brynn, ich habe nichts damit zu tun, und ich will das alles nicht wissen!«

»Hat es etwas mit dem Menschenhandel zu tun?«

»Warum fragst du mich das?«

Das Problem ist: Ich glaube ihr. Trotzdem fehlt mir ein Puzzlestück, um zu verstehen, wie all das Sinn ergibt. Wie die verschiedenen Teile ineinanderpassen. Dass ich nicht aus Zufall in Echo Cove gelandet bin, ist mir inzwischen mehr als deutlich bewusst. Ich lasse die Schultern sinken, und mein Blick fällt auf den Schlüssel im Zündschloss.

Es ist Charlies alter Schlüsselbund – ich habe ihn schon tausendmal gesehen, voll mit unzähligen Anhängern und Schmuckstücken. Ein großer schwarzer Bommel aus Plüsch, eine kleine Kette mit geknüpften Perlenblumen, eine Mini-Sriracha-Flasche, ein Kirschanhänger aus Epoxidharz und ...

ein Metallcharm.

Blut rauscht mir in den Ohren, und kurz befürchte ich, meine Augen würden mir einen Streich spielen – doch er baumelt unschuldig vor sich hin, ein silbernes Metallkettchen mit einem Löwen, dessen hinterer Fuß ein wenig wie eine Hähnchenkeule aussieht.

Genau so ein Anhänger, wie Archer ihn mir beschrieben hat.

Die Variablen verschieben sich, und ich kann spüren, wie mein Gehirn die Karten neu durchmischt, versucht, nach einer logischen Erklärung zu suchen.

»Charlie?«

Charlotte, die inzwischen auf die Main Street abgebogen ist, presst die Zähne zusammen. »Nein. Ich werde nicht mehr mit dir diskutieren.«

»Wollte nur fragen, woher du den Anhänger hast.«

»Was?« Entgeistert sieht sie zu mir, als würde sie nun vollends an meinem Verstand zweifeln.

Ich weiß nicht, wie gut es mir gelingt, mir nichts anmerken zu lassen. »Dieser Löwenanhänger hier. Woher hast du den?«

Sie kneift die Augen zusammen. »Wieso interessiert dich das?«

»Nicht so wichtig.« Ich zucke mit den Schultern. »Ich hab nur das Gefühl, ich hab ihn schon einmal irgendwo gesehen, und es wurmt mich, wenn ich nicht herausfinde wo. Du kennst mich ja. Wenn mein Kopf einmal anfängt zu rattern ...«

Sie zögert, scheint die Information dann jedoch als trivial einzustufen. »Natürlich hast du ihn gesehen.« Die Aufregung hat ihre Stimme uncharakteristisch rau gemacht. »Viele im Büro haben ihn.« Charlotte schüttelt den Kopf und starrt auf die Straße vor uns. »Es war ein Firmengeschenk. Echtes Silber. Hat jeder zum zehnjährigen Jubiläum der Firma bekommen, es war eine spezielle Anfertigung. Sogar ich, obwohl ich damals nur ein Praktikum gemacht habe. War vor deiner Zeit.«

Ich beiße die Zähne zusammen. Charlotte spricht nicht gern von Jahreszahlen, da sie ihr eigenes Alter nur ungern zum Thema macht, aber wir hatten Anfang des Jahres zwanzigjähriges Jubiläum.

Die Rechnung erübrigt sich.

Die Puzzlestücke fallen ineinander, und das Bild wird immer deutlicher, auch wenn noch immer einige Teile fehlen.

Angestrengt kämpfe ich gegen den Nebel der Angst an und versuche, Matthews Worte in meinem Unterbewusstsein zu finden. Er hat mir erzählt, dass er Ada und Liam achtundvierzig Stunden vor Adas Tod bei einem heftigen Streit beobachtet hat, bei dem es um einen fremden Mann ging, der Interesse an Ada hatte.

Archer hat gesagt, dass Liam vierundzwanzig Stunden vor Adas Tod verschwunden sei.

Keira hat Ada tot am Leuchtturm gefunden, und Archer dort ein paar Tage später den Anhänger, den Dane Conway für sein Firmenjubiläum hatte anfertigen lassen.

Dane Conway, der in diesem Sommer ebenfalls in Echo Cove war, wie die Fotos in Archers Haus beweisen.

Ada Hales Lächeln spukt durch meine Erinnerung.

Die schöne, lebensfrohe Ada.

Ich will mir nicht einmal ausmalen, was ein niederträchtiger Mann wie Conway in ihr gesehen hat.

Mein Blick ist starr auf den Anhänger gerichtet. Vielleicht habe ich hier den Beweis, der zur Festnahme von Ada Hales Mörder führen könnte.

Ein neuer Beweis.

Ein neues Verfahren.

Aber ist es genug? Was, wenn die Polizei von Echo Cove den alten Anhänger gar nicht mehr hat? Wie lang werden Beweise aufbewahrt? Wie lange könnten Fingerabdrücke nachgewiesen werden?

Es macht keinen Unterschied – es ist eine Chance, und ich muss es versuchen.

Wenn ich nicht mich damit retten kann, dann kann ich Archer, Keira, Matthew, Willow und dem Rest der Stadt vielleicht Antworten beschaffen. Ihnen helfen, endlich wieder Frieden zu schließen. Für Ada und Liam.

Vor dem Fenster ziehen mächtige Fichten vorbei. Wir sind inzwischen fast an der Stelle angekommen, an der ich vor wenigen Tagen meinem Verfolger entkommen bin. Es fühlt sich an wie eine Erinnerung aus einem anderen Leben. Hat Dane ihn geschickt, um mich zu quälen? Es muss so sein. Er muss einen Verbündeten hier im Ort haben.

Aus dem Augenwinkel sehe ich zu Charlotte, die aufs Gaspedal tritt.

Wir steuern geradewegs auf die Stadtgrenze zu. Links von uns erstreckt sich ein tiefgrünes Waldstück, rechts von uns fallen die Klippen ins Meer ab.

Ich brauche eine Schwachstelle, und ich brauche sie schnell. Was weiß ich über Charlie? Sie trinkt ihren Kaffee mit drei Süßstofftabletten. Sie geht einmal in der Woche zum Pilates. Sie liebt Onlineshopping, aber hasst es, auf Pakete zu warten. Sie isst am liebsten Indisch und geht gern tanzen, trinkt im Club jedoch immer nur Wasser und Cola Light, weil sie keinen Alkohol verträgt und Angst hat, sich zu übergeben.

Ich kneife die Augen zusammen. Wer als weiblich gelesene Person aufwächst, lernt schon als Kind, dass überall Gefahren lauern; böse Männer, die vor der Schule warten und kleine Mädchen mit dem Versprechen von Süßigkeiten oder Hundewelpen zu sich nach Hause locken wollen. Und anstatt den Jungs beizubringen, Frauen mit Respekt zu behandeln, sind es wir, die lernen müssen, Übergriffen zu entgehen. Keine kurzen Röcke und nackte Schultern, kein Augenkontakt mit Fremden, *Feuer* statt *Hilfe* schreien, damit sich Passanten auch wirklich dafür interessieren. Als ich zwölf oder dreizehn Jahre alt war, wurde ein Mädchen in unserer Nachbarschaft von ihrem eigenen Onkel entführt, und meine Granny hat mir daraufhin erzählt, dass ich mir den Finger in den Hals stecken soll, wenn ein Mann versucht, mich in sein Auto zu ziehen – denn die Chancen stünden gut, dass ihm die Innenausstattung seines Wagens wichtiger wäre, und im Zweifelsfall würde ich meine DNA hinterlassen.

Ich hätte nie gedacht, dass mir ihr Rat jemals wirklich zugutekommen würde.

Zunächst ist es kein lautes Würgen, bloß ein etwas hinausgezögertes Hicksen, irgendwo zwischen Schluckauf und aufsteigendem Brechreiz.

Sofort reiße ich mir die Hand an den Mund und presse mir die Finger flach auf die Lippen.

Charlotte starrt zu mir. »Was war das?«

Ich schüttle unschuldig den Kopf. »Nichts.«

Ein weiteres Hicksen, dieses Mal in die Länge gezogen.

»Brynn!«, faucht sie und verzieht angewidert das Gesicht. »Wehe, du kotzt mir jetzt ins Auto!«

Hilflos sehe ich zu ihr, die Hand noch immer auf die Lippen gepresst. »Es tut mir leid«, japse ich gedämpft. »Ich hasse Autofahren, und ich habe heute noch nichts gegessen und getrunken, und ich …« Mein Satz erstirbt in einem gurgelnden Würgen.

Es funktioniert.

Charlotte reißt das Lenkrad herum und rammt den Fuß auf die Bremse. Ein Ruck geht durch den Wagen, und ich werde nach vorn geschleudert. Mit einer Hand stemme ich mich an dem Armaturenbrett ab, und Charlotte quietscht, als ich schräg nach vorn rutsche und ein haarsträubendes Geräusch von mir gebe. Sie gräbt ihre spitzen Kunstnägel in meine Seite, und mit einem leisen *Plopp* löst sich einer davon von ihrem Nagelbett.

»Brynn!«, fiept sie und schieb den Sitz zurück, um mir zu entkommen.

Ich habe nur einen kurzen Augenblick, und ich werde ihn nutzen. Mit einer Hand packe ich ihre Tasche und reiße so fest daran, dass ein Goldglied des Schulterriemens bricht.

Charlotte quietscht erneut, doch ich bin schneller, habe

die andere Hand bereits am Autoschlüssel und reiße ihn aus der Zündung.

»Nein!« In Charlottes Schrei liegt keine Wut, nur blanke Panik. »Hör auf!« Sie greift nach dem abgerissenen Kettenriemen. »Lass los!«

Ich tue das nicht nur für mich, ich tue das für uns. Egal, was es kostet: Ich werde dafür sorgen, dass wir diesen verfluchten Tag überleben, auch wenn ich dafür Charlottes hübsches Näschen brechen muss.

Und damit ramme ich ihr den Ellenbogen in ihr Gesicht.

Knorpel knackst, und ein eisiger Schauer schießt durch meine Eingeweide. Ich habe noch nie jemanden mit voller Absicht verletzt – und es fühlt sich furchtbar an. Am liebsten würde ich meinen Arm abschütteln, ihn wie eine Waffe angewidert von mir werfen, aber mir bleibt keine Zeit, lange darüber nachzudenken, was ich gerade getan habe.

Charlotte kreischt vor Schmerz, lässt von mir ab und presst sich die Hände auf ihr Gesicht. Der Riemen rutscht durch ihre Finger, und ich ziehe die Tasche an mich.

Mein Angriff hat mir Zeit verschafft – während sie versucht, die Blutung zu stillen, bin ich auf den Beifahrersitz zurückgekehrt, entriegele die Tür und stolpere nach draußen.

»Brynn!« Charlottes verzweifeltes Schluchzen verfolgt mich. »Nicht!« Ihr Schrei endet in einem resignierten Gurgeln, und ich muss mich nicht umdrehen, um zu wissen, dass Blut ihren Mund füllt.

Sorry, Charlie.

Ohne mich nach ihr umzusehen, sprinte ich über die Straße zu den Klippen.

»Brynn!«, schreit Charlotte unter Tränen, aber es ist schon zu spät. Wie bei einem Dodgeballspiel in der Unterstufe hole ich mit dem Arm aus und schleudere die Chanel-Tasche über den Abgrund in den tosenden Ozean.

Erleichterung überkommt mich wie eine Flut und verstärkt sich mit jedem Stückchen Distanz zwischen mir und der verdammten Waffe.

Ich lasse nicht zu, dass Charlotte etwas tut, was sie ihr Leben lang bereuen wird.

»Die Straße runter kommst du zurück auf die Main Street!«, rufe ich ihr zu, zerre mein Handy aus der Hosentasche und stopfe stattdessen den Autoschlüssel hinein. »Dort ist ein Notarzt und die Polizeistation! Frag nach Matthew Wells!«

»Brynn!« Charlottes Absätze klackern hinter mir über den Asphalt, doch sie kann nicht lange mit mir Schritt halten, als ich zwischen den breiten Fichtenstämmen in den Wald flüchte. Es dauert nicht lange, da hat das dichte Netzwerk aus Bäumen, Blättern und Ästen den letzten ihrer Schreie verschluckt.

50 Brynn

CAT GOT YOUR TONGUE?

Pures Adrenalin pumpt durch jede Faser meines Körpers. Ich spüre keinen Schmerz, nicht einmal Aufregung – als hätte mein Verstand in einen Tunnelblickmodus geschalten. Die Erschöpfung in meinen Beinen wird ausgeblendet, die Konsequenzen meiner Taten in den Hintergrund geschoben. Es gibt nur hier und jetzt: Es gibt nur Überleben.

Dieses Mal bleibt mir keine Zeit, einen ausgeklügelten Plan zu entwerfen. Zu zögern und zu überlegen. Vielleicht ist es besser so, denn mir bleibt nur eine begrenzte Menge an logischen Handlungen, die ich der Reihe nach erledigen muss, um eine Chance zu haben.

Ohne zu stoppen, entsperre ich mein Handy mit einem Fingerwisch, öffne die Anrufliste und wähle Leslies Nummer, die noch immer ganz oben steht.

Ich lande sofort in der Mailbox. Mit einem leisen Fluchen warte ich, bis die Ansage vorüber ist. Es scheint mir eine kleine Ewigkeit zu dauern, doch als der Pieps ertönt, beginne ich wie ein Wasserfall zu reden. Ich erzähle ihr alles – von Conway, Charlotte und dem Schlüsselanhänger, wo sie meine ehemalige Kollegin finden kann und dass diese dringend Hilfe benötigt. Erst als ich zum Ende der Nachricht gelange, komme ich ins Zögern – denn ich kann ihr weder meine Koordinaten durchgeben, noch kann ich nach Hause zurückgehen. Auch Archers Haus ist ausgeschlossen, ebenso das *Honeycomb* – aber es gibt noch einen Ort in Echo

Cove, an dem ich Schutz suchen kann. Leider schnürt sich mir die Kehle bei dem Gedanken daran ein Stück fester zusammen.

»Ich ...« Es macht keinen Unterschied, wie oft ich in Gedanken meine Optionen durchgehe – ich kann mir kein Zögern leisten. Es ist ein Risiko, aber Conway lässt mir keine andere Wahl. Ich muss alles auf eine Karte setzen. »Ich rufe jetzt Matthew Wells an und sage ihm die Wahrheit. Du kannst mich von der Polizeistation abholen.«

Leslie wird vermutlich nicht begeistert sein, aber bislang ist es für mich nicht gut ausgegangen, mich an ihren Rat zu halten. Ich atme tief durch, lasse die Schultern sinken und beende den Anruf. Am rechten oberen Eck meines Displays blinkt meine Akkuanzeige – nur noch ein dünner roter Balken. Scheiße, ich habe das Telefon nur ein paar Minuten bei Archer aufgeladen, und der Saft reicht nicht mehr lang, also muss ich mich beeilen. Ich würge den bitteren Geschmack im Mund hinunter, renne weiter und suche gleichzeitig in meinen Kontakten nach Matthews Nummer. Archer hat deutlich genug gemacht, was er von ihm und der Polizei von Echo Cove hält, aber ich brauche keinen kompetenten Ermittler – nur einen Ort, an dem ich sicher bin, bis mich die Marshalls holen.

»Blair?« Matthew klingt überrascht, als er sich kurz darauf am anderen Ende der Leitung meldet. »Alles okay?«

»Keine Zeit«, presse ich atemlos hervor. Ich habe das Tempo wieder aufgenommen. Charlotte ist ziemlich gerast, und ich brauche bestimmt eine Weile, bis ich bei der Polizeistation ankomme, vor allem, wenn ich die Hauptstraße vermeiden möchte – keine Ahnung, wen Conway mir noch auf den Hals hetzt. Hier im Wald bin ich wenigstens sicher. Nun, vergleichsweise. Wenn ich die Wahl zwischen Dane Conway und Blossom habe, dann wähle ich den Bären.

»Matthew, ich muss dir etwas sagen, und du musst mir versprechen, dass du mir glaubst.«

Er zögert. »Blair, ist etwas passiert?«

Das ist wohl die Untertreibung des Jahrhunderts. »Kann ich dir vertrauen?«

»Natürlich kannst du mir vertrauen, was ist das für eine Frage?«

Mein Puls dröhnt so laut in den Ohren, dass er alle Gedanken übertönt.

Jetzt oder nie.

»Versprich es mir.«

»Blair, was ist bei dir los?« Matthews Stimme klingt mit jeder Silbe ernster.

»Versprich es mir, bitte.«

Ein tiefer Atemzug. »Ich verspreche es.«

Mit jeder Sekunde entlädt sich mein Handy ein bisschen mehr. Ich habe keine Zeit zu verlieren. Ob ich will oder nicht – ich muss Matthew beim Wort nehmen.

»Mein Name ist Brynn Callahan.« Mit schwerem Atem weiche ich einem mit Moos überwucherten Stein aus. »Ich bin Softwareentwicklerin aus Washington D. C. Ich habe für *Conway Tech* gearbeitet und im Prozess gegen Dane Conway ausgesagt. Er ist hier, und er will mich töten.«

Kurzes Schweigen am anderen Ende der Leitung. Dann ertönt Matthews Stimme flach und unsicher. »Was?«

»Conway ist der Besitzer des *Honeycomb*, und ich habe gute Gründe, anzunehmen, dass er der Mörder von Ada Hale sein könnte.«

»Blair ...« Matthew spricht langsam, als wäre ich ein Kind. »Bist du betrunken?«

Fuck, ich wusste es. Archer hat mir genug über Matthews Art erzählt. Ich wusste, dass er mich nicht ernst nehmen würde. »Google es«, zische ich. »Google Dane Conway. Wahrscheinlich kennst du ihn von früher.«

»Blair, wo bist du?«

Wenn Matt nicht bald beginnt, sein Gehirn zu verwenden, habe ich keine Chance. »Ich bin auf dem Weg zu dir. Wenn du mir nicht glaubst, rufe Alexander Stevens vom United States Marshall Service in Washington D. C. an, er ist für mich zuständig und wird dir alles bestätigen.« Ich zögere. »Und schick ein paar Leute die Main Road stadtauswärts hinauf. Dort steht ein schwarzer SUV mit einer jungen Frau, die eine gebrochene Nase hat. Vielleicht ist sie nicht mehr beim Auto, also müsst ihr sie suchen und in Gewahrsam nehmen, hörst du?«

»Blair ...« Ich höre Tippen am anderen Ende der Leitung. Nach einem kurzen Moment stößt Matthew einen gedämpften Fluch aus. »Blair, sag mir bitte genau, wo du bist.«

»Zwischen ein paar Fichten und Eichen? Keine verdammte Ahnung, wo ich bin, Matt! Irgendwo kurz vor der Stadtgrenze im Wald.«

»Ich komme sofort.« Das Rauschen eines Walkie-Talkies ertönt.

»Gut. Und schicke jemanden zu Archer, ich mache mir Sorgen, dass er ...«

Mein Telefonat wird durch einen Piepston unterbrochen. Ich halte inne, reiße das Handy vom Ohr und starre auf das Display.

Leslie ruft an.

Ein riesiger Stein fällt mir vom Herzen.

Endlich.

Charlotte hat gelogen. Leslie hat mich nicht aufgegeben. Ich wusste, dass ich ihr vertrauen kann.

»Matt, mein Kontakt aus dem Zeugenschutzprogramm meldet sich gerade. Ich bin in fünfzehn, vielleicht zwanzig Minuten bei dir.«

»Nein, geh zurück zur Straße. Ich bin gleich da.«

»Gut.«

Noch ehe er etwas sagen kann, lege ich auf. Ich bleibe fast an einen Ast hängen, als ich den neuen Anruf annehme.

»Leslie?«

Eine tiefe Stimme ertönt am anderen Ende der Leitung.

»Lange nichts mehr von Ihnen gehört, Miss Callahan.«

51 Brynn

THE END OF THE ROPE

Ich halte so abrupt, dass ich dabei fast gegen einen Baumstamm krache.

Einen Augenblick lang übertönt mein panischer Puls alle Geräusche am anderen Ende der Leitung.

»Sprachlos?«, fragt Dane Conway so leise, dass die Frage wie eine Drohung klingt. »Ich dachte, das sei Ihre Spezialität: Reden, wenn Sie nicht sollten.«

»Was ...« Meine Stimme bricht. »Was wollen Sie? Wo ist Leslie?«

»Du solltest dich lieber um dich kümmern.« Sein Tonfall wird härter, schneidender, und mein Magen zieht sich zusammen.

»Was haben Sie mit ihr gemacht?« Unaufhaltsam schleicht die Kälte in meine Glieder, erfüllt mich von innen heraus. Obwohl es ein – für Alaska – angenehm lauer Sommertag ist, erschaudere ich am ganzen Körper.

»Leslie konnte sich nicht an die Spielregeln halten«, erwidert er kühl. »Und jetzt habe ich das Ruder übernommen.«

Mit zitternden Händen umklammere ich das Telefon. »Was wollen Sie?«

»Ich dachte, Miss Hartman hätte meine Botschaft deutlich überbracht, aber offenbar habe ich mich nicht klar genug ausgedrückt. Egal, wo du bist, egal, was du tust, du wirst jetzt sofort alles stehen und liegen lassen.« Seine Stimme ist scharf wie eine Klinge. »Sei ein braves Mädchen und tue, was ich sage, Brynn. Dann lasse ich dich vielleicht am Leben.«

Ein Schauer jagt mir über den Körper. »Nein.«

»Ich hab mich wohl verhört.«

»Nein«, wiederhole ich eisern. »Was bilden Sie sich ein, so mit mir zu reden?« Die ganze Zeit habe ich in Angst gelebt, doch nun übernimmt die Wut die Kontrolle über meinen Organismus. Mit züngelnden Flammen setzt sie meine Nervenbahnen in Brand, bis außer Hass nichts mehr in mir übrig ist. Hass auf den Mann, der so viel Leid verursacht hat. Hass auf den Mann, der schuld an meiner Misere ist. Die Worte kommen mir über die Lippen, ehe ich sie aufhalten kann. »Ich weiß, was Sie in Echo Cove getan haben. Und ich werde dafür sorgen, dass Sie dafür bezahlen.«

»Drohst du mir jetzt?« Er klingt beinahe überrascht. »Brynn, du stellst meine Geduld gerade wirklich auf die Probe.«

Ich nehme mein Tempo wieder auf. »Und ich habe Ihnen nie die Erlaubnis gegeben, mich bei meinem Vornamen zu nennen, *Dane*.« Er hat mir genug genommen. Ich kann nicht mehr. Will nicht mehr. Habe genug von dem Versteckspiel, von dem Davonlaufen, von der Angst. Wenn mir eine Sache bewusst geworden ist, dann ist es die: Dane Conway wird alles in seiner Macht Stehende tun, um mir das Leben zur Hölle zu machen.

Ich kann mich auf den Boden legen, wimmern und um mein Leben betteln – oder ich kann kämpfen. Und ich werde treten und schreien, kratzen und beißen, bis ich meinen letzten Atemzug getätigt habe.

»Zu schade.« Etwas in seinem Tonfall hat sich verändert. »Ich dachte, man könnte es bei dir mit Vernunft versuchen. Ich hätte eine Frau wie dich gut gebrauchen können. Du hättest es bei mir weit gebracht, wenn du dich ein bisschen geschickter angestellt hättest.«

»Ich würde eher sterben, als auch nur eine weitere Sekunde für ein Monster zu arbeiten.«

Sein Lachen ist kalt und blechern. »Siehst du, das ist der Unterschied zwischen Menschen wie dir und Menschen wie mir. Deine falsche Moralvorstellung macht dich schwach.«

Schnaufend hechte ich über einen umgestürzten Baumstamm. Der Wald lichtet sich bereits, und ich kann die Straße erkennen. Hoffentlich beeilt sich Matthew. »Ist das diese obligatorische Disney-Bösewicht-Ansprache?«

»Disney? Du bist doch diejenige, die die Welt in schwarz und weiß sieht. Ich sehe nur Chancen. Chancen und Risiken. Und weißt du, was du für mich bist, Brynn Callahan?«

»Ich hoffe, ein Risiko.«

Er schnaubt. »Weißt du, was mit Risiken passiert?«

»Sie werden zu Fallstricken.«

»Du vorlaute kleine Schlampe. Risiken werden eliminiert.«

»Weißt du, Dane ...« Ich ringe nach Atem. »Ich würde ja gern noch weiter mit dir quatschen, allerdings habe ich noch ein paar andere Dinge vor, also ...«

»Oh, das würde ich an deiner Stelle nicht tun.«

»Oder was?«

»Ist dir dein Leben gar nichts wert?«

Ich weiß, dass es sinnlos ist, diese Frage mit einer Antwort zu würdigen.

»Wir alle haben einen Preis, Brynn.«

»Ich nicht.«

»Hmm.« Er zieht den Laut wie Kaugummi in die Länge. »Da habe ich andere Geschichten gehört.«

Er will mich herausfordern. Mich ködern. Aber den Gefallen tue ich ihm nicht.

Als ich nichts sage, fährt er langsam fort. »Weißt du, ich finde es ja schon fast schön, dass du eine so tolle Beziehung geknüpft hast, und das in Alaska, von allen Orten der Welt. Unglaublich einfältige Hinterwäldler in Echo Cove, aber ich verrate dir etwas. Kein Orgasmus der Welt ist so gut wie das Gefühl, einem Kodiakbären in den Kopf zu schießen. Wenn da nur nicht dieser unglaublich nervtötende Ranger wäre ...«

Meine Brust zieht sich zusammen. »Keine Ahnung, wovon du sprichst.«

»Nicht? Dann kann ich ihn ja wohl loswerden.«

Im Hintergrund ertönt ein Aufprall – und der erstickte Schmerzensschrei einer tiefen Stimme.

Ich erstarre, nur wenige Schritte von der Straße entfernt.

Er hat Archer.

»Nein ...«

»Was? Ich dachte, du kennst ihn nicht?«

In der anderen Leitung rauscht und knistert es kurz. Dann ertönt ein leises Wimmern.

»Es ist wirklich faszinierend, wenn ein so großer, starker Mann wie ein kleines Kind um Gnade winselt«, meldet sich Conway wieder. »Sag mir, was ich mit ihm machen soll, Brynn. Ein sauberer Schuss in die Stirn? Oder soll ich warten, bis die Bären kommen? Hey, vielleicht haben sie ja Mitleid mit ihrem tapferen Beschützer.«

»Nein«, entkommt es mir hilflos. »Lass ihn gehen!«

»Das kann ich leider nicht machen, Brynn.« Er klingt wie ein Grundschullehrer, der eine unartige Schülerin maßregelt. »Nun, zumindest nicht, wenn ich nichts im Gegenzug von dir bekomme.«

Meine Brust hebt und senkt sich schnell. »Was willst du?«

Wieder schreit Archer im Hintergrund gequält auf.

Mit ruhiger Stimme fährt Conway fort. »Kennst du Echo Bay? Die Stelle, an der der alte Leuchtturm steht?«

Ich schlucke. »Ja.«

»Gut. Du hast eine Stunde Zeit. Komm allein. Ich glaube, ich muss nicht extra sagen, dass es um Mr Flint hier sofort geschehen ist, wenn du dem tüchtigen kleinen Matty Wells von der Echo Cove Paw Patrol erzählst, was wir gerade besprochen haben, oder?«

Meine Muskeln versteifen sich. »Du bluffst.«

»Ja?« Ein dumpfer Schlag, gefolgt von einem Wimmern. »Du bist doch die Risikoexpertin. Kannst dir ja überlegen, ob du es darauf ankommen lassen willst.«

Ich suche nach einer Antwort, doch in der Leitung ertönt ein leiser Klick.

Mit zitternden Fingern nehme ich das Handy vom Ohr. Es ist von dem Telefonat ganz heiß gelaufen – und das Display ist schwarz. Der Akku ist leer.

Und ich habe nur eine einzige Chance, Archers Leben zu retten.

52 Archer

AGAINST THE CLOCK

Ungeduldig trommle ich mit den Fingern gegen das Lenkrad. Hätte ich nur nicht so verdammt viel Zeit vor dem Computer verschwendet. Hätte ich nicht so viel mit Koda gesprochen. Hätte ich nicht so lange für meinen Kaffee gebraucht.

Hätte, hätte, hätte.

Mit einem tiefen Atemzug versuche ich mich zu beruhigen. Ohne Erfolg.

Was auch immer Blairs – *Brynns*, verdammt noch mal! – Abgang zu bedeuten hat, es kann nicht gut sein.

Im besten Fall ist sie einfach abgehauen.

Aber wer saß hinter dem Steuer des schwarzen Wagens?

Wenn sie hier unter falschen Namen ist, dann ist sie entweder auf eigene Faust untergetaucht oder befindet sich im Zeugenschutzprogramm. Vielleicht hat man sie wieder herausgeholt.

Oder vielleicht hat er sie gefunden.

Mit einem lauten Fluchen trete ich aufs Gas. Sie haben nicht viel Vorsprung. Ich kann sie einholen.

Und dann?

Ich habe Koda schnell vor seiner Hütte angeleint, in dem ganzen Chaos jedoch vergessen, meine Waffe zu holen. Eigentlich habe ich strikte Regeln, wenn es darum geht, unter keinen Umständen auf Menschen zu zielen – aber Brynn ist die einzige Frau, die mir jemals etwas bedeutet hat; und wenn ein schmieriger Menschenhändler sie mir wegnehmen will, bin ich bereit, meine Richtlinien noch einmal zu überdenken.

Und wenn ich dafür selbst lebenslänglich hinter Gitter komme: Ich werde nicht zulassen, dass dieser Wichser Brynn auch nur ein Haar krümmt.

Das Trommeln meiner Finger wird immer schneller, und mein Puls dröhnt mir wie eine unerträgliche Kakofonie in den Ohren.

Dann lenke ich den Wagen um eine Kurve, und mein Herz macht einen Sprung.

Das schwarze Auto – oder zumindest *ein* schwarzes Auto – steht am Straßenrand gegenüber den Klippen hinter der Stadt.

Ich kann es nicht glauben.

Ich habe es geschafft.

Einen Plan habe ich nicht, aber es ist mir auch egal. Brynn könnte in Lebensgefahr schweben, und ich werde nicht länger untätig herumsitzen und beschissene Däumchen drehen.

Ich lenke meinen Truck ebenfalls an die Seite, lasse den Motor sicherheitshalber laufen und steige aus.

»Blair?« Es fühlt sich auf einmal komisch an, den Namen zu benutzen, doch solang sie mir nicht offiziell erlaubt hat, sie Brynn zu nennen, werde ich es tun. Ich muss sie schützen – um jeden Preis.

»Blair, bist du okay?« Langsam nähere ich mich dem Fahrzeug. Hinter dem Lenkrad sitzt eine schmale Gestalt; sie ist in sich zusammengesunken, hat das Gesicht in den Händen vergraben und ihre Schultern beben.

»Blair?« Vorsichtig klopfe ich an das Fenster.

Die Frau sieht zu mir, und für den Bruchteil einer verdammten Sekunde fühle ich mich, als wäre ich in einem Horrorfilm gelandet.

Ihre Haare sind völlig zerzaust, ihre Augen aufgerissen – und überall klebt Blut. An ihren Händen. In ihrem Gesicht. An ihrer weißen Bluse.

Ich weiche automatisch einen Schritt zurück.

Es ist nicht Brynn.

Mein Atem wird schwerer, und ich trete mit erhobenen Händen an den Wagen heran. »Hallo? Sind Sie verletzt?« Es ist eine wirklich überflüssige Frage, aber was soll ich sonst sagen, während ich ihren Oberkörper nach einer offensichtlichen Wunde absuche. Ich finde keine, doch ihr Gesicht ist verquollen, und unter ihrer Nase kleben bereits dunkle Krusten.

Die Frau starrt mich nur an, klappt den Mund auf, wieder zu und wieder auf.

Ich bedeute ihr, die Tür oder zumindest das Fenster zu öffnen.

Sie schüttelt den Kopf.

»Alles ist gut, ich will Ihnen nur helfen.« Ich gebe mir Mühe, sanft und beruhigend zu klingen, obwohl ein Teil von mir sie am liebsten schütteln würde, um herauszufinden, wo, zum Teufel, Brynn ist. »Sind Sie allein?«

Sie zögert.

»Hören Sie, ich bin Wildhüter, ich arbeite im Schutzgebiet. Brauchen Sie Hilfe? Ich kann Sie zu einem Notarzt bringen. Und zur Polizei.«

Als ich das Wort *Polizei* ausspreche, zuckt sie sichtlich zusammen. Es muss ihr wehtun, denn sie verzieht das verquollene Gesicht.

»Okay, okay, keine Polizei, das ist kein Problem.«

Sie zögert.

»Öffnen Sie die Tür. Ich kann Ihnen helfen.«

»Sind Sie …« Sie verzieht das Gesicht. Jedes Wort scheint ihr Schmerzen zu bereiten. »Hat *er* Sie geschickt?«

»Keine Ahnung, wovon Sie sprechen«, lüge ich und gebe mir Mühe, meinen stärksten Alaska-Akzent aufzusetzen, um ihr deutlich zu machen, dass ich einfach nur ein Kerl von hier bin. »Wie gesagt, ich arbeite im Schutzgebiet, und Sie sehen aus, als würden Sie dringend Hilfe benötigen.«

Sie scheint ihre Optionen zu überdenken, ehe sie langsam

die Tür öffnet und zitternd die Beine aus dem Wagen schiebt. Ich kenne Frauen wie sie eigentlich nur aus dem Fernsehen – sie sieht aus, als wäre sie einer Folge *Suits* entsprungen. Nun, wenn man sich das Blut und das Chaos wegdenkt.

»Hey.« Langsam gehe ich vor ihr in die Hocke und biete ihr eine Hand an, die sie schließlich zögernd ergreift. Ihre Finger sind nass vor Blut.

»Mein Name ist Archer.« Ich gebe mir Mühe, sanft und vertrauensvoll zu klingen. »Wie heißen Sie?«

»Charlotte«, bringt sie keuchend hervor.

»Hallo, Charlotte.« Ich sehe ihr fest in die Augen. »Sind Sie allein hier?«

Sie schluckt.

»Kann es sein, dass ich Ihren Wagen vorhin an der Shore Road gesehen habe? Sie haben vor dem Cottage gehalten, oder?«

Ihre schmalen Schultern beben. »Sind Sie ein Stalker, oder was?«

»Nein, nur der Nachbar der Frau, vor deren Haus Sie geparkt haben. Ist sie hier bei Ihnen?«

Charlotte verzieht das Gesicht. »Nein«, zischt sie schließlich. »Offensichtlich nicht.«

»Okay«, antworte ich in beruhigendem Tonfall. In Alaska verschwinden im Durchschnitt doppelt so viele Menschen wie in den anderen Bundesstaaten. Ich habe es im Wildtierschutzgebiet hin und wieder mit den Freunden und Familien von übermotivierten Wanderern zu tun und habe selbst schon eine Handvoll unterkühlte Touristen aus den Wäldern geholt. Ich habe Erfahrung mit so was. »Wissen Sie, wo sie ist, Charlotte?«

»Wer?«

»Die Frau, vor deren Haus Sie geparkt haben. Sie haben sie abgeholt, oder?«

Sie versucht die Augen zusammenzukneifen. »Warum interessieren Sie sich so für Brynn?«

Brynn.

Es ist das erste Mal, dass ich ihren Namen ausgesprochen höre.

»Wie gesagt.« Es kostet mich alle Überwindung, ruhig zu bleiben. »Sie ist meine Nachbarin und eine Freundin, und ich sorge mich um sie.« Wieder mustere ich ihre Nase. »Was ist hier passiert? Hatten Sie einen Unfall? Wo ist Brynn?«

Sie stößt ein gurgelndes Schluchzen aus. »Um *mich* sollten Sie sich sorgen! Das hier?« Bebend entzieht sie mir ihre blutige Hand und deutet auf ihr Gesicht. »Das hier war Ihre Freundin! Sie hat mir die Nase gebrochen!«

Das kann nur eines bedeuten. Diese Frau arbeitet für Dane Conway – und sie fürchtet ihn. Ich sehe mich erneut um. »Hatten Sie Streit?«

»Sie ist eine ...« Charlotte unterdrückt ein Schluchzen. »Ich wollte doch nur ... Ich wollte doch nur ... Ich wollte alles wiedergutmachen. Aber nun ist es zu spät. Brynn hat alles kaputt gemacht, und jetzt wird er uns beide töten ...«

Ich sehe sie nur an.

»Ich will nicht sterben!« Schluchzend vergräbt sie das Gesicht wieder in den Händen. »Ich will nicht sterben, schon gar nicht hier, nicht in *fucking* Alaska!«

»Sie werden hier nicht sterben, Charlotte.« Mit einem tiefen Atemzug versuche ich meine Gedanken zu sammeln. »Ich bringe Sie in Sicherheit, wenn Sie mir sagen, wo Brynn ist.«

»Keine Ahnung!«, schluchzt sie. »Sie hat meine Tasche einfach ins Meer geworfen und den Autoschlüssel geklaut, und dann ist sie davongelaufen!«

Ein riesiger Stein fällt mir vom Herzen. Verdammt, mein Baby weiß sich zu helfen. »Und warum hat sie das gemacht?«

Am Ende der Straße erscheint ein schwarz-weißer Wagen, der direkt auf uns zuhält. Die Polizei. Hat Brynn Matthew gerufen, oder hat jemand Charlotte entdeckt?

»Hören Sie mir zu, Charlotte.« Wieder greife ich nach ihrer Hand. »Ich will, dass Sie mir die Wahrheit sagen.«

Perplex blinzelt sie die Tränen aus ihren Augen. »Das habe ich doch schon getan.«

Ich halte ihren Blick. »Arbeiten Sie für Dane Conway?«

Als der Name meine Lippen verlässt, wird sie blass.

»Ja oder nein?«

Sie versucht mir die Hand zu entreißen, aber ich halte sie fest.

»In ein paar Minuten wird die Polizei hier sein. Und wenn Sie nicht sprechen, werde ich den Cops alles erzählen, und dann müssen Sie zusehen, wie Sie ihnen erklären, dass Sie Brynn Callahan aus ihrem Haus entführt haben.«

»Ich habe ni...« Sie hält inne.

»Das kann Chief Wells rausfinden.«

Charlotte mahlt mit den Zähnen.

»Oder ...«, fahre ich leise fort. »Sie sagen mir jetzt, wohin Sie Brynn bringen wollten.«

Der Motor des Polizeiautos wird lauter. Bald bekommen wir Gesellschaft.

Ich sehe stur in Charlottes Augen. »Sagen Sie es mir. Sollten Sie sie nach Kodiak zum Flughafen fahren?«

Ich bezweifle es. Nie im Leben würde sich Brynn einfach in ein Flugzeug bugsieren lassen, ohne irgendjemanden über ihre Lage zu informieren und Hilfe zu rufen. Wenn Conway sie aus dem Weg räumen will – und daran habe ich keinen Zweifel –, dann wird er es hier tun.

Charlotte sieht mich an, dann zuckt ihr Blick zum Polizeiauto, das gerade hinter meinem Truck anhält.

»Letzte Chance, Charlotte.«

Sie presst die Zähne zusammen.

Die Tür des Polizeiautos wird zugeschlagen.

»Archer?« Es ist Matthew. Natürlich.

Sanft drücke ich Charlottes Hand. »Sagen Sie mir, wohin Sie Brynn bringen wollten, und ich schweige.«

Matthews Schritte nähern sich.

»Zum Leuchtturm«, presst Charlotte im letzten Augenblick hervor.

Eine eisige Klaue legt sich um mein Herz.

»Flint?« Matthew hält dicht hinter mir. »Fuck. Was, zum Teufel, ist hier passiert?«

Ich lasse Charlottes Hand los, löse mich von ihrem Blick und richte mich auf.

»Hab sie so gefunden. Ihr Name ist Charlotte. Ich glaube, ihre Nase ist gebrochen.«

Matthew sieht blass zu mir, dann zu Charlotte, dann wieder zu mir. »Hat Blair dich auch angerufen?«

Ich schüttle den Kopf und versuche die klitzekleine Stimme der Eifersucht zu unterdrücken. Aber diese Machoscheiße kann ich mir sparen. Natürlich ergibt es Sinn, dass Brynn zuerst den Chief anruft. Außerdem hat sie letzte Nacht meinen Namen geschrien und nicht Mattys.

Reiß dich zusammen.

»Bin zufällig hier vorbeigekommen.« Ich streife mir die Hände an der Hose ab.

»Gut ...« Er atmet flach. »Wenn du sie siehst, ruf mich bitte an. Ich glaube, sie steckt in Schwierigkeiten.«

Ich nicke nur. »Klar.«

»Gut.« Er sieht zu Charlotte und geht in die Hocke. »Charlotte, nicht wahr? Ich bin Matthew Wells, und ich bin der Chief of Police hier. Ich werde Sie zur Polizeistation bringen.«

Als Charlotte nicht widerspricht, hebt Matthew den Kopf, um zu mir zu blicken. »Willst du mitkommen?«

Einen Herzschlag lang halte ich seinen Blick fest.

Vielleicht ist irgendwo da drin noch immer der Junge, mit dem ich im Sandkasten gespielt habe. Aber Matty hat mein Vertrauen schon einmal missbraucht. Ich werde Brynns Schicksal nicht in seine unfähigen Hände legen.

»Nein«, erwidere ich trocken und sehe in die Richtung des Schutzgebiets. »Ich habe noch etwas zu erledigen.«

53 Brynn

THE DEVIL AND THE DEEP BLUE SEA

Wie gierige Klauen zerren die Äste an meiner Jacke, meiner Hose, reißen an meinen Haaren, als würde der Wald selbst versuchen, mich zurückzuhalten. Aber nicht einmal Blossom könnte mich stoppen.

Wie ein trauriger Riese wacht der Leuchtturm von Echo Bay über die Klippen, und ein paar Vögel umkreisen die Spitze; ein dunkles Omen, und ich hoffe, dass es nicht meinen Untergang vorhersagt.

Da mein Handy nicht mehr funktioniert, habe ich keine Ahnung, wie lange ich schon unterwegs bin. Ein gutes Zeitgefühl hatte ich noch nie, also bleibt mir nur zu hoffen, dass Archer noch ...

Ich wage es nicht, den Gedanken zu Ende zu führen.

Hätte ich doch zu Matthew gehen sollen?

Vielleicht.

Vielleicht habe ich die falsche Entscheidung getroffen – es spielt längst keine Rolle mehr; es gibt kein Zurück für mich.

Und das Schlimmste daran?

Ich wusste, dass es passieren würde.

Wusste, dass ich mich von Archer fernhalten sollte, nicht weil er für mich gefährlich ist – sondern ich für ihn.

Wenn ihm etwas zustößt, werde ich es mir niemals verzeihen.

Mein Herz schlägt mir bis zum Hals, als ich den schützenden Vorhang aus Ästen und Blättern hinter mir lasse und den Hang mit den hohen Gräsern und den runden weißen Blüten betrete, der zum Leuchtturm führt.

Als ich zum ersten Mal hier war, fand ich den Anblick faszinierend und schön – heute kommt es mir vor, als würden die langen Stiele ihre großen flauschigen Köpfe in Anteilnahme senken, während ich an ihnen vorbeigehe.

Ich schüttle den Gedanken ab.

Nein, ich werde hier nicht sterben. Nicht heute und nicht durch Dane Conways Hand.

Wenn es sein Ziel gewesen wäre, mich auszuschalten, dann hätte er das auch auf einfachere Art und Weise tun können – zum Beispiel, indem er mir einen richtigen Killer anstatt Charlotte schickt. Nein, er möchte mir die Macht demonstrieren, die ich durch meine Aktion infrage gestellt habe.

Er möchte mir eine Lektion erteilen.

»Na, wen haben wir denn da?«

Ein kühler Wind verweht Dane Conways Stimme, und das Echo der Bucht wirft sie zurück, beinahe wie in einer Geisterbahn. Genauso wirkt er auch, als er als dunkle Silhouette auf der Spitze der Anhöhe erscheint: das Monster aus meinen Albträumen.

Lass dir nichts anmerken.

Ich straffe die Schultern und schreite voran. »Wo ist er?«

»Ich fürchte, du musst ein wenig genauer sprechen.«

»Du weißt ganz genau, was ich meine. Wo ist Archer?«

Mit jedem Schritt werden seine Züge deutlicher, menschlicher. Er trägt einen dunklen Anzug, hat die an den Schläfen ergrauten Haare zurückgekämmt und die Lippen zu einer Grimasse verzogen, die mit viel Fantasie einem Grinsen gleichkommt.

Ich halte inne.

In den letzten Wochen war Dane Conway eine ungreifbare Entität für mich. Zunächst mein millionenschwerer Chef, dann mein Feind, mein Gegner, mein Peiniger. Doch als er nun vor mir steht ...

Er ist einfach nur ein Mann.

Objektiv weiß ich, dass ich vor ihm Angst haben müsste. Wahrscheinlich sollte ich am ganzen Körper zittern. Und vielleicht hätte ich das auch getan, hätten wir uns in einem Haus, in einer Stadt oder in einem Gerichtssaal getroffen. Doch hier in der Wildnis Alaskas ist er einfach nur ein Mensch.

Kein Gott, kein Teufel.

Und ein Mensch ist besiegbar.

»Ich will ihn sehen.« Ich bewege mich wieder auf ihn zu und komme schließlich ein paar Schritte vor ihm zum Stehen. Er hat keine Waffe in der Hand, und vielleicht ist das ein gutes Zeichen.

Rasch suche ich die Umgebung mit Blicken ab. Der Leuchtturm steht still auf den Klippen Wache. Dahinter kann ich einen dunklen Offroad-Jeep ausmachen – es ist nicht Archers Truck, also muss es sich dabei um Conways Wagen handeln.

Sonst sehe ich niemanden.

Keinen Archer, allerdings auch keine Charlotte oder sonst jemanden von Conways Schergen.

»Ich will ihn sehen.«

Conway schmunzelt. »Brynn, ich befürchte, du schätzt die Situation falsch ein. Du bist nicht in der Lage, Forderungen zu stellen.«

»Ich will Archer sehen«, wiederhole ich steif. »Wenn es ihm gut geht, habe ich ein Angebot für dich.«

Er hebt eine Braue. »Und du denkst, das interessiert mich?«

»Sollte es.«

Er lächelt und schiebt die Jacke zur Seite. Unter dem Stoff blitzt der schwarze Lauf einer Pistole auf.

»Ich glaube, ich muss deinem Gedächtnis auf die Sprünge helfen. Wo waren wir das letzte Mal stehen geblieben?«

Es ist, als würde ich meinen Körper von außen betrachten, so wie in einem Film, einem Videospiel. Ich bin nur noch ein Charakter, ein Element in einer Gleichung, die ich nicht mehr lösen kann.

Das letzte Mal bin ich vor ihm geflohen.

Jetzt laufe ich ins offene Messer.

Und obwohl ich noch am Leben bin, weiß ich, dass mein Schicksal besiegelt ist.

Entweder ich finde eine Lösung oder ich sterbe heute, an demselben Ort, an dem Ada Hale zehn Jahre vor mir von denselben Händen ermordet wurde.

Vielleicht sieht sie gerade auf uns herab.

Hilf mir.

Starr richte ich den Blick erneut auf Danes Gesicht. »Denkst du wirklich, ich wäre so naiv, ohne jegliche Absicherung hierherzukommen?«

Er mustert mich mit mildem Interesse. »Denkst *du* wirklich, dass es in deinem besten Interesse ist, mir zu drohen?«

»Es geht mir nicht um mich, es geht mir um ihn.« Ich darf mich jetzt nicht aus der Ruhe bringen lassen. Archer braucht mich. »Und darum, dass ich Vorsorge getroffen habe. Wenn ich bis heute Abend nicht zurück bin und meine Mail zurückrufe, wird sie an sämtliche Adressen geschickt. Marshall Stevens wird alles erfahren. Ich habe unseren kleinen Anruf aufgezeichnet. Und, oh, Dane? Ich habe Beweise.«

Es entgeht mir nicht, dass ein Muskel verräterisch an seinem Kiefer zuckt.

Ich weiß nicht, ob ich wirklich eine Schwachstelle gefunden habe – aber zumindest einen kleinen Fleck, der wehtut, wenn ich den Finger hineinbohre.

Einen Moment lang scheint Conway nachzudenken. Dann lächelt er dünn. Vielleicht ist es Einbildung, aber es kommt mir vor, als wäre etwas von der Selbstgefälligkeit aus seinen Zügen verschwunden. »Stevens, wirklich? Damit willst du mich beeindrucken?«

»Nicht nur Stevens. Der gesamte United States Marshalls Service. Und an die *Washington Post* und sämtliche andere Zeitungen. Ich schätze, irgendwo wird jemand sitzen, den es interessiert.« Ich mustere ihn. »Es war ein schlauer Schachzug von dir, die Sache mit den Beweisen. Bloß wirst du damit nicht durchkommen. Die Welt hat Blut geleckt, und irgendjemand, der klüger und vorsichtiger und geschickter ist als ich, wird eines Tages etwas finden. Etwas, aus dem du dich nicht herauswinden kannst.«

Er schnaubt. »Du denkst, ich bin ein blutiger Anfänger?«

»Nein.« Ich sehe ihm ruhig entgegen. »Ich denke, du weißt genau, was du tust. Immerhin bist du seit über zehn Jahren im Geschäft, nicht wahr?«

Danes Schultern zucken.

»Und nie hat man dir etwas nachweisen können.« Pures Adrenalin kribbelt mir wie Kohlensäure durch die Adern. »Aber Mord?« Ich lege den Kopf leicht schief. »Ein Mord ist etwas anderes als Verbindungen zu einem Netzwerk, die du leugnen kannst, oder? Ein Mord wird schwierig.«

Conway rümpft die Nase. Es ist nur ein kurzer Moment, doch ich kann deutlich sehen, dass er nachdenkt. Meine Worte vorsichtig abwägt.

Ein Windstoß erfasst mich und wirbelt meine Haare herum, aber ich gebe mein Bestes, nicht zu zittern.

Als seine Antwort kommt, betont er jede Silbe mit Bedacht. »Was ist dein Preis?«

Ich muss ruhig bleiben. Darf mir nicht anmerken lassen, wie überrascht ich bin, dass mein Bluff tatsächlich funktioniert.

»Ich will Archer. Lebendig und unverletzt.« Ich zögere. »Und ich will leben. Einfach nur leben.«

Er mustert mich. »Und wer sagt mir, dass du dich nicht umdrehst, heimfährst und die E-Mail trotzdem abschickst?«

»Ich gebe dir mein Wort.«

»Nimm es mir nicht übel, aber das ist mir nicht besonders viel wert.« Er lächelt dünn. »Ich will die E-Mail sehen.«

Ich schüttle den Kopf. »Geht nur an meinem Laptop.«

»Gut. Dann lasse ich ihn hierherbringen.«

Scheiße.

»So läuft das nicht.«

Ehe ich reagieren kann, tritt Conway einen Schritt auf mich zu, greift nach meinem Kinn und hebt meinen Kopf an. »Du bist etwas zu frech für meinen Geschmack.«

Seine Finger sind rau und grob, und alle Haare an meinem Körper richten sich auf. Ich will ihn von mir stoßen, will meine Haut mit Seife schrubben, bis sie wund ist, doch ich zwinge mich, flach zu atmen. »Haben wir einen Deal oder nicht?«

Dane zögert, dann löst er sich von mir, wendet sich ab und tritt ein paar Schritte auf die Klippen zu. »Ich weiß nicht, von welchen Beweisen du sprichst. Deine Fantasie geht wohl mit dir durch. Ich glaube, du hast dir in deinem kleinen Köpfchen eine Schauergeschichte zusammengereimt.«

»Ich weiß mehr, als du denkst.«

Dane Conway hält an und dreht sich zu mir. Ist es nur ein Schatten oder klebt Blut an seinem Ärmel? »Ich glaube, du weißt gar nichts.«

»Ich weiß, was du vor zehn Jahren in Echo Cove getan hast.«

Er lächelt dünn. »Nichts ist jemals in Echo Cove geschehen, was es wert war, darüber in der *Washington Post* zu berichten.«

»Sicher?« Vorsichtig trete ich einen Schritt auf ihn zu. Wenn ich gewinnen will, muss ich alles auf eine Karte setzen. Fest sehe ich ihm in die Augen. »Du denkst, du wärst unverwundbar, aber du hast etwas verloren. Ich habe einen Beweis dafür, dass du Ada Hale getötet hast.«

Ein unendlich langer Herzschlag vergeht, und einen Augenblick lang ist die Welt wie eingefroren.

Dann zuckt Dane Conways Mundwinkel nach oben. Quälend langsam verzieht sich sein durch Botox unnatürlich steifes Gesicht zu einer hämischen Fratze. »O Brynn.« Langsam schiebt er seine Anzugjacke zur Seite und zieht die Pistole hervor, als würde er mir ein geschätztes Erbstück zeigen. »Eines muss man dir lassen.« Er schmunzelt amüsiert. »Du bist eine gute Lügnerin. Ich hätte dir fast geglaubt. Nur leider liegst du falsch.«

Nein, halt, stopp. Ich möchte auf Pause drücken, die Zeit zurückdrehen.

Was hat das zu bedeuten?

Dane hat Ada Hale nicht getötet?

Die Stimme meines Statistikprofessors hallt in meinem Kopf wider: *Korrelation ist keine Kausalität.*

Mein Atem wird immer schwerer, und die Welt scheint sich wie in Zeitlupe zu drehen. Am Horizont schiebt sich eine Wolke vor die tief stehende Sonne, und ein Schatten legt sich über die Bucht.

Ich sehe auf.

Die Waffe liegt locker in Conways Hand, und ich verstehe.

Alle meine Karten sind ausgespielt.

Er weiß, dass ich geblufft habe.

Das hier ist der Moment, in dem ich sterben werde.

Ich werde sterben, ohne mich von Archer verabschieden zu können, von meinem Bruder, von meinen Freunden, von irgendjemandem.

Ich werde nie wieder Koda streicheln, nie wieder in *Der Herr der Ringe* lesen, nie wieder meine Ramen essen und nie wieder den Mann küssen, den ich liebe.

Es ist vorbei.

»Dane ...« Meine Stimme bricht. »Mr Conway, tun Sie das nicht. Ich ... wenn man mich findet, dann wird jeder wissen, was hier passiert ist ...«

Er sieht mich fragend an, grinst und entsichert die Waffe. »Dich finden? Aber das ist doch genau der Punkt. Niemand wird dich finden, denn niemand weiß, dass du hier bist.« Knapp zuckt er mit den Schultern. »Nun, zumindest niemand, der diese Nacht überleben wird.«

Seine Worte rasseln wie heißer Regen durch mein Bewusstsein.

»Aber ...«

Er schmunzelt dünn. »Du denkst doch nicht etwa, es war ein Zufall, dass du in Echo Cove gelandet bist, oder? Diese kleine Stadt mit der freundlichen Frau des Marshalls Service, die alles für deine Sicherheit tut, und ... Huch? Oder etwa doch nicht alles?«

Die laue Meeresbrise kann die Kälte in mir nicht mehr vertreiben. »Leslie ...«

»Leslie. Oh, Miss Andrews ...« Er zieht Luft durch die Zähne ein. »Weißt du, ich glaube, sie hat dich wirklich gemocht. Am Ende hat sie sogar versucht, dich zu schützen. Einen Ausweg zu finden. Ein Schlupfloch. Und dann musste sie die gleiche Lektion lernen, die auch du gerade lernst.« Mit einem Zungenschnalzen wendet er die Waffe, als wäre er an einem Schießstand. »Bei mir gibt es keine Schlupflöcher. Entweder bist du für mich oder gegen mich. Und ihr beide habt eure Entscheidung getroffen.«

Tränen verschleiern meinen Blick, und vor meinen Augen verschwimmt die Welt. »Was hast du mit ihr gemacht?«

»Wer kann das so genau sagen? Ich habe gehört, dass man heute Morgen eine Frau vom U. S. Marshalls Service mit einer Überdosis in einem Hotel in Kodiak gefunden hat. Schlimme Sache. Sie hatte wohl hohe Spielschulden, wahrscheinlich hat sie sich selbst die Spritze gesetzt, weil sie wusste, dass sie das Geld nie zurückzahlen könnte ...«

Es wird immer schwerer, Luft zu holen. »Das ist nicht wahr«, presse ich hervor. »Du hast sie getötet. Du hast sie ermordet. Du ... du bist ein Monster.«

Conway lacht. Ein hässliches, hohles Geräusch, das sofort vom Wind davongetragen wird. »Was? Ich habe ihr nur einen Ausweg aus ihren Schulden gegeben, sie hat meine Bedingungen akzeptiert. Sie wusste, was passiert, wenn sie sich nicht daran hält.« Als würde er ein ungezogenes Kind schelten, schnalzt er mit der Zunge. »Ich konnte leider nicht zulassen, dass sie Marshall Stevens informiert und ihm die Wahrheit erzählt. Den echten Grund, weshalb sie diesen Auftrag angenommen hat. Die Schulden, die sie bei mir hatte. Warum sie sich unbedingt um dich kümmern wollte.«

Langsam kriecht eine gnadenlose Kälte von meinen Fingerspitzen die Arme hinauf bis in mein Herz.

Ich wurde nicht nach Alaska geschickt, um mich hier zu verstecken.

Ich wurde nach Alaska geschickt, um zu sterben.

»Du hättest es besser wissen müssen, als dich mit mir anzulegen.« Conway tritt auf mich zu. »Du hättest wissen müssen, dass du gegen mich keine Chance hast. Denkst du, du bist die Erste, die versucht, mir ein Bein zu stellen?« Er lacht leise. »Das ganze MPDC kann mich nicht aufhalten, was soll eine kleine Softwareentwicklerin da ausrichten? Du hättest die Klappe halten sollen, aber stattdessen hast du mir einen Strich durch meine äußerst lukrativen Geschäfte gemacht.« Sein Blick brennt auf mir. »Ich hätte dich auch gleich töten lassen können, weißt du? Aber das hier ist persönlich. Deshalb habe ich dich hierherbringen lassen, während ich mich um das Verfahren kümmern musste. Hierher ins gute alte, von der Welt vergessene Echo Cove. Ich hoffe, dein kleiner Urlaub hat dir gefallen, denn jetzt ist die Zeit gekommen, um unser Katz-und-Maus-Spiel zu beenden. Gute Reise, Brynn Callahan.«

Ich schließe die Augen. Irgendwo habe ich einmal gelesen, dass man den Schuss, der einen tötet, nicht mehr hört.

Und ich höre tatsächlich keinen Schuss.

Sondern das tiefe Brummen eines Motors.

54 Brynn

EYE FOR AN EYE

Eine Autotür wird zugeschlagen.

Die Zeit an den Klippen scheint stillzustehen.

Dann tritt Conway zur Seite, und mein Herz überschlägt sich.

Er steht hier, ein paar Schritte von mir und Conway entfernt, auf den stürmischen Klippen; unverletzt.

Meine Stimme ist kaum mehr als ein Flüstern im Wind. »Archer?«

Archers Blick zuckt zwischen mir und Dane Conway hin und her. Dann versteift sich seine Haltung, und er nähert sich mit einem vorsichtig gesetzten Schritt. »Lassen Sie die Waffe fallen.«

Tränen nehmen mir die Sicht.

Archer ist unverletzt.

Gottverdammt.

Ich bin Conway geradewegs in die Falle gelaufen. Habe nicht einmal verlangt, Archer am Telefon zu sprechen, so groß war meine Angst um ihn.

Und jetzt habe ich ihn hierhergelockt; jetzt ist er tatsächlich in Gefahr.

Wegen mir.

Ich könnte mir die Haare raufen.

Alle meine Karten sind ausgespielt, ich habe zu hoch gepokert und verloren. Aber Archer? Archer darf nicht sterben, nicht wegen mir.

»Hey!«, rufe ich, um Conways Aufmerksamkeit wieder auf mich zu ziehen. Einen Moment lang scheint es zu klappen: Verwirrt sieht er zwischen Archer und mir hin und her, als könnte er sich nicht entscheiden, wer von uns die wertvollere Zielscheibe ist.

Es ist nur ein Bruchteil einer Sekunde – doch mehr ist auch nicht nötig. Mit einem Satz hechte ich auf Conway zu. Der Aufprall presst mir die Luft aus der Lunge, und ein stechender Schmerz fährt mir durch die Schulter, doch mein Plan war erfolgreich: Conway flucht, und die Waffe landet mit einem dumpfen Geräusch im Gras.

Conway versucht mich von sich zu stoßen und trifft mich mit dem Ellenbogen an der Wange. Es fühlt sich an, als würde mein Gehirn gegen meine Schädeldecke geschleudert werden, und mein Kiefer knackst so laut, dass ich mir sicher bin, dass etwas gebrochen sein muss, aber entweder habe ich Glück oder das Adrenalin unterdrückt die Schmerzen. Mit dem Fuß erwische ich die Waffe und kicke sie weiter an die Kante der Klippe.

»Du verdammtes Miststück«, brüllt Conway, packt mich an meinem Pferdeschwanz und holt aus, doch da ist Archer auch schon zur Stelle.

»Lass die Finger von ihr!« Er packt Conway am Arm und reißt ihn zurück. Die beiden Männer landen im Gras – und fallen wie zwei tollwütige Hunde übereinander her.

Der Stoff von Conways Sakko reißt, doch ich muss Archer kurz sich selbst überlassen.

Ich weiß noch genau, was er über die verdammten Klippen gesagt hat, also nähere ich mich vorsichtig, bis ich die Waffe mit dem Fuß erreiche. Einen Moment lang zögere ich.

Ich weiß, dass Archer schießen kann. Und mit einer Pistole wäre es garantiert einfacher, Conway Einhalt zu gebieten.

Wieder sehe ich zu den Männern, dann zurück zu der Waffe, die zwischen kurzen grünen Grashalmen und sandigen Felsen liegt.

Ich weiß, was ich tun muss.

Ohne eine weitere Sekunde zu verlieren, rutsche ich nach vorn und kicke die Waffe, die meinem Leben hätte ein Ende bereiten sollen, über die Klippe.

Archer hat mir deutlich gemacht, dass er bis ans Ende der Welt gehen würde, um die, die er liebt, zu schützen. Aber ich werde nicht zulassen, dass er das für mich tun muss. Ich werde nicht zulassen, dass er für mich seine Hände mit Blut beschmiert und zu dem wird, was ihm die Leute hier seit Jahren vorwerfen.

Ich werde Archer nicht zu einem Mörder machen.

Mit einem leisen *Klick-Klack* schlägt das Eisen auf dem Weg nach unten auf den Felsen auf und verschwindet in der tosenden Gischt der Wellen.

Hinter mir ertönt ein ersticktes Keuchen, und ich fahre herum.

Archer hat Conway auf den Boden gepinnt.

»Archer!« Schwer atmend rapple ich mich auf und stürze zu ihnen.

»Mein Handy.« Archer ringt nach Atem. »In meinem Auto auf dem Armaturenbrett. Das Passwort ist viermal die Eins. Ruf Matty an, ich halte ihn fest.«

Ich nicke rasch, dann renne ich auch schon los. Auf dem steilen Abhang rutsche ich ein paar Schritte hinab und verliere fast das Gleichgewicht, als ich gegen die Autotür des Trucks stoße, die noch immer offen steht. Wie versprochen, liegt Archers Handy auf dem Armaturenbrett. Ich greife danach und tippe eilig den Code ein – wenn wir das hier überleben, muss ich mit ihm ein ernstes Wörtchen über Cybersecurity sprechen.

Mit zitternden Fingern suche ich nach der passenden Nummer im Telefonbuch, bis ich *Wells, M.* finde.

»Bitte geh ran, bitte geh ran, bitte geh ran.«

Ich presse das Handy gegen mein Ohr.

Zuerst ertönt das Freizeichen.

Dann Archers Schrei.

55 Archer

KARMA IS A BITCH

Ich dachte, ich wäre zu spät.

Dann passiert alles zu schnell.

Gerade eben saß ich noch im Auto und habe mich gefragt, ob es ein Fehler war, hierherzukommen – einige Augenblicke später trifft mich Dane Conways Faust ins Gesicht.

Immerhin war mein Instinkt richtig.

Ich weiß nicht, was dieses Dreckschwein Brynn angetan hat, doch ich werde dafür sorgen, dass er ihr nie wieder wehtun kann.

Dass er nie wieder irgendeiner Frau ein verdammtes Haar krümmt.

Die Finger meiner linken Hand vergrabe ich in den Stoff seines Designeranzugs, mit der rechten Faust schlage ich zurück – und treffe.

Keuchend sackt Conways Kopf für einen Moment nach hinten, aber ich habe mich in meinem Leben oft genug geprügelt.

Ich kenne diesen Trick, ich weiß, wie es sich anfühlt, wenn ein Körper unter mir erschlafft – und Conways Muskeln sind noch immer zum Bersten angespannt.

Dennoch nutze ich den Augenblick zu meinen Gunsten, fixiere seinen Arm und klemme ihn mit dem Bein unter mir fest. Als ich damit mehr Druck auf seinen Brustkorb ausübe, stößt der Mann unter mir ein leises Keuchen aus, doch ich lasse nicht locker, auch nicht, als er die Lider aufschlägt und mir mit seinen eisblauen Augen wutentbrannt entgegenstarrt. Einen Herzschlag lang ist es purer Hass – dann mischt sich etwas anderes in seinen Blick. »Nimm deine dreckigen Finger von mir.«

Schnaubend presse ich ihn fester auf den Boden. »Ich hab gerade erst angefangen.«

Conway verzieht das Gesicht. »Diese beschissenen Hinterwäldler. Du kannst deinen Bruder von mir grüßen, wenn ich mit dir fertig bin.«

Einen Moment lang droht meine Welt aus den Angeln zu kippen. »Was hast du gesagt?« Ein metallischer Geschmack breitet sich in meinem Mund aus, aber ich schlucke das Blut hinunter.

»Fick dich.« Blassroter Speichel schäumt aus Conways Mundwinkel.

Es ist so lange her, doch nun, da er hier ist, ist es, als hätte ich erst vor ein paar Wochen mit Liam am Strand gesessen. Ich kann mich an sein Gesicht erinnern, an jede einzelne seiner Eigenheiten; die Art, wie er den Mund verzogen hat; der Klang seines Lachens, sein Blick, wenn er sich etwas zu sehr zu Herzen nahm – und das verfolgt mich jeden Tag, wenn ich in den Spiegel sehe. Ich kann ihn in meinen Zügen erkennen; und in diesem Moment, irgendwo im Nirgendwo zwischen Felsen, Bergen und Meer, wird mir bewusst, dass ich nicht der Einzige bin.

»Was hast du gesagt?« Meine Stimme überschlägt sich, und ich presse ihn noch fester gegen den Boden.

»Scheiß Hinterwäldler«, faucht Conway und versucht die Beine anzuziehen, um mich von sich zu kicken. »Du bist ... ein toter ... Mann, Flint!«

Er gibt sein Bestes, sich unter mir freizukämpfen, aber ich packe ihn an den Haaren, drücke seinen Kopf zurück nach unten und zwinge ihn, mir ins Gesicht zu sehen. »Sieh mich an.« Es klingt wie eine Drohung, nein, wie ein Urteil. Wie eine Strafe. »Sieh mir ins Gesicht und sag mir, was du siehst.«

Conway kneift die Augen zusammen und versucht mich

anzuspucken, doch die Schwerkraft ist auf meiner Seite, und die Mischung aus Speichel und Blut landet auf seiner eigenen Wange.

»Ich sage dir, was es ist.« Ich senke den Kopf hinab, so tief, dass er meinen Atem auf dem Gesicht spüren muss. »Du siehst meinen Bruder, nicht wahr?«

Conway presst die Lippen zusammen.

»Was hast du mit ihm gemacht?« Die Wut in mir ist ohrenbetäubend laut, doch meine Stimme bebt.

»Fick dich.«

Ich presse das Knie stärker gegen seinen Brustkorb. »Du hast meinen Bruder getötet.«

Es ist keine Frage.

Obwohl ich keine Antworten habe, fallen die Teile ineinander und ergeben Sinn. Alles ergibt Sinn.

Er ist der Schlüssel.

Er ist das fehlende Puzzleteil.

Conway schnaubt. Nicht mehr viel, und seine Rippen werden dem Druck nicht länger standhalten. »Du ... du wirst das bereuen ...«

Vielleicht, aber das ist mir im Moment egal. »Was hast du mit meinem Bruder getan?« Jede Silbe aus meinem Mund trieft vor Verzweiflung, vor Abscheu, vor Wut.

»Ich ... lass mich los ...« Er hustet. »Wie viel willst du? Ich ... Ich kann dich bezahlen ...«

Ich will kein beschissenes Geld. Will keinen Ruhm, will nicht einmal Rache. Ich will Gerechtigkeit. Gerechtigkeit für Liam. Gerechtigkeit für all die Jahre, in denen mein Bruder als Mörder angeprangert wurde. »Du hast ihn umgebracht.«

»Ist es das wert ...?«, keucht er. »Du wirst dein Leben im Gefängnis verbringen.«

»Du hast ihn umgebracht!« Immer und immer wieder hallen die Worte durch meinen Kopf. Ich rutsche mit dem Knie nach oben, näher zu seiner Kehle.

»Bitte!« Mit aufgerissenen Augen gelingt es Conway, einen

Arm zu befreien, und er greift sofort nach meinem Bein. »Es war nicht so, wie du denkst! Ich … ich sage dir alles! Ich …«

»Dann rede!«

»Ich kriege keine Luft!« Um seine Worte zu unterstreichen, saugt er einen verzweifelten Atemzug in seine Lunge.

Ich sehe ihm entgegen. Sein erbärmliches Leben bedeutet mir nichts. Aber ich muss wissen, was damals vor zehn Jahren in Echo Cove passiert ist. »Ich will die Wahrheit.«

»Alles!« Conways Kopf läuft immer dunkler an. »Bitte! Wenn ich …« Er röchelt. »Wenn ich tot bin, wirst du nie erfahren, was in jenem Sommer passiert ist.«

Ich lockere den Druck, halte ihn jedoch noch immer am Boden fixiert.

»Rede.«

Conway schnappt nach Luft. »Hör zu … Ich … wir machen einen Deal, und dann …«

»Ich will keinen Deal.« Weder mein Herz noch mein Kopf sind imstande, einen klaren Gedanken zu fassen. Ich bin in einem dunklen Tunnel, und ich habe nur ein Ziel. »Ich will die Wahrheit.«

»Ich sage dir die Wahrheit, wenn du mich gehen lässt.« Seine Stimme ist rau und kehlig.

»Nein.«

»Warum soll ich dir dann irgendetwas erzählen?«

In den Zeitungsartikeln erschien er mir so mächtig, unbesiegbar, geschützt durch unzählige Ebenen der Korruption.

Nun liegt er vor mir, sein Designeranzug zerrissen, sein rotes Gesicht mit Blut verschmiert. Ich weiß, dass er alles sagen würde, um zu überleben – aber er hat keine Ahnung, wie viel Schmerz ich in mir trage. Er weiß nicht, wie weit ich gehen würde. Wozu ich bereit bin. Seit zehn Jahren habe ich alles darangesetzt, die Wahrheit über das Verschwinden meines Bruders herauszufinden – und jetzt liegt der Verantwortliche vor mir, blutverschmiert und einzig und allein meiner Gnade ausgeliefert.

»Weil ich dir sonst Schmerzen zufügen werde«, spucke ich ihm entgegen. »Auf Arten, die selbst du noch nicht kennst.«

Conway sieht mir verächtlich entgegen. »Ist schon lustig, oder?«

Ich presse die Lippen zusammen. Ich werde ihm den Gefallen bestimmt nicht tun und auf seine Ablenkungsversuche einsteigen.

»Die ganze Zeit über haben alle Liam für das Ungeheuer gehalten, dabei bist du das Monster.«

Vielleicht hat er recht. »Ich bin das, wozu man mich gemacht hat.« Ich beuge mich tiefer. »Das, wozu du mich gemacht hast.«

Conway hält meinen Blick. Kleine Äderchen in seinen Augen sind aufgrund des Sauerstoffentzugs bereits geplatzt.

»Es war nichts Persönliches.« Er lächelt dünn. »Und das hier ist es auch nicht.«

Der Schmerz ist so spitz, dass ich ihn zuerst gar nicht wahrnehme. Dann breitet er sich wie ein Lauffeuer in meinen Nervenbahnen aus.

Ich senke den Blick. Feuchte Wärme breitet sich an meiner Seite aus.

Ich war unvorsichtig.

Habe mich so sehr von meinem Hass überwältigen lassen, dass ich nicht gemerkt habe, wie er mit seiner freien Hand von meinem Bein abgelassen und unter sein Sakko gegriffen hat.

Brynn hat ihm vielleicht die Knarre abgenommen, aber ich habe nicht daran gedacht, Conway nach weiteren Waffen abzusuchen. Er muss ein Messer im Innenfutter seines Sakkos versteckt gehabt haben.

Und jetzt steckt es zwischen meinen Rippen.

Conway verschwendet keine Sekunde. Kaum habe ich mein Gewicht verlagert, stößt er mit dem Ellenbogen gegen meine Brust. Noch immer mit der Klinge in meiner Seite beschäftigt, rutsche ich nach hinten, und ehe ich michs versehe, rappelt sich das Arschloch auf die Beine.

Ich folge seinem panischen Blick. Das Auto. Er will zu seinem verdammten Jeep, der hinter dem Leuchtturm steht.

Ich packe die Klinge, und mit einem animalischen Schrei reiße ich sie mir aus dem Fleisch. Meine Stimme wird von der Bucht zurückgeworfen und hundertfach zu einem gespenstischen Echo multipliziert.

Sterne tanzen am Rande meines Blickfelds, doch ich schlucke den Schmerz, rapple mich auf die Beine und stürze Conway hinterher. Wie ein nasser Sack prallt sein Körper gegen die Wagentür des Jeeps, und er versucht, in seinem Sakko nach dem Autoschlüssel zu greifen, aber ich bin bereits dicht hinter ihm und bekomme den Saum des Sakkos zu fassen.

Conway bleibt keine Wahl: Er lässt vom Wagen ab und schlägt den letzten Weg ein, der ihm noch bleibt – den Abhang hinab, dorthin, wo mein Truck steht.

Mein Truck, in dem sich Brynn befindet.

Jeder Schritt setzt meinen Körper in Flammen. Ich will nicht wissen, wie viel Blut ich schon verloren habe, doch ich presche weiter nach vorn.

Conway ist schneller.

Wenn er das Auto vor mir erreicht …

»Bis hierhin und nicht weiter, du Wichser!«

Einen Herzschlag lang weiß ich nicht, ob ich meinen Sinnen noch trauen kann oder ob ich bereits halluziniere. Wie ein Racheengel steht Brynn vor meinem Auto – und sie hat eine Waffe in der Hand.

»Brynn!« Ich höre meine eigene Stimme, höre mich selbst ihren Namen rufen.

Es ist zu spät. Sie betätigt den Abzug – und ein grelles Licht nimmt mir die Sicht.

Für den Bruchteil einer Sekunde färbt sich die Welt rot.

Conway schreit.

Ich reibe mir die Augen, und meine Sicht kehrt zurück; direkt vor Conway lodert das Leuchtgeschoss wie ein Portal zur Hölle, und ich verstehe. Verdammt, sie muss die

Signalpistole gefunden haben, die ich für Notfälle unter meinem Sitz versteckt habe.

Schlau.

Ich stürze in Conways Richtung, doch er weicht aus, und ich lande fast in den bereits erlöschenden Flammen.

»Archer!« Brynns Stimme dringt durch meinen Nebel aus Hass und Schmerz.

Mein Blick zuckt zwischen dem fliehenden Conway, Brynn und dem Wagen hin und her. »Schneid ihm dem Weg ab!«

Sie versteht sofort, springt ins Auto, und kurz darauf ertönt das Brummen des Motors.

Conway hat allerdings bereits einige Schritte zugelegt. »Ich ... ich werde euch ... ich werde euch vernichten!« Seine Stimme wird vom kühlen Nordwind davongeweht. »Meine Leute sind auf dem Weg hierher, und ich werde das ganze verdammte ... verdammte ... Scheißdorf auslöschen, jeden einzelnen Menschen, der euch jemals ...« Er ringt nach Luft. »Der euch jemals etwas bedeutet hat, und ...«

Ein grauenhaftes, schnappendes Geräusch.

Sehnen reißen.

Knochen brechen.

Ich stoppe mitten im Lauf, stürze jedoch trotzdem beinahe über Dane Conways zusammengebrochene Gestalt am Boden.

Ein markerschütternder Schrei erfüllt die Bucht.

Brynn kommt mit dem Wagen neben mir zum Stehen, und ich kann ihren Atem hören, als sie die Hände um meinen Arm legt und mich nach hinten reißt.

Mir hämmert der Puls an den Schläfen, und ich sehe langsam auf ihn hinab.

Der große Dane Conway liegt vor uns auf dem Boden und winselt wie ein Kind.

Ich wusste, dass die Wilderer es auf Blossom abgesehen haben.

Wie es scheint, haben sie eine Bärenfalle vergessen.

56 Brynn

YOU REAP WHAT YOU SOW

Ich habe noch nie so viel Blut gesehen.

Es ist überall. An Archers Händen, auf dem Boden, es fließt aus Conways Wunde und …

Ich muss den Blick abwenden, als sich mir der Hals zusammenzieht.

Sanft legt Archer die Hand auf meinen Rücken und streicht darüber. Schwer wie ein Stein sinke ich mit der Stirn gegen seinen Arm, und er zuckt zusammen.

Irritiert hebe ich den Kopf. »Du bist verletzt …«

»Es ist nicht so schlimm.« Er presst die Hand darauf und schenkt mir ein dünnes Lächeln.

Und ich dachte, ich wäre schlecht darin, ihm etwas vorzumachen. »Matthew muss gleich hier sein.« Ich senke den Blick zu Conway, der noch immer am Boden liegt und wimmert. Langsam beuge ich mich zu ihm hinab. »Wie war das noch mal? Nichts fühlt sich so gut an, wie einem Bären eine Kugel durch den Kopf zu jagen? Tja, ich schätze, das nennt man Karma.«

Conway schnappt nach Luft. Verdammt, ich verabscheue diesen Mann. Ich habe ihn verflucht, gehasst, ihm den Teufel an den Hals gewünscht, aber ihn jetzt so zu sehen, gibt mir nichts.

Ich fühle nichts außer Sorge um Archer, um Charlotte, nichts außer den Wunsch, wieder so schnell wie möglich nach Hause zu gehen.

Nach Hause – in das hübsche rote Haus in der Shore Road.

»Bitte ...« Conways Wimmern holt mich in die Realität zurück. Sanft grabe ich die Finger in Archers Arm und halte mich an ihm fest.

Archer lächelt kurz, doch jegliche Wärme weicht aus seinem Blick, als er sich wieder an Conway wendet. »Du schuldest mir eine Antwort.«

»Bitte ... helft mir ...« Auch von einem Mann wie Conway ist das Winseln schwer zu ertragen. Zumindest für mich.

»Eine Antwort«, fordert Archer kalt.

»Bitte, ich ... Ich kann euch bezahlen ...«

Weder Archer noch ich antworten.

»Helft mir bitte ... Helft mir, und all das ist vergessen.«

Ich habe Dane Conway noch nie so verzweifelt gesehen. Er ist kaum mehr als ein kleines Häufchen Elend vor meinen Füßen. Schwer zu glauben, dass ich mich vor diesem Mann einmal so gefürchtet habe. Dass er es war, der noch vor wenigen Minuten die Gewalt über mein Leben und meinen Tod hatte.

Ich lebe.

Verdammt. Ich bin tatsächlich noch immer am Leben.

»Die Wahrheit«, wiederholt Archer gnadenlos. »Dann überlege ich mir, ob du dein Bein behalten darfst.«

Conways Gesicht ist inzwischen blass wie ein Leichentuch. »Nein ...«, keucht er. »Bitte, es war ... Es war ein verdammter Unfall, ich wollte nicht ... Er hätte sich ...«

»Er hätte was?« Archers Tonfall ist ruhig, aber gnadenlos.

Verzweifelt verzieht Conway das Gesicht. »Der einzige Grund, warum ich dieses Scheißcafé gekauft habe ...« Conways Atmung wird schwerer. »Es ist eine ... eine Tarnung. Ich bin zum Jagen hier. Wegen Bärenfellen, nicht wegen beschissenem Kaffee und Kuchen.«

»Zum Wildern«, korrigiert Archer hart.

Conway schluckt.

»Und was hat das mit Liam zu tun?« Archers Ausdruck
ist unlesbar, doch er legt seine Finger fester um meine freie
Hand.

»Dein verdammter Bruder, dieser beschissene Weltver-
besserer. Er ist mir auf die Schliche gekommen und ist mir
nachgelaufen und ...« Verzweifelt schüttelt er den Kopf.
»Es war seine eigene verfluchte Schuld!«

Ich hätte niemals gedacht, Dane Conway jemals mit Tränen
in den Augen zu sehen. Vielleicht sollte mich der Anblick mit
Schadenfreude erfüllen, aber in mir ist nur Bedauern.

»Weiter«, knurrt Archer.

Conways Atem wird immer unregelmäßiger. »Ich dachte, er wäre ein Bär, und ich habe ... Ich habe geschossen.«
Er schluckt. »Ich wollte diesen Pisser nicht umbringen, das
Allerletzte, was ich brauchte, war das Blut eines Provinz-
kindes an den Händen!« Verzweifelt schnappt er nach Luft.

Dann wird es still.

Archer drückt meine Hand fester.

Da ist sie: die Wahrheit.

Liam Flint ist tot.

Ich bin mir nicht sicher, ob diese Tatsache Archer Frieden schenkt – oder ihn zerstört. Ein kleiner Teil von ihm
muss gehofft haben, dass sein Bruder noch irgendwo da
draußen am Leben sein könnte. Ich hätte es getan.

Archer bricht die schwere Stille zuerst. »Was hast du mit
ihm gemacht?«

»Ich ... *fuck* ...« Conway schüttelt den Kopf. »Ich wollte
ihn zu den Klippen bringen, aber es war zu gefährlich.« Er
ringt nach Luft. »Ich habe ihn im Wald vergraben. Am
nächsten Tag bin ich von der Insel verschwunden. Als das
Mädchen getötet wurde, war ich längst in meinem Flieger,
damit habe ich nichts zu tun, ich schwöre es!«

Ich sehe zu Archer. Sein Ausdruck ist leer, der Blick kühl
auf Conway gerichtet.

In mir tobt ein Sturm.

Liam ist unschuldig.

Liam ist tot.

Mein Herz bricht. Blutet. Ich wünschte, ich könnte Archer etwas von seinem Schmerz nehmen, doch alles, was ich tun kann, ist, hier zu sein und ihm beizustehen.

»Bitte«, wimmert Conway schließlich. »Bitte hilf mir …«

Archer mustert ihn kühl, dann wendet er sich mir zu. »Wenn ich die Falle jetzt öffne, wird er verbluten, ehe wir beim Notarzt sind.«

Ich habe keine Ahnung, ob er die Wahrheit sagt, aber als er sich abwendet, wird deutlich, wie viel es ihm abverlangt, seine Schmerzen zu unterdrücken. Die von der Stichwunde an seiner Seite und die in seinem Herzen.

Still folge ich ihm und streiche über seine breite Schulter.

»Er hat ihn getötet«, wispert Archer leise. »Er hat ihn getötet.« In seinen Armen spannen sich die Muskeln an. »Es wird nie Gerechtigkeit geben.«

Ich sehe zu ihm auf. »Wir müssen es versuchen.«

Sein Atem wird mit jedem Zug schwerer. »Ich kann ihn nicht gehen lassen. Ich kann ihn nicht am Leben lassen.«

»Doch«, wispere ich. »Wir sind nicht wie er.«

»Aber es wäre richtig. Es wäre gerecht.« Archers Stimme ist rau und heiser vor Schmerz. »Er hat so vielen Menschen wehgetan. Ich muss nur die Falle öffnen und …«

»Nein.« Fest greife ich nach seiner Hand. »Das lasse ich nicht zu. Du bist kein Mörder, Archer.«

»Was, wenn doch?«

Ich schiebe mich dicht vor ihn und greife an seine Wangen. »Sieh mich an. Hätte Liam das für dich gewollt?«

Er versucht meinem Blick auszuweichen. »Liam ist tot.«

»Liam ist dein großer Bruder, und er würde dich immer beschützen wollen.«

Die Muskeln in seinen Schultern beben. »Denkst du, wir haben eine Chance gegen ihn?«, wispert er dann tonlos. »Wenn er heute überlebt, wird er sich wieder und wieder und wieder freikaufen können.«

Ein Augenblick verstreicht, und ich schüttle den Kopf.

»Alles, was ich gebraucht habe, war ein neuer Beweis. Ein Geständnis.« Als Archer die dunklen Brauen verzieht, deute ich zum Leuchtturm. »Weißt du noch, wo wir die letzte Kamera installiert haben?«

Ein schwerer Atemzug lässt seinen Brustkorb beben. »Am Leuchtturm.«

»Am Leuchtturm.« Ich lege die Hand an seinen Arm, an die Stelle, an der ebendieses Gebäude tätowiert ist.

ADA + LIAM 4EVER.

»Wenn ich alles richtig gemacht habe, beginnt die Kamera aufzuzeichnen, sobald sie Bewegung feststellt. Wir haben es auf Band. Alles, was auf den Klippen geschehen ist.« Langsam streiche ich über seine rauen Bartstoppeln. »Er wird nicht davonkommen. Dieses Mal nicht. Dieses Mal gibt es Gerechtigkeit. Für mich. Für all die Frauen. Für Liam.«

Archer sieht mir in die Augen. Eine Weile sehen wir uns nur an, dann legt er die Hände an meine Schultern und senkt die Stirn an meine. Sanft fahre ich in seine Haare, schließe die Augen und halte ihn fest, bis über uns das tiefe Brummen von Rotorblättern erklingt.

57 Brynn

YOUR HAND IN MINE

Die nächsten Stunden sind wie ein Fiebertraum.

Matthew und seine Truppe separieren uns schnell von Conway, und eine Polizistin, deren Namen ich nicht kenne, fährt mich mit dem Auto nach Hause, während Conway und Archer mit dem Hubschrauber geborgen und zum Notarzt gebracht werden.

Natürlich bestehe ich zunächst darauf, mitzufliegen, aber in der Kabine ist kein Platz mehr für mich, also entscheide ich mich zähneknirschend für das Auto. Mein Handy und das von Archer sowie die Zugangsdaten für die Überwachungskamera am Leuchtturm gehen an Matthew über, der jedoch nur kurz angebunden ist. Ich habe ihn noch nie zuvor so gestresst erlebt, und er informiert mich mit knappen Worten lediglich darüber, dass er mir keine Auskunft über laufende Ermittlungen geben kann.

Der Heimweg erscheint mir unerträglich lang. Als ich endlich still sitze, erinnert sich mein Körper daran, wie sehr jeder einzelne meiner Muskeln schmerzt, und eine traurige Schwere legt sich wie eine Stahldecke um meine Schultern. Ich bin froh, dass ich den Platz auf dem Rücksitz gewählt habe, denn als mein Kopf bei jeder Unebenheit gegen die Scheibe schlägt, erlaube ich es mir, endlich zu weinen.

Für Liam.

Für Archer.

Für Leslie.
Für Charlotte.
Für das Leben, das ich in D. C. zurückgelassen habe, für die Tragödie, die wie ein Echo über dieser kleinen Stadt hängt und alle Schicksale in ihr miteinander verbindet.

***

Niemand hat mir gesagt, was mit Conway geschehen soll, aber ich warte über vier Stunden in einem kleinen, sterilen, nach Desinfektionsmittel stinkenden Warteraum des Notarztes von Echo Cove darauf, dass Archer endlich entlassen wird. Ich habe den ganzen Tag nichts gegessen oder getrunken, und unter dem beständigen Surren der Klimaanlage, die für das milde Wetter viel zu hoch eingestellt ist, gewinnt die Erschöpfung den Kampf um mein Bewusstsein.

»Hey, Nachbarin.«

Ich zucke zusammen, als Archers warme, tiefe Stimme direkt in meinem Ohr erklingt. Desorientiert blinzle ich ihm entgegen. Er sieht so normal aus. Ein junger Mann mit zerzausten Haaren und einem Pflaster auf der Wange.

»Sorry. Wollte dich nicht wecken. Ich meine, eigentlich schon, denn ich bezweifle, dass du hierbleiben willst.«

Ein paar Herzschläge lang fühlt sich alles wie ein Traum an; irgendwo zwischen Schlaf und Realität.

Erschöpft greife ich nach Archers Hand und lasse mich von ihm auf die Beine ziehen. »Darfst du gehen?«

Er nickt. »Der Doc hat mich entlassen, und Matty ist auch endlich zufrieden.«

»Hat er dich verhört?«

»Meine Aussage aufgenommen.« Sanft drückt er meine Finger. »Läuft auf dasselbe hinaus.«

»Und deine Seite?«

Mit der freien Hand hebt er sein Shirt ein Stück nach oben. Auf seinem Unterleib klebt ein großes weißes Pflaster.

»Glück gehabt«, erklärt er. »Sagt zumindest der Doc. Keine Organe getroffen.«

Mir entweicht ein hörbarer Luftschwall, und ich sinke gegen seinen Arm. Zärtlich zieht mich Archer ein bisschen näher zu sich. »Komm«, wispert er leise. »Ich fahre uns nach Hause.«

***

Zu Hause.

Als ich zum ersten Mal in der Shore Road aus Leslies Wagen gestiegen bin, habe ich nur eine verlassene Straße mit alten Häusern gesehen.

Es ist wie bei einem dieser Bilder, in denen sich versteckte Motive verbergen. Wenn man die Ente oder die alte Frau erst einmal gesehen hat, kann man es nicht mehr rückgängig machen. Genauso geht es mir mit dem Flint-Haus. Mit der Küstenstraße. Mit Echo Cove.

Koda begrüßt uns mit aufgeregtem Schwanzwedeln und lässt uns durch ein Konzert aus Fiepsen, Winseln und Jaulen wissen, was er von unserer langen Abwesenheit hält.

»Eigentlich habe ich mir unser Koch-Date anders vorgestellt«, wispert Archer sanft, während ich ihm ins Haus helfe.

»Ich glaube, das geht auf meine Kappe.« Vorsichtig drücke ich seinen Arm und sehe zu ihm hoch. »Aber hey ... ich habe noch ein paar Packungen Spicy Instant-Ramen in meinem Koffer.«

Er schmunzelt erschöpft. »Klingt perfekt.«

Wenig später balanciere ich zwei tiefe Teller voller Nudeln mit einer leicht unnatürlich roten Soße und zwei eisgekühlte Flaschen Apfelcider auf Archers Veranda. Der Garten hinter dem Haus erstreckt sich viel weiter, als ich gedacht habe. Die Erinnerungen an die vergangene Zeit sind noch immer deutlich zu sehen; überwucherte Wildrosenbüsche, violette Lupinen, die mir bis an die Hüfte reichen, und eine alte Feuerstelle, die aussieht, als wäre sie seit Jahren nicht mehr verwendet worden. Ein inzwischen zugewucherter Pfad aus rustikalen Natursteinplatten führt vorbei an einer baufälligen Hollywoodschaukel und einem wilden Bachlauf, hinab bis zum Meer.

»Essen ist angerichtet. Nur Stäbchen habe ich keine gefunden, also müssen wir mit Gabel und Löffel essen.«

In seiner Küche habe ich sogar noch eine Frühlingszwiebel und ein bisschen Schmelzkäse entdeckt, den ich auf den Tellern verteilt habe.

»Käse auf Ramen?«, fragt Archer skeptisch.

»Vertrau mir einfach.« Ich kicke meine Sneaker von den Füßen und setze mich im Schneidersitz zu ihm. »Das ist das Beste. Nimmt auch bisschen von der Schärfe.« Ich rühre in dem Teller, bis sich der Käse mit der Soße aus Chiliöl und Geschmacksverstärker vermischt. »Mein absolutes Comfort Food.«

Archer tut es mir gleich, pustet auf seine Gabel und kostet. »Scharf.« Er grinst. »Und verdammt lecker. Ich verstehe, warum du das so gern magst.«

Mit einem zufriedenen Grinsen nippe ich an meinem Getränk und rümpfe die Nase, als die Kohlensäure in meinem Mund hochsteigt.

Als ich zu Archer sehe, hat er sich zu mir gedreht.

»Was ist?«

Sein Blick wird ernst. »Hat er dir wehgetan?«

Ich lasse die Gabel wieder in den Teller sinken. »Dane?«

Er nickt. »Ich habe herausgefunden, wer er ist. Was er gemacht hat. Aber ich verstehe deine Rolle in der ganzen Sache noch nicht.«

Langsam stelle ich den Teller zur Seite, sehe ihn an – und dann beginne ich zu sprechen.

Ich erzähle ihm alles; von meinem Studium zu meinem ersten Job bei *Conway Tech*, von meiner furchtbaren Entdeckung bis hin zu der Nacht, in der Conway mich aus dem Weg schaffen wollte, ehe die Polizei mir zu Hilfe kam und ich ins Zeugenschutzprogramm geschickt wurde. Mit jedem Satz löst sich ein Knoten mehr, und als ich schließlich zum Ende komme, ist meine Seele um eine Tonne leichter.

»Du weißt nicht, wie dringend ich es dir sagen wollte«, murmle ich schließlich erschöpft. »Immer und immer wieder. Aber es kam ständig etwas dazwischen. Und dann ... Dann habe ich realisiert, dass ich dich in Gefahr bringen würde.«

»Wow«, murmelt er leise und zieht mich sanft zu sich.

»Was denkst du?«

Zärtlich streicht er durch meine Haare. »Ich habe es ernst gemeint, weißt du? Als ich gesagt habe, dass du bei mir in Sicherheit bist.«

»Weiß ich.« Ich lege den Kopf in den Nacken und sehe zu ihm hoch. »Und du bei mir.«

Sein Mundwinkel zuckt. »Und keine Geheimnisse mehr, okay?«

Da kann ich nur zustimmen. »Keine Geheimnisse. Versprochen.« Eine Weile sagt keiner von uns etwas, dann lege ich die Hand sanft auf seine. »Und wie fühlst du dich?«

Er atmet tief ein, nimmt einen Bissen von seinen Nudeln und blickt in Richtung Meer. »Ich weiß es nicht«, antwortet er schließlich. »Ich glaube, es wird noch ein paar Tage, vielleicht Wochen, vielleicht Monate dauern, bis ich wirklich verstehen kann, was heute passiert ist.«

Mit zusammengepressten Lippen senkt er den Blick und rührt in seinem Essen. »Ich habe es gewusst«, murmelt er schließlich. »Ich meine, nicht *gewusst*, aber ich habe gespürt, dass er nicht mehr hier ist.«

Ich rutsche ein Stück näher zu ihm und lege die Finger auf Archers Hand. Sie fühlt sich kühl an, obwohl von dem warmen Teller Dampf aufsteigt.

»Vielleicht klingt es komisch, aber ich glaube, man weiß so was. Und ein Teil von mir ... Ein Teil ist so erleichtert. Ich wusste, dass Liam kein Mörder ist. Und ich ...« Er presst die Lippen zusammen und sucht nach Worten. Als sich seine Augen mit Tränen füllen, senkt er den Blick.

Still streichle ich über seine Hand, lasse den Kopf auf seine Schulter sinken und lausche seinem Atem, bis er die Kraft gefunden hat, fortzufahren.

»Ich bin froh«, murmelt er tonlos. »Dass es schnell gegangen ist. Dass er nie erfahren hat, was mit ...« Seine Stimme bricht. »Es hätte ihn gebrochen. Was mit Ada passiert ist. Es wäre für ihn schlimmer gewesen als der Tod. Vielleicht war es ein gnädiges Schicksal.« Auch er stellt die Nudeln zur Seite, greift nach meiner Hand und zieht mich zu sich.

Sehnsüchtig lege ich die Arme um seine Schultern und schmiege mich an ihn.

»Vielleicht ...« Er vergräbt sein Gesicht in meinen Haaren, und ich kann seinen warmen Atem spüren. »Vielleicht sind sie jetzt zusammen. Wo auch immer sie sind.«

»Ja«, wispere ich und streiche zärtlich. »Da bin ich mir sicher.«

Ich muss an die Fotos in dem Album denken. An die Art, wie Liam Ada fotografiert hat. An ihr unbeschwertes Lachen, die Wärme in ihrem Blick. Und ich kann nicht anders, als mir vorzustellen, wie seine Hand in ihrer liegt, wo auch immer sie sein mögen, in alle Ewigkeit.

58 Archer

MAY ANGELS LEAD YOU IN

6 WOCHEN SPÄTER

Es ist ein schönes Grab.

Ich habe einen schlichten Naturstein bestellt, in den ein Leuchtturm eingraviert ist – derselbe, den auch ich auf der Haut trage.

Ich picke ein paar verdorrte Blütenblätter von der Erde und sehe noch einmal zu der Schrift unter dem Symbol.

**Hier ruht
William Flint
1995–2014**

See you again, Brother

Mir war nicht viel wichtig – nur dass er ein Grab bekommt, und dass es neben dem marmornen Grabstein von Ada steht.

Nun, da Liams Unschuld bewiesen wurde, hatten die Hales nichts dagegen einzuwenden. Im Gegenteil. Sie haben sich entschuldigt. Immer und immer wieder. Ich habe mir diesen Moment so oft ausgemalt, aber bedeutet hat er mir nichts. Es ging nie um mich. Immer nur um Liam.

Nur Keira sieht mich noch immer giftig an, fast so, als würde sie mir nicht vergönnen, dass ich Gewissheit über das Schicksal meines Bruders bekommen habe und sie noch immer nicht weiß, was genau mit ihrer Schwester geschehen ist. Es ist beinahe, als hätten wir die Rollen getauscht – ich habe meine Antworten bekommen, sie nur noch mehr Fragen.

Natürlich ist es ein schwieriges Gefühl, Mitleid mit der Person zu empfinden, die zehn Jahre lang versucht hat, einem das Leben zur Hölle zu machen, doch gleichzeitig kann ich ihr nicht einmal böse sein. Ich hätte mich an ihrer Stelle wohl auch auf jede Erklärung gestürzt, denn ich weiß, wie zermürbend es ist, keine zu haben.

Und die Sache ist noch nicht vorbei. Liam mag unschuldig sein, das kann mir niemand mehr nehmen, aber es bedeutet vor allem eins: Jemand anders hat Adas Blut an den Händen. Dane Conway war die naheliegendste Option, allerdings hat sich leider inzwischen herausgestellt, dass er die Wahrheit gesagt hat – er ist nach der Nacht, in der er Liam getötet hat, sofort aus Echo Cove abgereist und befand sich zu dem Zeitpunkt, als Ada starb, auf einem Langstreckenflug an die Westküste.

Was das bedeutet, weiß ich nicht. Matty sagt, er darf keine Auskünfte geben, und ich habe keine Ahnung, ob ein zehn Jahre alter Mord heute noch aufgedeckt werden kann. Aber eines habe ich im Gefühl – der Fall Ada Hale ist noch nicht vorbei. Denn ich weiß, dass Keira nicht lockerlassen wird, bis sie Gewissheit darüber hat, was mit ihrer Schwester geschehen ist.

Und ich wünsche es ihr von ganzem Herzen. Ich wünsche ihr den Frieden. Ich wünsche Ada Gerechtigkeit. Und ich werde alles in meiner Macht Stehende tun, um dabei zu helfen, auch wenn Keira mir noch immer nicht in die Augen sehen kann.

»Die letzten Wochen waren wild«, murmle ich zum Grabstein. »Jeden Tag stand irgendjemand mit einer Kasserole voll mit Auflauf, Brownies, Tater Tots oder sonst irgendeinem Kram vor meiner Tür.« Ich rolle mit den Augen. Obwohl mir Liam nicht antworten kann, weiß ich, dass er über meine grummelige Miene lachen und mir sagen würde, dass sie es nur gut meinen. Dass sie lernen müssen, ihre eigene Schuld zu verarbeiten. Denn die Wahrheit ist: Das können sie nicht. Ich werde niemals verzeihen, was sie meinem Bruder angetan haben.

Brynn sagt, ich muss das auch nicht.

Vergebung muss aus mir kommen. Diese Leute können nicht entscheiden, wie ich empfinden soll, nachdem sie mir jahrelang jegliche Validität meiner Gefühle abgesprochen und meinen Bruder als Mörder dargestellt haben.

Nein, vielleicht gibt es gewisse Dinge, die unverzeihlich sind. Vielleicht werde ich mich irgendwann anders entscheiden, aber im Moment möchte ich meine Wut noch eine Weile behalten.

Dennoch hat sich etwas verändert. Nachdem Dane Conway verhaftet wurde, hat er vor Matthew offenbar den ganzen Umfang seiner Tat gestanden. Kurz darauf konnten Liams Überreste im Wald geborgen werden, an der Stelle, an der Conway die Beweise seiner Tat verscharrt hat. Es waren gleichzeitig die schwersten, wenn auch die befreiendsten Tage meines Lebens – und ich weiß nicht, wie ich sie überstanden hätte, hätte ich Brynn nicht an meiner Seite gehabt.

»Baby!«

Als hätte ich sie mit meinen Gedanken beschworen, erhellt ihre Stimme den ruhigen Friedhof.

Ich muss immer schmunzeln, wenn sie mich so nennt. »Sie ist hier«, erkläre ich Liam. Er hätte Brynn gemocht, da bin ich mir sicher. Auf eine gewisse Art hat sie etwas in mein Leben zurückgebracht, was ich mit Liam, Ada und dem Rest meiner Freunde verloren hatte. Eine gewisse Leichtigkeit, eine gewisse Lebensfreude. Die Fähigkeit, über irgendeinen absurden Insiderwitz so lange zu lachen, bis man rot im Gesicht wird und keine Luft mehr bekommt. Die Fähigkeit, sich fallen zu lassen. Die Fähigkeit, die Abwehr für einen Moment herunterzufahren.

Das Gefühl, einen Ort zu haben, an den man gehört.

Zusammenhalt.

Nähe.

Ein *Wir-gegen-den-Rest-der-Welt*-Gefühl.

»Selber Baby.« Ich erhebe mich vom Grab meines Bruders und werde kurz darauf von einer stürmischen Umarmung fast wieder zu Boden gerissen.

Lachend streiche ich ihr durch die Haare und grinse zu ihr hinab. »Hast du zu viele Energydrinks getrunken?«

Brynn sieht zu mir hoch, und ihre Augen leuchten. Verdammt, ich kann mich nicht an dieser Frau sattsehen. »Guck«, keucht sie und hält mir im nächsten Moment das Handy unter die Nase.

Es ist ein Zeitungsartikel der *Washington Post*. Während sie sich fester an mich drückt, überfliege ich die Zeilen.

»Es gibt eine neue Entwicklung in Conways Prozess«, keucht sie atemlos. »Es existiert wohl eine Aufnahme, die ihn dabei zeigt, wie er Leslies Hotel in Kodiak verlässt, und auch ein paar Gäste dort haben gegen ihn ausgesagt. Offenbar hat es einen Kampf gegeben, und die Zimmernachbarn haben den Lärm mitgekriegt. Ich habe mit Finn telefoniert, der kennt sich mit so was aus. Zusammen mit den Aufnahmen der Kamera und unseren Aussagen sieht es richtig, richtig übel für Dane aus. Er wird lebenslänglich in den Knast wandern.« Sie strahlt. »Dann sind wir frei.«

Ich starre auf das Handy, dann reiche ich es ihr zurück. »Ich ...« Vorsichtig ziehe ich sie dichter an mich. »Ich weiß nicht, was ich fühlen soll.«

»Ich auch nicht«, gesteht sie. »Ich kann noch immer nicht glauben, dass Leslie wirklich tot ist.«

Sanft streiche ich ihr über den Rücken. »Ich weiß.«

»Ohne mich wäre das nie passiert.«

Ich schüttle den Kopf. »Das stimmt nicht. Sie hat sich mit Conway eingelassen. Sie hat dich absichtlich in Lebensgefahr gebracht, obwohl sie wissen musste, dass er dich ... Nun. Dass er dich eines Tages holen würde. Sie hat sogar aktiv versucht, dich in der Stadt zu halten, als dich ein Stalker verfolgt hat.« Ich zögere. »Wenn sie es nicht sogar selbst war.« Was diese Sache angeht, haben wir noch immer keine Antworten erhalten. Ebenso wenig wie zum Drohbrief vor Brynns Tür. Vielleicht hat Leslie versucht, sie von hier fortzutreiben, um sie in Sicherheit zu bringen – zumindest vermutet Brynn das. Ich bin mir da nicht so sicher, doch Leslie Andrews hat alle Antworten mit ins Grab genommen.

Brynn verzieht den Schmollmund. »Ich schätze, du hast recht. Aber du kanntest sie nicht. Sie war kein schlechter Mensch, das glaube ich einfach nicht.«

»Mag sein«, murmle ich, auch wenn ich anderer Meinung bin. Ich bin mir nicht einmal sicher, ob Conways Mord an Leslie etwas mit Brynn zu tun hatte oder ob er sie einfach so loswerden wollte. »Trotzdem. Unter Druck kommt unser echter Charakter zum Vorschein, und ich kann ihr nicht verzeihen, dass sie dich in Gefahr gebracht hat.« Ich atme tief ein. »Auch wenn ich ihr natürlich Frieden wünsche.«

Brynn stellt sich auf die Zehenspitzen und küsst meinen Mundwinkel. »Können wir nach Hause fahren?«

Ich nicke, drehe mich allerdings noch einmal zurück zum Grab. »Bye, Liam. Bye, Ada.«

»Bye, Liam, bye, Ada«, wiederholt Brynn und drückt meine Hand sanft, ehe wir uns in Bewegung setzen.

»Was bedeutet das für uns?«, frage ich schließlich, als wir zum Truck zurückkehren. Koda wartet schon ungeduldig auf der Rückbank und wedelt mit dem Schwanz, als er seine beiden liebsten Menschen sieht.

Brynn drückt meine Hand und sieht zu mir hoch. Die Frage steht schon länger im Raum. Der Marshall aus D. C. wollte sie sogar in eine andere Stadt bringen lassen, ehe klar sein würde, was mit Conway passiert, aber sie hat sich geweigert. Ich kann es ihr nicht verübeln – und genauso wenig konnte ich verbergen, wie froh ich darüber bin, dass sie bei mir bleiben darf.

Gleichzeitig will ich sie aber auch nicht festhalten, schon gar nicht nach allem, was hier passiert ist. Ich will nicht, dass sie sich verpflichtet fühlt hierzubleiben, wenn sie eigentlich viel lieber in die Großstadt zurückwill, doch jedes Mal, wenn ich meine Bedenken äußere, sieht sie mich an, legt ihre Hand an meine Wange und verspricht mir, dass sie nie etwas tun würde, was sie nicht zu einhundert Prozent möchte.

Und je besser ich sie kennenlerne, desto leichter fällt es mir, das zu glauben.

»Ich habe nachgedacht«, sagt sie, öffnet die Tür und krault Koda durch das Sicherheitsnetz hinweg.

»Ja?« Mein Herz schlägt schneller.

»Mhm.« Sie klettert auf den Beifahrersitz, lässt das Fenster herunter und schaltet das Radio an.

»Und zu welchem Schluss bist du gekommen?« Ich starte den Motor, fahre los, und eine Mischung aus Fahrtwind und Meeresbrise weht durchs Fenster.

Der Luftstrom lässt Brynns dunklen Pferdeschwanz tanzen, als sie sich zu mir dreht. Sie lächelt so breit, dass ihre Grübchen erscheinen. »Ich habe beschlossen, dass ich hierbleiben will.«

Mein Puls hämmert aufgeregt gegen meine Schläfen. »Hier in Echo Cove?«

»Ja, und auch hier in deinem Haus. Es tut mir leid, aber ich ziehe nicht mehr in das Cottage zurück.« Sie grinst.

»Genau genommen habe ich mich auch schon für einen Job beworben.«

Ich blinzle. »Was?«

»Na ja, es gibt hier einiges zu tun, oder? Ich meine, Conway ist zwar weg vom Fenster, aber die Wilderei haben wir deshalb noch immer nicht im Griff, und wer weiß, was er wirklich in Echo Cove gemacht hat. Das *Honeycomb* hat er bestimmt nicht zum Spaß all die Jahre lang behalten, irgendwie nehme ich ihm nicht ab, dass er das Café nur als Vorwand für seine Jagdausflüge benutzt hat.« Sie schüttelt den Kopf. »Ich glaube, die Gefahr ist noch längst nicht gebannt, und ich kann helfen. Ich will helfen. Es wäre bestimmt eine Menge Arbeit, aber ich möchte versuchen, das Sicherheitsnetzwerk des Wildtierschutzgebiets auszuarbeiten. Natürlich bräuchte ich dazu die nötige Unterstützung und vielleicht sogar ein kleines Team, aber ich glaube, es wäre machbar. Ich habe auch schon mit Willow gesprochen, und sie will mich mit ein paar Zuständigen aus der Alutiiq-Community verbinden, denn ich glaube, wir haben gemeinsame Ziele und könnten gut zusammenarbeiten. So viele Menschen wissen einfach gar nicht, was hier los ist. Ich meine mit den Wilderern und so. Ich denke, wir könnten das größer aufziehen.«

Sie verliert sich in ihren Ideen und erzählt mir von ihren Plänen, die zwar noch nicht ganz ausgearbeitet sind, ihre Augen jedoch trotzdem zum Leuchten bringen.

Ich wünschte, ich könnte den Moment für immer einfrieren.

Ich liebe diese Frau.

Und es ist so verdammt leicht. Sie hat mein Herz gestohlen, und wie ich Brynn kenne, wird sie es so schnell nicht mehr hergeben.

»Na ja, und Finn kommt in zwei Wochen aus Singapur zurück, und ich würde ihn gern einladen, vielleicht kann er uns ein bisschen helfen, was die rechtlichen Dinge betrifft. Wenn das okay für dich wäre?« Gespannt sieht sie zu mir.

Ich grinse, lenke in die Shore Road ein und steuere meine Einfahrt an. »Natürlich. Du hast so viel von ihm erzählt, jetzt will ich ihn auch endlich kennenlernen.« Ich stelle den Motor ab, steige aus und halte ihr die Tür auf, ehe ich auch Koda aus dem Wagen lasse.

»Sehr gut. Vielleicht habe ich ihm nämlich schon geschrieben.« Sie grinst, hakt sich bei mir unter und lehnt den Kopf gegen meinen Arm, während wir auf das Haus zugehen. »Soll ich dir was verraten?«

»Mhm?« Gemeinsam stoppen wir vor der Haustür. Sanft ziehe ich sie näher und sehe ihr fest in die Augen.

»Seit meine Granny gestorben ist, habe ich in ein paar Wohnungen gewohnt. Ich dachte, es wäre nur eine Frage der Zeit, aber nichts hat je richtig gepasst. Es war immer nur, als wäre ich ein Gast auf der Durchreise.«

Mit dem Daumen fahre ich ihre Sommersprossen nach.

Brynn hält meinen Blick. »Bis ich hierhergekommen bin. Na ja, genau genommen, bis du mich zum ersten Mal in dein Haus geholt hast. Ich war damals so neidisch auf dich, weißt du das?«

»Neidisch?« Ich schmunzle überrascht. »Wieso das?«

»Weil es sich so sehr nach einem Zuhause angefühlt hat. Ich habe es mit jeder Faser gespürt.« Ihre Augen leuchten. »Es fühlt sich einfach richtig an.«

»Das Haus?«

»Das Haus. Du. Ich. Wir. Alles.«

Sie stößt ein überrschtes Quietschen aus, als ich sie an mich ziehe und die Lippen fest auf ihre presse. Lachend vergräbt sie die Hände in meinen Haaren und erwidert den Kuss sanft.

»Bleib bei mir«, wispere ich. »Das alles hier gehört dir. Ich ...« Blut steigt in meine Wangen. »Ich gehöre dir. Mit allen Dellen und Ecken und Kanten. Falls du mich haben willst.«

Fasziniert sieht sie in meine Augen. »Ich glaube ...« Langsam beugt sie sich vor und haucht einen Kuss auf meinen Mundwinkel. »Deine Ecken und Kanten passen genau zu meinen.« Liebevoll streicht sie durch meine Haare, und ihre Augen funkeln. »Ich hoffe, dir ist bewusst, dass ich dich Finn als meinen festen Freund vorstellen werde?«

Eine angenehme Wärme breitet sich wie ein Sonnenaufgang in meiner Brust aus. »Finde ich gut.«

»Gut.«

»Gut.«

Sie zieht mich an sich und küsst mich wieder fest, allerdings nur einen Moment lang – dann löst sie sich von mir und dreht sich zur Tür. »Komm.« Liebevoll drückt sie meine Finger. »Ich hab Hunger, und wir müssen Koda füttern.«

»Mhm.« Sanft ziehe ich sie an meine Brust und küsse sie auf die Stirn. »Er hat fast drei Stunden nichts gegessen, ich fürchte, er fällt vom Fleisch.«

»Sieht er bestimmt auch so.«

Sie dreht sich noch einmal um, sieht mir in die Augen und lächelt. »Ich liebe dich, Archer Flint.«

Es ist das erste Mal, dass ich die Worte aus ihrem Mund höre. Natürlich sagt sie es mir so – zwischen Tür und Angel, weil es ihr ein bisschen peinlich ist, offen über Gefühle zu sprechen. Aber es ist keine Nebensächlichkeit, weder für sie noch für mich.

Ich grinse und drücke ihre Hand erneut. »Ich liebe dich auch, Brynn Callahan.«

»Gut.« Sie schnappt mir den Schlüssel aus der freien Hand und sperrt die Tür auf. »Da wir das jetzt geklärt haben: Wer als Letztes in der Küche ist, muss Koda die Ohren putzen!«

Sie quietscht, und als ich sie zu packen versuche, weicht sie mir aus und hechtet nach drinnen.

Ich folge dicht hinter ihr, und unser Lachen erfüllt das alte Haus bis in den letzten Winkel.

Nachwort

Danke, dass du dich mit Brynn und Archer auf die Reise nach Kodiak Island begeben hast – ich hoffe, der Ausflug ins wilde Alaska hat dir gefallen. Während der Ort Echo Cove einzig und allein meiner Fantasie entsprungen ist, gibt es das Kodiak National Wildlife Refuge wirklich. Das Wildtierschutzgebiet umfasst zwei Drittel der Insel und ist Heimat für Kodiakbären und weitere Tierarten. Was die Distanzen und das Layout des Schutzgebietes rund um Echo Cove betrifft, habe ich mir jedoch ein paar kreative Freiheiten genommen – vor allem in Bezug auf Echo Bay und den Leuchtturm. Auch die Einwohnerzahl von Echo Cove liegt etwas über dem Durchschnitt für Kodiak Island.

Auch wenn es in dem Buch nur eine kleine Rolle spielt, war es mir ein Anliegen, die Geschichte und Lebensrealität der Alutiiq (auch Sugpiaq) so realitätsnah wie möglich darzustellen. Wie Willow im Buch berichtet, wurde durch die jahrelange Unterdrückung durch russische und amerikanische Besatzer ein großer Teil der Alutiiq-Kultur zerstört. Die Auswirkung der Kolonialisierung ist bis heute auf Kodiak Island zu spüren – so gibt es unter den Alaskan Natives eine höhere Armutsrate, ein niedrigeres Durchschnittseinkommen sowie höhere Barrieren in Bildung und Wirtschaft. Die Gemeinschaft der Alutiiq setzt sich aktiv für nachhaltige Landwirtschaft und Fischerei sowie die Bewahrung ihrer Kultur und Traditionen ein. Mehr Information dazu auf www.alutiiqmuseum.org

Danksagung

Manche Ideen kommen, um zu bleiben. Das Bild der jungen Frau aus der Großstadt, die durch das Zeugenschutzprogramm in eine abgelegene Kleinstadt in Alaska versetzt wird, hat mich jahrelang begleitet, und ich freue mich so sehr, dass ich die Geschichte nun endlich erzählen durfte.

Mein ganzer Dank geht an meine Agentin Kathrin, die an die Idee von Brynn, Archer und Echo Cove geglaubt hat – du bist die Beste, und ich schätze mich sehr glücklich, mit dir zusammenarbeiten zu dürfen. Ebenfalls möchte ich Christiane, Caroline, Daniela, Simone und dem restlichen Team von Everlove und between pages by Piper meinen Dank aussprechen: Bei euch habe ich mich mit meinen Geschichten auf Anhieb pudelwohl gefühlt, und es freut mich so, dass ihr meine Vision für Kodiak Echoes so gut verstanden habt. Außerdem danke ich meiner fleißigen Lektorin Michaela, die mir mit ihrem scharfen Auge dabei geholfen hat, den Text bis ins kleinste Detail stimmig zu machen.

Ebenfalls gebührt mein Dank meiner Familie, meinen Freund:innen und Kolleg:innen, der Schreibington-Crew und den wunderbaren Menschen in der Buchbubble, die ich in den letzten Jahren kennenlernen durfte. Es freut mich sehr, dass ihr mich bei jedem Buchprozess aufs Neue begleitet, auch wenn ich manchmal tagelang im Goblin-Mode hinter meinen Schreibtisch verschwinde. Ganz besonders danke ich meiner Mama Barbara, meinem Papa Roland,

Sue, Lea, Anna (danke für das Auto-Wissen), Jonas, Jessi, Rabia, Klara, Flo, Rebecca, Laura, Ava, Lisa, Melanie, Natalie, Marie und all den anderen – yall are the best, und ich will euch nie wieder missen!

Und wie immer: Der vielleicht größte Dank gebührt the one and only Aline, ohne dich wäre ich nicht, wer ich bin – und hätte ganz bestimmt kein einziges Buch fertiggebracht. Danke, dass du mich jeden Tag aufs Neue inspirierst, danke, dass ich diesen Weg mit dir gemeinsam gehen darf. Unsere Teenager-Ichs wären so verdammt stolz auf uns. I'll always choose you, Bibi.

Content Note

Dieses Buch beinhaltet Themen, die potenziell triggernd wirken können. Aber Achtung: Die folgende Auflistung enthält erhebliche Spoiler für die gesamte Geschichte. Bitte entscheide selbst, ob du die Content Note lesen möchtest.

Folgende Themen werden im Buch thematisiert:
— Mord und Gewalt
— Schusswaffen
— Erwähnung von (Zwangs-)Prostitution und Menschenhandel (nur aus zweiter Hand, nicht explizit)
— Erwähnung von Wilderei/Tod von Tieren (nur aus zweiter Hand, nicht explizit)
— Stalking
— Drogen/Überdosis
— Tod eines Familienmitglieds/Verlust/Trauer
— Emetophobie

Bitte lies dieses Buch nur, wenn du dich emotional dazu in der Lage fühlst. Falls du Probleme mit diesen oder anderen Themen hast, findest du hier kostenlose und anonyme Hilfe:

Telefonseelsorge Deutschland:
0800 1110111 oder 0800 1110222

Telefonseelsorge Österreich: Notruf 124

Telefonseelsorge Schweiz: Notruf 143